Der grüne Palast

PEGGY HOHMANN

DER GRÜNE PALAST

ROMAN

List Taschenbuch

Besuchen Sie uns im Internet:
www.list-taschenbuch.de

MIX
Papier aus verantwortungsvollen Quellen
FSC® C083411

Originalausgabe im List Taschenbuch
List ist ein Verlag der Ullstein Buchverlage GmbH, Berlin
1. Auflage März 2017
2. Auflage 2017

Karten: © Peter Palm, Berlin
Umschlaggestaltung: Sabine Kwauka
Titelabbildung: Motive von shutterstock:
Blätter und Blüten: shutterstock / Pim
Vögel: shutterstock / diana pryadieva; shutterstock / eva_mask
Blattdekor: shutterstock / Woodhouse;
shutterstock / vecstock.com
Fond: shutterstock / secondcorner; shutterstock / Nella;
Landschaft: shutterstock / Junior Braz;
Palmen: shutterstock / sorawich pakkase
Satz: Pinkuin Satz und Datentechnik, Berlin
Gesetzt aus der Minion Pro
Druck und Bindearbeiten: CPI books GmbH, Leck
Printed in Germany
ISBN 978-3-548-61352-9

Die hier erzählte Geschichte ist frei erfunden. Sie ist jedoch inspiriert von den historischen Ereignissen um das Leben der Erzherzogin Leopoldine von Österreich.

N
W
O
S
Edinburgh
VEREINIGTES
KGR. GROSSBRITANNIEN
UND IRLAND
Dublin
London
Dover
Boulogne
Atlantischer
Ozean
Paris
Nantes
KGR.
FRANKREICH
Bordeaux
Toulouse
Ebro
Rep.
Andorra
KGR.
PORTUGAL
KGR. SPANIEN
Madrid
Barcelona
Lissabon
Balearen
Sevilla
Gibraltar (brit.)
Ceuta (span.)
Algier

KGR. SCHWEDEN
Riga
Nordsee
Memel
Ostsee
KGR. DÄNEMARK
Kopenhagen
Tilsit
Wilna
Königsberg
Minsk
KGR. DER
EREINIGTEN
NIEDER-
LANDE
KGR. HANNOVER
KAISERREICH RUSSLAND
Weichsel
KGR. PREUSSEN
Warschau
Berlin
Amsterdam
Kongress-Polen
Oder
rüssel
Rhein
Breslau
KGR. SACHSEN
Kgr. Galizien
Krakau
Prag
Kgr. Böhmen
Frankfurt
Mähren
KGR. WÜRTTEMBERG
KGR. BAYERN
KAISERTUM ÖSTERREICH
Straßburg
Wien
München
Ofen
Pest
Basel
Kgr. Ungarn
SCHWEIZ
Tirol
Kgr. Lombardo-Venetien
Donau
Walachei
SAVOYEN-PIEMONT
Venedig
Po
Belgrad
Bosnien
PARMA
Serbien
Modena
Genua
Adria
Kgr. Dalmatien
Sarajevo
FSM. MONACO
Marseille
Ghzt. Toskana
Toulon
MONTE-NEGRO
Korsika
KIRCHEN-STAAT
OSMANISCHES REICH
Ajaccio
Rom
Pontecorvo
Benevent
Neapel
Tarent
KGR. SARDINIEN
Tyrrhenisches Meer
Ionische Inseln (unter brit. Schutz)
KGR. BEIDER SIZILIEN
Griechen-land
Mittelmeer
Sizilien
Ionisches Meer
Tunis

ERSTER TEIL

ERSTER BRIEF

Fürst von Metternich an den
Marquis von Marialva

Verehrter Marquis, aber freilich werden Sie Walzer tanzen müssen! Man wird Sie mit vorgehaltener Pistole dazu zwingen! Die Damen hier am Hof kennen diesbezüglich kein Erbarmen. Aber nur Mut, lieber Marquis, die Vorzüge dieses Tanzes werden sich Ihnen schnell erschließen. Kein anderer Tanz vermag uns dem weiblichen Geschlecht näherzubringen als dieser wilde Dreivierteltakt. Man ist bei uns in Wien geradezu besessen davon. Eine Manie!

Nun aber zu Ihrer Bitte, die ich mit diesem Brief gerne erfülle. Sie wünschen ein Porträt der Erzherzogin Leopoldine, eine Beschreibung ihres Wesens, ihrer Vorzüge, ja sogar ihrer Abgründe! Ich werde mich um Objektivität bemühen, gestehe aber, dass ich nicht auf sehr vertrautem Fuße mit dem Kinde bin.

Das Porträt, das ich diesem Schreiben beifüge, ist von unserem Hofporträtisten angefertigt. Ich halte ihn leider für so unbegabt, dass mir sein Name entfallen ist. Überraschenderweise sind ihm aber die kornblumenblauen Augen der Erzherzogin gut gelungen. Nun, en nature ist Erzherzogin Leopoldine blasser, die Stirn höher. Neben ihren wirklich bemerkenswerten Augen hat die Natur sie mit einer weizenblonden Lockenpracht versehen, die, wenn Sonne auf das Haar fällt, wie eine Corona ihr Gesicht umrahmt. In einem solchen Moment wirkt Kaiserliche Hoheit geradezu wie aus einer anderen Welt! Ganz entzückend. Da in Brasilien die Sonne ohne Unterlass vom Himmel brennt, sehr passend, finden Sie nicht?

Ich bin sicher, Dom Pedro wird vom Charme der Erzherzogin hingerissen sein. Würde ich Kaiserliche Hoheit als hübsch bezeichnen, fragen Sie. Nun, wie sagt man so treffend, all dies liegt im Auge des Betrachters, nicht wahr? Was erwarten wir von einer Heirat Dom Pedros mit der Erzherzogin? Wir erwarten eine feste Bindung zwischen Portugal und Österreich. Ob sich zwischen den beiden noch mehr entwickelt, möge Gott entscheiden. Ich versichere Ihnen aber, dass die Jugend der Erzherzogin und ihr Charme ganz entschieden zum Erfolg unserer Mission beitragen werden! Zudem besitzt Erzherzogin Leopoldine eine gute Portion Intelligenz, recht ungewöhnlich für eine junge Frau ihres Alters. Wobei dies zugleich Vorzug und Nachteil sein kann. Zumal sich in ihren mädchenhaften Liebreiz bisweilen eine Beharrlichkeit mischt, die mich erstaunt. In guten Momenten würde ich diesen Zug als Stamina bezeichnen, in schlechten als Dickkopf. Bedauerlicherweise weist sie verschiedene Talente auf, sie ist sehr musikalisch, versessen aufs Klavierspielen und zudem noch an den Naturwissenschaften interessiert. Ich hoffe dennoch auf das Beste.

Ich werde in den nächsten Tagen eine Unterredung mit dem Kaiser avisieren und ihm behutsam unseren Plan vorstellen.

Werden Sie wie geplant nach Wien reisen? Ich schlage vor, dass wir Ihren Aufenthalt nicht öffentlich machen. Auch dem Kaiser gegenüber nicht. Seine Majestät neigt sehr zur Familie – bisweilen so sehr, dass man ihn für einen Bürgerlichen halten kann! –, er könnte seine Tochter zu früh in unseren Plan einweihen. Nicht auszudenken, wenn die Erzherzogin Wind bekommen und den Vater um Aufschub bitten würde, bis der portugiesische Thronfolger wieder aus dem brasilianischen Exil nach Europa zurückgekehrt ist!

Österreich und Portugal, was für eine Allianz! Wie Sie schreiben, ist Dom Pedro ein gutaussehender, charmanter und gebildeter junger Mann, der obendrein die Musik beherrscht, was für die Erzherzogin ein Geschenk wäre. Allerdings, verzeihen Sie mir diese Offenheit, was mich misstrauen lässt, ist Ihre Beschreibung eines nahezu makellosen Charakters. Ich glaube nicht an Gott, noch weniger an das Gute im Menschen. Also, lieber Marquis, freiheraus! Wie steht es um den Charakter Dom Pedros?!

Lassen Sie mich wissen, wann Sie in Wien einzutreffen gedenken. Ich kenne ein entzückendes Kaffeehaus, das ich Ihnen unbedingt zeigen muss. Dort gibt es eine göttliche Schokoladentorte!

Metternich
Wien, 1816

Nachschrift: Vergessen Sie nicht, dass hier bei uns im Winter andere Witterungsverhältnisse herrschen als bei Ihnen in Lissabon! Sie werden frieren, Sie Armer! Ich lasse Vorkehrungen treffen, dass Ihr Apartment gut geheizt ist.

Auch werde ich mich bemühen, die mir von Ihnen damals in Paris erwiesene Freundlichkeit zu erwidern, und Sie mit einer sehr charmanten kleinen Wienerin bekannt machen …

ZWEITER BRIEF

Erzherzogin Leopoldine von Österreich an Marie-Louise, Herzogin von Parma

Du ahnst ja nicht, wie sehr ich mich seit deiner Abreise langweile! Hättest du nicht wenigstens bleiben können, bis wir wieder nach Wien reisen? Diese faden Tage zwischen Weihnachten und Neujahr ziehen sich hin. Fast beneide ich Papa, dass er wegen der Regierungsgeschäfte wieder in der Hofburg sein muss.

Es hat endlich aufgehört zu schneien. Der Himmel ist milchig blau mit rosa-goldenen Streifen. Jetzt gleicht der Park einem glitzernden Märchenwald. Die Bäume sind dick mit Schnee beladen, und unser kleiner Pavillon, in dem wir so oft im Sommer saßen, lässt sich in all dem strahlenden Weiß vom Fenster nicht mehr ausmachen. Kurz nach Weihnachten ist der See endlich zugefroren. Wenn du noch da wärest, könnten wir jetzt zusammen Schlittschuh laufen!

Geht es dir gut in Italien? Hast du es ernst gemeint, als du sagtest, du vermisst Napoleon? Ich kann es nicht glauben, dass du deinen Ehemann doch noch liebgewonnen hast! Mir wollen nur böse Worte einfallen für meinen Schwager, diesen, diesen … Ich bin froh, dass … nein, das darf ich nicht sagen, wo du doch unter seiner Abwesenheit leidest. Aber gewiss vermisst du ihn nicht so sehr wie ich dich!

Seitdem du weg bist, vergeht kein Tag, an dem der Vater nicht Andeutungen macht – ich glaube, er sucht einen Ehemann für mich. Gräfin Lazansky meint, es sei höchste Zeit, mit neunzehn Jahren sei sie schon Witwe gewesen, ich noch nicht einmal verheiratet! In einem schwachen Moment, gestern Abend am Kamin, hat sie von ihrem Mann erzählt, na ja, eigentlich nur von seinem Ende. Wie du weißt, neigt sie nicht zu ausschweifenden Erzählungen. Sie sagte ohne erkennbare Gemütsregung: »Als mein Mann starb, war es auch so bitterkalt. Er wurde nur vierunddreißig Jahre und drei Monate. Ein lächerlicher, völlig überflüssiger Reitunfall.« Mehr nicht. Sie seufzte, stand auf und sagte: »Ich hole Kaiserlicher Hoheit eine heiße Schokolade.«

Spricht sie nicht darüber, weil es sie schmerzt oder weil es ihr gleichgültig ist? Ach, Marie, was ist die Liebe, über die alle sprechen oder schweigen? Wenn ich jetzt verheiratet werde, erwartet man von mir auch, dass ich liebe? Und wenn ich das nicht vermag? Ich liebe dich und den Papa. Und mein Klavier! Ach, wenn ich doch Pianistin werden dürfte! Dies wünsche ich mir mehr als jede Ehe. Ich gestehe dir jetzt ein Geheimnis und bitte dich herzlichst, dass du es als solches bewahrst: Frau von Freytag hat mir versprochen, mich zu unterrichten! Zusätzlich zu den Stunden bei Eduard von Bankendorf (der seit deiner Abreise all seinen Charme verloren hat). Ist das nicht wunderbar?! Ich werde dann *jeden* Tag Klavier spielen!

Ach, im Übrigen hat unsere liebe Cousine Elisabeth ihren Besuch angekündigt, das verspricht Abwechslung! Sechs Monate haben wir uns nicht gesehen. Damals schien sie mir sehr glücklich, sie konnte gar nicht aufhören, von ihrem Ferdinand zu sprechen! Wie glücklich muss sie jetzt erst sein, da sie seine Frau geworden ist. Ich kann es kaum erwarten, mehr von ihr und ihren Flitterwochen zu erfahren. Natürlich werde ich dir en détail berichten. Ich wünschte, du wärest hier, Marie!

Schreib so bald und so viel du kannst!

Leopoldine
Laxenburg

DRITTER BRIEF

Gräfin Lazansky an ihre Schwester Caroline

Du sagst, ich solle die winterliche Ruhe in Laxenburg genießen. Du weißt nicht, wovon du sprichst! Das Einzige, was ich dieser Welteinsamkeit abgewinnen kann, ist, dass man nicht dauernd Monsieur M. über den Weg läuft. Der Fürst zieht die Stadt vor, wohl nicht nur, weil seine feinen Kalbslederstiefel dort weniger durchnässt werden als hier in den mannshohen Schneewehen. Es ist wie in einem Alptraum, in dem man laufen möchte, aber nicht von der Stelle kommt. Der Schnee scheint mir ein Sinnbild meiner Lage zu sein. Was gäbe ich für einen Abend im Theater! Hier dilettieren die kaiserlichen Kinder mit kleinen Balletten und Schauspielen. Teils entzückend, teils entsetzlich, wenn das Fehlen von Talent so offensichtlich wird. Allerdings, ich gestehe, werde auch ich in diese Aufführungen eingebunden. Ich betrachte es als meine erzieherische Aufgabe, vor allem den Mädchen ein paar schauspielerische Fähigkeiten beizubringen, ist dies doch etwas, was sie in ihrem späteren Leben mit Sicherheit brauchen werden. Wobei es für mich nach wie vor unbegreiflich ist, dass Marie-Louise in ihrer Ehe mit Napoleon keinerlei Heuchelei brauchte, um ihm gefällig zu sein. Ihr fehlt das Raffinierte ja bis heute. Vielleicht entsteht der Eindruck aber auch durch das Träge in ihrer Erscheinung. Jedenfalls lasse ich keinen Augenblick ungenutzt, vor allem Leopoldine in die weiblichen Strategien einzuweihen, Schicksalsschläge wie die Ehe zu meistern. Aber auch ihr Charakter entbehrt – wenn auch auf andere Weise als bei Marie-Louise – der Verstellung und des Getues.

Du weißt, wie sehr ich Leopoldine zugetan bin, und so bete

ich, dass, falls die Gerüchte über eine bevorstehende Verlobung stimmen, der Kaiser ihr einen guten Ehemann auswählt. Ihr und Österreich. Würde der Kaiser allein entscheiden, wäre mir nicht bange, aber Monsieur M. ist wahrscheinlich mit der Aufgabe betraut. Ich traue ihm nicht über den Weg! Jedes Mal, wenn er bei den Kaiserlichen Hoheiten vorstellig wird, ist er von einem überwältigenden Charme. Selbst Jakob, der widerborstigste aller Hunde, wirft sich, sobald M. den Raum betritt, auf den Rücken, streckt alle viere gen Himmel und wartet ergeben darauf, dass Monsieur sich herablässt und ihm den Bauch krault. Jedes Mal stelle ich mir vor, wie alle Anwesenden sich ebenfalls auf den Rücken werfen und ... ha! Stattdessen besinne ich mich, wie böse ich ihm bin, weil er meine Marie an Napoleon verkauft hat – ja verkauft! –, und setze eine eisige Miene auf. Das bleibt ihm natürlich nicht verborgen, und während er sich aufreizend tief über meine Hand beugt, raunt mir dieser Flegel ein »Bonsoir, meine schöne Eiskönigin« zu!

Jetzt ist es meine Aufgabe, neben dem Schauspiel, dafür zu sorgen, dass Leopoldine sich von Vanillekipferln und Schokoladentorten fernhält. Sie neigt zum Dicklichen. Vor der Ehe muss die Taille stimmen, was danach geschieht, ist gleichgültig.

Du hast die Milder in der Oper gehört? Wie ich dich beneide! Was muss ich stattdessen über mich ergehen lassen? Schlittenfahrten! Bei dieser Kälte! Und noch vor dem Frühstück! Dieser ungesunde Drang nach frischer Luft. Na, habe die Ehre! Allein die Vorstellung, in der schneidenden Kälte in muffig-feuchte Pelzdecken eingehüllt in einem Schlitten zu sitzen, nur um sich das öde Weiß da draußen anzusehen, lässt mich krank werden. Und wenn sich dann noch die Pferde verweigern, weil es ihnen zu kalt ist, und sie sich nicht vom

Fleck bewegen, geschweige denn in einen Trab fallen wollen, kann sich so ein kurzer Ausflug ins Unendliche dehnen. Das ist nichts für mich. Ich brauche die Oper und das Theater! Hoffentlich bleibt diese Weihnachtszeit auf Schloss Laxenburg eine Ausnahme. Wie kann man freiwillig auf die Annehmlichkeiten der Stadt verzichten?

Liebste Caroline, vergiss deine Schwester nicht in der eisigen Einöde! Schreibe schnell!

Anna Christina
Laxenburg

VIERTER BRIEF

Marie-Louise, Herzogin von Parma, an Erzherzogin Leopoldine von Österreich

Meine kleine Poldl, hüte dich vor romantischen Sentimentalitäten über die Liebe und die Ehe! Je weniger du erwartest, desto üppiger wirst du belohnt werden. Nicht jeder Mann, dessen Charakter von der Welt als grob und schlecht bezeichnet wird, stellt sich nachher auch als Grobian heraus. Wer von uns beiden hätte sich je vorstellen können, dass Napoleon mir ein zärtlicher und aufmerksamer Ehemann wurde, nachdem wir ihn jahrelang als Ungeheuer, Teufel und korsischen Ziegenhirten verdammt haben? Andererseits können sich Männer, die einem mit schneidiger Figur und schmeichelnder Stimme den Hof machen, als Langweiler oder dummer Tropf entpuppen. Du fragst nach der Liebe. Was soll ich dir antworten? Es gibt wahrscheinlich so viele Arten zu lieben, wie es Menschen gibt. Und was wir als Liebe empfinden, mag ein anderer nur als Mitleid betrachten oder als unsinnige Leidenschaft. Vielleicht ist auch die bloße Abwesenheit von Abneigung und Widerwille schon Liebe? Ich weiß es nicht. Der Vater wird Sorge dafür tragen, dass du nicht unglücklich wirst – ich weiß, dass dies nicht gleichbedeutend mit glücklich sein ist. Vertrau auf Gott.

Was um aller Welt ist in dich gefahren, dass du dem Vater deine Stunden bei Frau von Freytag verschweigst? Manchmal zweifele ich an deinem Verstand. Und wie kann sich die Freytag unterstehen, Seine Majestät zu hintergehen? Und wozu soll Das-den-lieben-langen-Tag-auf-die-Tasten-Hämmern gut sein? Haben wir nicht phantastische Musiker, die Papa jeden Tag zu uns bitten kann, damit sie für uns spielen? Mein Gott, wozu sich selbst mühen.

Mach dir das Leben doch nicht schwer, es ist alles viel einfacher, wenn man sich nicht auflehnt und seine Kraft im Widerstand vergeudet. Schau, Poldl, der Vater wird dir einen Mann bestimmen. Du wirst eine Ehe eingehen, die den Status Österreichs in der Welt festigen und verbessern wird. Vaters Entscheidung wird ohne jeden Zweifel zum Nutzen aller sein. Hat er je gegen dich entschieden? Also vertraue – und hoffe nur wenig auf ein persönliches Glück, dann wirst du nicht enttäuscht werden. Und ist nicht die Tatsache, dass Elisabeth ihren Ferdinand heiraten durfte, ein gutes Zeichen auch für deine Zukunft? Wenn man sich nichts ersehnt, ist alles viel leichter.

Ich hätte nie gedacht, dass in Italien der Winter auch so garstig ist! Neulich hat es sogar ein wenig geschneit. Nein, nicht nur garstig, unerträglich ist er, da die Italiener mit dem Kaminholz geizen. Dabei frieren und bibbern sie genauso wie wir. Sobald sich nur ein Hauch eines Sonnenstrahls zeigt, verlagern sie ihren Salon auf den Hof oder die Terrasse und richten ihre Köpfe nach der Sonne aus wie ein Feld von Sonnenblumen.

Ich besuche fast täglich einen Salon oder eine Soiree, jeder will mich kennenlernen. Man gibt sich viel Mühe, mich gut zu unterhalten. Leider bin ich nicht so sprachbegabt wie du, trotzdem übe ich brav jeden Tag Italienisch. Erst hatte ich eine Lehrerin, eine freundliche, korpulente Person mit Augen schwarz wie die Nacht. Leider war sie oft kränkelnd, so dass ich von einer Lektion zur nächsten schon wieder alles vergessen hatte. Statt ihrer kommt jetzt der Comte Leonardo zu mir, ein Römer mit, du wirst es nicht glauben, blitzblauen Augen und strohblonden Haaren! Als ich ihn das erste Mal sah, habe ich ihm ganz beglückt gesagt, er sähe genauso aus wie meine Schwester. Er war zutiefst beleidigt, dass ich ihn für weibisch hielte. Es hat mich eine Viertelstunde und viele Komplimente gekostet, bis er mir verziehen hatte. Es ist schon amüsant, dass die italienischen Männer lieber Komplimente hören, als selbst welche zu machen. Sie sollten bei Herrn von Bankendorf in die Schule gehen. Nie habe ich so viele Komplimente bekommen wie in einer Musikstunde bei ihm! Nur leider nicht für mein Spiel. Grüße ihn bitte *nicht* von mir, da er sonst leidet. Hingegen ich ihn schon vergessen habe.

Und Elisabeth hat ihren Ferdinand geheiratet? Das ist ganz wunderbar. Sie ist einfach entzückend, ich gönne ihr das Glück von Herzen! Ich kenne niemanden, der einfühlsamer ist als sie. Und immer ist sie guter Stimmung. Hatten wir nicht gesagt, Ferdinand wäre für sie wie geschaffen, die perfekte Ergänzung! Umarme sie von mir und sage ihr, dass sie jederzeit, jederzeit!, in Parma willkommen ist. Ich kann kaum erwarten, was du mir über sie zu berichten hast. Jetzt wirst du mich wieder oberflächlich schelten, aber schreib mir sofort, hörst du, was für ein Kleid sie trägt, was für einen Hut. Sie lässt alle ihre Kleider in Paris fertigen. Ihr Geschmack ist vorbildhaft, selbst für mich!

ML
Parma

FÜNFTER BRIEF

Marquis von Marialva an Fürst von Metternich

Verehrter Fürst, Sie bestehen darauf, den wahren Charakter Dom Pedros zu erfahren. Sei's drum. Dabei hoffe ich, dass das, was ich Ihnen zu sagen habe, keinen allzu großen Einfluss auf unsere bereits so weit gediehenen Verhandlungen haben wird. Bei all dem, was ich über den portugiesischen Kronprinzen zu sagen habe, mögen Sie bitte bedenken, dass ich ihn in den letzten zehn Jahren, also seitdem die königliche Familie 1807 in Rio de Janeiro Zuflucht vor Napoleon gesucht hat, nicht mehr gesehen habe. Damals war er neun Jahre alt. Was ich heute zu berichten weiß, habe ich von meinen Leuten am Hof in Rio. Da ich ihre Integrität damals in Lissabon zu schätzen gelernt habe und sie höchst zuverlässig sind, bin ich sicher, dass ich sie als Informanten heranziehen darf.

Fast schäme ich mich, dies zu schreiben, aber der junge Mann ist nicht sehr beliebt. Seine Erziehung ist seit der Ankunft in Rio vernachlässigt worden. Seine Anlagen waren günstig, aber die Sitten in Brasilien sind locker, zu locker für einen heranreifenden jungen Mann. Dom Pedro gilt als jähzornig und egoistisch, teilweise neigt er wohl auch zu cholerischen Anfällen. Andererseits ist er hochmusikalisch, versteht zu rechnen und hat einen wachen Verstand. Anders als die Erzherzogin interessiert er sich mehr für Pferde als für Bücher. Aber das ist wohl für einen Mann nicht ungewöhnlich, lieber Fürst, nicht wahr? Ach nein, Sie sind sowohl ein Mann des Wortes als auch ein vorzüglicher Reiter – mit Ihnen kann sich niemand so recht messen! Wie Sie sehen, ist meine Bewunderung für Sie seit unserer letzten Begegnung in Paris noch gewachsen.

Ich bin sicher, dass sich der, nun ja, ungeschliffene Charakter Dom Pedros durch die Verbindung mit einer klugen und gebildeten Person, wie es die Erzherzogin Leopoldine zu sein scheint, ins Gegenteil verwandeln wird. Wir wissen doch, dass unter der liebevollen Ägide einer Frau die Männer zu Großem heranwachsen können. Beide sind jung und formbar, ich vertraue vollkommen auf eine natürliche und günstige Entwicklung.

Lieber Fürst, ich plane meine Reise nach Wien, sobald die Wege wieder mehr aus Sand als aus Schlamm bestehen, also wahrscheinlich in zwei Wochen. Bis dahin werde ich mich auch mit Seiner Majestät König Dom João über die notwendigen Geschenke – ich denke an Gold und Edelsteine – für Seine Majestät Kaiser Franz geeinigt haben.

Da diese Korrespondenz zwischen uns einzig unserer eigenen Kontrolle unterliegt, fühle ich mich verpflichtet, Ihnen, lieber Fürst, in aller Ehrlichkeit anzuvertrauen, dass Portugals Finanzen äußerst knapp sind. Wir sind aber gewiss, dass sich dieser Zustand durch die Eingliederung Brasiliens in das Königreich Portugal bald ändern wird. Brasilien scheint über geradezu unerhörte Bodenschätze zu verfügen. Sie sehen, die geplante Allianz wird uns allen von großem Nutzen sein!

Ich werde Ihnen bei meinem Besuch auch etwas von Ihrem

heißgeliebten Kaffee mitbringen. In Portugal spöttelt man, die Wiener seien dem Kaffee mehr ergeben als ihren Frauen.

Ergebenst

Marialva
Lissabon

Nachschrift: Ich bin Ihrer Empfehlung gefolgt und übe mich fast täglich im Walzertanzen. Mein Lehrer hat mich gestern mit einem Kompliment entzückt, er meint, ich habe Talent!

SECHSTER BRIEF

Kaiser Franz I. von Österreich an
Fürst von Metternich

Ich vermisse Nachricht, wie weit Ihre diplomatischen Excursionen bezüglich möglicher Ehekandidaten gediehen sind! Erwarte Sie morgen um neun Uhr. Pünktlich.

F

SIEBENTER BRIEF

Erzherzogin Leopoldine von Österreich an Marie-Louise, Herzogin von Parma

Eigentlich bin ich dir böse über deinen Brief. Nichts als Ermahnung und Schelte. Du bist ja strenger mit mir als die Gräfin! Ich musste deine Zeilen geradezu nach liebevollen Worten absuchen. Aber ich bin nicht nachtragend, dazu ist meine Laune viel zu gut, denn wir sind wieder in Wien! Ich kann dir gar nicht sagen, wie sehr ich mich freue! Mehr noch als ich ist die Gräfin aus dem Häuschen über die Rückkehr in die – wie sie sagt – *Zivilisation.*

Gleich gestern Abend waren wir in der Oper! Die Milder hat gesungen. Das Publikum war so enthusiastisch, du musst die Bravorufe und das Getrampel bis nach Italien gehört haben! Einige waren kurz vor der Ohnmacht. Die Milder ist besser, als es die Musik hergibt. Selbst langweilige Arien werden durch ihre Kunst großartig. Sie hat die Lady Anna in *Die Neger* gesungen. Ich weiß, Salieri ist nicht Mozart, aber wen kümmert es, wenn die Milder singt.

Ein Teil des Chors stellte die sogenannten *Neger* dar. Alles schwarz geschminkt, Gesichter, Arme, Beine. Kurios! Man sagt, Neger seien Menschen, deren Haut schwarz wie die Nacht ist. Ich kann mir das beim besten Willen nicht vorstellen! Kommen sie schon so zur Welt?

Ach, unser Metternich war übrigens auch im Publikum. Das fand die Gräfin natürlich gar nicht angenehm. Sie hasst ihn, sagt sie. Nachdem er in unserer Loge seine Honneurs gemacht hatte und wie immer ihre Hand sehr lange in der seinen hielt – die Arme würde sie ihm am liebsten gar nicht zum

Kuss reichen, aber das geht nun einmal nicht –, verfolgte sie mit dem Opernglas jede seiner Bewegungen. Er war – welch Seltenheit! – nicht in Begleitung einer Dame, weder seiner Ehefrau noch der Madame de S., sondern eines Herrn. Leider hat er ihn uns nicht vorgestellt. Ein ziemlich fescher Mann mit tiefdunklen Locken, bestimmt zehn Jahre jünger als M. Er sah fremdländisch aus, war aber nach unserer Mode gekleidet. Selbst die Gräfin hatte ihn noch nie gesehen, dabei kennt sie doch jede Persönlichkeit von Bedeutung.

Es war ein herrlicher Abend, den mir die gute Annony um Mitternacht noch durch einen mit warmen Äpfeln gefüllten Palatschinken versüßt hat. Ich bin sehr zufrieden zu Bett gegangen.

Heute früh weht ein warmer, unangenehmer Wind, der den Schnee zum Schmelzen bringen wird. Papa meint, dies sei nur ein Intermezzo, die große Kälte käme noch.

Marie, bitte schimpfe nicht mit mir, dass ich so gerne musiziere! Wahrscheinlich ist es für dich schwierig nachzuvollziehen, was mir die Musik bedeutet. Wenn ich nicht spielen darf, ist es, als dürfe ich nicht atmen. Alles, was du über die Ehe und die Liebe geschrieben hast, mag so sein. Aber ich weiß nichts davon und kann es mir auch nicht vorstellen. Einzig die Musik macht Eindruck auf mich. (Die eine liebt eben Kleider, die andere Musik. Nein, das ist nicht fein von mir, das zu schreiben! Ich wünsche mir nur so sehr, dass du mich verstehst.) Trotz allem bin ich furchtbar nervös, wenn ich daran denke, dass der Vater eine Heirat für mich plant. Wünsche mir Glück, liebste Marie, wünsche mir Glück!

Mille baci (du siehst, ich lerne das Italienische für dich mit)

Leopoldine
Wien

Nachschrift: Morgen kommt Elisabeth. Sie bleibt nur ein paar Tage. Ich hatte gehofft, sie bliebe den ganzen Monat. Sie schrieb nur kurz, als Ehefrau könne sie nicht mehr nach eigenem Gusto über ihre Zeit verfügen.

ACHTER BRIEF

Fürst von Metternich an den Marquis von Marialva

Was für ein Abend! Ich habe unseren Opernbesuch sehr genossen, mein lieber Marquis! Nicht nur wegen Ihrer überaus amüsanten Compagnie, sondern auch, weil ich Ihre Haltung in wichtigen politischen Ansichten teile. So ist das Gespräch mit Ihnen leicht wie mit einem Freund.

Wie Sie schon gestern Abend trefflich bemerkten, steckt in Salieri nicht nur ein vorzüglicher Komponist, sondern auch ein Politiker. Wie subtil er mit seiner Oper für die Abschaffung der Sklaverei plädiert! Ein Thema im Übrigen, von dem ich nicht weiß, wie ich es Seiner Majestät nahebringen soll. Er war zwar, wie auch ich, zutiefst beeindruckt, wie König Dom João sich und sein Königreich durch den Rückzug ins brasilianische Exil erfolgreich dem Zugriff Napoleons entzogen hat. Ich weiß, dass Kaiser Franz Dom João für seinen klugen Schachzug allertiefsten Respekt zollt. Ich fürchte nur, die Tatsache, dass die Sklaverei in Brasilien immer noch als gottgegebene Fügung betrachtet wird, wird nicht seinen Beifall finden. Gibt es irgendeine Bestrebung, die Sklaverei abzuschaffen? Dann könnte ich mir vorstellen, dass Seine Majestät der Idee einer Zusammenführung des Hauses Habsburg mit dem Hause Bragança weniger ablehnend gegenüberstehen würde, als jetzt zu befürchten steht.

Wichtiger als alles andere ist jedoch: Wie fanden Sie denn nun Erzherzogin Leopoldine? Ich konnte Sie leider nicht vorstellen, hätte dies doch die Geheimhaltung unseres Planes zunichtegemacht. Ich hätte natürlich nie einen Opernbesuch vorgeschlagen, wenn ich gewusst hätte, dass die Kaiserlichen Hoheiten schon aus Laxenburg zurückgekehrt sind! Aber ich denke, wir haben das Beste aus der Situation gemacht. Nur Obersthofmeisterin Gräfin Lazansky, deren Obhut die kaiserlichen Kinder unterstellt sind, ist bestimmt misstrauisch geworden. Sie ist immer misstrauisch. Ihr habe ich es auch zu verdanken, dass mir das Datum der Rückkehr der Kaiserlichen Hoheiten aus Laxenburg vorenthalten wurde. Wie mir meine Mitarbeiter der Geheimpolizei mitteilten, hat sie Ihre Schritte gestern Abend mit Argusaugen beobachtet. Die Herren haben es aber, wie immer, geschickt verstanden, dass man Ihren Weg nicht weiter als bis zum Ausgang der Oper verfolgen konnte.

Alles Weitere en face – ich schicke Ihnen die Kalesche um elf Uhr in die Goldschmiedgasse.

Metternich
Wien

Nachschrift: Die Diskretion verbietet mir die Nachfrage, ob Mademoiselle B. Ihnen Wien gezeigt hat, ganz so wie Sie es gewünscht haben. So hoffe ich still, dass alles zu Ihrer vollkommenen Zufriedenheit war.

Sind Ihre Räumlichkeiten warm genug?

NEUNTER BRIEF

Erzherzogin Leopoldine von Österreich an Marie-Louise, Herzogin von Parma

Habe heute gar keine Zeit, dir Bericht zu erstatten, da mein Tag ganz mit einem Besuch bei Monsieur R. ausgefüllt sein wird. Ja, Monsieur R. darf, obwohl er Franzose ist, jetzt endlich auch für uns arbeiten! Es wurde Zeit, denn die Damen der Gesellschaft sind durch ihn fast besser gekleidet als wir! Nicht, dass ich etwas gegen Hofschneider Endenich hätte, aber was er als chic bezeichnet, trifft sich nicht mit meinem Geschmack. Der liebe Vater hat sich als sehr großzügig erwiesen und mir gestattet, eine neue – *französische!* – Kollektion an Kleidern und Hüten auszusuchen. Er sagt, weil ich so traurig bin, dass du fort bist. Ach, er ist so gut zu mir. Jetzt komme ich mir ganz schlecht vor, dass ich ihm noch nichts von meinen Stunden bei Frau von Freytag erzählt habe. À propos, ich habe Herrn von Bankendorf nicht von dir gegrüßt. Er wird immer blasser. Ich verspreche dir, dass ich noch diese Woche mit Papa rede! Ich muss jetzt schließen, die Gräfin wartet auf mich.

Leopoldine
Wien

ZEHNTER BRIEF

Gräfin Lazansky an ihre Schwester Caroline

Heilige Einfalt! Leopoldine glaubt doch wirklich, dass ihr Vater sie mit einer Kollektion vom feinsten französischen Couturier, den Wien je gesehen hat, verwöhnt, weil sie auf die Gesellschaft ihrer Schwester verzichten muss! Ich muss sehr an mich halten, mich nicht zu verplappern. Aber ich weiß ja selbst nichts Genaues. Mir ist nur vollkommen klar, dass eine Verlobung Leopoldines in greifbare Nähe rückt. Nur mit wem? Annony hat mir berichtet, dass einer der Diener gehört haben will, dass Friedrich August, du weißt, der Neffe des Königs von Sachsen, vor ein paar Wochen beim Kaiser hat vorfühlen lassen, ob man sich eine Verbindung vorstellen könne. Dies erscheint mir recht schlüssig, ist das sächsische Königshaus doch nicht nur mit der kaiserlichen Familie verwandt, sondern auch freundschaftlich verbunden. Wäre es nicht wunderbar, Leopoldine nicht so fern und bei Menschen zu wissen, die ihr wohlgesonnen sind? Aber die Sprache! Nun, Leopoldine kann Französisch, Deutsch und Italienisch, sie ist begabt, sie würde auch Sächsisch lernen. Und sollte ich sie begleiten, so wäre ich endlich in deiner Nähe, liebste Schwester! Ich fühle mich hier bisweilen etwas einsam. Seit dem Tod der Kaiserin habe ich keinen Gesprächspartner mehr, der meine Interessen teilt. Die Kinder respektieren mich, sind mir auch zugeneigt, aber das genügt nicht, um ein einsames Herz zufriedenzustellen. Auch wenn ich meinen Mann nicht vermisse, so vermisse ich doch die Idee eines Ehemannes. Du hast recht, solange ich in Diensten des Kaisers stehe, wird sich an meiner

Situation nichts ändern. Aber ich dürste nach Veränderung! Nach einem Leben ohne Hof, endlosen Galas, Scharaden und Schlittenfahrten!

Also will ich hoffen, dass das Geschwätz der Dienerschaft auch hier mal wieder mehr als ein Körnchen Wahrheit enthält und sich irgendetwas ändert. Auch für mich.

Falls es meine Kräfte nachher noch erlauben, werde ich dir heute weiteren Bericht erstatten. Solche Unternehmungen sind mit Leopoldine ziemlich anstrengend, da sie sich so schwer entscheiden kann (Marie-Louise ist da weniger heikel, sie würde einfach *alle* Stoffe nehmen). Ich bin sehr gespannt, was Monsieur R. zu bieten hat.

À bientôt, meine Liebe

Anna Christina

Wien

ELFTER BRIEF

Marquis von Marialva an Fürst von Metternich

Lieber Fürst, wir haben uns irgendwie verpasst. Ich habe zwei Stunden auf Sie gewartet. Ich bin sicher, dass dringende Geschäfte Sie behindert haben. Seien Sie versichert, dass mir zwar Ihre Gesellschaft fehlte, ich mich aber dennoch sehr gut unterhalten fühlte. Ihre Kalesche kam pünktlich um elf Uhr und hat mich ins *Milani* gebracht. Dank Ihres eloquenten Dieners bin ich nicht nur dem Schneematsch und der schwer erträglichen feuchten Kälte entgangen, sondern auch gleich über den neuesten Kaffeehaustratsch unterrichtet worden!

Nun weiß ich also, dass man im *Taroni* zwar das köstlichste Gefrorene serviert, besonders das Schokoladengefrorene soll unübertrefflich sein, dafür aber im *Milani* auch Damen verkehren dürfen. Jetzt verstehe ich, weshalb Ihre Wahl auf das *Milani* fiel. Dank an Signore Milani, dass er sich nicht vor dem – charmanten – Skandal fürchtete, es als einziger Kaffeehausbesitzer Wiens zu wagen, sein Haus auch für das zarte Geschlecht zu öffnen.

Schon auf der Straße schlug mir der betörende Geruch frischen Kaffees entgegen, was für eine appetitanregende Einladung! Da noch immer reichlich Schnee liegt, sieht das Haus in seinem gewagten Grün wie ein Pistazieneis mit Schlagobers aus. Natürlich habe ich die von Ihnen empfohlene Schokoladentorte bestellt. Zu diesem Genuss gesellte sich der Blick in eine überaus angenehme Runde: nur gutgekleidete Menschen, die Stil und Solidität ausstrahlten. Dies scheint noch ein Hort der höheren Gesellschaft zu sein. Ich habe gehört, dass es etliche Kaffeehäuser gibt, in denen auch niedere Stände verkehrten. Gefährlich. Solche Lokalitäten können leicht Orte konspirativer Treffen für Menschen mit republikanischer Gesinnung werden. Auch wenn die Französische Revolution mittlerweile über zwanzig Jahre her ist, erfüllt mich der republikanische Gedanke immer noch mit Grauen. Ich weiß, Sie teilen meine Ansicht. Andererseits, und auch hier bin ich mir Ihrer Zustimmung sicher, haben wir genau dieser Revolution den tiefgreifenden Wandel der Mode zu verdanken, die uns nun mit einem Meer an Dekolletés verwöhnt und mehr Busen zeigt, als wir jemals zu wünschen gewagt hätten. Und das bei dieser Kälte! Ich weiß nicht, ob man mehr um die Gesundheit der Damen oder um unseren Verstand fürchten muss. Mir scheint, die Mode ist die natürliche Grenze, an der der Hass gegen Frankreich endet.

Nun bin ich in mein Appartement zurückgekehrt, das im Übrigen genau die richtige Temperatur hat, und warte auf Nachricht von Ihnen. Ich halte den Abend für Sie frei.

Verehrung

Marialva
Wien

Mademoiselle B. ist bezaubernd.

ZWÖLFTER BRIEF

Erzherzogin Leopoldine von Österreich an Marie-Louise, Herzogin von Parma

Ich bin völlig erschöpft! Trotzdem will ich, wie versprochen, dich an unserem Ausflug teilhaben lassen: Das Geschäft Monsieur R.s liegt am Kohlmarkt, also habe ich die Gräfin überredet, zu Fuß zu gehen. Und das bei dem Wetter, feucht und kalt und sehr ungemütlich. Du kannst dir ihre Begeisterung vorstellen. Aber ich habe mich nach all den Tagen im Haus wie befreit gefühlt. Monsieurs Etablissement liegt direkt gegenüber vom *Milani*. Ich habe die arme Gräfin regelrecht über die Straße gezwungen, weil ich unbedingt ins Kaffeehaus schauen wollte. Diese Auslagen! Maronenküchlein, Schokoladentorte, Baisers, Mandelbiskuits, es ist zum Verrücktwerden! Ich hätte alles gegeben, um dort hineinzugehen und ein Stück Torte zu essen. Madame Lazansky war entsetzt. Dabei sind Damen dort erlaubt! Sie aber meint, es wäre auf Arreststrafe verboten, dass ein Mitglied der kaiserlichen Familie seinen Fuß in ein

Kaffeehaus setzt. Ach, ich würde es zu gerne! Und wenn es nur ein einziges Mal wäre! Es sah so einladend und gemütlich aus. Im Übrigen hat sich auch die Gräfin die Nase an den Scheiben plattgedrückt, ha!

Aber eigentlich wollte ich dir von Monsieur R. erzählen. Er war sehr aufgeregt über unseren Besuch, und nach kurzer Zeit hatte sich eine Traube Neugieriger vor seinem Laden versammelt, so dass ein Offizier die Tür verschließen musste.

Was für ein Laden! Kostbares überwiegt natürlich bei Monsieur das Gewöhnliche. Er führt die edelsten Stoffe: weiches Kaschmir und edlen Samt, delikat bestickten Seidentüll, feinsten Batist, zartes Linnen und Musselin. Ein Traum! Wir haben über drei Stunden damit verbracht, zu schauen und anzuprobieren. Es war wie im Märchenland. Wirst du mich necken, dass ich nun endlich auch der Mode verfallen bin? Necke mich nur, wenn du mich la prossima volta siehst, werde ich die eleganteste Frau Wiens sein! Selbst die Gräfin, die sich für Mode so viel interessiert wie eine Katze für die Oper, war ganz aus dem Häuschen. Sie sah in einigen dieser zarten Stoffe ganz jung aus, dabei ist sie schon fast dreißig! Heute erschien sie mir auf einmal ausgesprochen schön.

Annony bringt mir gerade gesüßte Milch. Sie grüßt und küsst dich!

Leopoldine
Wien

DREIZEHNTER BRIEF

Gräfin Lazansky an ihre Schwester Caroline

M. verfolgt mich. Oder besser, ich ihn. Jetzt sehe ich den Fürsten schon an Orten, wo er nicht ist, gar nicht sein kann.

Wir sind gestern zu Monsieur R. gegangen. Zu Fuß! Die Erzherzogin hat darauf bestanden. Kaum bin ich den ungesunden Schlittenfahrten auf dem Lande entkommen, zwingt man mich durch den Matsch. Nun gut, das Geschäft liegt nicht weit von der Hofburg. Kurz vor dem Geschäft zerrt mich Leopoldine über die Straße zum *Milani.* Diese Naschsucht! Und nun all diese Köstlichkeiten direkt vor unserer Nase. Aber denke, nicht nur, dass sie am liebsten sofort eine dieser Leckereien verspeisen möchte, nein, sie möchte in das Kaffeehaus gehen! Manchmal glaube ich, sie ist verrückt. Was kann sie nur daran finden, sich mit dem einfachen Volk gemeinmachen zu wollen. Also entspinnt sich ein kurzer Disput, den ich mit der Androhung schlimmster Strafen durch den Kaiser beende, da sehe ich im Kaffeehaus diesen jungen Mann aus der Oper wieder. Von dem ich dir schrieb, dieser Ausländer. Sofort denke ich, dass auch der Fürst irgendwo zu sehen sein muss, konnte ihn aber nirgends entdecken. Zu merkwürdig, der Mann scheint ein Gast M.s zu sein. Und M. würde, egal für wie unangenehm ich ihn erachte, niemals einen Gast sich selbst überlassen.

Plötzlich spüre ich Blicke in meinem Rücken, drehe mich um und kann gerade noch die Fußspitze eines Stiefels entdecken, dessen Besitzer sich in eine Kutsche fallen lässt. Ich bin absolut überzeugt davon, dass es sich dabei um eine handgefertigte Pariser Stiefelspitze gehandelt hat. Kalbsleder! M. war also da und wollte ins Kaffeehaus. Als er mich sah, ließ er von seinem Vorhaben ab. Was soll das bedeuten?

Ich muss mich erst sammeln, deshalb nur kurz: Der Laden von Monsieur R. ist adorable!

Anna Christina
Wien

VIERZEHNTER BRIEF

Fürst von Metternich an den Marquis von Marialva

Lieber Marquis, ich bin untröstlich, dass ich Sie warten ließ! Aber Sie werden gleich verstehen, dass dies unumgänglich war. Just in dem Augenblick, als meine Kutsche vor dem *Milani* hielt, steht Gräfin Lazansky vor mir! In Begleitung der Erzherzogin Leopoldine. Die Damen verharrten vor dem Kaffeehaus und schmachteten die Kuchen an. Ich habe mich, so schnell es ging, verdrückt und Sie Ihrem Schicksal überlassen. Da Sie nichts über ein Rencontre berichten, nehme ich an, dass die Gräfin auf einen Besuch verzichtet hat. Eigentlich eine überaus angenehme Erscheinung, die Lazansky, intelligent, ein wenig kühl, wahrscheinlich mit Feuer in intimen Momenten … Was sie besonders reizvoll macht, ist, dass sie sich ihrer blendenden Schönheit überhaupt nicht bewusst ist. Ach, Marquis, ein Leben lang muss ich mich wehren, damit mir meine Leidenschaft für das schöne Geschlecht nicht zum Fallstrick wird. Die Ehe schützt einen nicht, denn die Menschen heiraten, um Kinder zu haben, nicht aber, um das Verlangen des Herzens zu stillen. Schon wieder ein Geständnis an Sie, mein Freund.

Seien Sie versichert, dass unser Geheimdienst in Wien exzellent funktioniert und wir natürlich auch die Besucher der Kaffeehäuser hinsichtlich ihrer politischen Gesinnung kontrollieren. Ich wage zu behaupten, dass wir die Republikaner im Griff haben, ohne dass diese uns je bemerken. Die Monarchie ist und bleibt die Grundlage eines gesunden Staates.

Ich erlaube mir, Sie noch heute Abend aufzusuchen, da ich morgen in der Früh den Kaiser sehen werde.

Metternich

FÜNFZEHNTER BRIEF

Erzherzogin Leopoldine von Österreich an Marie-Louise, Herzogin von Parma

Marie, ich bin ganz desolat! Ich weiß gar nicht, wie ich es dir schreiben soll. Elisabeth war endlich da und ist schon wieder weg. Also, vorgestern hat es wieder zu schneien angefangen (Papa hatte recht). Am Abend lag der Schnee so hoch, dass es kaum ein Durchkommen gab und wir uns schon damit abgefunden hatten, dass Elisabeth es wohl nicht bis Wien schaffen würde.

Als ich mich gerade für die Nacht fertig gemacht hatte, kam Annony hereingestürzt und berichtete, dass Elisabeth angekommen sei. Ich bin ihr gleich entgegengeeilt. Sie war nach der langen Fahrt völlig erschöpft und deshalb froh, dass wir uns bereits zu Bett begeben wollten. Sie wollte nicht mal mehr etwas essen (sie sieht sehr schmal aus). Eine glückliche Braut hatte ich mir anders vorgestellt, aber nun gut, die lange Reise, zwei Monate quer durch Europa, erst London, dann Rom und schlussendlich Paris. Ich dachte, vielleicht fehlt mir zu einem treffenden Urteil über die zu erwartende Glückseligkeit einer Braut der Vergleich. Auch wunderte ich mich, dass ihr Ferdinand sie nicht begleitet, wo sie doch geschrieben hatte, dass er sie kaum aus den Augen lasse. Ich hatte mich schon auf ihn gefreut.

Der erste Schock traf mich gestern Morgen, als ich die Treppe zum Frühstück hinunterlief und ein Diener vor mir herging, den ich nicht kannte. Als er sich umdrehte, bin ich fast in Ohnmacht gefallen: ein Mohr! Das Gesicht, der Hals, die Hände, alles, was nicht von seiner Kleidung bedeckt war, war schwarz! Ganz wie in der Oper! Ich war sehr verlegen und bin vor lauter Schreck ganz rot geworden. Der Junge lächelte mir freundlich zu und sagte in makellosem Wienerisch: »Guten Morgen, Hoheit.«

Elisabeth klärte mich auf, dass dies ihr Kammerdiener Felix sei, den ihr Vater ihr zur Hochzeit geschenkt hat. Er ist entzückend und spricht genauso gut Deutsch wie Portugiesisch.

Das war der erste Schreck an diesem Tag. Der zweite folgte nach dem Frühstück. Kaum waren wir allein, fing Elisabeth herzzerreißend an zu weinen. Sie stammelte immer nur: »Mein armer Ferdinand, mein armer Ferdinand!« »Was ist mit Ferdinand?«, ich fürchtete das Schlimmste. Aber es ist noch schlimmer als das Schlimmste! Marie, sie hat Ferdinand nicht heiraten dürfen! Ihr Vater hat den Antrag Ferdinands ausgeschlagen, weil er nicht vermögend genug sei. Ist das nicht grausam? Stattdessen musste sie Herzog von Andernach ehelichen. Er ist schon vierzig Jahre alt, sie ist erst siebzehn, stell dir vor! Elisabeth konnte nichts Gutes über ihn sagen. Er ist grob und ungebildet. Ihm mangelt es in jeder Hinsicht an Charakter. Aber er besitzt Ländereien in der Wachau und in Italien, drei Palais in Wien, zwei in Florenz, eine große Kunstsammlung und jede Menge Fuhrwerk. Er ist also reich. Das Ärgste aber für Elisabeth ist, dass es in seinem Haus keine Bücher gibt! Als ihre Bücherkisten ankamen, hat er sie in den Keller stellen lassen. Bücher! In den Keller! Sie schluchzte: »Du ahnst ja nicht, wie sich mein Leben verändert hat. Er ist so schrecklich langweilig. Wenn ich ins Theater will, sagt er, das bringe ihm nichts. Will ich tanzen, dann bringt es ihn um!« Als ich, um sie abzulenken, fragte, wie denn ihre Reise gewesen sei und wie es ihr in Paris gefallen habe, erwiderte sie empört: »Paris? Mein werter Mann hat entschieden, dass man sich zwar aus Prestigegründen fremde Städte anschauen muss, aber eigentlich ist ihm das Reisen zu anstrengend. Vor allem eine aufregende Stadt wie Paris. Er zieht Spaziergänge auf dem Lande vor. Ach, ich habe so eine Sehnsucht nach Ferdinand!« Darauf brach sie erneut in Tränen aus. Ich wusste keinen Rat, wie ich sie trösten konnte, mir war selbst ganz elend. Dass ein Vater so gegen seine Tochter handeln kann. Papa würde sich niemals zu einer solch unglücklichen Entscheidung hinreißen lassen.

Was soll ich Elisabeth nur sagen, Marie? Es kann doch nicht ihr Leben sein, darauf zu warten, dass ihr Mann möglichst bald stirbt. Wobei dies das Einzige ist, worauf sie hoffen kann. Oh, Gott, was schreib ich? Daran erkennst du, wie durcheinander ich bin.

Gestern Mittag ist sie schon wieder auf und davon. In die Wachau, wo sie bis auf ihren Ehemann keinen Menschen kennt. Und nicht einmal ein Buch zur Hand!

Leopoldine

Wien

Nachschrift: Siehst du, jetzt habe ich vergessen, ihre Garderobe zu beschreiben. Ich kann sie dir nicht schildern, in ihrem Kummer erschien sie mir so blass, so durchsichtig, dass ich mich beim besten Willen nicht an ihre Kleider erinnern kann. Ist das nicht schrecklich?

SECHZEHNTER BRIEF

Kaiser Franz I. von Österreich an
Fürst von Metternich

Habe über Ihre Vorschläge nachgedacht und erteile Ihnen mein Placet. Beginnen Sie mit den Verhandlungen. Und holen Sie Informationen zu den Bodenschätzen in Brasilien ein.

Und danke herzlichst für diesen wirklich außergewöhnlichen Kaffee. Wo haben Sie den nur aufgetrieben? Ah, über Ihre geheimen Kanäle weiß nicht mal der Kaiser Bescheid! Sie sind ein Schlingel, Fürst!

F

SIEBZEHNTER BRIEF

Gräfin Lazansky an ihre Schwester Caroline

Neuigkeiten über Neuigkeiten! Man hat M. schon wieder mit dem Ausländer gesehen! Sie scheinen recht vertraut miteinander. Konkurrenz für Madame de S.? Ha! Ich möchte zu gerne wissen, was alle Welt nur an M. findet. Nun gut, er schaut sehr gut aus. Eine attraktive Erscheinung. Groß, schlank, stets überaus geschmackvoll gekleidet (in sichtbar teures Tuch), gerade Haltung, kurze helle Locken. Seine leicht hervorstehenden Augen verraten Intelligenz. Wenn ich ihn nur nicht so schrecklich fände!

Es wird nichts mit Friedrich August und Leopoldine. Zuerst war ich erleichtert, er ist zwar ein Verwandter, aber viel zu dick. Und das Sächsisch bleibt uns erspart. Aber nun sehe ich auf absehbare Zeit keine Möglichkeit, zu dir zu kommen. Gestern habe ich dann höchst erstaunt zur Kenntnis nehmen müssen – Seine Majestät hat es mir persönlich gesagt –, dass stattdessen Erzherzogin Caroline nach Sachsen heiraten wird.

Es ist gut, dass Leopoldine vorerst an keine Ehe denken muss, denn sie hat neulich einen recht großen Schock verdauen müssen. Ihre Cousine Elisabeth war zu Gast, eine wirklich entzückende, feine Person, und hat von ihrem Pech berichtet, nicht dem Mann ihres Herzens angetraut worden zu sein, sondern einem älteren Mann, irgendeinem Herzog – ich habe den Namen noch nie gehört, er kann nicht bedeutend sein! Nun ist Elisabeth nur noch ein Häufchen Elend, ganz schmal und am Leben verzweifelt. Ich kann sie nur zu gut verstehen.

Das Erste, was uns Frauen die ersehnte Freiheit schenkt, zu tun, was wir wollen (solange wir es diskret und am besten fern der Heimat tun), ist das Witwentum. Ich bin meinem Mann noch heute dankbar, dass er darauf bestand, an einem Tag, wo die Felder zu einem vereisten See gefroren waren, unbedingt reiten zu müssen. Das war in seinem ganzen dummen Leben seine einzig kluge Tat. Das Zweite ist die Fähigkeit, sich von Sehnsüchten frei zu halten. Leidenschaft ja, aber keine Herzensleidenschaft. Hat man das erreicht, ist man ein freier

Mensch. Ich bin zwar frei, aber mir mangelt es wiederum an Gelegenheiten, hélas!

Auf jeden Fall spricht meine Erzherzogin seitdem nur noch davon, nie heiraten zu wollen und lieber Pianistin zu werden. Ich verzweifele an meiner Aufgabe, sie an ihre Pflichten erinnern zu müssen.

Es wird auch hier endlich Frühling, der letzte Schnee ist dahin, die Luft duftet nach warmen Tagen. Ich habe mir bei Monsieur R. ein neues Frühlingskleid – ganz à la mode – bestellt, ein zartgelber Baumwollstoff, mit grünen, kaum erahnbaren Schmetterlingen bestickt. Ganz entzückend.

Kommst du diesen Sommer endlich nach Wien? Sonst sehen wir uns nie!

Anna Christina

Wien

ACHTZEHNTER BRIEF

Erzherzogin Leopoldine von Österreich an Marie-Louise, Herzogin von Parma

Keine Zeile von dir! Seit drei Wochen kein Brief! Das kann, das darf nicht sein! Schreib mir, liebste Marie!

Leopoldine

Wien

NEUNZEHNTER BRIEF

Fürst von Metternich an den Marquis von Marialva

Seine Majestät war sehr angetan, und es hat keinerlei rhetorischer Finessen bedurft, um ihn von einer österreichisch-portugiesischen Allianz zu überzeugen. Fast habe ich bedauert, dass es so leicht war. Aber der Kaiser mag keine langwierigen Beratungen, er verbringt seine Zeit lieber mit seiner Familie. So bleibt mir freie Hand …

Seine Majestät hat nicht nach der Sklaverei gefragt. Ich hielt es für opportun, ihn nicht auf diese Krux hinzuweisen. Hätte ich es getan, wäre ich Gefahr gelaufen, ihm das Gefühl zu geben, er sei schlecht unterrichtet. Und dann hätte ich mir gar den Vorwurf gefallen lassen müssen, ich wäre verantwortlich für diese fehlende Information. Also habe ich ausführlich über den Reichtum Brasiliens und das politische Geschick Dom Joãos referiert und dass eine Verbindung Österreichs mit Portugal für beide Seiten von großem Vorteil sei. Endlich hätte Portugal einen sicheren Partner in Europa. Und Österreich könnte Portugal in der schwierigen Phase der Zusammenführung der brasilianischen Provinzen zu einer starken Macht unterstützen. Er schien begeistert und schlug selbst Erzherzogin Leopoldine als passende Kandidatin vor. Gott sei Dank hatten wir die sächsische Frage schon vorher gelöst!

Lassen Sie uns dennoch hoffen, dass Dom João sich des Problems der Sklaverei in naher Zukunft annimmt. Wir können jetzt in Ruhe die Details erarbeiten und vor allem der Erzherzogin Appetit auf ihre Aufgabe machen. Ich bin überzeugt, dass Sie sie mit Ihrem Charme und der Ihnen eigenen Feinfühligkeit für die brasilianische Sache begeistern werden! Nutzen Sie ihre Neugier auf ferne Länder! Ich werde Sie nun so schnell als möglich miteinander bekannt machen.

Madame de S. lässt Sie fragen, ob Sie ihr die Ehre geben, am nächsten Samstag zu ihrer Soiree zu erscheinen. Sagen Sie ja! Es ist dort immer höchst amüsant.

Metternich
Wien

Nachschrift: Irgendjemand sollte den Mundkoch Seiner Majestät in der richtigen Kaffeezubereitung unterweisen! Das Gebräu, das mir der Kaiser servieren ließ, war so stark, dass mir das Kaffeepulver wie Mehl auf der Zunge klebte. Seine Majestät scheint an die Dosis gewöhnt zu sein. Ich hingegen habe in der Nacht kein Auge zugetan.

ZWANZIGSTER BRIEF

Marie-Louise, Herzogin von Parma, an Erzherzogin Leopoldine von Österreich

Meine liebste Poldl, verzeih, dass ich so lange nicht geschrieben habe, aber ich war ein wenig unpässlich und hatte so gar keine Kraft. Zudem gab es einen heftigen Wetterumschwung, eben waren es noch wenige Grade über null und dann von einem Tag auf den anderen fast zwanzig Grad! Dabei sehr schwül, so dass jede Bewegung eine Zumutung war.

Ich habe mich in meinem kleinen Herzogtum gut eingelebt und führe mein Leben fort, wenn auch in bescheidenerem Rahmen als in Paris. Die Gegend ist wunderschön, deshalb werde ich, sobald ich wieder zu Kräften gekommen bin, Reisen nach Mantua, Bologna und vielleicht auch Venedig unternehmen. Ich sollte dies bald tun, da im Sommer die Hitze hier unerträglich sein muss, so dass man sich nicht mehr aus dem Haus rührt.

Ach, arme Elisabeth! Das hat sie nicht verdient, aber ihr Vater wird sich schon gewissenhaft mit dem Besitz – oder Nicht-Besitz – Ferdinands beschäftigt haben. Ich bin sicher, er hat so entschieden, weil er erkennen musste, dass Ferdinands Vermögen nicht ausreicht. Er liebt seine Tochter, also möchte er sie gut versorgt wissen. Sie wird sich an ihren Mann gewöhnen. Das braucht Zeit, vor allem, weil ihre Gefühle für Ferdinand noch so lebendig sind. Warum sollte sie dem Herzog den Tod wünschen? Wäre es nicht einfacher, sich zu gegebener Zeit, verzeih mir meine Offenheit, einen Liebhaber zuzulegen? Die Ehe ist eine Sache, die Liebe – oder was immer man dafür hält – eine andere. Ich weiß, dass dies jetzt kein Trost für unsere Freundin ist. Mein einziger Rat ist: Ablenkung! Vergnügen!

Wie kannst du vergessen, ihre Garderobe zu beschreiben? Und was hast du dir bei Monsieur R. bestellt? Kannst du mir ein paar Muster und Stoffproben schicken lassen?

Du schreibst keine Zeile davon, ob du den Papa über deine Klavierstunden in Kenntnis gesetzt hast. Oder hast du das Spielen aufgegeben?

Ich umarme dich, Kleines!

ML

Parma

EINUNDZWANZIGSTER BRIEF

Fürst von Metternich an
Kaiser Franz I. von Österreich

Ich freue mich über die Nachricht, dass die Herzogin Marie-Louise von Parma ein gesundes Mädchen zur Welt gebracht hat. Gleichzeitig darf ich Ihrer Majestät versichern, dass es mir gelungen ist, die junge Mutter davon zu überzeugen, dass es für den Gemütszustand ihrer Schwester Leopoldine das Gesündeste ist, wenn sie nichts über die Umstände der Geburt und Vaterschaft weiß. Die Herzogin hat sich, wie immer, als überaus verständig gezeigt.

Ich habe mir erlaubt, Signore M., einen begabten parmesischen Maler, zu beauftragen, ein Bildnis des Kindes anzufertigen und Ihrer Majestät zu senden.

Der Marquis von Marialva bittet, Ihnen seine Aufwartung machen zu dürfen.

Hochachtungsvoll

Metternich

Wien

ZWEIUNDZWANZIGSTER BRIEF

Kaiser Franz I. von Österreich an
Fürst von Metternich

Der Marquis Marialva scheint mir ein zuverlässiger und kompetenter Mann zu sein, und er hat mich in allen Dingen überzeugt. Ich denke, es ist an der Zeit, die Erzherzogin in Kenntnis zu setzen. Ich selbst werde in den kommenden Tagen meiner Tochter die frohe Nachricht ihrer baldigen Verlobung mit dem portugiesischen Thronfolger Dom Pedro überbringen. Vorher benötige ich jedoch unbedingt eine Einschätzung, wie lange die portugiesische Königsfamilie noch im fernen Brasilien zu bleiben gedenkt. Es wird mir entschieden leichter fallen, meiner geliebten Tochter ihre Eheschließung zu avisieren, wenn ich ihr eine baldige Rückkehr nach Europa versprechen kann. Bedenke ich ihre Jugend und Unerfahrenheit mit jeglichen Reisen, so dauert es mich sehr, sie so fern und ohne jede Unterstützung zu wissen. Also, Fürst, beruhigen Sie ein ängstliches Vaterherz.

F

DREIUNDZWANZIGSTER BRIEF

Gräfin Lazansky an ihre Schwester Caroline

Was für eine absurde Vermutung von dir, Caroline! Niemand interessiert mich weniger als M.! Ich bin um jeden Tag froh, an dem ich ihn nicht sehen muss. Unglückseligerweise hat die Opernsaison begonnen, da bleibt eine Begegnung nicht aus. Meist bin ich aber in Begleitung der Kaiserlichen Hoheiten, so dass seine Aufmerksamkeit selbstverständlich ihnen gilt. Aber ich gestehe, dass ich für seine makellosen Manieren und seine großen Musikkenntnisse empfänglich bin. Meine sonstige Bitterkeit über ihn resultiert einzig aus seinem Arrangement der Ehe Marie-Louises mit diesem Korsen. Würde er mit seinen eigenen Kindern auch so rücksichtslos verfahren? Wahrscheinlich. Er ist ein kühler Charakter. Im Übrigen hat er sich wohl mit Madame de S. zerstritten. Genug, er interessiert mich nicht!

Anna Christina
Wien

VIERUNDZWANZIGSTER BRIEF

Marquis von Marialva an Fürst von Metternich

Ich hatte Seiner Majestät gegenüber erwähnt, dass Dom João und die königliche Familie nun schon zehn Jahre in Brasilien leben. Vielleicht hat er es überhört oder überhören wollen. Ich selbst glaube nicht, dass Dom João in naher Zukunft vorhat, sein Exil zu verlassen und nach Europa zurückzukehren. Brasilien ist reich, es ist warm (der König hat es mit den Gliedern, das Klima lindert seine Schmerzen), und trotz der immer wieder aufflackernden Unruhen in den verschiedenen Provinzen scheint er dort ruhiger zu leben als in Lissabon. Was jedoch seinen Sohn Dom Pedro anbelangt, so kann ich mir gut vorstellen, dass er nach Portugal zurückkehren möchte. Allein schon, um nicht ständig unter der Vorherrschaft seines Vaters zu stehen.

Meinen Sie, lieber Fürst, wir sollten den Kaiser mit unseren Vermutungen behelligen? Ich weiß keine klare Antwort auf seine Frage. So überlasse ich die Antwort Ihrem diplomatischen Geschick.

Ich fand den Kaiser überaus sympathisch. Ein geradliniger Mann, dem es allerdings schwerzufallen scheint, seine Tochter so fern zu wissen.

Ich schulde Ihnen noch zweifachen Dank, lieber Fürst, zum einen für die wirklich bezaubernde Einladung zu Madame de S. Ich hoffe, Madame hat Ihnen verziehen, dass Sie mir an diesem Abend mehr Aufmerksamkeit geschenkt haben als ihr! Sie scheint eine Dame von großem Verstand zu sein, deshalb wird ihr – verständlicher – Ärger, dass wir die Unterhaltung mit unserem politischen Diskurs dominiert haben, hoffentlich nicht zu lange anhalten. Ich werde ihr Blumen schicken mit meiner reuigen Entschuldigung, dass wir ihre Soiree mit langweiliger Politik gestört haben. Mein zweiter Dank gilt Ihnen und Ihrem Kompliment, mich Freund zu nennen. Ich verbeuge mich in Freude und Dankbarkeit.

Marialva

FÜNFUNDZWANZIGSTER BRIEF

Erzherzogin Leopoldine von Österreich an Marie-Louise, Herzogin von Parma

Nun habe ich endlich Nachricht von dir und kann mich dennoch nicht recht über deinen Brief freuen. Es ängstigt mich, dass du krank warst. Bist du jetzt ganz gewiss wieder wohlauf? Hast du gute Ärzte an deiner Seite? Bitte beruhige mich!

Ich wundere mich über deinen Gleichmut Elisabeths Schicksal gegenüber. Du scheinst mehr Verständnis für ihren Vater zu haben als für sie. Vielleicht schaut man, wenn man so alt ist wie du und schon eine Ehe durchlebt hat, anders auf die Dinge als ich. Ich aber leide zutiefst mit ihr und weiß nicht, ob ihr Vater recht getan hat.

Seit ein paar Tagen fühle ich mich anders als sonst. Nein, ich kränkele nicht, es ist nichts Körperliches. Ich habe das Gefühl – ich weiß nicht, wie ich es beschreiben soll –, dass mir etwas abhandengekommen ist. Alles, was ich mit meiner, mit unserer Kindheit verbinde, ist nicht mehr oder hat sich gewandelt: Mama ist tot, du bist fort, Elisabeth ist verheiratet, Papa ist sehr beschäftigt. Sogar meine Leibspeisen haben das Besondere verloren, seit unser alter Hofkoch Munch nicht mehr in unseren Diensten steht. Nur Gräfin Lazansky ist wie immer. Auch wenn sie ihre Gefühle nicht nach außen trägt, weiß ich doch um ihre Zuneigung. Und Jakob ist natürlich ganz der Alte! Der einzig unwandelbare Charakter! Aber sein Fell wird grau, und er hat schrecklichen Mundgeruch. Neulich habe ich ihm Cognac einflößen wollen, damit dieser Odeur verschwindet. Das hat er mir bis heute nicht verziehen und würdigt mich seitdem keines Blickes.

Manchmal habe ich das Gefühl, dass meine Umgebung mich anders anschaut. Vielleicht ist es auch nur Einbildung. Auf jeden Fall bin ich viel für mich und lese fast den ganzen Tag. Natürlich genieße ich den Unterricht bei Frau von Freytag! Sie ist entzückend und lobt unermüdlich mein Talent. Ein paar meiner Kompositionen hat sie in der Messe gespielt, wobei natürlich niemand wusste, dass ich die Urheberin bin.

Am Sonntag habe ich auch nun endlich all meinen Mut zusammengenommen und den Papa wegen der Stunden gefragt. Seine Reaktion war seltsam, er hat nichts gesagt, weder dagegen noch dafür, er schien nicht einmal erstaunt. Ich glaube, er litt wieder an seiner Melancholie, die er seit Mamas Tod ja öfters hat, und hat gar nicht richtig zugehört. Auf jeden Fall habe ich meine Pflicht erfüllt. Irgendwie hatte ich das Gefühl, dass er mir auch etwas sagen wollte, aber es nicht vermochte. Ich habe ihn nicht weiter gefragt.

Für dich habe ich mich angestrengt und nochmals versucht zu erinnern, was Elisabeth trug. Aber es will mir beim besten Willen nicht einfallen. Nur war der Eindruck nicht ganz so elegant wie sonst, was aber weniger an ihrem Kleid als an ihrem niedergeschlagenen Ausdruck lag.

Was mich dann aber doch freute, war, dass sie beim Anblick der Köstlichkeiten, die Annony für sie hat auftragen lassen (gebackenes Huhn, Fischmousse in Weißweingelee und ihr Lieblingsgericht, Hühnerpastete mit Trüffeln, hübsch garniert mit Petersilie und Federn), endlich wieder Appetit verspürte und kräftig zulangte.

Ach, ich denke ständig an Elisabeth. Und natürlich an dich, carissima sorella! Schreib mir!

Leopoldine

Wien

SECHSUNDZWANZIGSTER BRIEF

Marie-Louise, Herzogin von Parma, an Erzherzogin Leopoldine von Österreich

Meine liebe, kleine Poldl, solltest du mir Post nach Parma geschickt haben, wird mich diese nicht erreichen, denn ich bin auf dem Weg nach Venedig! Vor zwei Wochen erhielt ich ein überraschendes Päckchen von unserem hochverehrten Herrn Geheimrat von Goethe. Darin war sein neuestes Werk *Italienische Reise* enthalten. Kaum hatte ich angefangen zu lesen, war ich überzeugt, diesem Reisebericht besser folgen zu können, wenn ich mich selbst auf Reisen begebe. Jetzt, wo der Mai seine ganze Pracht entfaltet hat und alles in vollster Blüte steht, ist es ein idealer Zeitpunkt für eine solche Unternehmung. Das Wetter ist sehr angenehm, der Himmel zartblau ohne ein Wölkchen. Ich fahre, wie man hier sagt, *in compagnia* guter Freunde (auch mein Römer Leonardo begleitet mich, damit er mich vor den Klippen der italienischen Sprache bewahrt) und erwarte mir eine unterhaltsame Zeit. Da ich um nichts in der Welt auch nur annähernd so pointiert zu schreiben vermag wie der Geheimrat, werde ich dich nicht mit einem Bericht aus meiner Feder langweilen. Stattdessen werde ich mich auf Beschreibungen der Vorstellungen im *La Fenice* und der Mode beschränken. Den venezianischen Damen wird ein erlesener Geschmack nachgesagt!

Mille baci

ML
Udine

SIEBENUNDZWANZIGSTER BRIEF

Gräfin Lazansky an ihre Schwester Caroline

Nun ist es heraus! Leopoldine soll den portugiesischen Thronfolger Dom Pedro heiraten!

Ich wusste, dass etwas in der Luft lag. Nicht nur wegen des Besuches bei Monsieur R. Der Kaiser war in der letzten Zeit überaus aufmerksam und zugeneigt zur Erzherzogin. Jede freie Minute hat er mit ihr verbracht, sie haben zusammen Schach und Whist gespielt, und als das Wetter es zuließ, hat er sich sogar zu einer Partie Federball hinreißen lassen. Er, der wie ich eine gesunde Abneigung gegen jede körperliche Betätigung hat!

Die Fürsorge des Vaters hat Leopoldine sichtlich gutgetan, sie war nach dem Besuch Elisabeths niedergeschlagen und in sich gekehrt. So sehr, dass ich schon um ihre Gesundheit fürchten musste. Selbst das Klavier hat sie in dieser Zeit kaum angerührt.

Also, gestern bat mich Seine Majestät zu einer ungewöhnlich frühen Zeit zu sich. Obgleich wir uns nicht selten sehen, war ich nervös, denn die Einladung wurde dringlich ausgesprochen, so dass ich kaum Zeit hatte, mich herzurichten. Etwas müde erschien ich also im Arbeitszimmer des Kaisers. Ich traf ihn nicht allein, M. war ebenfalls anwesend und – der geheimnisvolle Fremde aus der Oper! Nun ist das Geheimnis also gelüftet: Es ist der portugiesische Gesandte, Marquis von Marialva. Ein sehr sympathischer Mann, etwas über dreißig, nicht im üblichen Sinne gutaussehend, aber sehr männlich und dennoch mit viel Wärme im Ausdruck. Man sagt, er tanze Walzer wie ein junger Gott. Nun, das wäre wirklich ein

Gewinn bei Hof! Er wirkt umgänglich und nicht so blasiert wie M. (Es bleibt mir ein Rätsel, wie es Fürst Metternich fertigbringt, zu allen Tageszeiten so frisch und wach auszusehen! Für mich als Frau ist das ein regelrechter Affront. Wie auch immer, sein Handkuss fiel heute etwas moderater aus, wahrscheinlich der Anwesenheit des Kaisers geschuldet. Oder meinem zerknitterten Aussehen.)

Der Kaiser bat mich, Platz zu nehmen, und kam dann ohne Umschweife auf die Verlobung meines Schützlings zu sprechen. Nachdem er Dom Pedro als einen idealen Ehemann angepriesen hat (ich bete zu Gott, dass nur die Hälfte der ihm zugesprochenen Attribute stimmen) und mir (und sich selbst) versichert hat, dass dies eine harmonische Ehe zu werden verspricht, hat er hinzugefügt, dass diese Allianz zwischen Österreich und Portugal in jeder erdenklichen Hinsicht von beiderseitigem Vorteil sei. Er fragte mich, was ich für besser hielte, ob er oder ich Leopoldine die Nachricht ihrer Verlobung überbringen sollte. Ich war unfähig zu antworten, so dass ich nur stammelte: »Wenn Ihre Majestät …« Jetzt im Abstand von einigen Stunden sehe ich, dass er mich nur aus Freundlichkeit gefragt hat, denn wer außer ihm hätte das Recht (und die Pflicht!), seiner Tochter von ihrer Verlobung zu berichten.

Wenn Dom Pedro nur ein Gran des Charakters von Marquis Marialva besitzt, kann er nicht gänzlich unsympathisch sein.

Ich bin noch ganz mitgenommen, und just jetzt, während ich dir diese Zeilen schreibe, ist die Erzherzogin beim Kaiser. Ich halte dich auf dem Laufenden!

Anna Christina

Nachschrift: Eben ist Leopoldine zurückgekehrt. Sie ist ganz aufgewühlt. Ich kann gar nicht sagen, ob sie sich freut oder ängstigt, es ist kein richtiger Satz aus ihr herauszukriegen. Sie läuft ständig im Zimmer auf und ab, umarmt mich, läuft zum Fenster, schaut stumm hinaus, läuft wieder zurück, so geht es in einem fort. Kurz: Sie ist konfus und ich auch!

ACHTUNDZWANZIGSTER BRIEF

Gräfin Lazansky an ihre Schwester Caroline

Ich bin so durcheinander, dass ich Folgendes vergaß: Nachdem der Kaiser geendet hatte, wandte sich mir Fürst Metternich zu und erklärte, dass es vielleicht (!) wichtig sei zu wissen, dass Leopoldine zunächst nach Brasilien reisen müsse, da ihr Zukünftiger sich in diesem fernen Exil aufhalte. Aber man rechne fest damit, dass die portugiesische Königsfamilie binnen nächsten Jahres nach Portugal zurückkehren würde. Ich weiß nicht, was ich davon halten soll!

Der Fürst machte jedoch einen guten Eindruck auf mich, er war freundlicher als sonst. Nun, vielleicht ist das falsch ausgedrückt, er ist immer freundlich zu mir, nur wirkt seine Freundlichkeit nicht auf mich.

Was mich am meisten verblüffte, fast schien er mir mitleidig mit Leopoldine. Aber ich muss mich nur daran erinnern, dass er die Verlobung Marie-Louises mit Napoleon gegenüber Seiner Majestät mit der Frage »*Kann man zwischen dem Untergang einer ganzen Monarchie und dem persönlichen Unglück einer Prinzessin wählen*« rechtfertigte, und schon schäumt mir wieder die Galle hoch.

Ich habe natürlich Contenance bewahrt und bete zu Gott,

dass diese Entscheidung Seiner Majestät (und M.s) eine gute Entscheidung ist.

Anna Christina
Wien

NEUNUNDZWANZIGSTER BRIEF

Erzherzogin Leopoldine von Österreich an Marie-Louise, Herzogin von Parma

Ich werde heiraten. Mein Zukünftiger ist der portugiesische Thronfolger Dom Pedro. Ich bin wie gelähmt. Ich empfinde nichts, weder Freude noch Ablehnung. Ist es dir damals auch so gegangen? Schon in einem Monat werde ich nach Livorno aufbrechen, um von dort das Schiff nach Brasilien zu besteigen.

Einzig froh daran stimmt mich, dass ich dich in Italien sehen werde!

Leopoldine
Wien

DREISSIGSTER BRIEF

Gräfin Lazansky an ihre Schwester Caroline

Verzeih, dass ich so lange nichts von mir hören ließ, aber ich weiß nicht, wo mir der Kopf steht! Die Tage sind zu kurz, um all das zu arrangieren und zu bedenken, was getan werden muss. An oberster Stelle steht allerdings, dass ich meine kleine Erzherzogin beruhigen muss, sie ist immer noch außer sich. Ich muss sie auf ihre neue Aufgabe einstimmen, was mir sehr schwerfällt. Wie soll ich ihr Positives über die Ehe berichten? Jetzt krame ich in meinem Gedächtnis und versuche mich zu erinnern, was ich Angenehmes und Romantisches in Romanen gelesen habe. Romane sind ja ein geradezu überbordendes Reservoir an wunderbar seltsamen Geschichten über die Liebe. Welcher Narr glaubt dies alles? Also bemühe ich mich, diese Phantasiegebilde auf ein erträgliches Minimum zu destillieren und streue dann das eine oder andere ins Gespräch ein, hoffend, dass sie meine List nicht durchschaut. Aber vielleicht hilft auch hier ihre Naivität und Unerfahrenheit. Ich werde alles in meiner Macht Stehende tun, damit sie nicht zu verschreckt in die Ehe geht.

Auf Wunsch des Kaisers wird die Erzherzogin durch den Marquis Marialva in portugiesischer Geschichte und Politik unterrichtet. Da ich bei diesen Unterweisungen zugegen bin, verbringe ich plötzlich viel Zeit – mehr als mir lieb ist! – mit dem Fürsten, denn die beiden Männer sind unzertrennlich. Dabei könnten sie unterschiedlicher nicht sein: Metternich kühl und überlegen, bar jeglichen Humors (oder ich habe keinen), hingegen der Marquis ein warmherziger, empathischer Mann ist, den ich sehr schätze. Er ist humorvoll und besitzt mehr als ein Quäntchen Selbstironie, ein angenehmer Charakterzug, der dem Fürsten völlig fehlt.

Da sitze ich nun Tag für Tag im kühlen Salon (heute in meinem neuen blassgelben Musselinkleid, ein Meisterwerk des Monsieur R., das mir in diesen ungeheizten Mauern wahrscheinlich auch bald die berüchtigte Musselinkrankheit einbringen wird!), während draußen das köstlichste Sommerwetter herrscht, und lerne, dass Brasilien das Paradies auf Erden ist. Der Marquis ist ein begnadeter Berichterstatter und kann das Land wirklich sehr lebhaft beschreiben. Leopoldine hängt an seinen Lippen. Mich allerdings könnte man mit nichts in dieses ferne Land locken! Ein Land, wo es mehr Affen als Menschen gibt und man noch nicht einmal ein Opernhaus besitzt! Na, habe die Ehre!

Während all dieser Stunden betrachtet mich M., als wäre ich ein Bild Botticellis. Dann und wann richtet er das Wort an mich, aber ich widerstehe seinen subtilen Versuchen, mich aus der Reserve zu locken. Als wenn ich für das Himmelblau seiner, zugegebenermaßen ausdrucksstarken, Augen empfänglich sein könnte! Ich habe mir vorgenommen, nicht über seine Scherze zu lachen und ihm auch sonst die kalte Schulter zu zeigen. Soll dieser Mensch sich nicht einbilden, ich hätte ihm die Ehe Marie-Louises mit Napoleon verziehen! Und ich schwöre schon jetzt bittere Rache, sollte das Ehearrangement zwischen meiner Erzherzogin und Dom Pedro sich als unglücklich erweisen!

Was mich zudem sehr beunruhigt, ist, dass die Herren so viel Gewicht auf Brasilien legen und Portugal nur am Rande erwähnen. Sollte man nicht mehr über Portugal erfahren, wenn Brasilien nichts weiter als ein kurzer Aufenthalt ist, bevor die königliche Familie wieder in ihre Heimat zurückkehrt? Ergibt dies einen Sinn?

Heute Abend gibt es zu Ehren des Marquis einen großen Ball. Grand Parure! Da das Wetter für die Jahreszeit schon sehr warm ist, werden wir viele Damen mit wenig Stoff am Leib bewundern können.

À bientôt, meine Liebe

Anna Christina
Wien

EINUNDDREISSIGSTER BRIEF

Erzherzogin Leopoldine von Österreich an Marie-Louise, Herzogin von Parma

Du schreibst nicht! Jetzt, wo ich deinen Beistand so brauche! Ich bin seit Wochen in einem Zustand, den ich kaum beschreiben kann. Ich habe das Gefühl, die Welt um mich ist schon nicht mehr die meine, aber mein neues Leben ist noch fern, so dass ich nicht die geringste Phantasie dafür habe. Die Lazanksy ist auch ganz konfus, ohne Unterlass erzählt sie mir verklärte und überzuckerte Anekdoten über die Liebe und die Ehe. Wo sie das auf einmal herhat? Wie auch immer, bedeutet die Tatsache, dass sie mich zu trösten sucht, dass mich Schreckliches erwartet? Sonst müsste man mich doch nicht beruhigen! Du siehst, ich kann nicht klar denken!

Ach, ich freue mich so auf unser Wiedersehen! Ich werde Papa bitten, mich möglichst lange bei dir in Parma zu lassen. Wenn ich bedenke, dass ich erst in vielleicht einem Jahr wieder nach Europa zurückkehren werde, muss er doch Einsicht haben, dass wir ein paar Wochen füreinander brauchen!

Der portugiesische Gesandte, Marquis Marialva, hat mir seine Aufwartung gemacht. Ich bin sehr erleichtert, dass der Marquis ein gesitteter und überaus freundlicher Mann ist, das lässt mich für meinen Ehemann hoffen. Er überbrachte mir eine wunderschöne Schatulle im Namen Dom Pedros und seines Vaters, König Dom João, gefüllt mit den schönsten Edelsteinen, die ich je gesehen habe!

Der Marquis liebt wie ich die Musik, und so haben wir zusammen musiziert. Er ist ein passabler Musiker. Seine wirkliche Passion ist aber das Reiten, etwas, was ich so gar nicht beherrsche. Er stellte sich sogleich als Lehrer zur Verfügung. Dom Pedro ist wohl ein exzellenter und leidenschaftlicher Reiter. So hält es der Marquis für angebracht, wenn ich mich auch mit Pferden beschäftige. Ich habe ihm verschwiegen, dass ich diese Viecher groß und einschüchternd finde. Ich werde mich überwinden.

Du siehst, die erste Begegnung verlief alles in allem recht freundlich zwischen uns. Er hat mir im Übrigen eine ganze Sammlung von Aquarellen über Brasilien mitgebracht. Was für ein buntes Land!

Jetzt sehen wir uns täglich, da ich in brasilianischer Landeskunde unterwiesen werde. Leider ist bei diesen Stunden auch, neben der Gräfin, Monsieur M. anwesend. Seine bloße körperliche Anwesenheit kühlt den Raum. Ich glaube, er kann mich genauso wenig leiden wie ich ihn. Gottlob bin ich ihn bald los! Allein dafür hat die Reise ihr Gutes. Und wie er die Gräfin anschaut! Ich würde rot werden, sie aber tut so, als wäre er Luft.

Abbraccio mia cara sorella, ich muss mich eilen, heute Abend ist Gala. Lass von dir hören, sonst bin ich dir bös!

Leopoldine
Wien

Und bete, dass ich es besser treffe als Elisabeth, von der ich seit Wochen nichts gehört habe. Vielleicht hat ihr dicker Ehegatte nun auch die Korrespondenz untersagt?

ZWEIUNDDREISSIGSTER BRIEF

Gräfin Lazansky an Fürst von Metternich

Fürst, es ist nicht meine Art, mit Ihnen schriftlich zu verkehren, dennoch muss ich scheinbar deutlicher werden und mir Ihre Zudringlichkeit verbitten. Nein, wir werden keine Freunde werden, auch wenn wir, wie Sie gestern zu sagen beliebten, gemeinsam für das Glück der Erzherzogin sorgen müssen. Ich hoffe für Sie, dass Sie Ihren Teil für das Glück Ihrer Hoheit erfüllt haben, indem Sie die bestmögliche Ehepartie für die Erzherzogin arrangiert haben. Sollte Ihnen das gelungen sein, können Sie sich meines Dankes gewiss sein. Mehr braucht es nicht zwischen uns, nicht wahr? Und wenn Sie gestern Abend die Gunst der Stunde nutzten, um mich um meine Freundschaft zu bitten – ich kann mir dieses Ansinnen nur durch zu viel Champagner erklären –, so wissen Sie doch nur zu gut, dass Sie allein die Idee einer näheren Bekanntschaft zwischen uns am 11. März 1810 auf ewig verhindert haben. Sollten Sie diesen unseligen Tag vergessen haben, an dem Sie Marie-Louise Napoleon zugeführt haben?

L.

DREIUNDDREISSIGSTER BRIEF

Marquis von Marialva an Fürst von Metternich

Was für ein Abend, mein Freund! Ja, ich wage Sie so zu nennen, denn immer mehr bin ich überzeugt, dass wir nicht nur auf die Politik den gleichen Blick haben, sondern auch auf die Genüsse und Irrungen des Lebens. Wahrscheinlich verbinden einen die Irrungen mehr als die Genüsse. Ich denke, wir beide haben gestern Abend dem Kaiser Vorteil und Sinn der österreichisch-portugiesischen Allianz schmackhaft machen können. Was mich am meisten beruhigt, ist, dass die entzückende Erzherzogin nun nicht mehr so schüchtern ist und sich scheinbar sogar ein wenig auf die kommenden Ereignisse freut. Welche Ehre, dass sie den Ball mit mir eröffnet hat!

À propos, ich bewundere zutiefst Ihre graziöse Leichtigkeit beim Walzer und beneide Sie um den Tanz mit der schönen Gräfin! Sie ist eine Frau von einer umwerfenden Haltung, die allerdings ihre Liebreize mehr verhüllt, als uns Männern lieb sein kann. Wobei ich sagen muss, dass sie dennoch hinreißender aussieht als ihre freizügigen Geschlechtsgenossinnen.

Nur, lieber Fürst, verzeihen Sie mir meine unverhohlene Neugier, wie wollen Sie Ihre Zuneigung zu Madame de S. mit Ihrem Interesse an der schönen Gräfin verbinden? Ich möchte zu gerne von Ihnen lernen. Und ja, die Gräfin scheint sich wirklich nicht im Geringsten ihrer Wirkung und Schönheit bewusst zu sein. Oder es ist ihr gänzlich gleichgültig.

Verehrung

Marialva

VIERUNDDREISSIGSTER BRIEF

Gräfin Lazansky an ihre Schwester Caroline

Ich bin fassungslos! Du kannst dir nicht vorstellen, mit welcher Mitteilung mich der Kaiser soeben schockierte: M. wird uns nach Livorno begleiten!

Das hat sich der werte Herr ja fein ausgedacht! Was will er dort? Er, der nicht gern reist? Er, der sich in der Anwesenheit eines jungen Menschen wie der Erzherzogin gelangweilt und provoziert fühlt! Er, der so ungeduldig mit jungen Menschen ist, als wäre er selbst bereits als alter Mann auf die Welt gekommen! Was will er? Seine Majestät sagt, es sei die Aufgabe Metternichs, die Erzherzogin als künftige Prinzessin von Portugal sicher an die Portugiesen zu übergeben. Nun, hat es dafür nicht hier in Wien genügend Gelegenheit? Unvergessen, wie er damals Marie-Louise an der Grenze quasi aus dem Wagen in die Arme Napoleons geworfen hat!

Ich war so überrumpelt, dass mir nichts blieb, als einen Knicks zu machen und »Zu Diensten, Majestät« zu hauchen. Ach!

Und das, ich habe dir noch gar nicht davon berichtet, ausgerechnet nachdem der Fürst mir während der Gala seine Freundschaft angeboten hat! Was soll ich damit? Ah, jetzt verstehe ich, das war die Vorbereitung auf diese Überraschung! Man lasse mich in Ruhe mit diesem Mann!

Ich werde in Italien meinen Kummer im Wein ertränken!

Anna Christina
Wien

FÜNFUNDDREISSIGSTER BRIEF

Kaiser Franz I. von Österreich an Fürst von Metternich

Fürst, da die Abreise meiner geliebten Tochter nach Italien immer näher rückt und sie mich stündlich bedrängt, ihre Schwester in Parma besuchen zu dürfen, ersuche ich Sie, mir möglichst schnell Nachricht zu verschaffen, ob Marie-Louise sich so weit von der Geburt erholt hat oder ob man ihrem Körper noch die Auswirkungen der Schwangerschaft ansieht. Ich kann erst dann ein Wiedersehen der Schwestern befürworten, wenn ich gewiss bin, dass das sensible Gemüt und die Moral Leopoldines nicht erschüttert werden. Wie Sie wissen, hat es sie Jahre gekostet, bis sie Napoleon als Schwager akzeptieren konnte, wie soll sie nun, ohne Schaden zu nehmen, verstehen, dass die Herzogin von Parma das Kind eines anderen geboren hat. Behandeln Sie dieses heikle Thema mit äußerster Diskretion! Und weisen Sie die Herzogin an, erst dann wieder die Korrespondenz mit ihrer Schwester aufleben zu lassen, wenn wir sicher sein können, dass auch einem Treffen nichts mehr im Wege steht. Die Erzherzogin befindet sich in einem labilen Gleichgewicht, es darf jetzt nichts die geplante Reise stören.

F

SECHSUNDDREISSIGSTER BRIEF

Fürst von Metternich an Gräfin Lazansky

Verehrte Gräfin, ich muss Sie treffen. Es ist von äußerster Dringlichkeit. Erwarte Sie in einer Stunde im kleinen Salon. Kommen Sie allein.

Metternich

SIEBENUNDDREISSIGSTER BRIEF

Marie-Louise, Herzogin von Parma, an Erzherzogin Leopoldine von Österreich

Liebste Poldl, was für aufregende Nachrichten! Ein ganzer Korb deiner Briefe hat mich bei meiner Rückkehr erwartet! Du musst mir verzeihen, aber hatte ich dir nicht angekündigt, dass ich auf Reisen sein werde? Ich konnte doch nicht ahnen, dass sich in den zwei Monaten dein Leben so wandelt. Natürlich freue ich mich für dich! Und sei vergewissert, dass solch eine Änderung einen zunächst beunruhigt.

Ich bin sicher, der Papa hat dir einen guten Ehemann ausgewählt. Wie kannst du denken, der Kaiser habe eine so unglückliche Hand wie Elisabeths Vater?

Nimm, was immer kommt, leicht und vertrau auf Gott. Du siehst doch an mir, wie sich alles fügt. Ich bin zufrieden und glücklich, wie es ist.

Wenn wir uns sehen, werde ich dir von meiner höchst amüsanten Reise durch Venetien und Toskana berichten. Sei nicht erschrocken, dass ich ein wenig meine Taille verloren habe, aber die Italiener lieben das Essen. Und ich werde täglich italienischer! Ich werde dich Schleckermäulchen mit all den Schokoladenküchlein, Amarettini, Zitronentartes und Dolci verwöhnen.

Obwohl es erst Anfang Juli ist, haben wir es hier jetzt schon sehr heiß und trocken, seit drei Wochen kein einziger Regentropfen. Wo immer man seinen Fuß auch hinsetzt, man hinterlässt eine Staubwolke. Die Kleider kleben am Leib, man ist immerzu mit dem Wechsel der Robe beschäftigt.

Und nun wartet dort draußen auf der Terrasse mein schöner Römer, mein Comte, um mir Stunden in Italienisch zu geben. Wie soll ich bei dieser brütenden Hitze denken?

Mille baci

ML

Parma

ACHTUNDDREISSIGSTER BRIEF

Gräfin Lazansky an ihre Schwester Caroline

Eine Katastrophe! Elisabeth ist tot!

Am Morgen erhielt ich eine kurze Notiz des Fürsten, in der er mich zu einem Treffen bat, nein, befahl. Ich war noch nicht einmal angekleidet. Du weißt, wie ich es hasse, wenn der Fürst bereits um sechs Uhr in der Früh wie das blühende Leben seine ersten Treffen bestreitet, während ich mich selbst um die Mittagszeit nicht für gesellschaftsfähig erachte. Also habe ich mich geschwind angezogen und mit Puder und Rouge für ein angenehmes Gesicht gesorgt. Ich gönne ihm nicht die kleinste Überlegenheit. Aber all dies ist ohne Bedeutung, ach, die arme Elisabeth!

Der Fürst empfing mich mit einer mir bisher unbekannten Freundlichkeit, es war fast eine rührende Zärtlichkeit in seiner Stimme.

Er war knapp, aber äußerst empathisch: »Liebe Gräfin, es gibt eine sehr traurige Nachricht für die Erzherzogin. Und wir beide müssen achten, ihr diese möglichst schonend beizubringen. Die Cousine der Erzherzogin ist bei einem Unglück ums Leben gekommen.« »Elisabeth?!« Ich konnte meine Tränen nicht zurückhalten, ich war so von Kummer übermannt, dass ich sogar sein Taschentuch, das er mir still reichte, akzeptierte.

Er schwieg, während ich meine Tränen trocknete. »Lassen Sie mich ganz offen sein, Gräfin«, übrigens sah er natürlich wie erwartet blendend aus, »sie hat sich das Unglück selbst zugefügt.« »Wie?«, mir brach die Stimme. »Ersparen Sie mir die Details, sie sind nicht mehr hilfreich und könnten die Erinnerung an diese kleine feine Lady trüben.«

Er bemühte sich um ein aufmunterndes Lächeln, was mich in ein neues Tränenmeer stürzte. Er nahm meine Hand, schaute mich aus diesen unbeschreiblich hellen Augen an, hob an, etwas hinzuzufügen, drückte dann aber nur stumm seine Lippen auf meine Hand und verbeugte sich: »Gräfin, Sie sind Freundin und Vertraute der Erzherzogin. Es wird nicht leicht sein, diese Nachricht in passender Form – aber nein, Sie wählen immer die passende Form – also diese traurige Nachricht in erträglicher Art Ihrer Kaiserlichen Hoheit zu übermitteln.« »Weiß Seine Majestät …?« »Selbstverständlich.«

Wir schwiegen eine lange Weile. Dann blickten wir fast zeitgleich zum Fenster hinaus, ganz so, als käme von dort ein Zeichen. Aber nichts, nur ein strahlend heller Sommerhimmel und ein sanfter Wind. Dies eine Mal war mir seine Gegenwart angenehm. Er zeigte angemessene Haltung und Ruhe.

Irgendwie entfuhr es mir ganz leise: »Ach, die Ehe …« Kaum war es ausgesprochen, dachte ich, was muss er von einer solchen Bemerkung denken. Ich war schon auf dem Sprung, eine ironische Bemerkung von ihm zu kontern, doch er nickte nur: »Vielleicht sollten empfindsame Seelen überhaupt von einer Ehe absehen.« Stell dir vor! Ich habe darauf nichts gesagt, schlicht weil ich nicht wusste, was. Wir saßen noch einen Moment in Gedanken an die Verstorbene.

Mir war ganz bang, als ich zur Erzherzogin ins Schlafzimmer ging. Sie war schon auf und trank gerade ihre Schokolade. Jakob hatte es sich auf Leopoldines Füßen bequem gemacht, ein so idyllisches und heiteres Bild, das ich nun stören sollte.

Um es kurz zu machen: Ich habe ihr die grausame Nachricht überbracht, aber selbstverständlich verschwiegen, dass sich Elisabeth umgebracht hat. Leopoldine sagte eine lange Weile überhaupt nichts, ihr Gesicht wie versteinert, der Hund, Tiere fühlen ja auch, schaute zu ihr auf und begann wie verrückt, ihre Hand zu lecken. Leopoldine ließ es geschehen, und nach einer unendlich scheinenden Zeit blickte sie mich mit feuchten Augen an: »Sie hat sich das Leben genommen. So ist es, Gräfin, oder?« Ich nickte und schloss sie in meine Arme. So haben wir dann bestimmt eine Stunde gesessen.

Ach, wie soll meine Kleine jetzt froh zu fremden Ufern aufbrechen? Einen Unbekannten heiraten? Mir bricht das Herz.

Anna Christina
Wien

Der Fürst scheint in Veilchen zu baden. Aber kein unangenehmer Odeur.

NEUNUNDDREISSIGSTER BRIEF

Fürst von Metternich an
Kaiser Franz I. von Österreich

Ich möchte Ihre Majestät ersuchen, die Reise Ihrer Kaiserlichen Hoheit möglichst nicht zu verzögern. In Anbetracht der fragilen Situation nach dem Tode der unglücklichen Cousine halte ich es für das Beste, Ihre Hoheit durch neue Eindrücke abzulenken, wobei ich nicht sicher bin, ob ein Besuch bei der Herzogin von Parma zu diesem Zeitpunkt opportun ist. Die Herzogin hat mir in ihrer offenen Art gestanden, dass sie ihre schlanke Taille noch nicht zurückgewonnen hat. Auch hat sie nach der Schwangerschaft einen Teil ihres üppigen Haares eingebüßt. (»Lieber Fürst, ich sehe aus wie ein räudiger Hund! Aber die Mode beschert uns Frauen jede erdenkliche Art von Bändern und Schals, die wir auf dem Kopf tragen können. So hoffe und bitte ich, dass mein Verlust an Schönheit kein Hindernis für das langersehnte Wiedersehen mit meiner geliebten Schwester darstellt. Das werden Sie nicht zulassen, nicht wahr, Fürst?«) Die Entscheidung lege ich wie immer in Ihre Hände, Majestät.

Der Marquis von Marialva hat sich dankenswerterweise bereit erklärt, noch nicht nach Lissabon zurückzukehren, sondern uns nach Italien zu begleiten. Da die Erzherzogin in ihm einen Freund gefunden hat, wird ihr seine Anwesenheit vielleicht die Eingewöhnung in die südländische Lebens- und Gedankenwelt erleichtern.

Wir könnten schon in drei Wochen aufbrechen. Das käme auch den Wetterbedingungen für die Überfahrt entgegen, denn schon ab Mitte September muss man mit den ersten Herbststürmen rechnen. Ich erwarte Ihre Anweisungen.

Metternich

VIERZIGSTER BRIEF

Erzherzogin Leopoldine von Österreich an Marie-Louise, Herzogin von Parma

Marie, Elisabeth ist tot! Ja, tot … Sie hat sich, verzeih, ich kann nicht … Nein, es gibt nichts zu sagen. Alles so, wie ich es befürchtet habe. Arme Elisabeth. Wie soll ich nun deinen Aufmunterungen glauben?

Alles erscheint mir nichtig, selbst mein Klavierspiel. Wozu? Und das, obwohl ich jetzt in den Genuss gekommen bin, sowohl von deinem Freund Bankendorfer als auch von Frau von Freytag unterrichtet zu werden. Der Vater bemüht sich sehr, mir alle Wünsche zu erfüllen. Manchmal denke ich, so wie einer Sterbenden die letzten Wünsche erfüllt werden. Du siehst, wie dunkel meine Gedanken sind.

Dabei jagt eine Festivität die nächste, immer bin ich auf den Beinen, muss tanzen, muss lächeln, dabei wiegt mein Herz schwer in meiner Brust.

Dennoch hilft mir die Musik, mehr noch die stets gute

Laune des Marquis, der sich rührend um mich kümmert und versucht, schon jetzt eine Portugiesin aus mir zu machen. Die Sprache fällt mir nicht ganz so leicht wie das Französische, aber ich mache Fortschritte. Dabei macht mir am meisten Spaß, dass ich schon einige Sätze ganz passabel mit dem Marquis wechseln kann und der Metternich nichts versteht!

Eben kommt der Marquis zu mir in den Salon und bringt mir ein Medaillon mit einem Bild Dom Pedros. Was für eine Überraschung! Marie, du glaubst es nicht, aber mein Zukünftiger sieht hinreißend aus! Sehr schöne, dunkle Augen, sein Haar fast schwarz, und er blickt so freundlich. Ach, ich fühle mich jetzt schon viel besser. Vielleicht sollte ich alles nicht so trüb sehen. Und wenn er dann noch das Temperament und die Fürsorge des Marquis hätte, dann wäre mein Leben mehr als erträglich. Schon bald können wir uns wieder in die Arme nehmen, Marie!

Leopoldine
Wien

EINUNDVIERZIGSTER BRIEF

Gräfin Lazansky an Fürst von Metternich

Fürst, mir ist etwas zugetragen worden, von dem ich inständig hoffe, dass es sich um einen Irrtum oder ein schnell auszuräumendes Missverständnis handelt. Diesmal ist es an mir, Sie um ein sofortiges Treffen zu ersuchen. In einer Stunde im Bergl-Zimmer.

L.

ZWEIUNDVIERZIGSTER BRIEF

Fürst von Metternich an Gräfin Lazansky

Immer zu Ihren Diensten.

Metternich

DREIUNDVIERZIGSTER BRIEF

Fürst von Metternich an
den Marquis von Marialva

Werter Marquis, wir haben ein Problem. Ich komme soeben von einer Unterredung mit der Gräfin zurück. Gerade war eine, fast möchte ich sagen, freundschaftliche Stimmung zwischen uns aufgrund des traurigen Ablebens der Lady Elisabeth geschaffen und nun dies!

Ich traf die Gräfin (die es wirklich wagt, sich am Vormittag in Rosenrot zu kleiden! Was allerdings ihren makellosen Teint ganz wunderbar zur Geltung bringt. Ja, ich habe – wie Sie bemerkt haben – ein gewisses Interesse an dieser Person), nun, wir trafen uns also in diesem merkwürdigen Zimmer mit seiner Urwaldflora und Fauna, dem Bergl-Zimmer. Stimmig gewählt, Frau Gräfin. Sie schien ihre Fassung nur schwer bewahren zu können, als sie mit vor Wut fast brechender Stimme sagte: »Fürst, stimmt es, dass Marquis Marialva, der Brasilien in so lebhaften Farben schildert, noch nie seinen werten Fuß auf südamerikanischen Boden gesetzt hat? Stimmt es ferner, dass er Seine Königliche Hoheit Dom Pedro von Portugal zuletzt als Knaben von neun Jahren gesehen hat?!« Sie feuerte mir Blicke zu, die ich in anderer Situation sehr genossen hätte. »Gräfin ...«, ich versuchte Zeit zu gewinnen, aber was sollte ich phantasieren? Also holte ich tief Luft und sagte: »Ja, es stimmt.« Sie hätten die Gräfin nicht wiedererkannt! Es hat nicht viel gefehlt, und sie hätte die Hand gegen mich erhoben! Sie schritt zur Tür, kehrte wieder um, ging auf mich zu und schleuderte mir entgegen: »Das bedeutet, nein, wagen Sie nicht mich zu unterbrechen, ich fasse zusammen: Alles, was der Marquis Ihrer Königlichen Hoheit über das Land Brasilien erzählt hat, ist gelogen, er kennt es nicht, er weiß nichts über Sitten und Gebräuche, er kennt die Menschen nicht, er kennt nicht einmal Dom Pedro! Fallen Sie mir nicht ins Wort! Wie kann er es wagen, meinem Kind (das hat sie wirklich gesagt), meinem Kind einen Ehemann schönzureden, den er zuletzt als kleinen Jungen gesehen hat? Wie ist der Charakter dieses Unbekannten? Hat er Qualitäten, die meinem Kind würdig sind? Wird er sie ehren? Gut behandeln?! Sie, Fürst, sind schuld, wenn Leopoldine sich Elisabeth zum Vorbild nehmen muss! Weiß Seine Majestät davon? Sprechen Sie, Fürst!«

Nun, ich habe versucht, meine Worte richtig zu wählen und ihr mit ruhiger Stimme, was sie noch mehr aufbrachte, zu erklären, dass Sie ein exzellenter Kenner der Kolonie sind, dass Sie dort Informanten haben, dass Sie die Leute am Hof seit langem kennen und dass ihre Berichte vertrauenswürdig sind und ja, dass selbst *wenn* Sie Dom Pedro jetzt in seinem zwanzigsten Lebensjahr kennen würden, dies dennoch keine Garantie für ein vollkommenes Eheglück sei. Kaum hatte ich das gesagt, stob die Gräfin mit einem »Elender!« unter heftigem Türenschlagen aus dem Raum. Ich habe mich verwünscht, dass ich diesen Seitenhieb auf die Ehe nicht unterlassen konnte.

Jetzt steht nur zu hoffen, dass die Gräfin, sobald sie sich beruhigt hat, klug genug ist, niemandem davon zu berichten. Es würde nichts mehr ändern. Sie ist eine gescheite Person, sie wird zu verhindern wissen, die Erzherzogin schon wieder in einen Aufruhr der Gefühle zu versetzen.

Nur schade, dass ich jetzt wieder von neuem beginnen muss, mich bei der Gräfin in ein gutes Licht zu setzen.

Ja, Marquis, vielleicht hätten wir anders taktieren sollen, aber nun ist es geschehen. Dass wir trotz unserer langen Erfahrung in der Diplomatie so gänzlich bei den Frauen versagen!

Im Übrigen mag mir beim besten Willen nicht die Quelle dieser Indiskretion einfallen.

Metternich

VIERUNDVIERZIGSTER BRIEF

Erzherzogin Leopoldine von Österreich an Marie-Louise, Herzogin von Parma

Ich sitze hier unter unserem alten Kastanienbaum in Laxenburg und versuche den lieblichen Park in mich aufzusaugen, damit diese Bilder mich auf meiner Reise begleiten. Heute glitzert der See in tausend Farben, die Luft flirrt schon recht sommerlich über den Wiesen. Nur ein leichter Dunstschleier dämpft das Licht, vielleicht bekommen wir heute das erste Gewitter des Jahres.

Annony, die liebe Seele, scheint plötzlich alt geworden, aber es ist nur der Kummer, dass ich sie verlasse. Ach, all das Abschiednehmen. Aber Gott sei Dank werden die paar Monate schnell vergehen! Die Gräfin und Annony trösten sich gegenseitig. Die Gräfin zieht mich auf, dass sie sich, während ich in der tropischen Hitze im Urwald brüte, in der Oper erschöpfen muss. Dabei würde sie auf der Stelle sterben, wenn sie nicht täglich in die Oper könnt!

Was gäbe ich darum, wenn die beiden mit nach Rio reisen würden! Über meine Begleitung gibt es eine gute und eine schlechte Nachricht, die schlechte zuerst: Der Fürst kommt auf Befehl des Papas mit bis nach Livorno. Du kannst dir vorstellen, welche Begeisterung das bei der Gräfin auslöst! Die gute Nachricht: Mein lieber Freund, der Marquis von Marialva, hat sich bereit erklärt, über Livorno nach Lissabon zurückzukehren. Wie freundlich von ihm! Habe ich dir schon erzählt, dass Papa mir gestattet, Jakob nach Rio mitzunehmen?

Ich werde vor der Abreise keine Zeit mehr finden zu schreiben, morgen geht es zurück nach Wien, dann große Abschiedsgala, noch tausend Besorgungen für mein Leben in der »grünen Hölle«, wie der Marquis scherzhaft Brasilien nennt.

Leopoldine
Laxenburg

FÜNFUNDVIERZIGSTER BRIEF

Gräfin Lazansky an den Marquis von Marialva

Marquis, Sie verstehen, dass ich Ihre Gegenwart meide. Sie hatten meine Sympathien errungen, vor allem wegen Ihrer rührenden Art, sich um die Erzherzogin zu kümmern. Aber vorerst präferiere ich es, Sie nicht persönlich zu treffen, da ich um meine Contenance fürchten muss. Wohl aber weiß ich Ihren freimütigen Brief, den ich, wie verabredet, sofort nach der Lektüre vernichtet habe, zu schätzen. Ich verstehe auch Ihre Pflichten, die Sie gegenüber König Dom João von Portugal und Seiner Majestät Kaiser Franz zu erfüllen haben. Ich begreife auch durchaus den Zwiespalt, in dem Sie als Diplomat zwischen Wahrheiten und halben Wahrheiten leben müssen. Dennoch, hätte es nicht einen Weg geben können, der uns zwar die Lebensumstände in Lissabon und Rio nahegebracht, uns aber auch nicht vorenthalten hätte, dass Sie nur aus zweiter Hand berichten? Das Schlimmste daran ist das verlorene Vertrauen. Welche Überraschungen werden die Erzherzogin noch erwarten? Ich beschwöre Sie, sollten Sie über irgendeine Information verfügen, die für das Leben Ihrer Königlichen Hoheit am Hof von Rio bedeutend ist, lassen Sie es uns wissen! Und vertrauen Sie Ihren Informanten? Aber, ach, schon während ich diese Zeilen schreibe, weiß ich, dass Sie nur loyal sind. Und Loyalität dem einen gegenüber bedeutet Verrat dem anderen gegenüber. Trotz meiner großen Enttäuschung hat mich meine Sympathie Ihnen gegenüber nicht gänzlich verlassen. Weiß ich doch um die unerträglichen Zwänge, denen wir unser Leben bei Hof unterzuordnen haben. Diese Zwänge deformieren selbst den besten Charakter. Hélas! Da wir aber, wie Seine Majestät berichtet hat, nun in Ihrer Begleitung nach Italien reisen, möchte ich Sie bitten, sich im Umgang mit der Erzherzogin nicht zu ändern. Es ist, wie es ist. Und ich werde mich um Freundlichkeit Ihnen gegenüber bemühen. Sie sehen, ich arbeite an einer Größe, die ich mir auch von anderen erhoffe.

L.

SECHSUNDVIERZIGSTER BRIEF

Gräfin Lazansky an ihre Schwester Caroline

Meine Füße möchten sich keinen Meter mehr rühren. Es ist drei Uhr in der Früh, aber ich will dir noch schnell ein paar Zeilen senden. Gerade also die große Abschiedsgala für meine Kleine, die nun die zukünftige Prinzessin von Portugal und Brasilien ist. Sie hat sich ganz prächtig gehalten, nur eben war sie von Abschiedsweh und Müdigkeit überwältigt. Sie sah hinreißend aus in ihrem zartgrünen Seidenkleid und dem Smaragdcollier! Eine Gabe ihres Zukünftigen. Ich bete zu Gott, dass sein Charakter so edel ist wie seine Geschenke.

Es waren über achthundert Gäste, kein Attaché, kein Minister wurde vergessen, es war wie im Taubenschlag. Der große Speisesaal über und über mit Blumen geschmückt, sie haben die Gewächshäuser und Gärten leergeplündert! Hier für dich Asketin ein paar Schmankerl vom Büfett: Langusten, Auerhahn, Tauben und Fasan, Gänsepastete, Suppen, Fisch in Aspik und zwei Dutzend Torten und eine *Creme de Milder* (die natürlich anwesend war und uns mit ein paar göttlichen Mozart- und Haydn-Arien verwöhnt hat. Wie man sich wohl fühlt, wenn einen das Publikum danach als Creme verzehrt?). Es war alles sehr prunkvoll, die Tische mit goldverziertem Geschirr gedeckt, der ganze Saal in das Licht von Tausenden von Kerzen getaucht. Allerdings gelang es Seiner Majestät nicht, trotz Aufbietung aller Kräfte, den überraschend großen Auftritt des Marquis zu überbieten, der bei seinem Einzug in Wien vor ein paar Monaten die Straßen der Stadt nahezu mit Diamanten und Gold gepflastert hat. Nachdem ich den Marquis als durchaus bescheidene Person kennengelernt habe – die auch ihre Abgründe hat –, weiß ich natürlich, dass dieses Zurschaustellen des portugiesischen Reichtums reines Kalkül ist. Portugal ist ein jammervoll armes Land, das sich an seiner brasilianischen Kolonie gesundstoßen will. Aber die Blendung hat ihr Ziel erreicht.

Da der Fürst ein kluger Mann ist, wird er den Kaiser zu unserer neuen Allianz schon recht beraten haben. Möge Gott seine Hand schützend über meine Erzherzogin halten!

Seine Majestät hat eine liebevolle Rede an seine Tochter gerichtet, aber du weißt, er ist geizig mit zärtlichen Worten, vor allem in der Öffentlichkeit. Dennoch, große Rührung, viel Tränen, viel Schmeicheleien. Zu viel Essen. Leopoldine hat vor Aufregung kaum etwas angerührt.

Liebste Caroline, die Lampe ist niedergebrannt, und ich bin unendlich müde. Draußen geht ein Gewitter nieder, die Luft duftet sommerschwer.

À demain

Anna Christina
Wien

Caroline! O Gott! Ich bin am Boden zerstört! Eben wollte ich zu Bett, da kommt die Kammerzofe mit einem dringenden Billett des Kaisers, der mich trotz der späten Stunde sofort zu sehen wünscht. Ich war schon im Nachtgewand, aber es schien so eilig, dass ich mir nur meinen Morgenmantel überwarf und durch die dunklen Gänge (die immer zugig sind, weiß Gott, hier könnte man einmal ausbessern) zu den Privatgemächern Seiner Majestät eilte. Kaum hatte sein Kammerdiener die Tür geöffnet (und ich mit Genugtuung zur Kenntnis genommen, dass ich wenigstens an einem Ort und zu einer Zeit nicht Gefahr laufe, auf den Fürsten zu treffen), stürzte der Kaiser auf mich zu, nahm meine Hände in die seinen und sagte mit bebender Stimme: »Gräfin, liebe Freundin (!), mir zerreißt es das Herz, dass ich meine kleine Tochter in die Ferne schicken muss.« »Ja, Sire, ich verstehe, ich bin auch sehr traurig ...«, was sollte ich ihm zum Troste auch sagen? Es ist schließlich sein Arrangement. »Nun, Gräfin, wollen Sie mein Vaterherz beruhigen?« Eine dunkle Ahnung beschlich mich, mir wurde flau. Zu viel Wein, zu viel Champagner, dann diese Gänsepastete und die alles überbordende Müdigkeit. Ich sank, ohne um Erlaubnis zu fragen, auf einen Stuhl. Seine Majestät winkte den Diener um etwas Wasser, reichte mir selbst das Glas und sagte dann mit einer plötzlichen und erstaunlichen Festigkeit in der Stimme: »Gräfin Lazansky, Sie werden die Erzherzogin nach Rio begleiten.«

Das ist mein Ende!

SIEBENUNDVIERZIGSTER BRIEF

Erzherzogin Leopoldine von Österreich an Marie-Louise, Herzogin von Parma

Ich bin gerettet, ich reise nicht allein! Die Gräfin wird mit mir nach Rio de Janeiro reisen und dort bleiben, bis wir nach Portugal zurückkehren! Ich bin in großer Eile, wir reisen morgen in aller Herrgottsfrüh, ich kann seit Tagen vor Aufregung nicht essen.

Gestern Abend machten mir noch Frau von Freytag und *dein* Eduard von Bankendorf ihre Aufwartung und haben mir einen großen Stapel Noten geschenkt. Ach, wie werde ich die beiden vermissen!

Die Gräfin findet es merkwürdig, dass mein Zukünftiger so gar nicht schreibt. Aber im Moment ist ihr alles schrecklich und schlecht. Ich hoffe, dass sich ihre Laune wieder bessert, sonst muss ich sie aufheitern. Was mir im Augenblick nicht leichtfällt.

Ich trage Dom Pedros Medaillon bei mir und hoffe, dass dies etwas bewirkt. Nur was?

Leopoldine

Wien

ZWEITER TEIL

ACHTUNDVIERZIGSTER BRIEF

Gräfin Lazansky an ihre Schwester Caroline

Jetzt hatte ich nicht einmal Zeit, mich von dir zu verabschieden! Wir sind schon mitten in den Bergen, das Vorankommen ist mühselig, zumal hier immer noch Schnee liegt. Unsere Entourage ist riesig. Wir sind von Sonnenaufgang bis Sonnenuntergang unterwegs, eine Kutsche reiht sich an die nächste, unser Zug ist so lang, dass sich der Fürst Gott sei Dank nur einmal am Morgen und dann erst wieder am Abend blicken lässt. Zwischendurch allerdings erhalte ich von ihm Billetts, in denen er mir *Empfehlungen* ausspricht: »Achten Sie darauf, dass Ihre Königliche Hoheit wieder isst. Wir wollen Dom Pedro doch eine Frau und kein Kind überantworten.« Oder: »Es wäre mir ein Vergnügen, wenn Sie mir heute Abend bei Tisch ein Lächeln schenkten, meine Eiskönigin.« Er wagt dies zu schreiben! Ich möchte vor Wut vergehen. Natürlich antworte ich nicht.

Leopoldine ist von alldem unberührt, sie schaut den ganzen Tag in die Landschaft und wird immer stiller, je weiter wir vorankommen. Einzig die Gegenwart Marialvas (und Jakobs) heitert sie auf und bringt sie zum Lachen.

Der Wagen holpert so, dass ich keine weitere Zeile zustande bringe. Bete für mich, vor allem für eine schnelle Rückkehr. Meine schlechte Laune ertrag ich selbst kaum!

Abbraccio, ewig deine

Anna Christina

Wir *residieren* in einem von Gott verlassenen Dorf, dessen Namen ich schon wieder vergessen habe!

NEUNUNDVIERZIGSTER BRIEF

Marquis von Marialva an Fürst von Metternich

Eben erreicht mich eine Depesche Dom Joãos, dass es im Süden Brasiliens wieder zu Aufständen gekommen sei. Seit einiger Zeit gärt es in den Provinzen, da einzelne Kapitanien sich gegen das »Vereinigte Königreich von Portugal, Brasilien und Algarbien« heftig zur Wehr setzen. Bis jetzt scheint es immer gelungen, die Rebellen wieder unter Kontrolle zu bringen. Seine Majestät Dom João glaubt, dass sich diese Unruhen bis zur Ankunft der Erzherzogin gelegt haben, ja, er erhofft sich durch die Anwesenheit Ihrer Königlichen Hoheit eine Stabilisierung der Lage. Halten Sie es für notwendig, die Erzherzogin über die aktuellen Details der politischen Lage zu informieren? Die Politik ist zweifelsohne nichts für das weibliche Gemüt, nur möchte ich einen weiteren Eklat mit Gräfin Lazansky vermeiden.

Ergebenst

Marialva

Nachschrift: Da Sie mir versprochen haben, dass der Kaffee im *Caffè Florian* mindestens so gut wie im *Milani* ist, kann ich unsere Ankunft in Venedig kaum erwarten.

Im Übrigen hatte ich einen herzerweichenden Abschied von Mademoiselle B. Dafür fiel Ihr Adieu bei Madame de S.

etwas kühl aus, wie ich hörte. Sollte ein einziger Walzer mit der Gräfin der Grund dafür gewesen sein?

FÜNFZIGSTER BRIEF

Erzherzogin Leopoldine von Österreich an Marie-Louise, Herzogin von Parma

Venedig! Endlich! Die Stadt ist hinreißend, ganz so, wie du sie beschrieben hast. Nachdem wir Wochen nur in der Kalesche gesessen haben, verbringen wir jetzt unsere Tage mit ständigem Herumgerenne, die Gräfin zerrt mich in jede Kirche, jeden Palazzo, jedes erdenkliche Museum.

Gott sei Dank ist sie hier empfänglicher für die Mode als in Wien, so dass unsere kulturellen Exkursionen von Einkäufen unterbrochen werden. Wir können uns an der Eleganz der Geschäfte gar nicht sattsehen! Wenn es nur nicht so elend schwül und heiß wäre! Ich weiß schon gar nicht, wie ich mich kleiden soll. Jeder noch so dünne Stoff liegt bleischwer auf der Haut.

Aber wie still die Stadt ist! Kein Pferdegewieher, nicht das Tausendfache laute Hufgetrappel, das wir Tag und Nacht in Wien hören. Nichts. Keine Kutschen, die durch die Straßen preschen. Wären nicht die vielen Kirchenglocken und die Märkte, auf denen sich die Venezianer die Seele aus dem Leib schreien, man müsste sich vor so viel Ruhe fürchten. Selbst das Meer ist still. M. hat uns natürlich sofort erklärt, dies sei nicht das richtige Meer. Immer hat er einen Kommentar. Er mischt sich überhaupt in alles ein. Die Gräfin bekommt mehrmals am Tag Billetts von ihm, mal fordert er, dass ich mehr esse, dann wieder ängstigt er sich, dass ich zu dick werde und Dom Pedro nicht gefallen könnte. Mal soll die Gräfin sich mehr um meine Bildung kümmern, dann wieder sind es zu viele Besuche und Ausflüge. Er ist ein *Seccatore*!

Neulich hat die Gräfin ihm ein Billett retour geschickt – als er wieder einmal fand, sie zeige mir zu wenige Gemälde von Tintoretto. Sie könne nur inständig hoffen, dass Dom Pedro einen Bruchteil meiner Bildung besitze, mittlerweile würde sie bezweifeln, dass er überhaupt schreiben könne! Und wenn sie noch eine Kirche oder Museum mehr mit mir besuchen würde, wäre jedenfalls der Grad an Bildung überschritten, der mit der Schicklichkeit einer jungen Frau vereinbar sei. Aber bitte, sie würde sich durchaus bereit erklären, ihm, dem Fürsten, in einer Grand Tour durch Bella Venezia zu beweisen, wie viel an unnützem Wissen sich bereits auch in ihrem Kopf angehäuft hätte. Er würde ja um jede Kirche einen Bogen machen, wahrscheinlich weil man dort keinen Kaffee serviert.

So wirft sie ihm das eine oder andere Laster an den Kopf, dabei zieht er sie auf, dass sie jeden Abend ins *La Fenice* geht. Auch wenn sie ständig miteinander zanken, habe ich sie im Verdacht, dass sie einander eigentlich gut leiden mögen.

Marie, ich kann es kaum erwarten, dich wiederzusehen!

Leopoldine
Venedig

Nachschrift: Meine Stimmung wird täglich besser. Wenn ich an Elisabeth denke, muss ich nicht mehr weinen, es hilft ihr ja nicht mehr. Der Marquis ist entzückend und schenkt mir viel Aufmerksamkeit, ich fühle mich in seiner Gegenwart immer so ruhig. Ich bin ihm täglich mehr zugetan.

EINUNDFÜNFZIGSTER BRIEF

*Kaiser Franz I. von Österreich
an Fürst von Metternich*

Fürst, ich erachte es für klüger, ein Treffen zwischen der zukünftigen Prinzessin von Portugal mit ihrer Schwester, der Herzogin von Parma, zu vermeiden. Wie Sie das anstellen, überlasse ich Ihnen. Was die Unruhen im Süden Brasiliens anbelangt, von denen Sie und Marquis von Marialva berichten, so halte ich diese für nebensächlich, wichtiger ist, dass die Erzherzogin so schnell wie möglich ans Ziel kommt. Nichts wäre ärgerlicher, als wenn sich die Reise wegen schlechten Wetters verzögerte.

F

ZWEIUNDFÜNFZIGSTER BRIEF

Gräfin Lazansky an ihre Schwester Caroline

Ich verbringe jeden Tag, als sei es mein letzter. Im *La Fenice* sieht man mich ständig, auch in den anderen Theatern. Zurück in der Zivilisation! Du ahnst nicht, welche Strapaze diese Reise über die Alpen hierher war. Diese Gasthäuser! Brrrr! Nun, die Tortur hat ein Ende, kein Wort mehr darüber, kein Gedanke. Mich fürchtet nur, dass all dies im Vergleich zu dem, was uns in Brasilien erwartet, rein gar nichts war.

Also tauche ich ein in die Insel seligen Vergessens: Venedig! Die Stadt bietet einem all die Ruhe und den Kunstgenuss, einfach alles, was ich so bitter brauche. Was wäre die Welt ohne Schönheit! Italien ist ein Paradies. Wie könnte ich es erst genießen, wenn nicht die Reise nach Brasilien vor uns läge!

Habe ich mir mein Leben anders vorgestellt? Du zitierst mich und sagst, ich hätte mir mehr als diesen Gleichlauf gewünscht: »… solange ich in Diensten des Kaisers stehe, wird sich an meiner Situation nichts ändern. Aber ich dürste nach Veränderung!« Was habe ich damit heraufbeschworen.

Der Fürst ist hier viel entspannter als in Wien. Zunächst erschien er mir sehr unruhig, wahrscheinlich, weil ihm das tägliche Politisieren abhandengekommen war. Er schrieb ohne Unterlass Depeschen nach Wien und Lissabon. Jetzt scheint er sich dem gelasseneren Tempo Venezias anzupassen. Alles ist hier von aufreizender Langsamkeit, die Gondeln, die Spaziergänger in den schmalen Gassen. Nur die Sprache ist schnell. Ich bin verblüfft, dass M. das Italienische perfekt beherrscht! Wenn er Italienisch spricht, verwandelt sich nicht nur seine Mimik, sondern auch seine Stimme, sie wird dann ganz sonor. Nicht unangenehm. Nein, du hast natürlich keinesfalls recht, ich werde seinem Charme nicht erliegen. Niemals!

Draußen geht ein heftiges Gewitter nieder, das hoffentlich den Staub und die Hitze der letzten Tage und den unerträglichen Gestank aus den Kanälen tilgt. Aber wenn es nicht bald aufhört zu regnen, komme ich zu spät in die Oper! Gestern gab es *Idomeneo* von Farinelli, letzte Woche einen ganz vorzüglichen Rossini, *Sigismondo*. Allerdings ist die Handlung des *Sigismondo* hanebüchen, aber das ist mir gleichgültig, die Musik ist adorabel (ich glaube, ich bin die Einzige, die so empfindet), und ich brauche im Moment so viel Musik wie überhaupt möglich, um meinen Kummer über die Brasilienreise zu betäuben.

Anna Christina
Venedig

Noch dies: Ich hatte dir doch von Leopoldines schrecklicher Angst vor dem Meer berichtet. Jetzt ist sie ganz beruhigt, da es so spiegelglatt und friedlich daliegt. Keiner von uns wagt ihr zu erklären, dass dies nicht das Meer, sondern nur eine Lagune ist.

DREIUNDFÜNFZIGSTER BRIEF

Erzherzogin Leopoldine von Österreich an den Marquis von Marialva

Liebster, hochgeschätzter Marquis, Sie können mir meinen Wunsch, hier in Venedig ein Kaffeehaus zu besuchen, nicht abschlagen! Ich möchte es so schrecklich gerne! Und Sie sind doch mein Freund, nicht wahr? Erklären Sie der Gräfin, dass dies in Brasilien so Sitte sei. Ist dies nicht vielleicht sogar die Wahrheit? Nein, am besten sagen Sie der Gräfin nichts.

Ach, ich bitte Sie nicht, mir diesen Wunsch zu erfüllen, ich befehle es Ihnen!

Leopoldine

VIERUNDFÜNFZIGSTER BRIEF

Fürst von Metternich an Gräfin Lazansky

Zu gerne nehme ich Ihr verlockendes Angebot an, mir in einer Grand Tour Venedig näherzubringen. Sie haben recht, vor lauter Politik versäume ich den die Sinne reinigenden Besuch eines Gotteshauses. Ich bitte Sie aber zu bedenken, dass ich auch um Ihrer willen keine Gottesgläubigkeit zu heucheln vermag. Ich nehme die Kirchen als das, was sie sind, erstaunliche Meisterwerke der Architektur. Ihre Leere ist angefüllt mit dem verzweifelten Sehnen der Menschen, irgendetwas möge sie vor der Gewissheit ihrer absoluten Einsamkeit im Universum bewahren, und sei es das Licht der Kerzen vor dem Altar. Ich ziehe es vor, diese Einsamkeit durch die Gesellschaft intelligenter Menschen, vorzugsweise einer schönen und geistreichen Frau, wie Sie es sind, zu lindern. Geben Sie mir die Ehre.

Metternich

FÜNFUNDFÜNFZIGSTER BRIEF

Fürst von Metternich an Gräfin Lazansky

Wenn Sie unseren harmlosen Briefwechsel immer sofort vernichten, wie Sie drohen, wovon wollen Sie zehren, wenn Sie im hohen Alter auf Ihr Leben zurückblicken? Das, was Ihnen jetzt als aufdringlich erscheint, wird Ihnen in späterer Zeit noch einmal die Süße Ihrer Jugend zurückbringen. Wäre es nicht schrecklich, wenn man sich später nichts zu verzeihen hätte?

Die Erzherzogin fühlt sich recht wohl, glauben Sie mir, Sie sollten Ihre mütterlichen Fesseln etwas lockern. Je früher sie selbständig wird, desto eher können Sie wieder nach Europa zurückkehren. Gönnen Sie ihr die Möglichkeit, etwas allein zu sein und die Stadt zu erobern. Ich erwarte Sie morgen um neun in der Früh vor dem *Caffè Florian*.

Metternich

SECHSUNDFÜNFZIGSTER BRIEF

Gräfin Lazansky an Fürst von Metternich

Ihr Selbstbewusstsein ist so unverschämt, dass es schon fast wieder amüsant ist.

Ich weiß nicht, weshalb ich darauf eingehe, aber ich werde morgen um zehn (!) Uhr am vorgeschlagenen Ort sein. Vielleicht damit ich die Einsamkeit meines Alters schon jetzt etwas würze?

L.

Ich wusste nicht, dass man auch Billetts aufheben sollte, bisher war mir dies nur von Liebesbriefen bekannt.

SIEBENUNDFÜNFZIGSTER BRIEF

Erzherzogin Leopoldine von Österreich an Gräfin Lazansky

Liebste Gräfin, Sie dürfen mich nicht schelten! Und den Marquis schon gar nicht! Das Café zu besuchen war einzig meine Idee. Ich habe ihn darum gebeten. Was ist schon dabei? In Brasilien gehen die Damen alle Tage dorthin! Das hat mir der Marquis erzählt. Ich soll mich doch mit den Landessitten vertraut machen. Außerdem war es eine sehr lehrreiche Stunde, der Marquis hat mir ausführlich über Dom Pedro und meinen zukünftigen Schwiegervater berichtet. Er scheint mit der königlichen Familie auf recht vertrautem Fuße zu stehen. Er hat mir sogar einen Willkommensbrief von Dom João überreicht. Man kann also schreiben!

Wussten Sie, dass uns eine ganze Armada Wissenschaftler nach Brasilien begleiten wird? Ist das nicht aufregend? Auf den Spuren Alexander von Humboldts!

Ach, liebe Gräfin, verstehen Sie denn nicht, wie durcheinander ich bin? Mein Leben ist auf den Kopf gestellt. Alles geschieht so schnell. Ich kenne meine Zukunft nicht, noch weniger den Mann, den ich heiraten soll. Wir zwei dürfen uns nicht gram sein, außer Ihnen habe ich doch niemanden! Sie sind jetzt meine Heimat, Gräfin.

Leopoldine

ACHTUNDFÜNFZIGSTER BRIEF

Gräfin Lazansky an ihre Schwester Caroline

Wir reisen ab, schon morgen, wenn sich die Erzherzogin bis dahin von ihrem Magenweh erholt hat. Sie hat zu viel von dieser unbeschreiblich köstlichen Erdbeereiscreme gegessen. Bei der Hitze ist es allerdings auch das Einzige, was man noch herunterbekommt.

Venedig und das Wetter haben uns alle ein wenig der Sinne beraubt. Trotzdem halte ich nichts von diesen überstürzten Entschlüssen. Ich hoffe, dass wir in Parma zur Ruhe kommen. Das Wiedersehen der Schwestern wird zumindest Leopoldine eine Verschnaufpause verschaffen.

Anna Christina
Venedig

NEUNUNDFÜNFZIGSTER BRIEF

Gräfin Lazansky an Fürst von Metternich

Auch wenn unser gemeinsamer Spaziergang unterhaltsamer war, als ich zu hoffen wagte, wird dieses venezianische Intermezzo mir nur zur Würze meines Alters dienen, mehr nicht.

L.

SECHZIGSTER BRIEF

Fürst von Metternich an Gräfin Lazansky

Haben Sie vergessen, dass ein Intermezzo eine Überleitung zum nächsten großen Thema ist?

Metternich

EINUNDSECHZIGSTER BRIEF

Erzherzogin Leopoldine von Österreich an Marie-Louise, Herzogin von Parma

Ich bin am Boden zerstört, wir werden uns nicht sehen! Plötzlich scheint Eile geboten, rechtzeitig nach Livorno zu kommen. Die portugiesische Flotte ist wohl früher als erwartet in Italien eingetroffen, und der Fürst drängt fürchterlich, damit wir die Überfahrt vor September antreten. Immerhin hat er die Größe besessen, mir dies persönlich zu sagen. Heute in der Früh – es ist schon lästig, wenn jemand bereits am Morgen so wach und voller Tatendrang ist wie der Fürst. Wie soll man sich ihm schlaftrunken widersetzen können? – stand er plötzlich mit der Gräfin vor meinem Schlafzimmer. Es ist das Zimmer mit der besten Aussicht im ganzen Palazzo, ich blicke vom Bett aus direkt auf die Chiesa Santa Maria della Salute. Ein Traum! Jakob hat sich sofort, der Hund ist ohne Anstand, vor M. auf den Rücken geworfen und in hohen Tönen gejauchzt, als er ihm den Bauch kraulte. M. blickte fast verlegen, um sich dann mit einem Ruck aufzurichten und näher zu treten: »Hoheit, mir ist durchaus bewusst, wie sehr Ihnen und der Herzogin von Parma an einem Wiedersehen gelegen ist. Deshalb tut es mir unendlich leid, unsere Reisepläne ändern zu müssen. Aber …«, ich musste so weinen, dass ich seinen Ausführungen nicht weiter folgen konnte. Zu seinen Gunsten muss ich anmerken, dass er wirklich betroffen schien, mich in solch einen Jammer zu stürzen. Die Gräfin hat versucht, ihn umzustimmen: »Fürst, was macht es für einen Unterschied, ob wir über Bologna oder Parma nach Livorno fahren? Und wenn es nur ein paar Tage sind, gönnen Sie der Erzherzogin diese Freude.« M. holte tief Luft, als wolle er einlenken, zuckte dann aber nur bedauernd mit den Schultern: »Befehl Seiner Majestät.« Und dann blickte er mir gerade in die Augen und sagte mit einer tiefen Verbeugung: »Es tut mir sehr leid, Königliche Hoheit.« Eigentlich müsste ich ihn dafür hassen, aber in diesem Augenblick schien er mir aufrichtig. Fast mochte ich ihn ein wenig.

Mille baci

Leopoldine
Venedig

ZWEIUNDSECHZIGSTER BRIEF

Gräfin Lazansky an ihre Schwester Caroline

Der Marquis hatte einen Unfall!

Seit Tagen fahren wir durch die liebliche Hügellandschaft der Toskana, die jedoch durch die anhaltende Trockenheit und Hitze ganz in Ockerbraun getaucht ist. Selbst die Zypressen bieten mit ihren kümmerlichen und verdorrten Zweigen keinen Schutz vor der Sonne. Plötzlich, Leopoldine und ich dösten im Wagen, sehen wir eine große Staubwolke an uns vorbeirasen. Die Kutsche des Marquis! Eines seiner Pferde hat gescheut und ist durchgegangen. In atemraubendem Tempo schoss die Kutsche quer über ein Stoppelfeld und dann, in einem weiten Bogen, zurück auf den Weg. Es war entsetzlich anzusehen. Uns stockte der Atem! Dann ein lauter Knall, eine riesige Staubwolke … Stille. Als sich der Staub gelegt hatte, konnten wir sehen, dass die Kutsche in eine andere Kalesche gerast war. Der Kutscher ist in hohem Bogen vom Bock geflogen und hat sich arg verletzt. Der andere Kutscher, so steht zu fürchten, wird seinen Verletzungen erliegen, entsetzlich! Ein Pferd musste erschossen werden, es war nicht mehr zu retten, ein anderes hat eine üble Quetschung am Hals. Marialva ist wie durch ein Wunder bis auf eine hässlich blutende Wunde an der Stirn unverletzt. Aber die Wagen sind in einem desolaten Zustand, eine Deichsel und zwei Achsen sind gebrochen. Jetzt sitzen wir hier mitten auf dem Felde, kein Dorf, kein Haus weit und breit, noch nicht einmal ein Baum, unter dem man vor dieser brütenden Hitze Zuflucht nehmen könnte. Der Fürst bestand darauf, dass wir weiterfahren und der Marquis nachkommt, wenn alles gerichtet ist. Worauf meine Erzherzogin, bleich vor Schreck, sich vor den Fürsten stellte, die Hände in die Hüften gestemmt wie eine venezianische Marktfrau, und ihm mit hoheitsvoller Stimme sagte: »Wir überlassen unseren Freund hier nicht allein seinem Schicksal. Ich reise erst weiter, wenn Marquis von Marialva weiterreisen kann.« Sie setzte sich auf einen Stein am Wegesrand und schaute verdrießlich auf den Fürsten. »Ihre Königliche Hoheit, es ist meine Aufgabe, Sie sicher nach Livorno zu bringen. Bitte seien Sie vernünftig, Sie können hier nicht in der Gluthitze bis zum Abend sitzen.« Leopoldine rührte sich nicht. Der Fürst wurde unruhig, in der Ferne war bereits Donnergrollen zu hören. Wetterleuchten tauchte den Himmel in schmutzig gelbes Licht. Kein Lüftchen bewegte sich, die Luft war so stickig, dass mir übel wurde. Ich bat unsere Zofe um etwas Wein und setzte mich neben Leopoldine ins Gras. Leopoldine verlangte zu essen, sie sterbe vor Hunger. Sie wolle jetzt sofort etwas von der Pastete! Darauf der Fürst: »Zügeln Sie Ihren Appetit, Hoheit, denken Sie an Ihre Gesundheit.« Ich weiß nicht, was in Leopoldine gefahren war, sie mochte nicht klein beigeben: »Fürst, ich kann mir meinen Hunger nicht aussuchen. Soll ich etwa verhungern, bevor mein Gemahl mich kennengelernt hat?« M. straffte sich: »Meine Damen, im Namen Österreichs fordere ich Sie auf, in die Kutsche zu steigen und die Fahrt fortzusetzen.« Leopoldine – plötzlich war alles Kindliche aus ihrem Gesicht verschwunden, es war, als würde eine Metamorphose stattfinden – erhob sich langsam, stellte sich dicht, so dicht, dass es schon unhöflich war, vor den Fürsten und sagte mit fester Stimme: »Ich *bin* Österreich.« Du hättest sein Gesicht sehen müssen!

Jetzt sitzen wir seit Stunden wie in einem mittelalterlichen Feldlager in unseren Wagen fest, die Kutscher haben die einzelnen Gefährte mit Planen verbunden, um die gewaltigen Regenmassen, die mittlerweile auf uns niederprasseln, etwas einzudämmen. Wir sind alle bis auf die Knochen durchnässt, aber bei guter Laune! Das liegt wahrscheinlich an dem guten Wein. M. hat nämlich ein paar Kisten eines besonders guten Jahrgangs in einem kleinen Dorf bei Ferrara aufladen lassen, die eigentlich als Geschenk mit an Bord gehen sollten. Stattdessen genießen wir hier in dieser gottverlassenen Gegend ein Glas nach dem anderen.

In unserer Gefolgschaft befindet sich, neben Wissenschaftlern, Landschaftsmalern und Zoologen, auch ein junger Arzt, der sich rührend um die Kutscher gekümmert hat. Für sein Alter, vielleicht Ende zwanzig, hat er eine erstaunliche Autorität. So hat er nicht etwa die Wunde des Marquis zuerst versorgt, wie es dem Marquis zugestanden hätte, sondern sich um die vor Schmerzen stöhnenden Verletzten gekümmert. Chapeau.

Wir wollen hoffen, dass wir seiner Dienste nicht weiter bedürfen, aber ich bin dankbar, dass uns ein österreichischer Doktor nach Brasilien begleitet.

Ich bin erstaunt und froh, dass Leopoldine die geänderten Reisepläne gelassen aufnimmt. Venedig scheint uns alle verändert zu haben, Leopoldine ist reifer, der Fürst entspannter, nur ich bin konfuser. Nein, nicht wegen meines Ausfluges mit dem Fürsten, von dem ich dir kurz berichtet habe. Obwohl ich sagen muss, dass ich ihn unterschätzt habe. Er ist nicht nur politisch ein brillanter Kopf, sondern interessiert sich auch sehr für die Oper – er ist mit mir der Einzige in unserer Gesellschaft, der den *Sigismondo* ebenfalls für große Musik hält. Und er malt ganz entzückende Aquarelle. Was bei der Hitze hier ein mühsames Unterfangen ist, die Farbe trocknet, bevor man mit ihr arbeiten kann.

Der Regen hat endlich aufgehört. Über den Feldern dampft die Luft, die Erde riecht schwer und süß. Wie M. mir gerade mitteilte, konnten die Männer bei dem Wetter die Wagen nicht herrichten, was bedeutet, dass wir die Nacht hier verbringen werden! Es gibt Momente, da würde ich sogar eine Schlittenfahrt in Laxenburg vorziehen!

Aus irgendeinem Grund kommt es mir seltsam vor, dass unsere geplante Reise nach Parma so plötzlich der Pünktlichkeit der portugiesischen Flotte geopfert werden muss. Warum sollte die Flotte nicht auf uns warten, und sei es nur für eine Woche?

Anna Christina

DREIUNDSECHZIGSTER BRIEF

Marie-Louise, Herzogin von Parma, an Fürst von Metternich

Nein, natürlich werde ich nicht nach Livorno reisen, ich schrieb Ihnen ja bereits, dass ich die Anordnung Seiner Majestät, auf ein Treffen mit meiner geliebten Schwester zu verzichten, akzeptiere. Ich hoffe sehr, dass all diese Vorsichtsmaßnahmen zum gewünschten Erfolg führen und die Erzherzogin vor unnützen Aufregungen schützen. Wobei ich nach wie vor der Meinung bin, dass ein Treffen weder ihren Charakter noch ihre Einstellung zu der Verbindung mit Portugal schädlich beeinflusst hätte. Aber ich beuge mich meiner patriotischen Pflicht, Sie kennen mich, Fürst.

Meiner kleinen Albertine geht es vortrefflich, sie wächst und gedeiht prächtig, Sie können Seine Majestät beruhigen.

Maria Luigia, Duchessa di Parma

Parma

VIERUNDSECHZIGSTER BRIEF

Fürst von Metternich an Gräfin Lazansky

Selbst so ungemütliche Nächte wie die vergangene sind durch Ihre charmante Gegenwart erträglich. Bedauerlich nur, dass Sie sich gleich um zwei Kranke zu kümmern gedachten. Der Marquis hätte auch gut ohne Ihre Fürsorge die Nacht durchstanden! Die Erzherzogin scheint Ihrer mütterlichen Obhut immer noch zu bedürfen. Obwohl ich ja nun das zweifelhafte Vergnügen hatte, ein wenig von der ihr innewohnenden Durchsetzungskraft am eigenen Leib erfahren zu dürfen. Ich bin froh darum, denn der brasilianische Auftrag wird ihr einiges abfordern.

Gestatten Sie mir das Vergnügen, Sie heute zu einem Souper einzuladen. Ich logiere endlich wieder standesgemäß. Meine Terrasse öffnet auf einen zauberhaften Garten, der nur aus duftenden Zitronenbäumen besteht.

Metternich

FÜNFUNDSECHZIGSTER BRIEF

Gräfin Lazansky an Fürst von Metternich

Was sollte mich veranlassen, nachdem wir seit Wochen miteinander in Kutschen und Gasthäusern eingesperrt waren, Gesellschaften ständig gemeinsam besuchen, so als seien wir ein Ehepaar, nun auch noch Ihre Gegenwart bei einem privaten Souper zu suchen? Wir sollten die freien Stunden genießen. Jeder für sich.

L.

SECHSUNDSECHZIGSTER BRIEF

Fürst von Metternich an Gräfin Lazansky

Da wir uns bis zu Ihrer Abreise nach Brasilien noch die Zeit vertreiben müssen, wäre es nicht klug, dies möglichst angenehm zu tun? Und durch Ihre Gegenwart wird nicht nur mein Bedürfnis nach Schönheit, sondern auch mein Verlangen nach Esprit und Verstand gestillt. Ich habe auf der ganzen Reise nicht einen Menschen getroffen, der meinen Anspruch an Unterhaltung so getroffen hat wie Sie, meine Eiskönigin.

Metternich

SIEBENUNDSECHZIGSTER BRIEF

Gräfin Lazansky an Fürst von Metternich

Ihr Zitronenzweiglein erfüllt mein Zimmer mit einem köstlichen Duft. Dennoch, lieber Fürst, warum sollte ich mit Ihnen soupieren, nur weil Sie sich langweilen?! Weil Sie fern Wiens die Unterhaltung Ihrer Frau oder Madame de S. vermissen, muss ich doch nicht meine kostbare Ruhe aufgeben. *Ich* langweile mich nicht.

Die Erzherzogin bedarf meiner Gesellschaft mehr als Sie.

L.

ACHTUNDSECHZIGSTER BRIEF

Fürst von Metternich an Gräfin Lazansky

Ich hatte gehofft, Sie, bevor Sie in den Urwald reisen, noch mit etwas raffinierter Kochkunst verwöhnen zu können. Man hört, damit sei es am Hofe in Rio nicht weit her. Im Übrigen ist mir zu Ohren gekommen, dass unser junger Arzt der Erzherzogin Bettruhe und karge Kost verschrieben hat, damit sie endlich wieder auf die Beine kommt. Haben Sie denn gar keinen Einfluss auf das merkwürdige Essverhalten Ihrer Hoheit? Wer kann das aushalten? Erst Berge von Trauben, dann ein Bund roher Zwiebeln, gefolgt von Eiscreme und zu allem Überfluss noch gebratener Fisch. Es wird sich ruinieren, das Kind.

Da die Gesellschaft bei der Comtessa Berganza wegen der unpassierbaren Straßen nach dem Unwetter auf morgen verschoben wurde und Sie auch nicht in die Oper flüchten können, weil hier im Umkreis von drei Tagesreisen keine zu finden ist, werde *ich* für Ihre Unterhaltung sorgen. Ich habe einen Sänger engagiert, ein einfacher Bursche, der aber mit einer erlesenen Stimme gesegnet ist. Ich habe ihn im Kirchenchor des Nachbardorfes entdeckt. Also haben Kirchen doch einen Sinn. Und so können Sie und ich heute Abend Seite an

Seite sitzen und heiteren Serenaden lauschen. Der Wind wird sinnesbetörende Düfte über die Terrasse tragen, die Abendsonne Sie in goldenem Licht baden, Champagner Ihren Durst stillen und ich, ach, ich werde Sie anbeten! Was für ein Abend!

Ich erwarte Sie um neun.

Metternich

NEUNUNDSECHZIGSTER BRIEF

Gräfin Lazansky an Fürst von Metternich

Fürst, hat die Hitze Sie Ihrer Sinne beraubt? Fast scheint es meine Christenpflicht zu sein, Ihre Einladung anzunehmen, um Ihren verwirrten Geist wiederherzustellen! So viel Hingabe, ja Poesie habe ich nicht erwartet, nicht von Ihnen. Nun, diese Reise kehrt bei uns allen die eine oder andere Regung hervor.

Ja, ich nehme Ihre Einladung an. Nicht, weil ich angebetet werden möchte, sondern schlicht, weil es mich nach gutem Essen und guter Gesellschaft dürstet. Und nach Champagner! Wo um alles in der Welt haben Sie in dieser Einöde Champagner aufgetrieben? Und ich werde mit kühler Hand Ihre hitzige Stirn kühlen müssen. Aber sollten Sie sich irgendeiner irrigen Hoffnung hingeben, so seien Sie gewarnt: Ich nehme Ihre Einladung unter der Bedingung an, dass Sie mir alle meine Fragen bezüglich unserer Brasilienreise ehrlich beantworten.

Alles, was ich Ihnen bieten kann, ist meine Freundschaft. Aber diese muss verdient werden.

L.

Falls es Ihnen entgangen sein sollte, ist das Kind in einem Alter, in dem man es verheiraten und auf eine Fahrt ins Ungewisse schicken kann.

SIEBZIGSTER BRIEF

Gräfin Lazansky an ihre Schwester Caroline

Ich habe eine Einladung des Fürsten zu einem abendlichen Souper akzeptiert, um endlich zu erfahren, weshalb wir jetzt so eilig nach Livorno reisen müssen, und um die Wahrheit darüber herauszufinden, was uns in Brasilien erwartet. Bisher hat es der Bräutigam meiner Poldl unterlassen, ihr auch nur einen einzigen Willkommensgruß zu schreiben. So viel Anstand hatte nur sein Vater, Dom João. Wäre es nicht von grundlegendem Respekt, der Person, mit der man vermutlich den Rest seines Lebens verbringen wird, einen Gruß zu senden? So reist sie ins Nirgendwo, ohne ein Gefühl für das Kommende. Außer Furcht. Sie dauert mich sehr. Dabei scheint sie selbst von einer immer größeren Gelassenheit den Geschehnissen gegenüber zu sein. Gleichzeitig lässt sie sich nicht mehr so leicht führen, was besonders M. zu schaffen macht. Sie fordert bisweilen Unerfüllbares von ihm, einzig um ihn zu reizen, wie mir scheint. Ich gestehe, ich beobachte dies mit einer gewissen hämischen Freude. Wir hatten am Tag nach dem unglückseligen Unfall in einem Gasthof übernachten müssen, der alles andere, nur kein fürstliches Quartier war. Nun ja, nach der Nacht auf freiem Feld sahen wir auch nicht sehr fürstlich aus. Kleider und Haare klebten auf der Haut, der Marquis sah mit seinem Kopfverband wie ein Pirat aus, nur der Fürst trotzte wie immer allen Widrigkeiten, wie aus dem Ei gepellt, der Rock tadellos und seine Stiefel ohne einen Makel. Dabei hatte er die ganze Nacht zusammengedrängt mit uns in unserer Kutsche verbracht: »Ich kann die Damen hier in der Einöde nicht allein lassen. Sie gestatten.« Bevor ich etwas erwidern konnte, hatte er unsere arme kleine Zofe aus dem Wagen expediert und sich statt ihrer auf dem Sitz niedergelassen. Das arme Ding musste die Nacht draußen im Schlamm stehend verbringen! Mir war nach den Aufregungen des Tages alles recht gleichgültig.

Kaum waren wir in dem Gasthof eingekehrt, ließ Leopoldine den Fürsten kommen und forderte: »Fürst, ich brauche ein Klavier. Ich habe seit Tagen nicht gespielt.« »Es ist nach Mitternacht, wir sind mitten auf dem Lande. Ich kann jetzt kein Klavier auftreiben. Jeder vernünftige Mensch schläft. Und ich möchte Ihrer Königlichen Hoheit vorschlagen, das Gleiche zu tun.« »Fürst, haben Sie Order aus Wien, sich meinen Wünschen zu widersetzen?« Ich merkte, wie die Geduld des Fürsten dahinschwand, sein Ton wurde schärfer. Die beiden schienen meine Anwesenheit vergessen zu haben, keiner wandte sich an mich, damit ich die Sache friedlich zu Ende bringen möge. »Ich habe den Befehl Seiner Majestät, Sie gesund und sicher auf den Weg in Ihre neue Heimat zu bringen.« »Es ist meiner Gesundheit sehr abträglich, nicht musizieren zu können. Erst soll ich nicht essen, jetzt soll ich nicht spielen.« Das Aufblitzen von Reife war wohl nur eine flüchtige Erscheinung gewesen, schon war sie wieder ganz Kind. Der Fürst, kurz davor, seine Contenance zu verlieren, verbeugte sich und sagte knapp: »Was immer in meiner Macht steht, ich werde mich um Musik bemühen.« Er wandte sich zum Gehen und flüsterte mir gequält lächelnd zu: »Sie bringt mich zur Raserei. Wäre sie meine Tochter, sie bekäme eins auf den Allerwertesten.« Es fällt alles auf mich zurück! Dann wandte er sich nochmals mit vollendeter Verbeugung der Erzherzogin zu: »Hoheit«, und ging. Kurz darauf kam er mit einem Dutzend Hofdamen und Herren zurück, allesamt von der Nacht auf dem Feld völlig derangiert und zerknittert, ließ sie sich im Zimmer aufstellen und ein Lied anstimmen. Die Idee war so verblüffend, dass ich herzhaft lachen musste, was mir die Erzherzogin sehr übel genommen hat.

Wir logieren in der Nähe von Florenz in Montecatini Terme, ganz entzückend, allerdings fehlt mir das Stadtleben sehr! Venedig scheint eine Ewigkeit her zu sein. Ich muss jetzt eilen, der Fürst mag zwar warten, nicht aber das Souper! Ich habe gründlichen Appetit!

Anna Christina
Montecatini Terme

EINUNDSIEBZIGSTER BRIEF

Erzherzogin Leopoldine von Österreich an
Marie-Louise, Herzogin von Parma

Mir ist ganz elend. Der Magen zwickt und die Hitze drückt! Der Gräfin scheint der Gedanke an Brasilien noch absonderlicher als mir zu sein, jedenfalls ist sie mit ihren Gedanken häufig absent.

Heute bin ich zum ersten Mal seit Wochen allein, die Gräfin soupiert außerhalb, mein lieber Marquis erholt sich von seinem Unfall – er hat mir versprochen, schnell zu genesen, damit er mir endlich das Reiten beibringen kann –, und meine Zofe liegt mit einem heftigen Fieber im Bett. Der Einzige, der sich um mich kümmert, ist ein junger Arzt, der nicht unserer Entourage, sondern dem großen wissenschaftlichen Corps angehört, das zur selben Zeit wie wir in See stechen wird. Sein Name ist Doktor Alexander Freiberg. Er ist fast zehn Jahre älter als ich, ein stiller, etwas verschlossen wirkender Mann. Nicht so attraktiv wie mein Pedro (ich trage das Medaillon nun doch nicht, es kommt mir albern vor, sein Bild bei mir zu tragen, wo ich nicht einmal eine Zeile von ihm in den Händen halte und so gar nichts über seine Gesinnung weiß), aber ein ansehnlicher Mann. Er hat eigenartige Augen, das linke ist meergrün, das rechte kupferbraun! Als ich ihn darauf angesprochen habe, sagte er: »Es existiert nur ein einziges anderes Wesen, das so komische Augen hat wie ich, und das ist mein Hund.« Er kann gut mit Menschen und Tieren umgehen, auch Jakob hat ihn sofort in sein Hundeherz geschlossen und weicht nicht von seiner Seite, wenn er im Raum ist. Wir haben ein wenig miteinander geplaudert, aber ich habe nichts über seine Herkunft herausgefunden. Als ich ihn gefragt habe, was seine Familie über seine weite Reise denkt, hat er mir nicht geantwortet.

Gerade ist er fort, um mir ein Glas Wein zu holen. Er rät zur Vorsicht, man solle auf keinen Fall das Wasser trinken, da es durch die Wärme fault.

Ich throne in einem riesigen Zimmer auf meinem Bett und blicke durch die geöffnete Tür in die nächtliche Landschaft: Draußen zirpt eine Armada von Grillen, ab und an hört man einen Hund bellen. Ein blassgelber Mond hängt am Himmel. Selbst jetzt am Abend ist der Wind noch sehr warm, er trägt einen süßen, schweren Blütenduft ins Zimmer. Wie anders als Österreich riecht dieses Land, alles ist so intensiv! Marialva sagt, in Brasilien dufte es noch betörender. Bisweilen freue ich mich schon auf meine neue Heimat.

Jetzt kommt der Doktor zurück (hätte ich in Wien je allein mit einem Mann im Zimmer sitzen können? Nun, er ist mein Arzt).

Abbraccio mia carissima sorella

Leopoldine
Montecatini Terme

Nachschrift: Ich habe mich immer noch nicht darüber beruhigen können, dass wir uns nicht wiedersehen sollen! Es bricht mir schier das Herz. Jaja, der Fürst ist nicht schuld, dass die Flotte schon in Livorno vor Anker liegt, aber was sind ein, zwei Tage! Ich reise in den Dschungel, und Gott allein weiß, wann wir uns wiedersehen.

Der *Seccatore* versucht nett zu sein, obwohl ich alles daransetze, ihm das Leben schwerzumachen. Manchmal habe ich Mitleid mit ihm. Ist das nicht komisch?

ZWEIUNDSIEBZIGSTER BRIEF

Fürst von Metternich an
Marquis von Marialva

Ohne Umschweife, lieber Freund, hatten Sie nicht versprochen, der Erzherzogin Reitstunden zu geben? Ich wäre Ihnen mehr als dankbar, wenn Sie sich, natürlich nur soweit es Ihre Verletzungen zulassen, sich ihrer annehmen würden. Sie wird, je näher wir Livorno kommen, zunehmend gereizt und kränkelnd. Ich verstehe die Beunruhigung dieser jungen Seele vor dem Unbekannten. Auch wenn der Doktor ihr eher Bettruhe verordnet, bin ich sicher, dass ein wenig körperliche Anstrengung ihr guttun würde. Hitze hin oder her, man kann auch in den frühen Morgenstunden reiten.

Welch gute Nachricht, dass sich dank des beherzten Eingreifens Dom Pedros die Aufständischen in Brasilien wieder beruhigen. Und ich gratuliere Ihnen dazu, dass es Ihnen trotz Ihrer freundschaftlichen Nähe zur Erzherzogin bisher gelungen ist, die nicht ganz so erfreulichen Charakterzüge Dom Pedros vor ihr zu verbergen. Chapeau, Sie sind ein Diplomat von Format. Die Freundschaft zu Ihnen ist ein großes Vergnügen. Ich gestehe, dass ich unter Männern nur selten Freunde finde, ob es an mir liegt, vermag ich nicht zu sagen. Ich gehöre zu den Menschen, die großes Vergnügen am Alleinsein empfinden.

Metternich

DREIUNDSIEBZIGSTER BRIEF

Fürst von Metternich an
Kaiser Franz I. von Österreich

Ihre Majestät, ich kann Ihnen mitteilen, dass – bis auf den Ihnen schon berichteten Unfall – die bisherige Fahrt nach Livorno ohne weitere bemerkenswerte Vorkommnisse vonstattengegangen ist. Ihrer Königlichen Hoheit geht es hervorragend, sie ist gesund und hält sich formidable. Ich bin völlig überzeugt, dass wir gut entschieden haben und Erzherzogin

Leopoldine für die österreichisch-portugiesische Allianz eine exzellente Wahl ist. Alle, die sie begleiten, erliegen ihrem Charme und ihrer Sanftmut.

Metternich
Montecatini Terme

VIERUNDSIEBZIGSTER BRIEF

Gräfin Lazansky an Fürst von Metternich

Ich bin verwirrt, lieber Freund, und das ist ein Zustand, den ich nicht sehr schätze. Ihnen nicht widerstanden zu haben, werde ich mir nicht verzeihen! Nicht mein Stolz ist in Gefahr, sondern meine Vernunft. Denn nur wenn wir die Herzensleidenschaft von der amourösen Leidenschaft trennen, können wir frei sein.

Jetzt sitze ich hier und weiß nicht, wie ich Ihnen schreiben soll. Und dennoch möchte ich Ihnen schreiben, um diese Nacht nicht enden zu lassen. Am Horizont zeigt sich schon die erste Morgenröte.

Der scharfe Ton zwischen uns ist einem leichten, zärtlichen Ton gewichen, daran muss ich mich erst gewöhnen. Ich neige nicht zu Sentimentalitäten, trotzdem möchte ich Ihnen sagen, dass ich über Ihr Geschenk, mir Einblick in Ihr Herz zu gewähren, gerührt war. Und welch empfindsames Herz!

Aber meine Vernunft ist auf der Hut, und ich habe durchaus verstanden, wie bewunderungswürdig geschickt Sie all meinen Fragen aus dem Weg gegangen sind. Ja, natürlich habe ich Ihre Taktik durchschaut! Sie mögen Diplomat sein, ich aber bin eine Frau. Nun bin ich unwissender und beunruhigter als zuvor.

L.

FÜNFUNDSIEBZIGSTER BRIEF

Fürst von Metternich an Gräfin Lazansky

Sie möchten frei sein? Wovon? Meine Eiskönigin, zermartern Sie sich nicht Ihren schönen Kopf über die Freiheit! Selbst die klügsten Philosophen sind uns bisher eine Antwort schuldig geblieben, was Freiheit für den Menschen bedeutet. Oder ob sie erstrebenswert ist. Ich sage Ihnen, niemand ist frei! Freiheit ist ein Hirngespinst. Ein Volk mag sich von seinem Herrscher befreien, wie es die Franzosen getan haben, aber sind sie jetzt ein freies Volk? Der Hund mag sich von seinem Herrn befreien, doch wer gibt ihm dann Futter? Sie wollen Ihr Herz vor der Liebe schützen und frei bleiben. Wofür? Schöne, lassen Sie uns diese Tage und Nächte genießen, als wäre es das Ende aller Zeit.

Ich erwarte Sie heute um Mitternacht.

Metternich

Hätte ich die Wahl zwischen Freundschaft und Liebe, ich wählte, sosehr ich Ihre Freundschaft schätze, die Liebe! Sie haben mir das Tor zum Paradies geöffnet …

SECHSUNDSIEBZIGSTER BRIEF

Erzherzogin Leopoldine von Österreich an Marie-Louise, Herzogin von Parma

Marie, wenn du gesehen hättest, wie ich heute geritten bin, du wärst stolz auf mich! Der Marquis konnte gar nicht glauben, dass ich noch nie auf einem Pferd gesessen habe. Na ja, stimmt auch nicht, nur seit die Gräfin Obersthofmeisterin ist, durften wir ja nicht mehr reiten, wohl wegen ihres unglücklichen Mannes. Ich hatte ganz vergessen, was für ein unbeschreiblich schönes Gefühl es ist! Mein Pferd war recht brav, so dass ich keinerlei Angst hatte. Der Marquis hat mich bereits in aller Herrgottsfrühe an den Stallungen erwartet, und dann sind nur wir zwei aufgesessen und bei aufgehender Morgensonne über die Hügel geritten. Einmal bin ich ihm davongaloppiert! »Hoheit, das wird Dom Pedro sehr gefallen! Man sagt, nein, er ist ein leidenschaftlicher Reiter!« Also werde ich mich anstrengen, es ihm gleichzutun.

Als wir gegen acht Uhr in der Früh zurückkehrten, schlief die Gräfin noch. Sie braucht im Augenblick viel Ruhe, die Hitze macht ihr zu schaffen. Ich kann mir einfach nicht vorstellen, dass es in Brasilien noch viel wärmer ist als hier. Dies hier ist schon ein zum Braten heißes Land!

Morgen geht es auf nach Livorno.

Leopoldine
Montecatini Terme

Ich wünsche mir ein ruhigeres Leben, als du es führst, Marie. Das klingt nicht so erwachsen, wie man es von mir erwartet, fürchte ich. Aber ich werde versuchen, den Menschen, die mir anvertraut sind, ein gutes Leben zu schenken. Helfe mir Gott, dass dies gelingt.

SIEBENUNDSIEBZIGSTER BRIEF

Gräfin Lazansky an ihre Schwester Caroline

Ich schreibe nicht mehr? Ach, Caroline, es ist hier so viel mehr zu tun, als ich gedacht habe. Ich muss mich um Leopoldine kümmern, die, je näher wir Livorno kommen, immer mehr meiner Fürsorge und Aufmerksamkeit bedarf. Sie verlangt meine ganze Kraft. Außerdem habe ich begonnen, Portugiesisch zu lernen, da ich ja die zweifelhafte Ehre habe, auch nach Rio zu fahren.

Gestern ist etwas Trauriges geschehen: Wir sitzen auf der Terrasse, unter einer Pergola vor der sengenden Sonne geschützt, als plötzlich Jakob um die Ecke wankt, herzzerreißend jault, sich vor uns auf den Boden fallen lässt und seinen letzten Atemzug tut. Aus und vorbei das Hundeleben. Leopoldine stürzt zu dem Hund und schreckt zurück, als ein Schwarm Wespen sich aus dem Fell erhebt.

In meiner Verzweiflung habe ich nach Doktor Freiberg rufen lassen, der seit einigen Tagen glücklicherweise in unserer Nähe wohnt.

Der Mann eilt herbei, kann aber auch nichts mehr für das liebe Tier tun. Er schaut Leopoldine an und sagt doch tatsächlich voller Mitgefühl: »Mein Beileid, Hoheit. So ein feiner Hund. Es tut mir aufrichtig leid.« Er kondoliert zum Tod eines Hundes! Ich wusste nicht, ob lachen oder weinen. Aber er hat recht, Jakob war ein besonderer Hund. Nun ist meine kleine Erzherzogin am Boden zerstört und weint um ihren kleinen Freund.

Morgen werden wir vermutlich endlich in Livorno ankommen.

Anna Christina

Dir zum Triumph: M. hat mich besiegt.

ACHTUNDSIEBZIGSTER BRIEF

Marquis von Marialva an
Erzherzogin Leopoldine von Österreich

Kaiserliche Hoheit, liebe Dona Leopoldina, ich muss Ihnen Lebewohl sagen! Mein Auftrag endet hier. Die Geschäfte rufen mich zurück.

Ich werde noch heute aufbrechen, zunächst nach Paris und dann zurück nach Lissabon. Mein offizieller Auftrag mag hier enden, aber meine tiefempfundene Hochachtung und Freundschaft für Sie niemals. Es war mir eine große Ehre, Sie kennenzulernen und begleiten zu dürfen. Bleiben Sie mir gewogen.

Unsere gemeinsamen Ausritte waren mir ein Vergnügen, ich werde es sehr vermissen, Sie am Morgen begleiten zu können.

Ich bin beeindruckt, wie schnell Sie zu einer wagemutigen Reiterin geworden sind, und bitte Sie herzlichst, immer gut auf sich achtzugeben.

Ich möchte Ihnen gerne persönlich Lebewohl sagen und hoffe, dass Sie mich heute Nachmittag empfangen können.

Ihr sehr ergebener

Marquis de Marialva
Livorno

Nachschrift: Als Zeichen meiner Verehrung habe ich Ihnen eine kleine Überraschung zukommen lassen, die Sie auf Ihrem Schiff erwartet.

NEUNUNDSIEBZIGSTER BRIEF

Gräfin Lazansky an ihre Schwester Caroline

Nein, ich möchte nichts weiter über meine *Liaison*, wie du es nennst, berichten, ich bin zu aufgewühlt, nicht nur über diese Amour, sondern vor allem darüber, dass wir hier nach Livorno gehetzt sind, um die portugiesische Flotte nicht warten zu lassen, und nun dies: kein Schiff weit und breit!

Du kannst dir unsere verdutzten Gesichter vorstellen! Kaum hatten wir Logis in einem riesigen, etwas maroden Palazzo genommen, sind wir, der Fürst, Leopoldine und ich, zum Hafen geeilt, um die Portugiesen zu besichtigen, und dann das! Nur ein paar Fischerboote dümpelten am Kai, sonst nichts. Der Fürst war außer sich, wie ich es noch nie bei ihm erlebt habe. Es geht ihm wohl um seine Glaubwürdigkeit, er jagt uns hierher und muss nun erleben, dass seine Informanten ihn im Stich gelassen haben. Leopoldine stand wie eingefroren neben uns, starrte auf das Wasser und wiederholte immer nur:

»Mein Gott. Mein Gott.« Der Anblick des Meeres hat sie zutiefst ergriffen. Auf einmal klammerte sie sich an meinen Arm und schluchzte: »Nein, ich, ich kann nicht …«, ließ mich los und rannte davon. Metternich schaute betroffen: »Das arme Kind.« Du siehst, er hat ein Herz.

Nun haben wir uns im Palazzo eingerichtet und harren der Dinge und Schiffe, die da kommen sollen.

Eben erhalte ich durch den Fürsten Nachricht, dass eine Depesche aus Lissabon eingetroffen sei, schlechtes Wetter habe die Schiffe aufgehalten. Was soll man davon halten, erst sollen sie zu früh sein, dann kommen sie gar nicht.

Zu allem Überfluss hat uns nun auch noch Marquis Marialva verlassen. Er ist auf dem Heimweg nach Lissabon. Geschäfte, sagt man. Wieder ein überhasteter Aufbruch! Leopoldine ist untröstlich, sie haben viel Zeit miteinander verbracht, fast mehr als schicklich ist, er war ihr ein verständiger, geduldiger Freund.

Ich selbst merke erst jetzt, da wir uns nicht mehr täglich sehen, dass auch ich ihn vermisse. Seine Gegenwart war irgendwie, fast möchte ich sagen, beruhigend, dabei war er äußerst witzig und charmant, hélas!

Einzige gute Nachricht: Der Doktor ist wirklich eine Seele von Mensch. Heute früh steht er vor Leopoldines Tür und hat ein winziges Fellknäuel im Arm! Einen Nachfolger für Jakob! Ein Welpe, der sofort das Herz der Erzherzogin erobert hat. Sie ist dem Doktor fast um den Hals gefallen, ich konnte sie gerade noch zurückhalten. In Ermangelung eines Namens, der uns noch nicht einfallen will, heißt das kleine Wesen jetzt einfach *Hund*.

Anna Christina

Livorno

ACHTZIGSTER BRIEF

Marie-Louise, Herzogin von Parma, an Erzherzogin Leopoldine von Österreich

Erwarte mich am Dienstag um sechs Uhr früh in San Mare, das ist für dich eine knappe Viertelstunde zu Pferd. Ich habe dort ein kleines Haus gemietet, wo wir uns ungestört treffen können. Niemand weiß davon. Wenn du dich nicht unbemerkt davonmachen kannst, hinterlasse beim Goldschmied G. im Venezia Nuova eine Nachricht.

ML

EINUNDACHTZIGSTER BRIEF

Gräfin Lazansky an ihre Schwester Caroline

Nicht um mich zu rechtfertigen, aber ich schätze M. jeden Tag mehr und muss mich fragen, wie ich mich durch Äußerlichkeiten, wie sein zuweilen arroganter Auftritt, so sehr habe fehlleiten lassen. Man kann es kaum glauben, aber als er vom Tod Jakobs erfahren hat, Leopoldine hat es ihm gestern Abend im Theater erzählt (ja, wir haben Theater in Livorno, nicht nur eins, nein vier! Man spielt zum Gotterbarmen, so outriert, dass man kaum hinschauen kann. Mehr Jahrmarkt als Kunst), da kamen ihm die Tränen! Wer wird sich jetzt vor ihm auf den Rücken werfen und kraulen lassen?

Je näher die Abreise rückt, desto stärker scheint den Fürsten einerseits der Mut und andererseits die Angst Leopoldines vor ihrer Aufgabe und der ungewissen Zukunft zu berühren. Ich habe den Eindruck, dass er selbst über die Größe der Unternehmung erschrocken ist. Ich weiß nicht, ob er den Wagemut hätte, sich an Leopoldines (und meiner!) statt auf diese Reise zu begeben. Sicher nicht! Auch wenn er sich über die Kindereien und Ärgernisse mit der Erzherzogin beklagt, letztlich hat er Mitleid mit ihr. Nur, liebe Caroline, frage ich mich, ist dies alles rechtens? Frage ich mich dies, weil ich eine Frau bin und anders fühle als ein Mann? Eine junge Frau auf eine Fahrt ins Ungewisse zu schicken, um ein Land zu stärken, zu vergrößern, mehr politischen Einfluss zu gewinnen? Du weißt genau, wie ich gelitten habe, als M. meine liebe Marie-Louise an Napoleon verheiratet hat, aber dort habe ich, nach langen Gesprächen mit der Kaiserin, Gott hab sie selig, verstanden, dass eine Allianz mit Frankreich die vielleicht einzige Möglichkeit zum Überleben der österreichischen Nation war. Und das sage ich bei meiner dir wohlbekannten Abneigung gegen Napoleon. Aber in diesem Fall? Brasilien mag reich sein, man hat dort wohl riesige Bodenschätze entdeckt. Doch was ist der Nutzen für Österreich?

Vielleicht fehlt mir der Verstand dazu, dies alles zu begreifen. Vielleicht ist aber in dem Ganzen kein Sinn zu entdecken. Fest steht nur, dass jeder Tag, den ich auf dieser Erde verbringe, mich darin bestätigt, dass eine Frau erst dann frei ist zu tun und zu denken, was sie mag, wenn sie frei von Leidenschaft ist und ohne Befehl eines Mannes handeln kann. Aber das kann ich Leopoldine doch nicht wünschen! Außerdem schwindet täglich meine Resistance gegenüber meinen eigenen Idealen. Dabei mag ich keinen Veilchenduft! Hélas!

Ich kämpfe mit mir, dir ein Geheimnis anzuvertrauen, das sogar vor dem Kaiser gehütet werden muss. Aber ich kann nicht umhin, es dir zu erzählen, da es ein so freundliches Licht auf M. wirft.

In diesem Moment, in dem ich mich vor der Mittagshitze in mein kleines Kabinett zurückgezogen habe, neben mir duftende Zitronenblüten, eine große Karaffe eiskaltes Minzwasser, und dir schreibe, just in diesem Augenblick ist Leopoldine bei ihrer Schwester. Marie-Louise ist heimlich nach Livorno gereist! Ist das nicht wundervoll? Ich freue mich so sehr für die beiden! Doch darf ich Leopoldine nicht sagen, dass ich eingeweiht bin. Du ahnst es wohl, der Fürst steckt dahinter.

Vor einer Woche haben M. und ich einen langen, ziemlich beschwerlichen Spaziergang durch die Weinberge unternommen. Es war schon spät am Tag, kurz vor Sonnenuntergang, aber die Hitze wollte nicht weichen. So liefen wir langsam nebeneinander her, der Fürst schaute immer wieder besorgt nach meinem Wohlbefinden, dabei standen ihm, nicht mir, die Schweißperlen auf der Stirn. Die Schönheit der Landschaft ist grandios, ich wies also begeistert auf das Panorama, das sich vor uns entfaltete: »Ist dies nicht ein gesegnetes Land?« Worauf mein Begleiter erwiderte: »Sein Segen liegt darin, dass man es wieder verlassen kann. Ich möchte nicht den Rest meiner Tage hier verbringen müssen. Zu staubig, zu heiß, der Geist wird ganz matt, man verliert an Schärfe seiner Urteilskraft.« Ich musste lachen: »Heißt das, dass ich Ihre Gesellschaft und Zärtlichkeit einzig dem Schwinden Ihres Urteilsvermögens zu danken habe? Ein fragwürdiges Kompliment, Fürst!« Ohne ein Wort zu erwidern, zog er mich an sich und küsste mich leidenschaftlich. Genauso plötzlich ließ er mich wieder stehen, schaute mich ernst und fest an und sagte unvermittelt: »Ich möchte, dass Sie die Wahrheit erfahren. Nicht schlechtes Wetter hat die Reise der portugiesischen Flotte verzögert, sondern Aufstände im Gebiet um Rio de Janeiro und im Süden des Landes. Zugleich fordern die Cortes die Rückkehr des Königs nach Lissabon. Es sind unruhige Zeiten. So ist es vielleicht nicht von Nachteil, wenn sich Ihre Abreise etwas verzögert.« »Sie beunruhigen mich, Fürst.« »Der Marquis ist nach Lissabon zurückgereist, um uns mit genaueren Meldungen zu versorgen. Sie verstehen (seine Stimme wurde wieder sanfter), dass ich verhindern möchte, die Erzherzogin zu ängstigen. Man sollte sie lieber bei guter Laune und Gesundheit halten. Ich sehe wohl, wie sehr sie das Ungewisse strapaziert.« »Sie haben ihr ihre Kindereien also verziehen?« »Sie hat Angst. Halten Sie mich für so gefühllos, dass Sie glauben, ich wäre nicht vom Schicksal der Erzherzogin berührt?« In einem plötzlichen Aufwallen von Wut wollte ich antworten, er allein und der Kaiser bestimmten doch ihr Schicksal! Aber was soll er anderes tun. Also schwieg ich. Er lächelte mich an und strich mir mit einer unendlich zarten Geste über die Wange: »Ich habe die Herzogin von Parma nach Livorno gebeten. Ich handele damit gegen die Anordnung des Kaisers, dessen ausdrücklicher Wunsch es war, dass die Schwestern sich vor der Abreise nicht mehr sehen sollten.« Ich konnte nicht anders, ich habe ihm für dieses Geschenk die Hand geküsst. Niemand darf von dem Treffen wissen! Marie-Louise ist instruiert, kein Wort Leopoldine gegenüber verlautbaren zu lassen, wer der Arrangeur dieses Zusammentreffens ist.

Heute ist es an mir, den Fürsten zu einem Souper einzuladen.

Anna Christina
Livorno

Ich hoffe sehr, dass sich unsere Abreise noch verzögert. Noch mehr bete ich für eine schnelle Rückkehr.

ZWEIUNDACHTZIGSTER BRIEF

Erzherzogin Leopoldine von Österreich an Marie-Louise, Herzogin von Parma

Du kannst nicht ermessen, wie sehr ich mich gefreut habe, dich endlich wiederzusehen! Welch ungeheures Glück! Nur, dass die Stunden so schnell vergehen. Wie ein Traum. Du sahst hinreißend aus, das gute italienische Essen steht dir vorzüglich! Jetzt halte ich deinen seidenen Schal in der Hand, der noch von deinem Parfüm getränkt ist, und immer, wenn es mir weh ums Herz wird, schnuppere ich daran.

Ja, ich verspreche dir, nicht mehr zu weinen und mich nur an die gute Zeit mit dir zu erinnern. Ach, sieh, jetzt verwischt die Tinte, weil sich eine Träne nicht an unsere Vereinbarung halten will.

Niemand scheint meinen Ausflug bemerkt zu haben, man ist schon daran gewöhnt, dass ich in aller Herrgottsfrühe ausreite.

Das Wiedersehen mit dir hat mich ganz übermütig gemacht. Als ich gestern Nachmittag mit der Gräfin in ein Hutgeschäft gegangen bin, um uns neue Strohhüte zu kaufen, hatten wir kein Geld bei uns. Also haben wir nach dem Fürsten geschickt. Kaum hatte er das Geschäft betreten, sagte ich: »Fürst, Sie kommen gerade recht«, ich wies auf unsere Einkäufe, »schauen Sie, für Österreich.« Die Lazansky ist vor Lachen fast erstickt.

Eben überreicht mir die Gräfin, die heute besonders hinreißend aussieht, einen Brief Papas. Ich hatte gehofft, ein paar liebevolle Zeilen zu finden, aber er schreibt mehr als Kaiser denn als Vater – ich bin sicher, auch er leidet unter unserer

Trennung, wo er doch so gerne die Familie um sich hat – ach, ich finde den Brief recht langweilig. Ich soll an die brillante Zukunft Brasiliens denken und dass wir eine starke Monarchie in der *Neuen Welt* brauchen, da nur so die Gefahr der republikanischen Ideen erstickt werden kann. Und wenn wir den Einfluss Portugals stärken, stärken wir auch den Einfluss Österreichs in der westlichen Welt. Und so weiter in einem fort. Ich dachte, nur M. könne so fade Briefe verfassen. Der Brief endet mit den Worten: »Meine liebe Tochter, wir brauchen dich in Brasilien. Gott segne dich.« Seltsam, ich bin nicht berührt und muss doch darüber weinen.

Tausend Küsse und Umarmungen

Leopoldine

Livorno

DREIUNDACHTZIGSTER BRIEF

Gräfin Lazansky an ihre Schwester Caroline

Draußen tobt seit zwei Tagen ein heftiger warmer Sturm, man wagt sich kaum vor die Tür. Das Meer ist so aufgewühlt, dass einem bei seinem Anblick ganz bange wird. Ich biete alle möglichen Unterhaltungen auf, damit Leopoldine nicht zum Hafen läuft und vor lauter Angst nachher nicht mehr schlafen kann. Also veranstalte ich in einem fort Soireen, Scharaden und Ballette. Wenn es so weitergeht, kann ich bald die Intendanz der Wiener Oper übernehmen.

Wir haben einen neuen Portugiesischlehrer, ein auf den ersten Blick simpel wirkender Mann, bartloses, blasses Gesicht mit schiefer Nase, aber sehr intelligente, freundliche Augen. Er ist Italiener, so dass wir gezwungen sind, entweder unsere Unfähigkeit in Italienisch oder in Portugiesisch unter Beweis zu stellen. Er hat jedoch eine recht amüsante Art, uns diese verzwickte Sprache beizubringen. So bittet er zur Stunde immer um einen reichgedeckten Tisch und lehrt uns dann, *laranja* und *presunto* fein auszusprechen, während er sich an *laranja* und *presunto* labt! Er ist so dünn, dass ich den Verdacht nicht loswerde, der Unterricht ist für ihn nur ein Vorwand.

Ich sitze im Haus, auf der Terrasse kann ich nicht schreiben, der Wind weht jedes Blatt davon. Außerdem macht mich dieser Sturm ganz nervös. Leopoldine ist seit dem Besuch Marie-Louises ruhiger geworden, sie liest viel. Wir können nichts machen, als zu warten. Dabei ist das Schlimme, dass wir nicht wissen, worauf wir warten. Ich versuche mir vorzustellen, wie es in Brasilien wohl sein mag. Es ist schwer, sich ein Bild zu machen, so komponiere ich mir das Land aus den Berichten Alexander von Humboldts, der zumindest den Kontinent lebhaft zu schildern weiß, und aus den Gesprächen mit dem Marquis zusammen, von dem ich fast alles über das Land gelernt habe, was es zu lernen gibt. Nur war sein Bericht verständlicherweise sehr einseitig. Was ich dir bisher verschwiegen habe: Er hat das Land nie selbst bereist! Also ist kein Verlass auf seine Beschreibungen. Nun blättern Leopoldine und ich in den Aquarellen und Büchern, in der Hoffnung, uns auf diesem Wege dem geheimnisvollen Unbekannten zu nähern. Sie steigert sich dabei immer mehr in eine Affektion für Brasilien, die ich ihr nicht nehmen mag. Wie sonst sollte sie den Blick in die Zukunft ertragen?

Der Fürst meint, ich solle mich nicht aufregen. So sucht er mich zu beruhigen. Wenn die portugiesische Königsfamilie es dort goutiert, so dass sie sich schon seit zehn (!) Jahren in dem Land aufhält, kann es nur ein erstrebenswertes Ziel sein. Auf meine Frage: »Wenn sie es dort so gut angetroffen haben, warum sollte es ihr Wunsch sein zurückzukehren?«, antwortete er kurz: »Regierungssitz ist Lissabon, Dom João ist König Portugals und Brasiliens, aber Brasilien ist Kolonie. Ein König hält sich nicht sein Leben lang in einer Kolonie auf.« Ich hatte nicht den unbedingten Eindruck, dass er von seiner eigenen Rede überzeugt war.

Wie auch immer, die Wartezeit zerrt an unseren Nerven, wir bewegen uns in einer Zwischenwelt, Wien ist fern, Italien ein vorübergehendes Exil, und über Brasilien liegt ein Schleier, den wir noch nicht lüften können. Du siehst die Dramatik unserer Lage, denn ist dies nicht ein Gleichnis für unser Leben, für Vergangenheit und Zukunft?

Meine Amour mit dem Fürsten erheitert mir den Aufenthalt sehr, und ich bin mir selbst dankbar, dass ich mich zwar zu ihm hingezogen fühle, aber bisher in keine kordialen Verstrickungen versinke. Mein Blick ist zärtlich und kritisch zugleich, was er durchaus spürt und ihn ein wenig kränkt. Er braucht viel Schmeichelei. Merkwürdig bei einem so misstrauischen Charakter, findest du nicht? Ich bin mir nicht sicher, ob ich an einem anderen Ort, der nicht so fern der Welt liegt, auch seinem fürstlichen Werben nachgegeben hätte. Vielleicht sind wir einander nur Zeitvertreib. Andererseits, sind nicht alle Begegnungen dieser Art nur Zeitvertreib?

Gestern Abend gab es uns zu Ehren einen kleinen Ball, ausgerichtet von den Honoratioren der Stadt Livorno. Der ländliche Charakter dieser Unternehmung war überaus charmant, dabei hat die Erzherzogin in aller Unschuld für einen Skandal gesorgt: Zu mitternächtlicher Stunde, die Stimmung war ausgelassen – die Italiener verstehen zu feiern –, verlangte Leopoldine vom Orchester, das zur Hälfte aus österreichischen Musikern bestand, einen Walzer. Die Musik hob an, wir Österreicher schwebten selig im Dreivierteltakt, als um uns herum unsere italienischen Gastgeber verstummten und mit entsetztem Blick unserem Treiben auf dem Parkett folgten. Hätten wir gewusst, dass dieser Tanz hier noch gänzlich unbekannt ist, hätten wir natürlich nie gewagt, uns so aufzuführen! Die Nacht endete überaus heiter, da die Italiener, nachdem sie ihren Schock überwunden hatten, sich begierig auf den neuen Tanz stürzten und wir bis in die frühen Morgenstunden als Tanzlehrer für die Gesellschaft dienten.

Kaum war ich todmüde ins Bett gesunken, wurde ich von lauten Rufen vor dem Haus geweckt: »Sie sind da! Sie sind da!« »Endlich, die Schiffe!«, durchfuhr es mich. Ich zog mich rasch wieder an und lief auf den Hof, um nach Leopoldine zu schauen. Kurz darauf standen wir zwei, übernächtigt und aufgeregt, im Morgenkleid auf dem Hof, bereit, zum Hafen zu eilen. In dem Moment führte der Oberstallmeister zwei wundervolle Araberhengste auf uns zu, verbeugte sich und sagte: »Ein Geschenk des Königs von Portugal. Darf ich vorstellen, *Wien* und *Mozart*.« Leopoldine rutschte es heraus: »Sollen wir nach Brasilien reiten?« Wir werden mit Juwelen und Pferden verwöhnt, dabei wäre nichts wichtiger für meine Leopoldine als ein kleiner Willkommensbrief ihres Zukünftigen. Merkwürdige Portugiesen.

Ah, endlich, es regnet! Der Wind hat aufgehört. Und kein Schiff weit und breit.

Anna Christina
Livorno

Um uns alle bei Laune zu halten, habe ich befohlen, dass nur heitere Musik zu Gehör gebracht werden darf. Dabei musste ich feststellen, dass das Ernste in der Musikliteratur zu überwiegen scheint. Einzig der gute Eduard von Bankendorf hat in weiser Voraussicht ein Bündel aufmunternder Noten zusammengestellt.

VIERUNDACHTZIGSTER BRIEF

Marie-Louise, Herzogin von Parma, an Erzherzogin Leopoldine von Österreich

Erinnerst du dich an den Brand im Theater in Laxenburg? Wir mussten einen Tanz von Feen und Cupidos aufführen. Eine Fee fehlte, so dass Mama das dicke Küchenmädchen, die Ada, mit auf die Bühne holte, nicht nur zum Entsetzen von Ada, sondern auch vom Papa. Es war so gar nicht comme il faut. Wir waren alle fürchterlich müde, es war der Abend nach Weihnachten. Draußen war es bitterkalt und dunkel, drinnen strahlte und funkelte der Saal, erleuchtet von tausend Kerzen. Auf der liebevoll mit Büschen (die in der Orangerie ihrem Winterschlaf entrissen worden waren) und Wolken dekorierten Bühne tanzten wir *Les petits riens*.

Kaum hatten wir geendet, verhedderte sich Ada in einem Vorhang und stürzte so unselig, dass sie mit dem Vorhang einen Kandelaber aus seiner Verankerung riss. Sekunden später stand der halbe Saal in Flammen. Alles rannte in Panik schreiend und wild übereinander stolpernd dem Ausgang zu, nur Papa blieb mitten im Getümmel stehen und gab Anweisungen an die Diener, damit sie das Feuer löschten. Er war den Flammen so nah, dass ich um sein Leben fürchtete. Sein

Gesicht war ruhig, fast stoisch, seine Order klar und laut. Er war sicher genauso erschüttert und erschrocken wie wir, er musste um das Leben seiner Familie fürchten. Aber er zeigte keine Regung. Wenn nicht er Contenance bewahrt, wie wäre es um uns, um Österreich bestellt?! Er ist der Kaiser. Falls du je an seinen Gefühlen für dich zweifelst, denke an diesen Abend.

Ich aber kann dir meine Gefühle zeigen, mein kleines Schwesterchen, und ich habe mich gefreut, dich so erwachsen zu sehen. Und wie elegant du nun bist! Monsieur R. hat gut gearbeitet, und du hast gut gewählt! Dein zukünftiger Ehemann kann jetzt schon stolz sein, eine so hübsche Frau zu bekommen. Er sieht vorteilhaft auf dem Medaillon aus, dein Pedro. Feurig. Es wird sich alles gut fügen, ich bin sicher, hab keine Angst. Und in einem Jahr schon sehen wir uns wieder!

Ich umarme und küsse dich viele Male

ML

Parma

FÜNFUNDACHTZIGSTER BRIEF

Erzherzogin Leopoldine von Österreich an Marie-Louise, Herzogin von Parma

Die Schiffe sind da! Gestern Abend, wir waren gerade auf einem kleinen Spaziergang durch die Stadt – die Luft ist endlich wieder erträglich, so dass man atmen kann –, hörten wir aufgeregte Stimmen. Plötzlich schien die ganze Stadt zum Hafen zu laufen. Also sind wir ebenfalls hinunter ans Wasser. Und da lag sie, die portugiesische Flotte. Es sind nur drei Schiffe!

Marie, ich kann dir gar nicht beschreiben, wie mir wurde. Die Gräfin sah auch ganz bleich aus. Die Schiffe sehen so, nun, so heruntergekommen aus. Vielleicht war es der Sturm, der sie ramponiert hat. Die Lazansky sagte nur mit matter Stimme: »Die wollen uns wohl lieber tot als lebendig.« Es war viel Volk am Kai, Matrosen, Marktleute. Unsere Hofdamen (von denen einige beim Anblick der Schiffe ohnmächtig wurden!) waren gegen ihre sonstige Gewohnheit ganz still. Ich hatte das Gefühl, mich ohne Unterlass bekreuzigen zu müssen. Ich kann mir beim besten Willen nicht vorstellen, wie diese Schiffe den Wolfgangsee überqueren würden, geschweige denn den Ozean! Ach, ich möchte sterben! Die Matrosen sähen aus wie Piraten, meinte die Gräfin. Dunkelhäutige, ungepflegte, robuste Kerle. Nur der Fürst, der wenig später ebenfalls am Hafen erschien, war unbeeindruckt: »Die halten was aus, das sind wendige Schiffe.« Wie kann er das sagen?! Er hat doch noch nie in seinem Leben ein Schiff betreten!

Morgen sollen die Schiffe mit Schweinen, Hühnern, Kühen und Schafen sowie unzähligen Fässern Wein beladen werden. Damit wir auch ja nicht verhungern. Es wird noch Tage dauern, bis wir bereit zum Auslaufen sind. Hoffentlich richtet man alles ein wenig her.

Leopoldine
Livorno

SECHSUNDACHTZIGSTER BRIEF

Erzherzogin Leopoldine von Österreich an Fürst von Metternich

Lieber Fürst, durch die *glückliche* Unachtsamkeit Ihres Dieners habe ich erfahren, dass ich das Treffen mit meiner Schwester, der Herzogin von Parma, Ihnen zu danken habe! Ich bin über Ihre Fürsorge gerührt!

Erzherzogin Leopoldine
Livorno

SIEBENUNDACHTZIGSTER BRIEF

Fürst von Metternich an den Marquis von Marialva

Danke für Ihre Depesche, lieber Freund. Natürlich werde ich mich hüten, den Damen zu sagen, dass dies hier nur die Hälfte der erwarteten Schiffe ist, weil der andere Teil der Flotte in Brasilien in die Niederschlagung einer weiteren Revolte verwickelt wurde. Das Admiralsschiff macht leider einen, ich möchte sagen: *ungesunden* Eindruck. Ist dies Folge des unseligen Sturms oder Ausdruck der pekuniären Situation Portugals? Wir wollen hoffen, dass sich die geologischen Funde in Brasilien schon bald günstig auf die Finanzen unserer Staaten auswirken!

Die Situation hier ist nicht minder fragil, die Erzherzogin

hält sich zwar wacker, muss aber dauernd beschäftigt werden, damit sie nicht auf trübe Gedanken kommt. Ich versuche den lieben langen Tag möglichst wenig über die politische Situation in Rio zu sagen und versteige mich stattdessen in (ganz gegen meine Art) malerisch ausgeschmückte Berichte über die Schönheit des Landes. Wir können von Glück sagen, dass die Erzherzogin von einer so frischen Neugier für das Unbekannte ist, dass diese ihre Angst überwiegt.

Ich hoffe sehr, dass niemals der Tag kommen wird, an dem ich bedauern müsste, dieses junge Mädchen auf eine Reise geschickt zu haben, bei der niemand weiß – auch wir nicht, lieber Marquis –, was für ein Schicksal sie erwartet.

Ich merke täglich mehr, dass ich mit meinen nun über vierzig Jahren ein Alter erreicht habe, in dem mir die Sehnsuchtsziele abhandengekommen sind. Es ist die Arbeit, die mich interessiert und deren unerbittlicher Rhythmus mir den Sinn meiner Existenz vorgibt. Die Gunst der Eiskönigin ist mehr als eine amüsante Begleiterscheinung, ja, ich bin ihr von Herzen zugetan, und all das, was ich in früherer Zeit über ihr Feuer vermutet habe, hat sich in angenehmster Art bestätigt. Dennoch kann ich mich nicht mehr wie in früheren Zeiten so völlig in das Wesen eines anderen Menschen vertiefen. Doch auch hier kommt mir L. entgegen, da sie selbst keine *kordialen Verstrickungen* wünscht. Welch kluge Frau! Allein dafür möchte ich sie lieben.

Metternich
Livorno

ACHTUNDACHTZIGSTER BRIEF

Gräfin Lazansky an Fürst von Metternich

Mein Fürst, ja, ich verstehe wohl, dass Sie meine Freundschaft schätzen, aber mehr noch meine Liebe suchen. Mein Herz jedoch werde ich nie verschenken, man bekommt es doch nicht zurück. Oder als gebrochenes Herz. Und dann? Aus unseren gemeinsamen Stunden leiten sich keinerlei Verpflichtungen ab, es steht Ihnen frei, mir zu schreiben, an mich zu denken oder mich zu vergessen. Ich für meinen Teil versichere Ihnen freimütig, dass unser Intermezzo mich reich beschenkt hat! Mehr erwarte ich nicht für mein Leben. Wer die Gnade hatte, solche Stunden zu erleben, kann, was immer geschieht, dankbar zurückblicken. Nicht Bescheidenheit lässt mich dies schreiben, sondern Vernunft.

L.

NEUNUNDACHTZIGSTER BRIEF

Fürst von Metternich an Gräfin Lazansky

Begleiten Sie mich nach Florenz! Wir könnten dort fern der wachsamen Augen des Hofes diese wenigen Tage vor Ihrer großen Reise gemeinsam verleben. Wir könnten im himmlischen Giardino di Boboli spazieren gehen, und ich hätte noch ein wenig Zeit, Ihr Herz zu ergründen, ohne es Ihnen streitig zu machen. Hand in Hand, Wange an Wange den Blick auf den Sternenhimmel gewandt, und einen Stern bestimmen, der uns durch die Abwesenheit des anderen trägt.

Sie sehen, mir fällt der Abschied von Ihnen nicht leicht.

Metternich

NEUNZIGSTER BRIEF

Gräfin Lazansky an Fürst von Metternich

Fürst, ich schätze Ihre Klugheit und Vernunft mehr als Ihre romantische Seite! Aber hat Ihnen niemand gesagt, dass mein Sternenhimmel südlich des Äquators ein anderer sein wird als der Ihre?

Lassen Sie uns dieses Intermezzo hübsch verpackt als Erinnerung in einem Winkel unserer Herzen verstecken. Ich bin überzeugt, kaum in Wien angekommen, wird Sie Ihr erster Weg zu Ihrer Frau führen und nur ein paar Stunden später werden Sie an die Pforte von Madame de S. klopfen, um in ihre Arme zu sinken. Nein, all dies lässt mich nicht unberührt, aber ich werde keine Eifersucht empfinden, denn mein Herz ist bei mir geblieben.

Ich erzähle Ihnen jetzt eine kleine Geschichte, die Sie für sich bewahren müssen. Nicht weil die Welt sie nicht erfahren dürfte, sondern weil sie für mich so kostbar ist, dass ich sie bisher mit niemandem teilen mochte. Mit Ihnen aber, mein Freund, möchte ich sie teilen: Ich war noch jung, nicht mal sechzehn Jahre, als mein Vater mich an einen Mann verheiratete, der fast doppelt so alt war. Ein Mann von hohem Stand und reich begütert, aber ohne große Bildung. Mit zwar beeindruckenden Manieren und einem feinen Äußeren. Erwartete man bei seinem Anblick einen ebenso geschliffenen Charakter, so wurde man bitter enttäuscht. Als er merkte, dass ich ihm trotz meiner Jugend an Kultur und Wissen überlegen bin, begann er mich auf höchst subtile Weise zu kränken und zu bevormunden. Ich wäre so gerne in mein Elternhaus zurückgekehrt, aber mittlerweile war mein Vater verstorben und mir blieb nichts weiter, als auszuharren. Die Idee, dass ich mein gesamtes Leben an der Seite dieses Nichtsnutzes verbringen sollte, war schier nicht auszuhalten. In einem Alter, wo man sich voller Sehnsüchte die großartigsten Dinge und Gefühle vom Leben erwartet, saß ich gefangen wie eine Nonne im Kloster und führte ein fades Leben. Nicht dass es an Bällen, Empfängen und Jagden gemangelt hätte, mich verlangte aber nach Theater, Musik und Literatur! Nach geistvollen Gesprächen! Bei einem Gottesdienst lernte ich einen jungen Abbé kennen, der das genaue Gegenteil von meinem Gatten war: arm, von der Natur mit einem fast hässlich zu nennenden Äußeren bestraft, aber eine warme, gebildete Seele, die so wie ich nach Wissen und Schönheit dürstete. Nach ein paar schüchternen Gesprächen entwickelte sich schon bald eine herzliche Zuneigung zwischen uns. Er war ein Mann von großer Güte und innerer Schönheit. Ich schenkte ihm mein Herz und meine Liebe mit einer Inbrunst und Leidenschaft, wie man es nur in diesem Alter tut. Nach einem Jahr wurde er sehr krank, eine Lungenaffektion, die ihn in nur wenigen Monaten dahinraffte. Ich wäre am liebsten ebenfalls ins Grab gesunken, aber ich konnte nicht einmal trauern, denn niemand durfte von uns wissen. Kurz darauf kam mein Mann bei einem Reitunfall ums Leben. Alle Welt war erstaunt, wie viele Tränen ich plötzlich um ihn vergoss, wusste man doch, dass wir nicht viel gemein hatten. Endlich konnte ich meinem Abbé die Tränen schenken, die er verdient hatte. Er hatte mein Herz mit sich ins Grab genommen, und ich blieb sprachlos zurück. Es war, als hätte sich meine Seele aus meinem Körper verabschiedet, zurück blieb nur eine Hülle. In meinem ganzen Leben habe ich nie wieder eine solch eisige Kälte in mir gespürt wie damals. Nicht zu sich selbst zurückkehren zu können ist ein schier unbeschreiblich schmerzhafter Zustand, wenig erstrebenswert, glauben Sie mir. Seitdem habe ich mich entschlossen, nie wieder mein Herz zu verschenken. Ich empfinde den Gleichmut, mit dem man mit vierunddreißig Jahren auf die Welt blickt, als eine wahrhaft befreiende Attitüde. Bringt es nicht viel mehr Freude, aus einer gewissen Entfernung auf das Leben zu schauen, anstatt sich in die Brandung zu werfen und nicht zu wissen, ob man je wieder lebend an Land gespült wird?

Wären Sie mir gleichgültig, so müsste ich nicht mein Herz vor Ihnen schützen. Nehmen Sie mein Geständnis als Zeichen großer Zuneigung.

Ich erwarte Sie um Mitternacht, mein Freund – wir werden gemeinsam die Sterne anbeten.

L.

Die Erzherzogin war gerade bei mir: Sie wünscht die Abreise zu verschieben, sie möchte auf gar keinen Fall am 7. des Monats fahren (fragen Sie mich um Himmels willen nicht, weshalb!), sie besteht darauf, nicht vor dem 16. Oktober in See zu stechen. Falls Sie sie nicht anderweitig überzeugen können, werden Sie noch länger mit mir vorliebnehmen müssen.

EINUNDNEUNZIGSTER BRIEF

Erzherzogin Leopoldine von Österreich an Marie-Louise, Herzogin von Parma

Ich habe die Gräfin gebeten, die Reise zu verschieben. Die Einschiffung sollte am Siebten stattfinden, ich halte das für ein schlechtes Omen, Elisabeth ist an einem Siebten gestorben, die liebe Stiefmama ebenfalls. Die Kutsche des Marquis verunglückte an einem Siebten. Nein, wir müssen später fahren!

Außerdem habe ich mir beim Absteigen vom Pferd den Fuß verstaucht, aber dank der Kunst des Doktors, der wirklich ganz reizend ist, geht es schon besser. Eigentlich ist ja Hofarzt Kammerlechner mit uns gereist, aber mir ist der junge Doktor viel lieber.

Kannst du dir vorstellen, dass wir die Hälfte unserer Garderobe ersetzen mussten?! Fast alles, was ich bei Monsieur R. erstanden habe, selbst die luftigsten Kleider sind für Brasilien noch zu schwer. Die Gräfin hat aus Florenz herrliche Stoffe bringen lassen, aus denen in Windeseile noch ein paar praktische Kleider gefertigt werden. Aber mein Wiener Brautkleid wird mit mir nach Rio reisen!

Leopoldine
Livorno

ZWEIUNDNEUNZIGSTER BRIEF

Erzherzogin Leopoldine von Österreich an den Marquis von Marialva

Lieber Marquis, ein Piano! Ich habe Ihre Überraschung gestern an Bord besichtigen dürfen und bin ganz gerührt von Ihrem Geschenk. Haben Sie tausend Dank! Es wird mir helfen, die lange Zeit auf See durchzustehen.

Ich vermisse Ihre Gesellschaft und unsere morgendlichen Ausflüge sehr, nun reite ich täglich allein durch die Weinberge, selbst dem Stallmeister ist es zu früh, schon um fünf Uhr aufzusitzen. Aber diese Stunden sind mir kostbar, wenn sich der Frühnebel wie ein Schleier über die Felder und Hügel legt und man vom Berg aus die Sonne beobachtet, die geradewegs aus dem Wasser zu steigen scheint. Dann kommt zumindest für einen Augenblick eine große Ruhe über mein aufgeregtes Herz.

Haben Sie Nachricht von Dom Pedro? Ich habe einen weiteren, sehr herzlichen Brief von seinem Vater erhalten, in dem er schreibt, man könnte es kaum erwarten, mich in die Arme zu schließen.

Leopoldine

Livorno

DREIUNDNEUNZIGSTER BRIEF

Fürst von Metternich an
Gräfin Lazansky

Niemand wird Ihre Stelle ausfüllen können! Selbst Madame de S. besitzt nicht diese Klarheit und Haltung, wie sie Ihnen zu eigen ist. Aber ich beuge mich Ihren Wünschen.

Heute in der Früh, ich hatte Sie gerade bester Laune verlassen, entschied ich mich für einen kleinen Umweg und ritt über den Strand nach Hause. Mein Pferd, sonst von eher langweiligem Temperament, wird am Strand zu einem wilden Tier, das sich vor Freude kaum zu fassen weiß, weil es am Wasser entlanggaloppieren darf. Das Meer spiegelglatt wie ein Bergsee, die ersten roten Sonnenstrahlen ergossen sich wie ein Feuerteppich über das Wasser. Ein prachtvoller Anblick. Plötzlich erspähte ich in der Ferne einen Reiter in geradezu waghalsigem Tempo auf mich zuhalten. Zuerst dachte ich, es sei ein Bote mit einer eiligen Meldung, doch es war die Erzherzogin. Mutterseelenallein! Als wir auf gleicher Höhe waren, zügelte sie ihr Pferd – sie ist eine kühne Reiterin geworden, Chapeau –, nickte mir kurz zu und stob wieder davon. Kein Wort. Was ich dankbar annahm, da scheinbar weder sie noch ich in unseren Gedanken unterbrochen sein wollten. Einzig ihre Augen schimmerten feucht, und ich weiß nicht, ob es nur der Wind war …

Metternich

VIERUNDNEUNZIGSTER BRIEF

Erzherzogin Leopoldine von Österreich an Marie-Louise, Herzogin von Parma

Du wirst meine Schrift kaum entziffern können, das Boot schaukelt seit Tagen so durch die Wellen, dass man nicht weiß, wo vorne und hinten ist. Wir haben Madeira nach einem kurzen Aufenthalt bereits hinter uns gelassen und werden die nächsten Wochen nichts weiter sehen als Wasser. Ich habe meine Angst vor dem Meer nicht besiegt, täglich erscheint es mir wie eine finstere Bedrohung. Nur durch strenge Disziplin, die ich mir auferlegt habe, und Ablenkung werde ich diese Zeit überstehen. Ich zwinge mich ohne Unterlass, an andere Dinge zu denken, male mir Landschaften, Gemälde, Orte und Gesichter aus, versuche sie vor meinem Inneren auferstehen zu lassen, alles nur, um nicht in diese ewigen Wellen starren zu müssen.

Das Schiff ist mit einigem Komfort ausgestattet, der Speisesaal mit hübschen Stühlen und Tischen besetzt, schwere Teppiche bedecken den Holzboden. Das Personal ist portugiesisch, ich verstehe es schon recht gut, meine Hofdamen allerdings fühlen sich äußerst unwohl, da ihnen ihre Wiener Zofen abhandengekommen sind und sie nun mit portugiesischen Mädchen vorliebnehmen müssen. Hätten sie ihre Zeit in Italien doch genutzt und Portugiesisch gelernt! Aber sie haben wohl bis zuletzt gehofft, dass sie wieder nach Wien zurückkehren könnten.

Der Abschied in Livorno war tränenreich. Ich hätte im Leben nicht gedacht, dass ich einmal weinen würde, wenn ich M. Adieu sagen müsste! Er sah sehr ernst aus, und zum ersten

Mal, seit ich ihn kenne, möchte ich fast meinen, er war traurig. Die Gräfin wirkte fahrig und nervös. Ständig lief sie hin und her, holte hier eine Tasche und zupfte dort etwas zurecht, schließlich hakte sie sich bei M. unter! An seiner Seite blieb sie dann endlich ruhig stehen, allerdings ohne eine Silbe von sich zu geben. Sie, die ihn in Wien mied, als sei er der Teufel persönlich, konnte jetzt ihren Blick nicht von ihm wenden. Metternich küsste ihr zum Abschied die Hand und verharrte dabei so lange in seiner Verbeugung, dass ich mich abwenden musste. Die Gräfin straffte sich, nickte ihm kurz zu und schritt zielstrebig auf das Schiff, so als könne sie es gar nicht erwarten, auf und davon zu segeln. M. nahm meine Hände in die seinen und sprach mit väterlich zärtlicher Stimme zu mir: »Sorgen Sie sich nicht, Hoheit, die königliche Familie wird bald nach Lissabon zurückkehren. Napoleon ist keine Bedrohung mehr, es gibt also keinen Grund, noch länger im Exil zu warten. Sie werden schon bald wieder in Europa sein, Dona Leopoldina.« Darauf versuchte ich so hoheitsvoll zu antworten, wie man es von mir in so einer Situation erwartet, aber meine Stimme zitterte und ich konnte meine Tränen nicht zurückhalten: »Sagen Sie dem Kaiser von Österreich, dass Sie mich gesund und sicher auf den Weg gebracht haben. Ich danke Ihnen. Leben Sie wohl, Fürst.« Er war sichtlich bewegt und sagte kaum hörbar: »Gott schütze Sie.« Ich konnte nicht anders und habe ihn umarmt!

Ach, Marie, wie merkwürdig gestaltet sich das Leben! Mir scheinen Wien und der Vater so fern, als wäre es ein anderes Leben, und schon nach diesen wenigen Tagen kann ich mich kaum an unser Wiedersehen erinnern. Bisweilen packt mich Verzweiflung, wenn ich versuche, mir dein liebes Gesicht vorzustellen, und es will mir nicht gelingen. Ich, die dich aus dem Schlaf heraus zeichnen konnte!

Nun verbringen wir die Tage in einem steten Gleichlauf von schlafen und essen. Zunächst haben wir noch versucht, durch Spiele und Musik das unendlich Öde des Wassers und der Wellen zu durchbrechen, aber das Einerlei vernichtet jeden Geist. Die Damen sind zänkisch, weil sie sich langweilen. Dabei war ihr Leben am Hof doch auch von sich ewig wiederholender Routine geprägt. Ich versuche mich von allem fernzuhalten und widme mich stattdessen meiner Lektüre. Ab und an setze ich mich ans Klavier – der Marquis hat mir ein herrliches Instrument an Bord geschafft! –, aber es ist durch die Seeluft und das ständige Auf und Ab der Wellen schon recht verstimmt. Genau wie wir! Aber die Musik hilft, und mit ihr kann ich mich in die Wiener Zeit zurückversetzen, dann bin ich für ein paar Augenblicke ganz nah bei dem Papa, bei dir und Frau Freytag und Eduard von Bankendorf! Ich atme den Duft der Rosen von Schönbrunn und vermag mir selbst den Geruch der Straßen Wiens mit den Pferdeäpfeln und Maronen in die Nase zu zaubern.

Es ist seltsam, dir in dem Wissen zu schreiben, dass du das, was mich jetzt bewegt, erst in vier, fünf Monaten lesen wirst! Und dass ich so gar keine Nachricht von euch erhalten kann! Ich wünschte, es gäbe Boten, die über das Meer reiten, um meine Stimme zu dir zu tragen.

Leopoldine

Ich halte die Miniatur Pedros in den Händen, in der Hoffnung, dass mein Blick mich stärker an ihn bindet, als meine Gedanken es vermögen. Aber wie will man eine Vertrautheit zu einer Person herstellen, die nichts als ein Name ist?

FÜNFUNDNEUNZIGSTER BRIEF

Gräfin Lazansky an ihre Schwester Caroline

Liebste Caroline, was Gott so mit uns anstellt! Ich hätte im Leben nicht gedacht, dass ich einmal von Europa nach Südamerika segele, um dort am portugiesischen Hof zu leben! Ich werde das Beste daraus machen, was möglich ist, und das wird sein, alles daranzusetzen, auf dem schnellsten Wege wieder nach Wien zurückkehren zu können. Dass man den Beschlüssen Seiner Majestät so gar nichts entgegenzusetzen hat!

Nach Tagen einer nicht enden wollenden Seekrankheit, ich habe wirklich gedacht, ich müsste daran sterben, geht es mir jetzt endlich besser. Aber fast vermisse ich das Unwohlsein, weil es meine Gedanken einzig auf eine Besserung der körperlichen Misere ausgerichtet hatte. Nun, wo ich wieder essen und trinken kann, kann ich leider auch wieder denken. Was die Sache nicht besser macht.

Aber ich darf mich nicht beklagen, andere haben es schlechter getroffen, gestern stürzte ein Matrose aus der Takelage und hauchte sein junges Leben ganz jämmerlich noch am Abend aus. Der Kammerlechner konnte nichts mehr ausrichten. Vielleicht hätte Doktor Freiberg helfen können? Ich halte viel von diesem Arzt, er hat eine so sanfte und wissende Ausstrahlung. Er folgt, sobald die letzten Forschungsutensilien in Livorno aufgeladen sind, mit den anderen Wissenschaftlern nach. So werden wir ihn erst in einigen Wochen wiedersehen, so es Gott gefällt.

Caroline, du glaubst nicht, wie unendlich fad es auf dem Schiff ist! Abgesehen von der Enge, die einen immer wieder in die Arme der anderen Unglücklichen treibt, stinkt es wegen der vielen Tiere ganz erbärmlich. So wünschen wir uns starken Wind, der uns schnell dem Ziel entgegentreibt, vor allem aber die Nase von diesem Odeur befreit.

Über M. möchte ich nicht viel schreiben, der Abschied hat mir mehr zugesetzt, als ich erwartet habe, fast fürchte ich, doch ein wenig verliebt zu sein. Oh, vergiss diese Worte schnell, ich möchte auch später nicht daran erinnert werden.

Anna Christina

SECHSUNDNEUNZIGSTER BRIEF

Gräfin Lazansky an den Marquis von Marialva

Es ist schon weit nach Mitternacht, aber niemand macht ein Auge zu, da wir seit Stunden von einem Sturm geschüttelt werden, dass man um sein Leben fürchten muss! Ich hatte mir eine kräftige Brise gewünscht, aber nicht dies! Meine Nerven sind am Ende, erst dümpelten wir tagelang auf einer spiegelglatten See, kein Lüftchen blähte die Segel, man hatte das Gefühl des völligen Stillstandes. Festgefahren in der Mitte des Ozeans. Kein Entrinnen. Als bliebe dieser Zustand bis zum Ende unserer Tage bestehen. Der Himmel hing bleiern über der See, nichts als Grau, kein Horizont auszumachen, er ging nahtlos in das Wasser über. Und dann brach gestern Abend mit einer Heftigkeit eine Urgewalt über uns herein, dass wir alle beim Abendessen von unseren Stühlen geworfen wurden. Die Erzherzogin war stumm vor Angst, ich habe ihr ein großes Glas Schnaps eingeschenkt, was sie ein bisschen belebt hat. Das Schiff knarzt jetzt, als würde es auseinanderbrechen, und ich kann nur alle Hoffnung in die Fähigkeiten unseres Kapitäns setzen, uns lebend nach Rio zu bringen.

In diesem Martyrium, Marquis, wandern meine Gedanken in die Vergangenheit und auch zu Ihnen. Mein inneres Auge möchte sich festhalten an Bildern von italienischen Landschaften, Zypressenalleen, Gärten voll duftender Zitrusfrüchte, sonnendurchfluteten Tagen und lauen Nächten. Als wenn diese Vision einer Terra firma mir das Grauen vor den Wellenungetümen nehmen könnte, die sich jede Minute über unserem Schiff brechen. Ich fühle mich verloren zwischen der fernen Küste Italiens und den unerreichbar erscheinenden Gestaden Brasiliens, aber auch zwischen Leben und … nein, nein, nur nichts denken!

Sie sehen, ich bin in einer fatalen Stimmung, aber diese gnadenlose Weite des Ozeans wirft einen machtvoll auf sich selbst zurück. Genug der Klage! Hélas!

Ihr überstürzter Aufbruch nach Lissabon, lieber Marquis, verhinderte ein Abschiednehmen. Und so sende ich Ihnen nun einen Gruß. Denn obwohl mein Groll noch nicht gänzlich überwunden, Ihr Vertrauensbruch noch nicht gänzlich vergessen ist, möchte ich Ihnen doch danken für die heiteren gemeinsamen Wochen in Italien. Vor allem haben Sie durch Ihre überaus liebenswürdige und zugeneigte Freundschaft für die Erzherzogin meine Sympathie gewonnen. Leopoldine vermisst Sie schrecklich! Ja, sie sagt sogar, wenn ihr Zukünftiger nur einen Zoll Ihres Charakters hat, so steht ihrem Glück nichts im Wege. Ich möchte hinzufügen: Es sei denn, Sie verschwiegen uns noch das eine oder andere Detail …

Nun, mein lieber Marquis, in wenigen Wochen, falls wir Brasilien jemals erreichen sollten, werde *ich* Ihnen die Wahrheit über das Land und Dom Pedro erzählen. All das, was war, ist weit entfernt und beginnt in der Retrospektive schon Patina anzusetzen. Mein Zorn ist fast verraucht. Ich mochte Sie gut leiden, und falls dies meine letzten Zeilen sein sollten, bevor dieser elende Kahn auf den Grund des Meeres sinkt, so können Sie sicher sein, dass mein Herz sich gerne an Ihren Charme und Ihre Fröhlichkeit erinnerte. Dennoch erwarte ich als Wiedergutmachung, dass Sie die zukünftige Prinzessin von Portugal und Brasilien alle politischen Informationen und Entwicklungen, von denen Sie erfahren oder an denen Sie teilhaben, umgehend wissen lassen. Ungeschönt.

Leben Sie wohl, Marquis

L.

SIEBENUNDNEUNZIGSTER BRIEF

Gräfin Lazansky an Fürst von Metternich

Wir leben! Nachdem wir eine Nacht und einen Tag von einem ungeheuren Sturm durchgeschüttelt worden sind, werden wir gerade Zeugen eines spektakulären Sonnenunterganges. Ich sitze an Deck, eingewickelt in diese herrliche Wolldecke, die Sie für mich in Venedig erstanden haben. Fast ist mir, als würde mich ein Veilchenduft streifen. Es weht nur noch ein sanftes Lüftchen, von dem ich hoffe, dass es kräftig genug sein wird, um uns dem Ziel näher zu bringen, damit wir endlich dieses Ungeheuer von Ozean hinter uns lassen können.

Mein lieber Freund, ich fand Ihr Billett unter meinem Kopfkissen. Was soll ich erwidern? Sie erklären mir Ihre Liebe. Ich nehme Ihre Worte und Ihre Sentiments an. Doch erwarten Sie auch nicht hier aus der Ferne, dass ich meinen Entschluss ändern werde. Ich habe Ihnen mein Herz und meine Seele geöffnet. Das muss Ihnen genügen. Alles andere wird sich fügen, falls wir uns jemals wiedersehen sollten. Ich gebe es in Gottes Hand. Für Sie, Fürst, ist dies schwieriger, da Ihr bevorzugter Aufenthalt das Kaffeehaus, nicht aber das Gotteshaus ist.

Heute werde ich am Himmel nach unserem Stern Ausschau halten, wir kreuzen bald den Äquator, ich muss mich beeilen!

L.

DRITTER TEIL

ACHTUNDNEUNZIGSTER BRIEF

Dona Leopoldina an Marie-Louise, Herzogin von Parma

Ich bin eine verheiratete Frau! Ich mag es kaum glauben, es ging so schnell. Marie, meine Ängste waren umsonst. Ich habe es unendlich gut getroffen. Pedro ist hinreißend! Ein gutaussehender, zärtlicher Mann! Ich weiß gar nicht, wo ich zu erzählen beginnen soll, alles ist so aufregend.

Ich habe nicht viel Zeit, also nutze ich diese frühe Morgenstunde, um dir endlich zu schreiben. Ach, wie anders ist hier alles! Wir wohnen vor den Toren Rios in *Boa Vista*, das ist ein kleines Landgut inmitten einer üppigen tropischen Vegetation mit Blick auf die Bucht und Rio de Janeiro. Da sich in meinem erschreckend kleinen Zimmer Kisten und Koffer, Geschenke und Bilder stapeln, es ist ein Durcheinander sondergleichen, bin ich auf die Terrasse geflüchtet. Es ist so und so einerlei, ob man sich drinnen oder draußen aufhält, die Luft ist selbst am frühen Morgen so schwer und feuchtwarm, dass man kaum atmen kann. Der Boden, die Blätter, selbst die Tiere auf dem Hof dampfen vom Regen in der Nacht. Meine Nase ist ganz schwindelig von der Flut der Aromen, die Blumen und Bäume riechen betörend. Alles scheint in einem Fluss von Entstehen und Vergänglichkeit, die stete Feuchtigkeit lässt alles schnell faulen. So ist der berauschende Duft der Blüten durchwebt von einem süßlich modrigen Geruch. Was für eine verschwenderische Natur!

Die Geräusche um mich sind einzig, es kreischt, singt und brüllt in einem fort. Es ist noch bunter, noch grandioser, als ich es mir je habe vorstellen können!

Ja, ich weiß, du stirbst vor Neugier, wie ich es mit Dom Pedro getroffen habe, aber ich möchte dich noch ein Weilchen zappeln lassen. Vorerst musst du mit meiner Beschreibung unserer Ankunft vorliebnehmen! Letzte Woche sind wir bei wolkenlosem Himmel in die Guanabara-Bucht eingefahren. Ich kann dir meine Gefühle beim Anblick Rio de Janeiros kaum beschreiben, ich bin immer noch ganz überwältigt. Die Stadt war in ein weißes, gleißendes Licht getaucht. Am Kai hatte sich eine bunte Menschenmenge versammelt, die entzückend mit der weißen Stadt kontrastierte. Wir waren nach all den Wochen so derangiert, dass wir seit Mitternacht auf waren, um uns herzurichten (ich konnte so und so nicht schlafen, da ich ständig daran dachte, wie es sein wird, meinen Zukünftigen nun endlich zu sehen). Ich kann es noch nicht fassen, dass wir diese elenden Monate auf See lebend überstanden haben! Man musste mich von Bord tragen, da ich mich nicht mehr auf festem Boden bewegen konnte und drohte, von den Planken ins Hafenwasser zu stürzen. Selbst eine Woche später habe ich immer noch das Gefühl, der Boden schwankt unter meinen Füßen. Das Licht ist hier so grell, dass man ständig die Augen zukneifen und den Hut tief in die Stirn ziehen muss. Marie, soll ich deine Neugier noch ein wenig quälen? Diese riesige Menschenmenge am Kai, die sich zu meiner Begrüßung versammelt hatte, war ein beeindruckendes Bild, das mein Herz rührte. Die Stadt war mir zu Ehren über und über mit Blumen geschmückt, und nachdem ich mich einen Moment erholt hatte, bin ich über einen Teppich von Blüten gelaufen. Du kannst dir die Vielfalt und Schönheit der Blumen hier nicht vorstellen.

Die gesamte portugiesische Königsfamilie erwartete uns am Kai. Dom João – er ist kleiner als der Papa, auch dicker, aber ein angenehmer Mann – kam mit weit ausgestreckten Armen auf mich zu, nahm mich fest in seine Arme und rief immer wieder: »Willkommen, meine Tochter, willkommen!« Ich fürchtete, er würde mich nicht mehr loslassen. Nachdem er sich an mir sattgesehen hatte, wurde die Gräfin nicht minder herzlich gebusserlt. Er tanzte um uns herum, als seien wir das Goldene Kalb, ein charmanter Mensch mit vollem Haar, das schon recht silbrig glänzt. Er wurde nicht müde, mich anzuschauen und zu komplimentieren: »Welche Schönheit, welche Eleganz.« Ich, schön und elegant! Nachdem er mir die Königin und die gesamte Familie vorgestellt hatte, schaute er auf seine Uhr und murmelte so etwas wie: »Unverzeihlich …« In dem Moment ritt ein junger Mann auf die Menge zu, die sich wie von selbst teilte, und sprang mir mit einem Satz vor die Füße: Dom Pedro. »Dona Leopoldina, ich bin entzückt!«, rief er und küsste mir die Hand. Ich bin vor Verlegenheit rot geworden, was man aber nicht sehen konnte, da Hut und Schleier mein Gesicht fast vollständig verborgen hielten. Zu seinem Vater sagte Dom Pedro auf Portugiesisch: »Gar nicht übel, die Kleine.« Stell dir vor! Er wusste ja nicht, dass ich die Sprache schon recht gut verstehe, aber dennoch, so etwas Unverschämtes zu sagen! Zur Gräfin gewandt sagte er: »Hatten Sie eine angenehme Reise?« Wohl heftiger als gewünscht entfuhr ihr: »Sie belieben zu scherzen, Hoheit! Wir sind drei Monate auf diesem gottverlassenen Ozean gesegelt! Wir sehnen uns nur nach einem: sicheren Boden unter den Füßen!« Worauf der Prinz in ironischem Ton bemerkte, er hoffe, dass ihr der brasilianische Boden sicher genug sei. Ich wünsche mir sehr, dass die beiden sich mögen werden. Ich für meinen Teil finde mich gesegnet mit meinem Mann. Eine schöne Erscheinung! Seine Haut ist noch dunkler als auf dem Medaillon, seine Augen sind tiefschwarz wie sein Haar und sein Schnurrbart. Er ist nicht sehr groß, aber größer als ich und hat eine ausgesprochen schlanke Figur. Durch seine charmante Art, er ist sehr aufmerksam und behutsam, nahm er mir viel von meiner Angst, trotzdem, du kennst mich, fiel es mir schwer, mit ihm zu sprechen, ich wusste so gar nicht, was ich sagen sollte. Alles, was mir einfiel, erschien mir banal oder überflüssig, also schwieg ich. Was ihn nicht störte!

Am Sonntag wurden wir getraut. Ich kann dir nicht viel darüber berichten, die Zeremonie ist an mir wie im Traum vorbeigezogen. Es war schrecklich heiß und stickig in der Kirche und dann die vielen Menschen, ich war wie betäubt.

Seitdem folgt ein Empfang dem nächsten, viele Konzerte, und ja, die Gräfin ist entzückt, wir haben hier eine Oper!

Die erste Nacht war, nun, anders, als ich befürchtet hatte. Die Gräfin hat mir beim Umkleiden geholfen und ist sich dabei in Andeutungen ergangen: »Man hört die unterschiedlichsten Dinge darüber.« Sie ist doch eine verwitwete Frau, sie muss Erfahrungen haben, also fragte ich zurück: »Was hört man?« »Verschiedenes.« »Auch Angenehmes?« »Ja, auch Angenehmes. Alles wird gut werden«, lächelnd strich sie mir über die Wange. »Er sieht gut aus, Gräfin, finden Sie nicht?«, fragte ich. Worauf sie anmerkte: »Ich wünschte, der Charakter eines Menschen wäre auf sein Gesicht geschrieben.« Ist er das denn nicht, Marie?! Beim Hinausgehen sagte sie wie nebenbei: »Tun Sie, was er von Ihnen verlangt. Denken Sie an Österreich.« Ich hatte keine Zeit, an Österreich zu denken!

Jetzt habe ich einen Sterbenshunger und werde nach dem Frühstück läuten. Die Küche hier ist sehr fad, es gibt zu allen Tageszeiten Huhn, immer Huhn. Hätten wir nur einen österreichischen Koch dabei. Stattdessen begleiten uns Botaniker,

Landschaftsmaler und Landvermesser! Und wir haben nur Huhn auf dem Teller!

Marie, schreib mir! Schnell!

Leopoldina
Rio de Janeiro

Erinnerst du dich an Felix, den Mohren von Elisabeth? Hier sind fast alle Menschen schwarz! Hätte ich Felix damals nicht kennengelernt, ich hätte nicht meine Contenance wahren können.

NEUNUNDNEUNZIGSTER BRIEF

Kaiser Franz I. von Österreich an
Fürst von Metternich

Fürst, ich danke Ihnen für Ihre vorzügliche Arbeit, aber noch können wir die Sache Portugal und Brasilien nicht ad acta legen. Wie mir Marquis Marialva meldet, gibt es zunehmende Bestrebungen einzelner Kapitanien im Süden Brasiliens, sich vom Mutterstaat abzusetzen. Wir müssen alles daransetzen, um eine republikanische Revolution zu verhindern. Zumal jetzt auch in Lissabon diese abstruse Idee einer Republik aufkommt. Ich erwarte Sie morgen um acht mit einer *schwarzen Sünde* als Willkommensgruß!

Ich habe gehört, die Italiener verstehen sich ebenfalls auf guten Kaffee?

F

HUNDERTSTER BRIEF

Gräfin Lazansky an Fürst von Metternich

Lieber Freund, vielleicht ist es gut, dass uns so viele Seemeilen trennen, so haben wir Zeit, Atem zu schöpfen und zu uns selbst zurückzukehren. Ich bin noch nicht entschlossen, aber es kann sein, dass dies mein letzter Brief an Sie ist. Vielleicht sollten wir die gemeinsam verlebten, berückenden Stunden – so wie Sie es in den Anfängen unserer Freundschaft beschworen haben – als süße Vergangenheit auf sich beruhen lassen. In jenen wenigen Wochen ist doch alles gelebt, gedacht, geschwiegen und in zärtlicher Geste vollendet worden. Was könnte es steigern, übertrumpfen? Noch lebenswerter machen? Nichts. Alles Weitere würde nur Schmerzen verursachen. Und irgendwann käme der Verrat. War es nicht Ihr verehrter Monsieur Talleyrand, der meinte, Verrat sei nur eine Frage der Zeit?

Ich brauche Kraft und Sammlung, um in diesem Dschungel zu bestehen und meine kleine Erzherzogin vor den Gefahren zu schützen, die ich zu sehen vermag, sie aber in ihrer rührenden Unschuld nicht einmal ahnt.

Leben Sie wohl, Fürst!

L.

Rio de Janeiro

HUNDERTUNDERSTER BRIEF

Gräfin Lazansky an ihre Schwester Caroline

Wir haben uns nun eingerichtet, zumindest was die Häuslichkeit betrifft, aber nicht im Geiste und schon gar nicht in dem schier unbeschreiblichen Klima. Man ist den ganzen Tag mit Schwitzen beschäftigt! Die Hitze lähmt einen vollkommen, ich kann mir beim besten Willen nicht vorstellen, wie man in dieser Region der Welt *denken* kann. Ich bin auf der Hut und kämpfe um einen klaren Kopf, da mein Entschluss feststeht, hier möglichst schnell wieder fortzukommen.

Es ist schwer zu beschreiben, aber tief in meinem Innersten fühle ich eine seltsame Unruhe, ohne dir sagen zu können, woher diese rührt. Dabei lässt sich alles vorzüglich an! Dom Pedro ist von entzückender Aufmerksamkeit und Fürsorge Leopoldine gegenüber. Gleichzeitig ist er voller Temperament, spricht schnell und leider undeutlich. Ist es Absicht? Er scheint beliebt beim Volk, wird aber nicht so verehrt wie Dom João, der mit seiner Herzlichkeit alle um den Finger wickelt, auch mich! Nur scheint Dom João als Regent wenig stringent und etwas commode. Mag sein, dass einem die Welt nach zehn Jahren in diesem Klima gleichgültig wird. »Die Wärme tut meinen Knochen gut, Gräfin. Ich bin ein alter Mann (er ist nur sechs Jahre älter als M.!) und habe genug gekämpft.« Dabei lächelt er einen herzerwärmend an. Ich wünsche ihm und uns, dass es mit den Kämpfen ein Ende hat. Nachdem er sich Napoleon durch seine geschickte Strategie entzogen hat, sehe ich für ihn und seine Regierung keine greifbaren Gefahren mehr. Aber die Geschichte lehrt uns, ein Unheil kommt plötzlich und oft aus einer überraschenden Richtung.

Ich wünschte, ich könnte in gleicher Art von Pedro berichten, wie gesagt, er scheint liebenswürdig, wenn auch weniger herzlich als sein Vater, aber er ist noch jung. Unter uns: Ich mag seine Augen nicht. Sie sind so dunkel, dass man darin nicht zu lesen vermag. Er hat etwas, Gott möge mir mein schnelles Urteil über den Ehemann der Erzherzogin verzeihen, leicht Verschlagenes. Vielleicht fehlt es ihm nur an Schliff, an der eisernen habsburgischen Erziehung. Im Hause Bragança mag die Ausbildung der Thronfolger unter einem anderen Zeichen stehen. Andererseits sollte ich mir auf meine Menschenkenntnis vielleicht nicht so viel einbilden, habe ich mich doch gerade erst im Fürsten geirrt, ihn nur nach seinem Äußeren und seinem Habitus beurteilt, und dabei ist er so ganz anders! Hélas, an ihn möchte ich jetzt am allerwenigsten denken.

Habe ich dir schon berichtet, dass der junge Arzt eingetroffen ist? Seine Schiffsreise war nicht weniger abenteuerlich als die unserige. Unser Wiedersehen war recht amüsant, da die Prinzessin, die man hier Dona Leopoldina nennt, und ich uns in völliger Unwissenheit alles andere als gut benommen haben.

Vor ein paar Tagen spazieren wir, nur in Begleitung zweier Offiziere, durch die Straßen Rios. Die Stadt wirkt auf den ersten Blick frisch geweißt und getüncht, sehr hübsch mit bunten Fensterläden und einem regen Treiben auf dem Trottoir. Es geht einerseits gemächlich zu, die Hitze verbietet anstrengendes Tun, andererseits fahren die Herrschaften hier mit ihren Kutschen und Kaleschen in einem Tempo durch die Straßen, dass man um sein Leben fürchten muss. Die Männer treiben ihre Pferde rücksichtslos durch die Menge, wir waren schon Zeugen von grausamen Unfällen!

Nun, auf den zweiten Blick sieht man bröckelnde Fassaden

und viel Schmutz. Auch die Menschen sind schmutzig und arm. In meinem ganzen Leben habe ich noch nie so viele Bettler, unter ihnen viele Kinder, gesehen. Es rührt das Herz Leopoldines ganz ungemein. Wir spazieren also durch das Getümmel auf der Suche nach einer Buchhandlung (die es jedoch weit und breit nicht gibt!), als plötzlich das Lärmen um uns herum erstirbt. Wo immer wir hinkommen, die Leute weichen zurück, es wird still. Nicht etwa aus Ehrerbietung der Prinzessin gegenüber, nein, eine verblüffte, unheimliche Stille. Wir sehen uns verwundert um, man starrt uns an, als hätten wir die Pest. In diesem Moment kommt ein junger Mann in einem Einspänner heran und ruft uns zu: »Sie sollten bei dieser Hitze nicht zu Fuß gehen, meine Damen. Sie sollten hier überhaupt nicht zu Fuß gehen!« In dem Augenblick erkennt Leopoldine den Doktor und ruft aus: »Mein lieber Doktor Freiberg! Was für eine schöne Überraschung!« Er springt ab, küsst uns die Hand und erklärt in seinem sanften Wienerisch: »Darf ich mir erlauben, Sie darauf hinzuweisen, dass Damen hier nicht zu Fuß gehen.« Erst jetzt merke ich, dass nur schwarze Frauen auf der Straße zu sehen sind, die weißen Damen lassen sich alle in einer Sänfte tragen. Von diesen armen schwarzen Menschen! Dabei sind die weißen Frauen dick und schwer! Also, man geht hier nicht zu Fuß! Man liest hier nicht, man schreibt nicht und isst nur Huhn! Caroline, es ist zum Lachen! Leopoldine fragte denn auch keck zurück: »Lieber Doktor, man hat mir erzählt, dass Damen hier auch nicht reiten. Sollen wir fliegen?!«

Du siehst, ich bin in einem merkwürdigen Land zu Gast.

Anna Christina
Rio de Janeiro

HUNDERTZWEITER BRIEF

Fürst von Metternich an Gräfin Lazansky

Meine Eiskönigin, wie kann die Hitze der Tropen Ihr Herz mir gegenüber so erkalten lassen?! Ja, natürlich haben Sie recht, wir haben alles erlebt, alles gefühlt, aber wie kann das ein Grund sein, unsere freundschaftliche Beziehung zu beenden? Man beendet doch auch nicht sein Leben, nur weil man mit vierzig, fünfzig Jahren schon alles erlebt hat und alles Weitere nur eine stete Repetition des Vorangegangenen ist! Sind wir nicht in einem Alter, das uns durch Erfahrungen tiefer fühlen und leben lässt, ja, auch leiden? Und wie um alles in der Welt kommen Sie darauf, dass ich Sie verraten könnte? Sie neigen zu einem Misstrauen, das es einem als Freund schwermacht. Nicht überall lauert Verrat und Unheil, kehren Sie zurück zu Ihrer entspannten, genießerischen Pose, die Sie in Italien eingenommen hatten, die so ungeheuer anziehend ist. Sie sollten nicht Ihre Allüre aufgeben, diese steht Ihnen gut zu Gesicht. Aber lassen Sie es nicht zu, dass die Melange Ihres brillanten Geistes und göttlichen Körpers, diese Vereinigung von Klugheit und Schönheit durch Misstrauen Schaden nimmt. Ich verspreche Ihnen bei meinem Leben, dass ich Ihnen keinerlei Anlass zum Leiden bieten werde.

Ergebenst

Metternich

Wien

Nachschrift: Ja, es war Monsieur Talleyrand, der meinte, Verrat sei nur eine Frage der Zeit. Aber liebste, zutiefst verehrte Gräfin, er sprach von der Politik! Wenn Sie dies auch für die

Liebe gelten lassen, wie wollen Sie dann je lieben?! Leidenschaftlich, rückhaltlos? Nein, meine Schöne, nein!

HUNDERTDRITTER BRIEF

Dona Leopoldina an Marie-Louise, Herzogin von Parma

Marie, ich bin so glücklich! Das Land ist atemberaubend, unser kleiner Palast ist von herrlichen Wäldern umgeben. Eine unfassbare Vielfalt an Tieren und Vögeln, die hier in Freiheit leben. Ich gewinne die Gegend jeden Tag lieber, sie ist wirklich einzig schön. Jeden Morgen in der Früh um acht reite ich aus, am Nachmittag bin ich meist mit der Gräfin zu Fuß unterwegs. Sie ist ein Schatz, immer besorgt, dass es mir gutgeht.

Mein Mann lässt mich kaum schlafen. Er sagt, er sei in mich verliebt, stell dir vor! Aber ich habe doch keine Ahnung, wie das ist. So weiß ich nicht, ob *ich* es auch bin. Neulich hat er sich einen Spaß gemacht und ist mit mir zu einem entlegenen Dorf mitten im Urwald geritten, in ein Dorf, wo es Wilde gibt. Bezaubernde, herzliche Menschen, aber nackt! Ich bin vor Scham vergangen. Mich so in Verlegenheit zu bringen! Pedro meinte nur: »Wie kann dich das verlegen machen? So ist die Natur dieser Menschen.« Nein, das hat er nicht gesagt, er hat *Kreaturen* gesagt. Ich finde das aber ein hässliches Wort. Als ich vorschlug, wir sollten ihnen Kleider besorgen, lachte er: »Ganz im Gegenteil, wir sollten es ihnen gleichtun!«, hob mich vom Pferd und wollte mich doch wirklich verführen, mitten im Dschungel! Ich habe ihm mit meiner Peitsche gedroht, natürlich nur zum Spaß, aber es ist doch allerhand, was für ein Ansinnen!

Wenn du mich sehen könntest, ich gleiche bald Felix, mein Teint hat die Farbe von Kaffee mit viel Sahne. Die Wiener Damen wären entsetzt!

Verzeih, dass ich nicht so ausführlich schreibe, aber mein Mann verlangt nach mir!

Leopoldina

Boa Vista

Ich habe immer noch keinen Brief von dir! Schreib! Oder ist das Postschiff so langsam?

HUNDERTVIERTER BRIEF

Marquis von Marialva an Gräfin Lazansky

Verehrte, liebe Gräfin, wie kann ich Ihnen je danken für Ihre wunderbaren Zeilen!? Sie ahnen nicht, wie glücklich Sie mich damit machen. Obwohl Sie mir mit keinem Wort verziehen haben, so weiß ich doch, dass Sie mir in der Tiefe Ihres Herzens nicht mehr gram sind!

Ich verspreche Ihnen, Sie in aller Offenheit über die politischen Entwicklungen, die das Leben der Erzherzogin wie auch das Ihre betreffen, zu unterrichten. Nur so kann ich mir Ihre Absolution erhoffen! Ich bin sicher, Sie verstehen dennoch meine Verlegenheit, dass ich als Diplomat am Hofe Lissabons dem König zu Loyalität verpflichtet bin, doch auch in Ihrer Schuld stehe. Es wäre erleichternd zu wissen, dass

Sie alles, aber auch wirklich alles, was ich Ihnen anvertraue, unter dem Siegel der absoluten Verschwiegenheit bewahren werden. Niemand, weder Dona Leopoldina noch Fürst Metternich, darf je erfahren, dass ich Sie über die politische Lage und etwaige Verhandlungen zwischen Portugal und Brasilien informiere. Um es freiheraus zu sagen, es würde mich meinen Kopf kosten. Abgesehen davon, dass ich mich höchst ungern von meinem Kopf trennen würde, auch wenn er bei weitem nicht so hübsch ist wie der Ihre, würde ich Ihnen damit auch als nützliche Quelle verlorengehen. Es ist also zu unserem beidseitigen Vorteil, höchste Diskretion walten zu lassen. Das bedeutet, dass unsere Korrespondenz sofort nach Erhalt der Briefe zu vernichten ist.

Nach dieser förmlichen Eröffnung, liebe Gräfin, möchte ich Ihnen sagen, dass auch ich Ihre charmante Gegenwart wie auch die der Erzherzogin, Pardon, Dona Leopoldinas, schmerzlich vermisse! Die Monate mit Ihnen beiden gehören zu den glücklichsten und ohne Zweifel unterhaltsamsten meines bisherigen Lebens. Umso mehr hoffe ich, dass ich auf meine Weise dazu beitragen kann, Sie bald in Portugal willkommen zu heißen.

Liebe Gräfin, die wichtigste Information, die ich heute für Sie habe, ist folgende: Hier am Hofe in Lissabon sind Sorge und Unruhe spürbar, dass nun, da der portugiesische Thronfolger im brasilianischen Exil geheiratet hat, die Aussicht auf eine baldige Rückkehr der Königsfamilie schwinden könne. Verständlicherweise beharrt das portugiesische Volk darauf, seinen Regenten im eigenen Land zu wissen. Aber es gibt auch Strömungen, die dies als glückliche Fügung sehen. Vor diesen republikanischen Phantasien gilt es sich in Acht zu nehmen, und wir werden alles daransetzen, sie zu unterdrücken. Unsere Aufgabe ist es, die Monarchie zu erhalten. Zum Wohle des Volkes. In Kürze wird Seine Majestät Dom João eine Depesche mit der Forderung nach seiner baldigen Rückkehr erhalten. Ich bin sicher, Sie verstehen die Tragweite dessen, was ich Ihnen mitteile, als das, was es ist: gute Nachricht für Dona Leopoldina und Sie! Aber auch Unsicherheit für die brasilianische Kolonie.

Hier in Lissabon hält nun der Herbst Einzug, das Wetter ist umgeschlagen, der Wind vom Meer treibt einen schnell ins Haus, so scharf und kalt sind die Böen. Doch anders als im herrlichen Wien gibt es hier kaum Kaffeehäuser, in die man flüchten kann. Auch weniger Kachelöfen, an die man sich schmiegen könnte!

Ergebenst immer Ihr

Marialva
Lissabon

HUNDERTFÜNFTER BRIEF

Marie-Louise, Herzogin von Parma,
an Dona Leopoldina

Endlich Nachricht! Welch Erleichterung! Heute in aller Früh, ich lag noch im Bett, die Sonne war kaum aufgegangen, da hörte ich im Halbschlaf Hufgeklapper auf dem Hof, kurz darauf stürzte meine Zofe mit deinem so lang erwarteten Brief in mein Zimmer. Poldl, liebste Schwester, wie bin ich froh, dass du gesund in Brasilien angekommen bist! Ich bin so stolz auf dich, mit wie viel Grandezza du die lange Reise durchgestanden hast. Aber besonders freut mich, dass du es mit Dom Pedro gut getroffen hast. Du wirst sehen, das Eheleben hat seine Reize, solange man dem Ehemann keine Widerworte gibt und sich gefügig zeigt. Das beste Mittel allerdings scheint mir zu sein, sich niemals in die Politik einzumischen, ja, den Regenten und den Ehemann als getrennte Personen zu betrachten. Die Männer fühlen und denken so anders als wir, es macht keinerlei Sinn, ihre Gedanken verstehen zu wollen. Je weniger Gedanken man auf *ihre* Gedanken verschwendet, desto mehr Ruhe und Muße gewinnt man.

Hier hat sich in den Monaten seit unserem Wiedersehen nicht viel getan, das Leben geht gemächlich vor sich hin, besonders jetzt, wo die Tage kürzer werden und die ersten Herbstwolken über das Land ziehen. Comte Leonardo hat mich verlassen. Mein römischer Beau hat sich nach Frankreich aufgemacht. Der Arme hat sich in eine Tänzerin der Pariser Oper verliebt! Ach, wofür der weite Weg, hätte es nicht auch eine Tänzerin aus Rom oder Venedig sein können? Ich vermisse ihn (mehr noch vermisse ich Paris! Keine andere Stadt hat je so mein Herz erobern können wie dieses Juwel voller Eleganz und Schönheit), er hatte ein wunderbares Lachen, vor allem aber eine nimmer endende Geduld, mich in meinem Italienisch zu korrigieren. Ich bin sicher, dass es ihn bald nach Italien zurückzieht, er ist ein Mann des Südens, sein Temperament wird die Pariser umbringen.

Nun sitze ich wie eine Glucke inmitten einer formidablen Gesellschaft von Freunden, wir amüsieren uns mit Theater, Musik und Ausflügen. Letztere sind allerdings wegen des kühlen Wetters nicht mehr so vergnüglich. Mir bangt schon vor den klammen, feuchten Zimmern in den kalten Monaten. Den letzten Winter habe ich im täglichen Disput mit meinem Hofmeister verbracht, mehr zu heizen. Ich begreife einfach nicht, was die Italiener daran hindert! Ein wenig fürchte ich die dunkle Zeit, aber wenn ich bedenke, wie du in dieser erbärmlichen Hitze leidest, sollte ich lieber schweigen.

Ansonsten weiß ich nicht, ob mich der Gleichlauf der Dinge beruhigen oder ängstigen soll. Vielleicht erwarten wir Menschen vom Leben zu viel? Ist die Abwesenheit von Leid dem Glück gleichzusetzen? Nein, keine melancholischen Gedanken, jetzt wo ich endlich deine Zeilen in den Händen halte. Ich vermisse dich sehr und hoffe, dass deine Reise nach Rio ein kurzes Intermezzo bleiben wird!

Ich habe im Übrigen Nachricht aus Wien, dass der Vater vor ein paar Wochen mit einer heftigen Erkältung außer Gefecht gesetzt war, was ihn, wie du dir bei seiner Disziplin und Ungeduld denken kannst, ganz narrisch gemacht hat. Eine Woche, für ihn eine Ewigkeit, musste er das Bett hüten. Nun ist er wieder wohlauf.

Ach, meine Neuigkeiten sind viel fader als die deinen, ich fürchte, ich kann dich nicht recht unterhalten! Also warte ich begierig auf deinen nächsten Brief. Schreib ja, was die Mode in Brasilien ist, ich habe so gar keine Vorstellung! Schreib mir bald, schreib mir viel und behalte mich recht lieb!

Tante baci mia carissima sorella

ML

Parma

HUNDERTSECHSTER BRIEF

Gräfin Lazansky an
den Marquis von Marialva

Lieber Marquis, ich habe mich in der Einschätzung Ihrer Person nicht geirrt, Sie sind der Mann, den ich bei unserer ersten Begegnung in Ihnen gesehen habe. Ich danke Ihnen herzlichst für Ihre Zeilen (die ich sofort vernichtet habe). Seien Sie versichert, dass ich Geheimnisse für mich behalten kann. So sehr, dass ich das zu Verschweigende nach einer Weile völlig vergesse.

Bis jetzt haben Sie sich in nichts getäuscht, was Sie – wenn auch durch Ihre Phantasie vergoldet – über Brasilien erzählt haben. Das Land ist von überbordender Schönheit, die Menschen sind herzlich, obwohl sie uns mit einer gewissen Scheu und Misstrauen betrachten, aber das tun wir auch. Ich muss gestehen, dass ich mich noch immer nicht an den Anblick ihrer dunklen Haut gewöhnt habe.

Die königliche Familie ist sehr freundlich, vor allem der König bezaubert mich durch seinen Charme. Dom Pedro hingegen – verzeihen Sie meine Offenheit, ich wage es kaum zu schreiben, da dieser Brief aber so und so dem Feuer überantwortet wird, sei es drum –, Dom Pedro hat etwas verschlagen Vulgäres. Er ist sehr von sich eingenommen und nimmt keinerlei Rücksicht auf seine Umgebung. Es scheint ihm an Erziehung zu mangeln, und ich weiß nicht, ob die Erzherzogin dies in ihrer Verliebtheit – ja, die Eheleute sind ineinander verliebt! – sieht. Aber vielleicht täusche ich mich auch. Andererseits wurde ich gestern Zeugin, wie er in aller Öffentlichkeit ein Pferd mit einer erschreckenden Brutalität schlug, weil es nicht das tat, was er wünschte. Gott sei Dank war Dona Leopoldina nicht in der Nähe. Ich hoffe, dass die Gegenwart der Erzherzogin die freundlichen Seiten des Prinzen stärkt.

Sie schreiben, dass die Cortes Dom Joãos Rückkehr fordern. Ja, das kann ich verstehen, ungeachtet meines persönlichen Wunsches, bald wieder europäischen Boden unter den Füßen zu spüren. Aber was sind die Pläne für die Kolonie Brasilien? Wer wird die portugiesische Herrschaft in diesem Land repräsentieren? Ich sehe Sie schmunzeln, Marquis, Sie lassen einer Frau nicht Informationen zukommen, um mit ihr politische Dispute zu führen, sondern lösen nur Ihr Versprechen ein! Sehen Sie es mir nach, aber ich *denke* so gerne!

Marquis, eine andere, ernste Frage quält mich seit Tagen. Eine Frage, bei der ich Sie um eine unbedingte und ehrliche Antwort bitten muss: Gibt es in Brasilien noch Sklaverei?!

Ich wage es nicht auszudenken, weil ich sicher bin, dass Seine Majestät niemals das Schicksal Österreichs mit dem Brasiliens verquicken würde, wenn dem so wäre. Aber: Vor ein paar Tagen sind Leopoldine und ich in aller Herrgottsfrühe in Begleitung unserer Zofen und zweier Offiziere zu einem Ausflug in den Tijuca-Wald aufgebrochen, wo es einen beeindruckenden Wasserfall gibt. Hatte ich Ihnen schon erzählt, dass wir nicht in der Stadtresidenz logieren, sondern in einer Art Landhaus, der Mansão de Quinta da Boa Vista? Boa Vista liegt mitten im Urwald vor den Toren Rios, das wissen Sie vermutlich. Es ist schon bemerkenswert, wie sich dieser Ort als königliche Residenz von Laxenburg, von Schönbrunn ganz zu schweigen, unterscheidet. Es war ein wunderschöner Morgen, die Luft klar, auch wenn der Dunstschleier über den Bergen bereits die Hitze des Tages ankündigte. Die Farben in diesem Land sind überwältigend! Das satteste Grün, das Sie sich vorzustellen vermögen, das tiefste Blau des Himmels, das ich je sah, das Weiß der Kirchen vermischt sich mit den spielzeugbunten Fassaden der Häuser, zauberhaft! Trotz des frühen Morgens herrschte auf den Straßen schon geschäftiges Treiben: Frauen in Sänften, getragen von schwarzen Männern. Männer in Cabriolets, die ihre Pferde rücksichtslos durch die Menschenmenge lenken, so dass die Fußgänger ständig wie Haken schlagende Hasen vor ihnen fliehen müssen. Dagegen sind unsere Kutscher in Wien die zahmsten Wesen auf Gottes Erde. Wasserschlepper, Obstverkäufer und viele in Lumpen gehüllte Alte, Kranke und Bettler, Kinder jeden Alters. Aber ich habe Hoffnung, wenn ich in die mitleidigen Augen Leopoldines schaue, dass bald schon gegen dieses unerwartet große Elend etwas unternommen wird. Mich wundert schon, dass trotz der Anwesenheit der Königsfamilie hier so viel Not herrscht. Auf den ersten Blick erscheint dies alles pittoresk, aber bei genauerem Hinsehen überkommt einen ein Schauer. Ich kann nur beten, dass die ungeheuren Bodenschätze, von denen man hier an allen Orten offen spricht, nicht nur dem portugiesischen Mutterland zugutekommen werden, sondern auch der hiesigen Bevölkerung. Man kann beim Anblick dieser Kinder und Alten nicht glücklich sein. Doch, hélas, dies alles schmälert dennoch nicht die Freude an der überbordenden Natur und den Düften, die einen schier um den Verstand bringen. Und dieses Licht!

Unsere Begleiter verstanden es geschickt, uns durch den Verkehr zu führen, immer die Hauptstraßen entlang, vorbei an wunderschönen Palästen und Villen, die jedoch alle eine Patina haben, die ich mir nicht durch die feuchtwarme Witterung allein erklären kann, sondern die gewiss auch durch Vernachlässigung hervorgerufen wird. Ja, im Ganzen scheint mir hier viel Fassade, hinter den Balkonen und Fenstergittern der großen Straßen sieht man Blumen und Pflanzen, alles blüht und reift, aber wenn man einen Blick in die kleineren Gassen wirft, bricht das Bild und es offenbaren sich Schmutz, Abfall und Liederlichkeit.

Wie auch immer, wir erreichten also nach einer Stunde diesen mitten im Urwald gelegenen Wasserfall und ruhten uns ein Weilchen in der Nähe des mit großer Kraft in die Tiefe stürzenden Wassers aus. Selbst das laute Getöse des Wasserfalls vermochte nicht das gewaltige Orchester der Vogelstimmen zu übertönen. Wir saßen in Ehrfurcht. Leopoldine hatte einen so glücklichen Gesichtsausdruck! Sie war völlig still. Ein inneres Strahlen verlieh ihr wahrhaft schöne, königliche Züge. Die Prinzessin ist, in den wenigen Monaten, seit wir Livorno verlassen haben, sehr gereift, nicht nur äußerlich, sondern auch im Charakter. Sie ist nicht mehr so gefühlsschwankend, ihre Stimme ist fester. Ich glaube, die Ehe tut ihr gut, wobei ich fürchte … ach, lassen wir das, ich fürchte nichts bis auf die Tatsache, dass ihre Stamina ihr vielleicht nicht immer guttut. Ich bin mir nicht sicher, ob ein viriler Mann, wie Dom Pedro es ist, eine Frau goutieren wird, die ihren eigenen Kopf hat.

Waren Sie je im Bergl-Zimmer in Schönbrunn, Marquis? Wahrscheinlich nicht, es gehört nicht zu den Repräsentanzräumen, leider. Es gibt dort herrliche Wandbilder, die einem tropischen Arkadien huldigen, so hatten wir schon einen leisen Vorgeschmack auf den Urwald. Das Zimmer ist im Übrigen einer der Lieblingsorte Leopoldines gewesen. Und nun finden wir uns leibhaftig in diesem Gemälde wieder! Es ist überwältigend! Ist es nicht amüsant, lieber Marquis, wie Sie nun von mir mit all den Details gefüttert werden, die wir uns so sehr von Ihnen erhofft hatten? Nein, lassen Sie sich nicht necken!

Nach einem kleinen Picknick, bestehend aus Papaya, Mango und Huhn (immerzu Huhn, morgens, mittags, abends, bald fangen wir an zu gackern!), dazu einen warmen Rotwein (das Wasser ist unbekömmlich), fuhren wir mit dem Wagen zum Strand und bestiegen ein kleines Boot, das uns nach Paraty bringen sollte. Ein kleiner, höchst malerischer Ort an der Küste, den man von Rio aus nur mit dem Boot erreichen kann. Dort sind viele deutsche und österreichische Handwerker ansässig, die Dona Leopoldina als ihre Landsleute begrüßen wollte. Es gibt hier unzählige Kolonialisten aus Europa. Sie sind die Einzigen im Lande, bei denen man sich sicher sein kann, dass sie lesen und schreiben können. Der Rest der Bevölkerung, auch der Adel, hat keinerlei Bildung. Es gibt kaum Schulen, geschweige denn Buchhandlungen. Zu unserer größten Freude aber jede Menge Kaffeehäuser, in denen auch Damen willkommen sind. Verraten Sie uns nicht, aber es ist uns ein fast tägliches Vergnügen, dort einen Kaffee zu trinken. Da Dom Pedro oft unterwegs ist und seine junge Frau allein lässt und es ihn nicht im Geringsten stört, dass sich Dona Leopoldina den Tag allein gestaltet, nutzt sie ihre neugewonnene Freiheit nur zu gerne aus. Aber ich schweife ab. Wir warten also unter den Arkaden eines kleinen Hauses, geschützt vor der mittlerweile hoch am Himmel stehenden Sonne, auf unser Boot. Leopoldine geht mit ihrer Zofe in das Haus, um sich zu erfrischen, während ich draußen bleibe, als sich unmittelbar vor meinen Augen folgende Szene zuträgt: Zwei junge schwarze Frauen hocken unter einem Baum und stillen ihre Babys. Ein paar ältere Weiber stehen um sie herum, sie schwatzen und fächeln den jungen Müttern Luft zu. Ein friedliches, heiteres Bild. Da kommt wie aus dem Nichts heraus eine Kutsche auf die Frauen zugerast, ein junger Mann springt, gefolgt von zwei Lakaien, aus der Kutsche, läuft auf die kleine Gruppe zu und wedelt mit einem Geldsäckchen vor den Augen der Mütter. Diese wenden sich ab, er gibt keine Ruhe, er will die

Kinder kaufen! Da die zwei Frauen nicht reagieren, wirft er das Geld in ihren Schoß, reißt die Babys von der Mutterbrust, reicht die Kinder seinen Gehilfen, und schon geht es auf und davon in rasender Fahrt! Die Frauen sitzen wie betäubt und rühren sich nicht. Kein Wehklagen, kein Geschrei. Nichts. So als wäre dies, ich wage es kaum auszusprechen, gottgegeben und unabänderlich. Mir traten Tränen in die Augen. In dem Moment kommt Leopoldine zurück, sieht mich weinen und nimmt mich zärtlich in den Arm: »Liebe Gräfin, ach, wie gut ich Sie verstehe! Ich komme auch um vor Heimweh, aber ich habe einen guten Ehemann, Sie hingegen sind ganz allein.« Sie gibt mir einen liebevollen Kuss und führt mich aufs Boot! Ich wagte nicht, meine Beobachtung mit ihr zu teilen. Nicht, bevor ich nicht weiß, was sie zu bedeuten hat. Ich traue mich nicht, den König oder den Kronprinz zu fragen. Was, wenn es eine Landessitte gibt, die mir nicht bekannt ist? Ich liefe Gefahr, etwas zu unterstellen, was die guten Beziehungen gefährden könnte. Ich verlasse mich auf Sie, Marquis, und bitte Sie, mich umgehend über alles zu unterrichten, was Ihnen diesbezüglich bekannt ist!

Einzig erfreulich ist im Augenblick, dass Rio de Janeiro ein Opernhaus besitzt. Wobei die Architektur des Hauses mehr überzeugt als die Künstler. Zumindest besteht das Bedürfnis nach Kunst, was sich in dem Plan zeigt, nächstes Jahr auch in einem kleinen Ort wie Sabará ein Opernhaus zu bauen.

Nun, lieber Marquis, bin ich ganz erschöpft von der drückenden Schwüle, ich hoffe auf das abendliche Gewitter, zugleich fürchte ich es. Die Gewitter hier sind ein Naturspektakel, dass einem Hören und Sehen vergeht. Es ist, als tue sich die Hölle auf.

Heute Abend gibt der König eine Soiree zu Ehren Dona Leopoldinas, wir müssen sehen, dass wir trockenen Fußes in die Stadt kommen. Erinnern Sie sich noch, wie wir nach Ihrem unseligen Unfall in Italien aussahen? Als wir bis auf die Knochen durchnässt auf dem Feld campiert haben? So sehen wir hier alle Tage aus. Welch ein Anblick!

Stehen Sie eigentlich noch in Korrespondenz mit dem Fürsten? Wie geht es ihm?

L.
Boa Vista bei Rio de Janeiro

HUNDERTSIEBENTER BRIEF

Dona Leopoldina an Kaiser Franz I. von Österreich

Majestät, lieber Vater, verzeihen Sie, dass ich Ihnen erst jetzt berichte, aber ich musste so viele Empfänge durchstehen, dass ich keine Minute Zeit fand. Überdies beansprucht mich mein Gatte sehr. Ich bin hier herzlich aufgenommen worden, und nun versuche ich, mich in mein neues Leben einzufinden. Das Land ist herrlich, aber das Wetter ist anstrengend, man ist den ganzen Tag mit Schwitzen beschäftigt und hat alle Stunde einen fürchterlichen Durst. Dom João ist mir schon jetzt ein väterlicher Freund. Und dennoch, verzeihen Sie meine Offenheit, vermisse ich die Heimat.

Dona Leopoldina
Boa Vista

HUNDERTACHTER BRIEF

Dona Leopoldina an Gräfin Lazansky

Ach, hätte ich doch auf Ihren Rat gehört und den Hund zu Hause gelassen! Das arme Tier leidet unter der Hitze noch mehr als ich, und mein lieber Mann versteht so gar nicht, warum ich »so ein unnützes Tier mitschleppe«. Aber es ist meine erste Reise durch Brasilien ohne Sie, liebe Gräfin, und ich brauche etwas, was mich an zu Hause erinnert und in dessen Fell ich mein Gesicht verbergen kann, wenn mich Sehnsucht nach Ihnen und Wien überkommt. Wie kann man einen Hund gleichsetzen mit einem Huhn oder Schwein? Vielleicht sollte ich *Hund* endlich einen richtigen Namen geben, dann versteht Pedro vielleicht, dass ein Hund kein Tier ist. Also schon, aber nicht dieser!

Liebe Gräfin, sehen Sie es mir nach, wenn ich Sie in meine Seelenzustände blicken lasse! Mein Mann kann dies (noch) nicht, ich liebe ihn von Herzen, aber vieles ist mir so fremd. Wobei ich nicht weiß, ob mir Pedro fremd ist oder der Mann, der er ist. Ich muss Ihnen von einem fürchterlichen Ereignis berichten, das mich sehr plagt. Ich brauche Ihren Rat und Ihre Hilfe!

Ich bin froh, dass mein Portugiesisch so gut ist, dass ich mich ausreichend verständigen kann, aber leider spricht mein Mann so schnell, dass ich ihm oft nicht folge. Gestern haben wir den ganzen Tag damit verbracht, Minen zu besichtigen. Eisenerz, Gold, Silber liegen hier dicht an dicht. Minas Gerais scheint aus nichts anderem als aus Minen zu bestehen. Es ist wohl der Ort, von dem der Herr Papa sprach, als er mir von den ungeheuren Bodenschätzen des Landes erzählte. Alles ist so weit und riesig, das Land, die Gruben, die Minen, selbst die Schmetterlinge sind hier so groß wie meine Hand! Sie schillern in allen Farben! Am Abend waren wir zu Gast bei einem der Minendirektoren und saßen bei Wein und Huhn (ach, Gräfin, ich werde einen österreichischen Koch einstellen müssen!). Als ich ins Gespräch einwarf, man müsse den armen Menschen, die bei diesen unmenschlichen Temperaturen in der Mine arbeiten, auch ein gutes Salär für ihre harte Arbeit zukommen lassen, bekam Pedro einen Lachanfall. Er konnte gar nicht mehr aufhören zu lachen. Er erhob sich, sah mich an, lachte ohne Unterlass weiter und ging zusammen mit unserem Gastgeber hinaus. Ich blieb allein am Tisch sitzen und wartete. Es vergingen zehn, zwanzig Minuten. Nach einer demütigenden Stunde des Wartens stand ich auf und ging nach draußen. Niemand war zu sehen, ich stand mutterseelenallein in dieser endlosen Landschaft. Am Horizont der leicht hügeligen Ebene erhoben sich die Berge wie Schattenrisse am nächtlichen Himmel. Ein paar dunkle Hütten standen um ein großes Haus. In der Ferne heulten Hunde, Affen keiften in den Bäumen. Ein nicht sichtbares Etwas huschte über meinen Kopf. Wetterleuchten tauchte das Land in gespenstisches Licht. Mir schauderte, ich fühlte mich so unendlich einsam. Ich bin es doch nicht gewohnt, allein zu sein! Also ging ich in das kleine Gästehaus – wie fern ist dies alles vom Luxus in Schönbrunn – und legte mich nieder. Bald darauf ging ein mächtiges Tropengewitter nieder, der Regen drang durch das Dach und die mit Bambuslamellen verhängten Fenster. Oh, man lebt hier sehr primitiv. Aus diesem Grund bin ich fast wieder froh, dass Sie nicht hier sind.

Im Morgengrauen kam Pedro zurück, legte sich stumm neben mich. Ich hörte ihn atmen, aber er sagte nichts. Also schwieg auch ich. Dann zog er mich unvermittelt an sich und überschüttete mich mit Küssen, erst zart, dann wild, und plötzlich, nach dem, Sie wissen schon, sah er auf einmal ganz verwandelt aus: Sein Gesicht war seltsam starr, er schien mich nicht mehr wahrzunehmen. Und dann, Gräfin, mich schaudert noch immer, drang ein fremdes Stöhnen aus seiner Kehle, ein Ton, als würde ein Tier in Agonie brüllen! Wie von Dämonen geschüttelt, wurde sein Körper hin und her geworfen. Entsetzt sprang ich auf und schrie um Hilfe. Aber niemand hörte mich, niemand eilte zu Hilfe! Pedro reagierte nicht auf meine Rufe, er bäumte sich auf, wurde starr und fiel wie von einer Axt gefällt auf das Bett. Speichel floss aus seinem Mund. Ich fürchtete um sein Leben. Dann schlief er Stunden, ohne dass ich ihn wecken konnte. Also wartete und betete ich. Was um Himmels willen hat er? Ist das eine Krankheit? Ich muss mit Doktor Kammerlechner sprechen, besser noch mit Doktor Freiberg!

Vielleicht war mein Mann wütend auf mich, weil ich Stunden zuvor mit ihm über die Aufstände im Süden sprechen wollte. Ich weiß, dass ich als Frau besser nichts anmerken sollte, aber nachdem wir Stunden ohne ein Wort nebeneinandergeritten waren, hatte ich das Bedürfnis zu sprechen. Pedro kann viel reden, aber auch viel schweigen. So ausführlich schweigen, dass mir ganz bange wird. Also habe ich in diese greifbare Stille hinein gesagt: »Ich habe gehört, dass es auch hier in Brasilien Menschen mit republikanischen Ideen gibt. Der Vater hat in Österreich Kundschafter eingesetzt, die jeden melden müssen, ob Student oder Beamter, der sich einer demokratischen Gesinnung verdächtig macht.« Ich weiß nicht, weshalb ich ausgerechnet darüber sprach, aber es war mir die ganze Zeit im Kopf herumgegangen. Ich hatte an Papa und Wien gedacht und an den Metternich, von dem man weiß, dass er diese Leute beschatten lässt. Unsere Gedanken gehen ja oft seltsame Wege, man weiß nicht, wie sie sich zusammenfügen, und auf einmal macht man den Mund auf und heraus ist es. Pedro schien zunächst irritiert über meinen Einwurf, dann schaute er amüsiert, antwortete aber nicht. Stattdessen sagte einer der Offiziere, die uns begleiten: »Hier gibt es keine Studenten.« Ich ließ dummerweise nicht nach und bemerkte zu Pedro: »Aber die Idee der Demokratie, dass alle Menschen gleich sind, ist doch sehr gut! Sollte dies nicht die Grundlage einer jeden Regierung sein? Nun ja, vielleicht müsste man sich an eine solche Idee erst gewöhnen.« Ich weiß auch nicht, was in mich gefahren ist, dass ich so etwas zu sagen wagte! Aber nun waren meine Gedanken ausgesprochen, ich konnte die Worte nicht mehr zurücknehmen. Sie werden sich wundern, wie ich auf derartige Ideen komme. Erinnern Sie sich, als ich in Livorno mit Magenweh das Bett hüten musste? Sie waren zu einem Souper eingeladen, und ich blieb allein, aber höchst zufrieden zurück. Der junge Doktor stattete mir eine Visite ab. Wir kamen ins Gespräch, und er erzählte mir von seiner neuesten Lektüre, der *Amerikanischen Unabhängigkeitserklärung*. Er war ganz aufgewühlt von diesem Büchlein, und bevor ich es verhindern konnte, las er mir daraus vor. Damals habe ich nicht verstanden, was der Text bedeutet, ich langweilte mich und fand aber den Doktor sehr unterhaltsam, vor allem weil er eine schöne Stimme hat, die sich sehr zum Vortragen eignet. Also habe ich ihm zugehört, eingelullt vom Klang seiner Worte, dem sanften Wind, der vom Garten in das Zimmer wehte, und der Wärmflasche auf meinem Bauch. Im Dämmerschlaf blieben mir aber einige Worte haften, die mich seither bewegen, nämlich dass alle Menschen von Natur aus gleich sind und dass jeder Mensch ein Anrecht auf Freiheit und auf Glück hat. Ich fürchte sehr, dass dies republikanische Ideen sind, bin mir aber nicht sicher. Ich wagte nicht und wage es auch jetzt kaum, mit jemandem darüber zu sprechen. Es ist zu verwirrend, denn wir wissen, dass nicht alle Menschen gleich sind! Andererseits lehren mich diese Reise und unsere gemeinsamen Spaziergänge in Rio die Not der Menschen. Wir beide haben nicht darüber gesprochen, es ist leichter, dies in einem Brief zu formulieren, als sich darüber in Gegenwart anderer auszutauschen, nicht wahr? Aber ich habe doch richtig in Ihrem Gesicht gelesen, dass auch Sie erschüttert sind bei dem Anblick der elenden Kinder und Alten? Ist es nicht so, Gräfin?! Ich habe nie zuvor in meinem Leben derartige Verhältnisse gesehen wie hier in den Dörfern, wo die Minenarbeiter zusammengepfercht hausen müssen, oder die Familien in den schmalen Gassen von Rio. Als wir klein waren, hat uns unsere Mutter, Gott hab sie selig, mit zu den Soldaten genommen, die in den Lazaretten lagen, ihr junges Leben von Napoleons Schlächtern zerstört. Aber das war ein anderes Elend, ein vorübergehendes. Nein, nicht alle sind gleich gesegnet! Oh, ich darf dies alles weder denken noch schreiben! Nur mit wem, außer mit Ihnen, kann ich darüber sprechen? Mein Portugiesisch reicht nicht aus, noch wage ich Dom Pedro oder Dom João meine Gedanken mitzuteilen. Mir steht es nicht zu, nicht wahr? Deshalb gab Pedro, anstatt mir zu antworten, seinem Pferd die Sporen und galoppierte davon! Und dann dieser schreckliche Anfall! Sicher bin ich schuld an seinem schlechten Zustand.

Es tut mir so leid, ihn zu verstimmen. Aber dass er so gewaltig darauf reagiert? Dabei ist er sonst ein entzückender Ehemann. Neulich hat er eine kleine Sonate für mich komponiert, die wir gemeinsam auf dem Klavier gespielt haben. Sein musikalischer Esprit ist groß, er hat ein feines Ohr. Ich liebe es, in der Früh gemeinsam mit ihm auszureiten – wir sollten einmal dem Marquis Marialva schreiben und ihm berichten, wie erfolgreich seine Reitlektionen sind.

Ach, liebe Gräfin, ich wünsche mir sehr, dass diese Reise ein gutes Ende findet und ich schnell wieder bei Ihnen bin! Ich vermisse Sie!

Sorgen Sie bitte dafür, dass Doktor Freiberg bei meiner Rückkehr in der Stadt ist, damit ich ihn befragen kann.

Dona Leopoldina
Nahe bei Ouro Preto

HUNDERTNEUNTER BRIEF

Gräfin Lazansky an Fürst von Metternich

Ich zögere, Ihnen zu schreiben, eigentlich habe ich auch gar keine Zeit dazu, das Leben fordert einen hier noch mehr als im kalten Wien. Aber heute Nacht, als ich unter diesem unbeschreiblich tiefsamtenen Himmel, an dem es Myriaden von Sternen gibt, vergebens nach *unserem* Stern Ausschau hielt, überkam mich eine so starke Sehnsucht nach Ihnen, lieber Freund, dass ich wieder aufgestanden bin und nun im Flackern des Kerzenlichts Ihnen ein paar Zeilen widmen will. Zugleich empfand ich eine große Wut, als ich mir Ihren letzten Brief ins Gedächtnis rief, in dem Sie schreiben: »Ich verspreche Ihnen bei meinem Leben, dass ich Ihnen keinerlei Anlass zum Leiden bieten werde.« Habe ich es nicht letztlich Ihnen zu danken, dass ich mit in die Verbannung geschickt wurde?! Glauben Sie mir, ich leide! Wir vergehen vor Heimweh, wir vergehen vor Sehnsucht nach Kultur, nach Kultiviertheit, nach Sitte! Ja, ich höre Sie, wie Sie mir mit Ihrer sanften Stimme ins

Ohr flüstern: »Nicht ich habe Sie geschickt, der Kaiser war es.« Weiß nicht ganz Österreich, dass der Kaiser das tut, was Sie befehlen? Sie sehen, ich bin so fern, ich nehme mir Freiheiten heraus, die ich mir dort in Wien nie gestatten würde. Man bekommt hier eine, fast möchte ich sagen, *laszive* Haltung zu dem, was comme il faut ist oder zu sein scheint.

Nun sitze ich hier auf einem Landgut, das nichts mit einem Palast gemein hat: Die Zimmer sind so klein, dass die Kronprinzessin nach all den Monaten immer noch nicht ihre Kisten auspacken konnte. So vermodert der wertvolle Haushalt in den Kisten und Kästen, die Kleider sind hier in der Hitze so und so kaum tragbar, am besten, man kleidet sich in weite Tuniken wie die Einheimischen. Schade, dass unser Stand uns dies nicht erlaubt. Die Häuser sind um einen Hof angeordnet, der Treffpunkt für Köche, Küchenmägde und Haushilfen ist – und auch für Schweine und Hühner –, hier steht eine offene Küche, daneben wird Wäsche aufgehängt, Affen sitzen in den Bäumen und streiten den ganzen Tag, es ist ein ewiges Lärmen und Keifen. Wenn es regnet, und es regnet jeden Tag, versinkt alles im Morast. Und in alldem thront Ihre Eiskönigin! Habe die Ehre! Der Garten allerdings ist von einer tropischen Pracht, dass man sich darin verlieren möchte. Alles ist hier öffentlich, das Essen, die Geschäfte, die Liebe, selbst die Kirche ist kein Ort der Andacht, dort wird gehandelt, gegessen und getrunken, man lässt sich in der Kühle des Gotteshauses zwischen Bettlern und Betrunkenen, zwischen Huren und Banditen nieder. Während der Priester eine Messe liest, werden Bekanntschaften geschlossen, Amouren gefestigt. Mein lieber Fürst, ich lebe in der Barbarei! Ich vermisse Sie allein schon um Ihres Veilchenduftes und Ihrer gepflegten Erscheinung willen. Ja, auch um Ihrer Zärtlichkeit willen.

Aber ich möchte mich gar nicht erinnern, denn ich kann

meine Sehnsucht nicht stillen. Wenn dieser Brief in Ihren Händen liegt, sind wieder Wochen vergangen, vielleicht haben Sie mich in der Zeit vergessen. Madame de S. wird im Genuss Ihrer Gegenwart stehen, Ihre charmante Frau wird Ihnen Begleiterin sein, während ich in diesem brutalen Klima zu Staub zerfalle. Ach, mein Fürst, Sie sind so fern!

Zerstreuen Sie meine schlechten Gedanken, erheitern Sie mich, mein Freund!

L.
Boa Vista

Verfügen Sie über Informationen, warum der Briefwechsel zwischen der Herzogin von Parma und ihrer Schwester so spärlich ist? Hat das einen ernsten Hintergrund? Ich vermute eher, es ist das Phlegma Marie-Louises, die sich in ihrem ganzen bisherigen Leben nie gerne anstrengen mochte. Dona Leopoldina ist traurig, dass ihre Schwester so wenig schreibt. Wann immer das Postschiff vor Anker geht, läuft sie zum Hafen, in der Hoffnung auf Nachrichten aus der Heimat. Dom Pedro ist schon ganz ungehalten wegen dieser Allüre seiner Frau. Ich verstehe wohl, dass die ungeheure Entfernung es für alle Beteiligten schwermacht, in intimer Korrespondenz zu bleiben. Umso mehr sind wir gefordert, uns für unsere Lieben anzustrengen, nicht wahr?

HUNDERTZEHNTER BRIEF

Gräfin Lazansky an ihre Schwester Caroline

Verzeih, liebste Caroline! Ich vernachlässige dich sträflich. Ausgerechnet dich, die du mir doch Halt und Heimat in der Ferne bist! Aber du wirst nach diesem Brief verstehen, dass meine Zeit, in Muße einen Brief zu schreiben, beschränkt ist. Auch bin ich hier selten allein, immer umgeben von der königlichen Familie oder unseren Hofdamen oder eben meinem lieben Schützling. Die Kronprinzessin bedarf auch als Ehefrau meines Rates und meiner Unterstützung, fast noch mehr als zuvor.

Das Klima setzt uns zu, die schwüle Hitze lässt nicht nur Obst und Papier in Windeseile faulen, auch die Gedanken nehmen merkwürdige Formen an. Aber ich kann nicht immer alles auf das Wetter und die Hitze schieben, auch die Umstände hier ändern den Blick auf die Welt.

Ich hatte gehofft, dass sich nach der ersten Aufregung, die so ein Exil mit sich bringt, eine Art Gleichlauf und Ruhe einstellen würde. Aber das Gegenteil scheint der Fall. Um zunächst auf deine vielen Fragen zu antworten: Mir geht es gut, ich bin gesund, allerdings habe ich einen unziemlich dunklen Teint, denn weder Schleier noch Hut können diese unbarmherzige Sonne davon abhalten, mich zu braten.

Du fragst nach meinem *Herzensliebsten*, ich bitte dich, wie kannst du einen solch romanhaften Ausdruck für diese, ach mir fehlen die Worte, diese Liaison verwenden! Ich bin dem Fürsten zugeneigt, aber die Entfernung und die Zeit lassen ihn zu einer Fata Morgana werden, sein Gesicht verschwimmt mit den Monaten immer mehr, seine Stimme tönt mir im Traum bisweilen freundlich ins Ohr. Nur seinen Veilchenduft kann ich merkwürdigerweise memorieren. Trotz der gewaltigen Duftorgien, von denen wir hier Tag und Nacht umgeben sind. Mein Herz habe ich nicht an ihn verloren. Vielleicht habe ich es einige Zeit mit ihm geteilt? Wir schreiben uns, er betet mich aus der Ferne an, ich weise ihn teils scherzhaft, teils schmerzhaft zurück. Es wäre schon viel, wenn wir einander gewogen bleiben, so dass ich bei meiner Rückkehr etwas habe, auf das ich mich herzlichst freuen könnte. Rückkehr, welch verlockendes Wort! Nicht dass es mir hier nicht gefällt, aber mein Gefühl der Unruhe, von dem ich dir schrieb, hat sich nicht gelegt. Ganz im Gegenteil, es hat durch einige Vorkommnisse Nahrung bekommen.

Du meinst, ich sei zu grübelnd, zu kritisch bei der Bewertung meiner Mitmenschen. Ja, du hast recht, Pedro ist ein vorbildlicher Ehemann. Er ist wie Leopoldine versessen auf Musik, die beiden verbringen Stunden gemeinsam am Piano, die anderen Stunden des Tages reiten sie aus, er zeigt ihr diese wundersam schöne Natur, die einem hier auf allen Wegen begegnet. Es ist ein Paradies, man kann sich nicht sattsehen an den bunten Farben, dem überbordenden Grün, das alles zu verschlingen scheint. Mir haben es besonders die Vögel angetan, ich kann ihre Schönheit kaum beschreiben. Deshalb habe ich Herrn Frick, unseren Blumenmaler, gebeten, nicht nur Pflanzen zu malen, sondern auch die winzigen Vögel, die einen umschwirren, die *Beija flor*, das ist Portugiesisch und heißt *Blumenküsser*. Diese winzigen Vögelchen können sich mit flinkem Flügelschlag in der Luft tanzend minutenlang auf einer Stelle halten! Wir beide machen uns jeden Morgen in der Früh auf, wenn der Dunst sich langsam von den Bäumen hebt, stellen unsere Stühle an den Rand einer kleinen Lichtung und warten auf die kleinen gefiederten Geschöpfe. Ich darf das

Vögelchen auswählen, während er mit raschen Strichen eine Skizze verfertigt. Dabei halten wir fast den Atem an, damit sich der Vogel nicht davonmacht, bevor sein Bildnis fertig ist.

An einem dieser heiteren, ganz der Natur und der Schönheit gewidmeten Morgen erhielt ich einen beunruhigenden Brief von Leopoldine, die sich auf einer Exkursion mit Dom Pedro befindet. Mir war das Unterfangen dieser Reise von Anfang an unheimlich, da man von Aufständen in etlichen Provinzen, die man hier *Kapitanien* nennt, hört. Dort soll es Bestrebungen geben, sich von der Zentralregierung in Rio zu lösen. Ich fürchte, wir sitzen hier auf einem Pulverfass. Vielleicht ist es übertrieben, aber der König Portugals lebt in Brasilien im Exil, also ist Portugal nicht gut geführt. Die Brasilianer wiederum sind Kolonie, schätzen es natürlich als Akt der Anerkennung, ja Hervorhebung ihres Landes, dass der König hier Residenz genommen hat. Aber nicht alle Brasilianer teilen diese Meinung. Sie wollen das Land wieder von Portugal lösen. Schlimmer noch, man hört sowohl hier als auch in Portugal von Tendenzen, eine Verfassung zu fordern. Was soll darauf folgen? Man mag es sich gar nicht ausdenken! Wollen diese Menschen auch die Monarchie abschaffen wie in den Vereinigten Staaten von Amerika? Es mangelt an politischer Klarheit, und das kann leicht zu Aufruhr führen! Caroline, du siehst, was das Klima hier mit deiner Schwester macht. Sie gibt sich politischen Gedanken hin! Und ich habe das Gefühl, dass auch Leopoldine sich neuerdings Gedanken macht, die sich nicht nur um Kleider oder die Pflichten einer Ehefrau ranken.

Aber meine Bedenken hinsichtlich der Reise waren ganz umsonst, stattdessen ereignete sich ein anderes Unglück: Dom Pedro hatte einen Anfall! Und das mitten in der Nacht, fernab jeglicher Hilfe, nur Leopoldine war zugegen. Das arme Kind war völlig verzweifelt!

Wir haben nach ihrer Rückkehr Doktor Kammerlechner konsultiert, der nicht sonderlich beunruhigt war und ein paar Tropfen Medizin vorschlug. Doch Leopoldine bestand darauf, auch Doktor Freiberg zu Rate zu ziehen. Wir haben ihn mehr oder weniger heimlich getroffen, um den Kammerlechner und vor allem Dom Pedro nicht zu brüskieren. Du hättest uns sehen sollen, es war wie in der alten *Don Giovanni*-Inszenierung vor drei Jahren in Wien! Bei Einbruch der Dunkelheit huschten die Kronprinzessin und ich, tief verschleiert, nur in Begleitung einer Zofe, mit einer Fackel bewaffnet durch die Straßen der Stadt. In einem Haus, ganz in der Nähe des Palastes, leben und arbeiten die Wissenschaftler, wenn sie von ihren Expeditionen zurückkehren. Wir hofften inständig, Freiberg allein anzutreffen, was sich Gott sei Dank auch erfüllte. Er war sehr überrascht, die Kronprinzessin auf diese Weise wiederzusehen!

Obwohl er Arzt ist, beteiligt er sich an den Exkursionen zur Erkundung der Flora und Fauna mit einer mitreißenden Energie. Wie er da im Schein seiner Lampen am Tisch Gekriech und Gewürm sortierte und zeichnete, nebenbei alchemistisch aussehende Gläser rührte und schüttelte, sah er ganz aus wie der junge Alexander von Humboldt! Wie Humboldt besitzt auch der Doktor einen überaus liebenswürdigen, warmherzigen Gesichtsausdruck, skurril ist jedoch die Zweifarbigkeit seiner Augen, eines grün, das andere kupferfarben. Um ihn herum wieselten zwei kleine, sehr zufrieden wirkende Hunde, Bastarde, die sofort Leopoldines Herz eroberten. Freiberg war in keiner Weise verlegen wegen des hohen Besuchs. Vielleicht hat die Begegnung in Italien schon zu freundschaftlicheren Banden zwischen der Kronprinzessin und ihm geführt? Ich habe allmählich den Verdacht, nicht alles über meinen sanften Zögling zu wissen. »Hoheit, welche Freude, Sie so rasch wiederzusehen! Wenn auch zu einer Zeit, in der ich Damenbesuch nicht mehr empfangen sollte. Sind Sie in geheimer Mission?« Er hat einen wahrlich lockeren Ton, aber in diesem Moment war dies erfrischend und angebracht, und es half uns, unsere Frage an ihn zu richten. Leopoldine beschrieb ihm rasch den Anfall Pedros, worauf Freiberg ohne ein Zögern sagte: »Ein epileptischer Anfall. Ist dies Ereignis zum ersten Mal aufgetreten? Sicher nicht, oder? Hat man Ihnen nichts davon gesagt?« Leopoldine hauchte kaum vernehmbar: »Nein.« Sie kämpfte tapfer mit ihren Tränen, verbarg, wie es ihre Art in solchen Situationen ist, das Gesicht in dem Fell eines der Hunde und überließ die weitere Konversation mir.

»Sagen Sie, Doktor, bitte halten Sie die Wahrheit nicht zurück, werden ihre Kinder …« Ich hatte den Satz noch nicht zu Ende gesprochen, da fiel mir Leopoldine entsetzt ins Wort: »Gräfin, was sagen Sie da?!« Mit vor Schreck weiten Augen blickte sie fast flehentlich zu Freiberg. »Nun, wir wissen nicht genau, ob auch die Kinder von diesem Leiden betroffen sein können, aber ausschließen kann ich es nicht.« Dies sagte er aber in einem solch sanften Ton, dass der Schrecken, der durch den Inhalt seiner Worte hervorgerufen wurde, sofort gemildert wurde. »Hoheit, ich stehe immer zu Ihren Diensten.« Er verbeugte sich tief, Leopoldine rang kurz nach Fassung, reichte ihm freundschaftlich die Hand, und wir verließen in gleicher Heimlichkeit, wie wir gekommen waren, das Haus.

Ich kann nur hoffen, dass uns niemand bei unserem nächtlichen Spaziergang gesehen hat. Allerdings hätten wir Misstrauen verdient, genauso wie wir mit Recht den Auskünften des Königs und Dom Pedros misstrauen dürfen. Immerhin hat Dom Pedro auf Nachfrage Leopoldines am Morgen nach dem großen Schreck gesagt, dass er gar nicht wisse, wovon sie spräche, er sei ein vor Gesundheit und Kraft strotzender Mann!

À propos Misstrauen, der hiesige Hofstaat entwickelt eine spürbare Abneigung gegen unsere österreichischen Hofdamen, es kommt zu unschönen Szenen, die zum beträchtlichen Teil dem unvollkommenen Portugiesisch der Wiener Damen geschuldet sind. Sie haben sich in Italien standhaft geweigert, Portugiesisch zu lernen, in der irrigen Hoffnung, dies könnte ihre Reise nach Brasilien verhindern. Jetzt weigern sie sich aus Renitenz, die Sprache zu lernen, weil sie gezwungen sind, in diesem Land zu leben. So versteht man sich nicht, und dies lässt viel Raum für Missverständnisse und Intrigen. Zudem sind die Sitten bei Tisch und in der Kirche sehr unterschiedlich, ich weiß nicht, wie das enden soll!

Schreib mir, liebe Caroline! Ich darbe nicht minder als Leopoldine nach Briefen aus der Heimat!

Anna Christina
Rio de Janeiro

HUNDERTELFTER BRIEF

Dona Leopoldina an Marie-Louise, Herzogin von Parma

Ich erwarte ein Kind! Ich bin so unendlich glücklich, dass ich an nichts anderes mehr denken kann! Und du bist so fern, Marie, und kannst mein Glück nicht teilen. Pedro ist noch zärtlicher, aufmerksamer und duldsamer mit mir. Er wird bestimmt ein formidabler Vater. Wenn er nur einen Bruchteil der väterlichen Neigung seines Vaters hat, so werden wir eine glückliche Familie sein.

Die Gräfin drosselt mit ihren ewigen Zweifeln meine Vorfreude: Sie hat Sorge, wie ich die Schwangerschaft in diesem Klima vertragen werde. Und wer mir bei der Geburt behilflich sein wird. Der gute Kammerlechner hat ein böses Fieber und darf niemanden sehen. Wir hoffen, dass er bald wieder gesund wird, wobei Doktor Freiberg meint, wenn er je wieder gesundet, sollte jemand in seinem Alter dieses unwirtliche Klima schnell verlassen. Am liebsten wäre mir, Freiberg könnte mir bei der Geburt beistehen, aber Pedro wurde sehr ungehalten, als ich dies vorschlug: »Was für eine absurde Idee! Als portugiesische Kronprinzessin sich von einem österreichischen Doktor helfen lassen zu wollen! Du bringst den Thronfolger zur Welt, also wird auch ein portugiesischer Arzt anwesend sein. Ich weiß gar nicht, was du mit diesem Wiener Quacksalber hast, du singst sein Loblied, als sei er ein Wunderheiler. Wenn du deinen eigenen portugiesischen (!) Landsleuten misstraust, so wirft dies ein schlechtes Licht auf dich, nicht auf sie.« Er überließ mich meiner Verwunderung über seine Worte und schwang sich auf sein Pferd. Er reitet jetzt häufiger ohne mich aus, aus Rücksicht auf meinen Zustand. Seine Laune hielt mich davon ab, ihm zu sagen, dass ich Alexander Freiberg öfter sehe. Der Doktor kümmert sich um die vielen Waisenkinder und hat mich um Hilfe gebeten. Ich finde, es ist meine Aufgabe, mich zu kümmern. Außerdem ist er ein warmherziger, gütiger, wenn auch etwas verschlossener Mann, dessen Gegenwart ich gerne teile. Die größte Sorge der Gräfin teile ich indes auch selbst. Eine Sorge, die ich dir bisher verschwiegen habe: Mein lieber Mann hat ein Anfallsleiden. Wenn die Krankheit über ihn kommt, ist es schrecklich mit anzusehen, er dauert mich sehr! Wobei er von diesem Dämon wohl gar nichts spürt, außer einer bleiernen Müdigkeit danach. Meine Angst ist groß, dass mein Kind …

Im Übrigen erwarten sowohl mein lieber Mann als auch mein Schwiegervater mit großer Zuversicht einen männlichen Erben. Vor ein paar Tagen, ich hatte mich gerade zur Mittagsruhe zurückgezogen – niemand arbeitet zur Mittagszeit, es ist eine Stunde, in der das Leben im Haus ruht, selbst die Tiere auf dem Hof suchen Schatten, es ist die einzige Stunde, in der es völlig ruhig wird, nicht einmal die Vögel singen –, kam Dom João zu Besuch. Er kletterte aus der Kutsche, trotz seiner schmerzenden Gelenke ist er ein erstaunlich wendiger Mann, und winkte mir schon von weitem aufgeregt zu. Hinter ihm stieg ein Lakai aus der Kutsche, über und über mit Geschenken beladen. Enthusiastisch küsste mir mein Schwiegervater die Wangen: »Welch ein Glück! Pedro hat mir erzählt, dass du guter Hoffnung bist. Du ahnst nicht, welche Freude du mir machst! Ein Sohn!« Erneut küsste er mich verzückt auf die Wange. Ich versuchte seine Begeisterung zu dämpfen: »Aber Schwiegerpapa, ich weiß doch gar nicht …« »Papperlapapp, eine Frau wie du bekommt Söhne!« Dabei packte er die Geschenke gleich auf der Veranda aus, Spielzeug für Jungen! »Ich habe den Erzbischof beauftragt, eine Messe zu lesen, für eine gute Schwangerschaft und Geburt.« Von seiner eigenen Begeisterung erschöpft, ließ er sich auf einem Stuhl nieder. »Der Erzbischof weiß es bereits? Aber nicht einmal meine Familie weiß es!«, wandte ich ein. »Wir werden es ihnen beizeiten sagen, mein Kind.« »Ich möchte nicht, dass der Erzbischof eine öffentliche Messe liest.« »Aber du brauchst den Beistand Gottes. Und der Kirche.« »Man würde um einen Sohn beten. Und wenn es ein Mädchen wird? Soll es nicht willkommen geheißen werden? Nein, keine Messe!« Ich war so aufgewühlt, dass ich meine Contenance verlor. Es war das erste Mal, dass ich gegen den Schwiegervater meine Stimme erhob. Doch anstatt mich zu schelten, erwiderte er sanft: »Du hast einen klugen Kopf. Und ein gutes Herz. Ich hoffe, dass Pedro von dir lernen wird.« Seine ersten Sätze schmeichelten mir, der letzte Satz aber ließ mich ratlos zurück. Was soll Pedro von mir lernen können?! Schätzt er etwa seinen Sohn nicht so hoch, wie ich es tue? Pedro ist ein wunderbarer Ehemann, ich hätte es nicht besser treffen können. Einzig, er liest nicht so viel wie ich, lieber reitet er aus oder geht auf die Jagd. Neulich hat er einen Jaguar erlegt. Mir tat es leid um das wunderschöne Tier.

Du hast mich nach der hiesigen Mode gefragt? Nun, die ist sehr unterschiedlich: Die Damen tragen wie in Wien und Paris hauptsächlich weiße oder cremefarbene Seidenstoffe, was uns hier in der Hitze zupasskommt. Hier holen wir uns nicht die *Musselinkrankheit*! Ich weiß nicht, ob es bei euch gerade en vogue ist, aber der Saum ist so kurz, dass der Knöchel sichtbar wird. Ich bin dankbar für alles, was nicht schnürt und fest sitzt, nicht nur wegen meines Zustandes, sondern vor allem wegen des Klimas. Die schwarzen Frauen kleiden sich ganz anders. Sehr farbenfroh! Sie sehen wunderhübsch aus in den kräftigen Baumwollstoffen. Bisweilen sind sie etwas spärlich bekleidet, jedenfalls für unseren Geschmack, andererseits beneide ich jeden, der Luft an seine Haut lässt. Um die Wahrheit zu sagen, Marie, mein Interesse an Mode ist verblasst, andere Dinge haben für mich mehr Bedeutung bekommen. Außerdem mangelt es hier an Gelegenheiten, sich herauszuputzen. Die Gesellschaften, zu denen ich geladen bin, sind nicht besonders vornehm. Selten gehen wir in die Oper, man bringt langweilige Singspiele und hat einen merkwürdigen Geschmack fürs Ballett. Selbst die Gräfin, für die die Oper so wichtig ist wie unser täglich Brot, kann sich kaum durchringen, diesen Ereignissen beizuwohnen. Ich glaube, sie vergeht vor Sehnsucht nach der Wiener Oper! Aber sie wird es mir zuliebe nie eingestehen, sie hat viel Contenance. Und wenn ich bei diesen schwülheißen Temperaturen mit Pedro auf Expedition in den Urwald gehe, dann – bitte verrate dies niemandem, schon gar nicht dem Vater, er wäre schockiert und würde mir die Leviten lesen – trage ich Hosen! Auf meinem Kopf thront ein großer Strohhut, ich sehe aus wie eine Bauersfrau, aber ich mag es sehr und Pedro scheint es auch zu gefallen.

Liebe Marie, vergiss mich nicht, schreib mir bald, ja?

Leopoldina
Boa Vista

Nachschrift: Mein Mann hat die Heimreise meiner Hofdamen angeordnet! Ich bin ganz durcheinander, einerseits bin ich traurig, auf die vertrauten Gesichter verzichten zu müssen, andererseits spüre ich, dass die Damen hier nicht heimisch werden und sich nach Österreich sehnen. Auch gab es in letzter Zeit beträchtliche Unruhe zwischen meinen portugiesischen und österreichischen Damen, viel Gezänk, viel Streit. Man versteht sich nicht. Anders als mir wurde meinen Damen hier ja nicht das Geschenk einer neuen Familie zuteil. Und ich pflichte meinem Mann bei, wenn er sagt, es wäre unschicklich, als portugiesische Kronprinzessin österreichische Hofdamen zu haben. Solange mir meine Gräfin bleibt!

HUNDERTZWÖLFTER BRIEF

Fürst von Metternich an Gräfin Lazansky

Sie ahnen nicht, was es mir bedeutet, Ihren Brief in meinen Händen zu halten! Es ist mir gleichgültig, dass Sie mich schelten oder dass Sie mir die Schuld an Ihrem Exil geben, auch dass dieser Brief für ein sehnendes Herz viel zu kurz ist, ich lese einzig: »Es überkam mich eine so starke Sehnsucht nach Ihnen, lieber Freund«! Geliebte, ferne Freundin, Sie verbannen mich nicht aus Ihrem Herzen!

Nein, ich betrüge Sie nicht, ich verrate Sie nicht. Sie sind ständig in meinem Herzen und in meinen Gedanken. Zugleich leugne ich auch nicht, allein schon deshalb nicht, damit Sie mich nicht später des Verrates zeihen, dass ich mit Madame de S. verkehre, die eine ungeahnte Eifersucht auf Sie entwickelt hat. Ein Charakterzug, den ich an ihr nicht kannte und den ich nur schwer zu ertragen vermag. So sehen wir uns nur noch ab und an. Aber Sie haben um Freiheit gerungen, also machen wir sie uns beide nicht streitig, nicht wahr?

Letzte Woche hatten wir bereits den ersten Schnee, und das Ende Oktober! Da die Tage schon bitterkurz sind, vertreibe ich mir die Zeit in der Oper. Die Saison hat mit einer Sensation eröffnet: Ein junger Klaviervirtuose, ein Knabe von noch nicht einmal zehn Jahren, hat sich der Öffentlichkeit präsentiert, Franz Liszt. Den Namen werden wir uns merken müssen. Hinreißender Auftritt! Wie kann man in so jungen Jahren so viel Talent besitzen! Wir werden alles tun, ihn in Wien zu halten, aber wie schon oft zuvor, drängt auch hier der Vater auf eine baldige Übersiedlung nach Paris. Nicht alle bleiben Wien so treu wie die Milder. In Berlin gab es eine vielbesprochene Uraufführung: *Der Freischütz*. Ein Werk von Carl Maria von Weber, er ist Kapellmeister am Dresdner Hof. Jetzt hoffen wir, das umjubelte Werk auch hier zu Gehör zu bekommen. Ich sollte Ihnen nicht zu viel von meinen musikalischen Ausflügen berichten, sonst werden Sie mir zu traurig, und ich soll Sie doch erheitern. Sowie Sie wieder europäischen Boden unter den Füßen haben, werde ich Ihr getreuer Begleiter bei allen Opernbesuchen sein.

Früher, nein, noch vor kurzer Zeit dachte ich, dass einzig der Gleichlauf der Arbeit mir Zufriedenheit und Ruhe geben könne, einen Halt, dies unsinnige Leben mit Sinn zu erfüllen. Doch nach Ihrer näheren Bekanntschaft hat sich mein Blick gewandelt, *Sie* geben mir Ruhe und Halt, Ihre Schönheit beruhigt meine Sinne und – ja, Gräfin, dies sage ich Gottloser! – erfüllt mich mit Hoffnung, dass eine überirdische Macht uns Menschen vielleicht doch wohlgesonnen ist. Ihre Intelligenz, eine sonst bei Frauen eher störende Attitüde, tragen Sie so selbstverständlich und unangestrengt vor sich her, mit einer fast männlichen Brillanz, dass es Ihrem Gegenüber eine Freude ist, Ihnen zuzuhören. Ich bete, dass diese Intelligenz Sie immer schützen und Ihnen niemals schaden wird.

Im Vertrauen auf Ihre Diskretion erlaube ich mir, etwas auszusprechen, was mir meine Stellung eigentlich verbietet: Es häufen sich die Anzeichen, dass die portugiesische Königsfamilie nach Lissabon zurückkehren wird. Wenn auch nicht aus ganz freiem Willen. Die Cortes planen eine Verfassung. Nur die Anwesenheit des Königs kann eine solche Ungeheuerlichkeit, einen derartigen Angriff auf die Monarchie verhindern. Marquis Marialva und ich setzen alles in Bewegung, damit diese staatszerrüttenden Pläne keinesfalls umgesetzt werden. Hoffen Sie also auf eine baldige Rückkehr, meine Eiskönigin! Seine Majestät gibt sich seit der Verbannung Napoleons nach St. Helena der Vorstellung hin, es wären jetzt für immer und ewig ruhigere Zeiten angebrochen. Das vermag ich nicht zu sehen. Die brasilianisch-portugiesische Allianz ist noch nicht zu unserer Zufriedenheit vollendet. Erst wenn in Lissabon *und* in Rio die Verhältnisse gefestigt sind, werde ich beruhigt sein.

Im Übrigen geht es Napoleon schlecht. Man sagt, er sei sehr krank und vegetiere auf dem kleinen Eiland mitten im tosenden Ozean seinem Ende entgegen. Vielleicht ist diese Nachricht der Grund, weshalb Marie-Louise nur selten ihrer Schwester schreibt? Trotz ihres heiteren Lebens, das weder arm an Amouren noch an Unterhaltung ist, ist ihr Faible für ihren Ehemann ungebrochen, sie fühlt sich ihm auch in der Verbannung verbunden. Zumindest deutete sie dies in einem Brief an mich an. Jedoch neige auch ich eher zu Ihrer Ansicht, dass sie schlicht zu faul ist, um einen aufwendigen Briefwechsel zu unterhalten.

Ich küsse Ihren schönen Hals, Ihren herausfordernden Mund und Ihr prachtvolles Haar. Heute werde ich die Nacht nur Ihnen widmen, ich werde mich trotz der Kälte auf die Terrasse begeben – wir haben einen wolkenlosen, sternenklaren Himmel – und werde unseren Stern anbeten. Bisweilen ist meine Sehnsucht nach Ihnen so groß, dass ich mir überlege, in einer Kirche eine Kerze für Sie anzuzünden und um Ihre baldige Rückkehr zu beten.

Ergebenst

Metternich

Wien

HUNDERTDREIZEHNTER BRIEF

Dona Leopoldina an Gräfin Lazansky

Gräfin, kommen Sie schnell! Ich schicke Ihnen den Wagen. Es gibt wundervolle Nachrichten! Wir kehren nach Europa zurück. Beeilen Sie sich!

Dona Leopoldina

HUNDERTVIERZEHNTER BRIEF

Dona Leopoldina an Marie-Louise, Herzogin von Parma

Marie, welch Seelenaufruhr musste ich in den letzten Wochen durchleiden! Die Ereignisse haben sich derart überschlagen, ich weiß gar nicht, wo ich anfangen soll zu berichten!

Das Wichtigste und Schönste: Unsere Tochter ist geboren! Maria Gloria. Ein wunderbares Wesen, ein liebes Menschlein, ich kann dir mein Glück nicht beschreiben. Pedro ist ganz vernarrt in sie und lässt sie nicht aus den Augen. Schade nur, dass mein lieber Schwiegervater, der sich so auf den Enkel gefreut hat, die Kleine nun nicht sehen kann, da er auf dem Weg nach Lissabon ist. Ja, er ist fort!

Die Geburt war eine Höllenqual, ich war sehr krank und habe, wie Doktor Freiberg sagte, nur dank meiner guten Konstitution überlebt. Ich bin sehr dankbar.

Aber der Reihe nach: Vor ein paar Monaten haben die Cortes in Lissabon eine Sitzung einberufen, auf der entschieden wurde, dass ab sofort Gesetze nur in Absprache und in Übereinstimmung mit dem Parlament verabschiedet werden dürfen. Kannst du dir das vorstellen?! Welch ein Affront gegen den König! Es sollen sogar Rufe »Es lebe die Republik!« und »Sollen wir etwa eine Kolonie Brasiliens werden?« laut geworden sein. Man forderte die sofortige Rückkehr Dom Joãos. Sollte er in Brasilien bleiben, wäre er nicht länger König. Da saßen wir nun in unserem überwältigenden tropischen Paradies, meinem Garten, und hörten Dom Joãos Ausführungen zu. Pedro schien mir sehr nervös, mein Schwiegervater hingegen wirkte völlig gelassen. Doktor Picanco, sein Wundarzt, versorgte gerade seine geschwollenen Beine mit Salbe (hatte ich dir berichtet, dass Doktor Kammerlechner seinem Fieber erlegen ist? Der Arme, er ist nicht mehr zu Bewusstsein gekommen, es ging alles rasend schnell. Doktor Freiberg war in den letzten Stunden bei ihm und hat ihm Beistand geleistet), und er trug uns mit erstaunlich ruhiger Stimme aus der Depesche vor: »Wir fordern die sofortige Rückkehr Ihrer Majestät und die der königlichen Familie nach Lissabon. Andernfalls erklären wir Ihre Regentschaft für beendet.« Pedro lief vor Wut rot an – ich hatte große Angst, er könnte einen Anfall bekommen –, sprang auf und rief: »Wie können sie es wagen! Uns, von dem Allmächtigen zu dieser Aufgabe berufen, zum Abdanken zu zwingen! Natürlich werden wir nicht gehen!« Nach einer Weile hatte er sich beruhigt, darauf besprachen sich Vater und Sohn in trauter Übereinstimmung. Ich war zu neugierig, um die beiden allein zu lassen, andererseits hielt ich mich mit jeglichen Einmischungen zurück und folgte deinem Rat, mich nicht zur Politik zu äußern. Auch wollte ich jeden Eindruck vermeiden, ich dränge auf eine rasche Rückkehr, weil ich unzufrieden mit meinem Leben in Rio sei. Das bin ich nämlich nicht. Dennoch zerreißt mir das Heimweh nach euch mein Herz. Aber die Brasilianer sind sehr liebenswürdig zu mir, ihre Herzlichkeit rührt mich, und ich habe das Gefühl, wir sind verpflichtet, das Land, das uns anvertraut wurde, gesund und reich werden zu lassen. Es mangelt hier an vielem, es gibt kaum Schulen, keine Waisenhäuser, kein Krankenhaus. Ich möchte diesen herzensguten Menschen helfen. Du siehst, ich beginne das Land liebzugewinnen. So saß ich also mit zwiespältigen Gefühlen bei den Männern und hörte aufmerksam zu.

In den folgenden Tagen wurden Sitzungen mit dem Staatsrat abgehalten, um zu entscheiden, ob und wann man fahren sollte. Dann wurde allerdings bekannt, dass es in Lissabon einen Putsch gegeben hatte, das Parlament eine neue Verfassung verabschiedet und man dem König fast alle Rechte aberkannt hatte! Wir mussten also sofort aufbrechen, andernfalls wäre die Krone verloren! Du kannst dir meine Aufregung vorstellen. Die Gräfin und ich haben sofort mit dem Packen begonnen. Es gab so viel zu bedenken!

Am Abend saß ich erschöpft auf der Veranda, als Pedro aus Rio zurückkam. Er setzte sich neben mich, nahm mich zärtlich in die Arme (seit meiner Schwangerschaft teilen wir nicht mehr das Bett. Ich glaube, er hat Angst, mir weh zu tun) und sagte: »Ich habe mich entschlossen, den Vater nicht zu begleiten. In deinem Zustand, so kurz vor der Niederkunft, wäre es zu gefährlich, diese lange Überfahrt zu riskieren. Nicht auszudenken, wenn das Kind Schaden nehmen würde!« Ich wollte widersprechen, aber er unterbrach mich: »Du bist der Gesundheit und Unversehrtheit des Thronfolgers verpflichtet.« Ist er nicht rücksichtsvoll? Er wird ein guter Vater werden. Er verzichtet mir zuliebe auf die Rückkehr nach Portugal! Ich war entzückt, aber zugleich brach ich in Tränen aus. Die

Sehnsucht nach Europa ungestillt, mein Schwiegervater, dem ich sehr zugetan bin, verlässt uns, mein ungeborenes Kind … dies alles überwältigte mich. So greifbar nah die Rückkehr, so schnell ward auch die Idee verloren.

Bei alldem wundert mich ein wenig, wie leicht Pedro der Verzicht fiel. Ihm scheint der Gedanke gar nichts auszumachen. Nun gibt es auch hier Separationsbewegungen, die die Provinzen wie ein Flächenbrand überziehen. Da Brasilien und Portugal ein vereintes Königreich sind, gilt es auch hier die Krone zu verteidigen.

Nachdem wir unter vielen Tränen Dom João verabschiedet, ein weiteres Mal den Schiffen nachgewunken hatten (wobei mir der Abschied von meinen Hofdamen weniger schwer gefallen war als befürchtet), brach mein Mann auf, um die Aufstände niederzuschlagen, und ließ mich allein in Boa Vista. Ich werde das Gefühl nicht los, dass er über die Abreise seines Vaters nicht unglücklich ist, kann er doch jetzt in diesem riesigen Land weitgehend alleine walten. Als wir am Kai standen und den Schiffen nachsahen, flüsterte ich: »Ich werde ihn vermissen.« Pedro schwieg. Er nickte nicht einmal zustimmend. »Er ist ein feiner Mensch«, sagte ich. Auch darauf keine Antwort.

Pedro war noch nicht eine Woche fort, als die Wehen einsetzten. Es war an einem schwülen Vormittag, die Luft stand über dem Land, die Wolken schwefelgelb, die Sonne verblasst, als mit dem ersten fernen Donner auch die Schmerzen begannen. Wie von Zauberhand befohlen, erschien genau da Doktor Picanco. Ich lag auf meinem Bett, die Gräfin hielt meine Hand und sagte bestimmt zu dem Arzt: »Sehr freundlich von Ihnen, Doktor, aber Königliche Hoheit hat bereits Doktor Freiberg unterrichtet, er wird gleich hier sein.« Picanco war dies einerlei, er ließ sich neben meinem Bett nieder und sagte mit seiner eigentümlich rauen Stimme: »Dom Pedro hat mir ausdrücklich befohlen, Ihnen zu helfen.« Leider musste die Gräfin für einen Moment den Raum verlassen und ließ mich mit Picanco allein. Da drückt mir dieser Widerling in einem Augenblick des größten Schmerzes etwas klebrig Feuchtes in die Hand: den noch blutigen Zahn eines Jaguars! Ich war so erschrocken und angeekelt, dass ich aufschrie und gleich darauf ohnmächtig zu werden drohte. Alarmiert eilte die Gräfin herbei und herrschte den Mann an: »Sind Sie von Sinnen?! Was soll dieser Hokuspokus?!« Ich erspare dir die Details der grausamen Stunden, die folgten, Picanco hat mich mit seinen groben Händen zerwühlt, dass es an ein Wunder grenzt, dass ich überlebt habe. Es hat mich Wochen gekostet, mich von der Geburt zu erholen. Kaum war das Kind geboren, war der Grausame fort und die Lazansky rief umgehend Doktor Freiberg zu Hilfe. Der aber nicht auffindbar war! Erst später habe ich erfahren, dass just an dem Tag sein Wagen zusammengebrochen war und er in der Eile weder Wagen noch Pferd auftreiben konnte. Doch in den Wochen danach hat er unermüdlich nach mir geschaut, und sogar Pedro, der mir eifersüchtig zu sein scheint, konnte nicht umhin, ihm bei seiner Rückkehr zu danken. Meine Verfassung hat ihm doch einen Schreck versetzt.

Ich bin also von allem noch sehr mitgenommen, aber meine Kleine entschädigt mich für alles. Ich nehme sie zu meinen Ausflügen nach Rio mit und bin völlig überrascht, wie viel Anteil die Menschen an ihrer Geburt nehmen. Neulich war ich zum Gottesdienst in einer kleinen Kirche, sie liegt versteckt in einer Seitengasse, in die ich eigentlich nie komme. Aber die Hauptstraße war durch den nächtlichen Regen unpassierbar, so dass wir einen Umweg fahren mussten. Als ich von dem gleißenden Tageslicht in das Dunkel des Gotteshauses eintrat, streckte sich mir völlig unerwartet eine alte ausgemergelte Hand entgegen. Ich fuhr erschrocken zurück, der Offizier, der mich begleitete, wollte schon seinen Degen ziehen, da trat ein alter Mann hinter der Tür hervor und verneigte sich tief. Ein Bettler, dessen müde Augen lächelten, als er Gloria sah. Er verbeugte sich, küsste mir die Hand, was mir trotz seines unappetitlichen Äußeren gar nicht zuwider war, und sagte: »Dona Leopoldina, Gott segne Sie und Ihre Tochter.« Wie gut, dass man in der Dunkelheit meine Rührung nicht sah!

Ich nutze meine Zeit, so wie es uns Mutter gelehrt hat: »Die Aufgabe des Fürsten ist es, den Armen zu dienen.« Also habe ich angefangen, mit der Unterstützung von Doktor Freiberg, ein Krankenhaus zu planen.

Obwohl Pedro in letzter Zeit viel auf Reisen ist, unternehme ich weiter meine Ausflüge ins Land, meist nur in Begleitung der Gräfin und meiner Zofe. Brasilien ist wirklich von einer unvorstellbaren Schönheit! Zugleich aber von erschreckender Armut. Ich möchte alles kennenlernen, alles sehen! Nichts soll mir verborgen bleiben. Ach, könntest du es doch auch sehen. An jeder Biegung, an jeder Ecke entdecke ich Blumen, Bäume und Tiere, die ich nie zuvor in meinem Leben gesehen habe! Jeden Tag aufs Neue bin ich von der Vielfalt der Gerüche und Farben überwältigt. Und dieses Licht, das mit seiner Kraft und Intensität alles noch hervorhebt! Um mit gleicher Heftigkeit den Schatten zu zeichnen.

Pedro wird mich schelten, wenn er erfährt, dass ich auf die Begleitung eines Offiziers verzichte, aber was sollen die Menschen von mir denken, wenn sie mich immer in militärischer Begleitung sehen? Ich kann ihnen nicht helfen wollen und mich zugleich vor ihnen fürchten. Ich habe keine Furcht! Merkwürdigerweise ist mir die Angst, die mich früher oft beherrschte, hier abhandengekommen. Was kann mich noch Schlimmeres treffen als eine Überfahrt über das Meer?! Nie in meinem Leben habe ich mich so ausdauernd und grausam geängstigt. Drei Monate in Todesangst habe ich überstanden, alles andere wird auch besiegt sein. Erkennst du noch dein zaghaftes, kleines Schwesterlein? Wie schnell sich der Mensch ändern kann. Vielleicht beruhigt einen der Blick auf die wilde Natur, dieses stete Kommen und Vergehen, welches hier mit einer ungeheuren Geschwindigkeit vonstattengeht. Es ist der Kreislauf der Dinge, von dem unser alter Pater Wolkenstein draußen in Laxenburg so oft bei seinen Predigten gesprochen hat. Hier lerne ich zu begreifen, was immer mit uns Menschen geschieht, die Natur wird sich ihren Platz zurückerobern. In kurzer Zeit sind die Spuren unserer Existenz vom ewigen Grün des Dschungels überwuchert. Wir sind nicht wichtig. Ach, Marie, jetzt wird deine kleine Schwester auch noch philosophisch! Das magst du gar nicht leiden, nicht?!

Schreib, meine carissima sorella!

Leopoldina
Boa Vista

HUNDERTFÜNFZEHNTER BRIEF

Gräfin Lazansky an ihre Schwester Caroline

Ich muss dir etwas Entsetzliches berichten! Eigentlich ist es derart schrecklich, dass ich darüber schweigen sollte, aber ich bin so verunsichert und empört, ich *muss* einfach zu jemandem darüber sprechen!

Heute bin ich in aller Herrgottsfrühe von Boa Vista nach Rio aufgebrochen, um eine Freundin zu besuchen. Wilhelmine ist die junge Ehefrau von einem der Expeditionsteilnehmer und viel allein, weil die Männer oft monatelang im Dschungel unterwegs sind. Ich fuhr also mit meinem Einspänner am Wasser entlang auf die Stadt zu, die Sonne war gerade aufgegangen und erhob sich als mächtiger Feuerball über dem Meer, ein herrlicher Morgen, der endlich einen erträglichen Tag versprach, als ich vor mir einen Reiter erblickte: Dom Pedro! Ich war sehr verwundert, hatte ich mich doch eben flüsternd von Leopoldine verabschiedet, nur um ja nicht Pedro, der nebenan schlief, zu wecken. Nun sah ich den angeblich in süßem Schlummer Ruhenden höchst wach auf seinem Pferd vor mir durch die milde Morgenluft traben. Ich hatte nicht die geringste Lust auf eine Plauderei. Nein, ich kann mich immer noch nicht durchringen, Pedro sympathisch zu finden, und meide deshalb seine Gegenwart, wo ich kann. Also hielt ich an, um ihm etwas Vorsprung zu geben. Der Weg in die Stadt passiert ein kleines Dorf, nichts als ein paar kleine Hütten, umgeben von Feldern. Als Pedro auf Höhe des Dorfes ankam, stieg er von seinem Pferd, band es an einen Baum und schaute sich um. Mich konnte er nicht sehen, da ich hinter einer Biegung haltgemacht hatte. Ich wartete. Minuten vergingen, während Pedro etwas zu fixieren schien. Zunächst hatte ich Bedenken, ob ich ihm zu Hilfe eilen sollte, vielleicht bekam er gerade einen seiner Anfälle. Dann hat er auch diesen stieren Blick. Aber etwas hielt mich zurück. Plötzlich schnellte er einer Raubkatze gleich, die über ihre Beute herfällt, hinter dem Baum hervor, stürzte in das Feld und griff nach einem wild um sich schlagenden Etwas. Dieses wehrhafte, zappelnde Etwas war ein junges Mädchen, das auf dem Felde arbeitete! Ich war vor Schreck wie gelähmt.

Erspare mir die Einzelheiten, nur so viel: Er hat sich vor meinen Augen an dem Kind vergangen. Es war so schrecklich! Ich war wie gelähmt und wagte nicht, dem Mädchen zu Hilfe zu eilen.

Caroline, was soll ich tun?! Ich kann mit niemandem, absolut niemandem darüber sprechen, natürlich schon gar nicht mit der Kronprinzessin. Jetzt verstehe ich auch einige Anspielungen, die mir mitunter bei meinen Kaffeehausbesuchen zu Ohren kamen. Gespräche an Nachbartischen, die sofort unterbrochen wurden, wenn wir uns näherten. Es ist wohl bekannt, dass dieser hübsche, charmante Ehemann schon vor seiner Ehe mit Leopoldine sehr umtriebig war. Wenn es wahr ist, was ich gehört habe, dann gibt es wohl auch bereits – ach, ich sollte schweigen – nun, man sagt, er habe schon etliche (!) Kinder gezeugt. Ich möchte es gar nicht genau wissen, jede Kenntnis, die ich als Geheimnis wahren muss (oder muss ich nicht?), bringt mich nur mehr in Gewissensnot. Ich habe mir schon während der Schwangerschaft der Kronprinzessin, als Pedro nicht mehr ihr Bett teilte, gedacht, dass dieser Mann seine Lust an anderem Ort stillt. Aber so?! Und noch etwas anderes beunruhigt mich: Als Pedro endlich von dem armen Ding abließ, es wie ein verwundetes Tier auf dem Feld liegenließ und wieder aufsaß, ritt er plötzlich auf mich zu! In allerletzter Minute drehte er um und galoppierte davon. Nun bangt mir, ob er mich gesehen hat. Nach diesem Erlebnis hatte ich keine Kraft mehr für einen Besuch, noch hatte ich Interesse, nach Boa Vista zurückzukehren. Stattdessen ritt ich an den Strand, suchte mir ein schattiges Plätzchen und versuchte meine aufgewühlten Gedanken zu sortieren. Bis jetzt habe ich niemandem etwas erzählt, auch habe ich den Eindruck, dass Pedro sich in meiner Gegenwart unverändert verhält.

Nichts wünsche ich mir mehr, als möglichst bald wieder in die zivilisierte Welt zurückkehren zu können! Ich verspreche auch hoch und heilig, mich nie wieder über eisige Schlittenfahrten, ungeheizte Räume oder schlechte Operninszenierungen zu beklagen. Aber was wird aus meinem Schützling?

Anna Christina
Rio de Janeiro

HUNDERTSECHZEHNTER BRIEF

Fürst von Metternich an
Kaiser Franz I. von Österreich

Majestät, noch immer bin ich durch meinen Katarrh verhindert und hüte das Bett, bitte somit mein Fehlen bei der heutigen Sitzung des Staatsrates zu entschuldigen. So schlage ich Ihnen von meinem Krankenlager aus vor, mit den Ministern zu erörtern, ob eine Anreise der Kronprinzessin und Dom Pedros für die schnelle Befriedung der prekären Situation in Lissabon von Nutzen wäre. Meiner Meinung nach hilft Dom João die Anwesenheit seines Sohnes in Portugal nicht, ganz im Gegenteil, man muss fürchten, dass – sollte man Brasilien ohne königliche Vertretung lassen – Portugal schneller, als wir uns vorstellen können, die Kolonie an die Aufständischen und Separatisten verlieren würde. Nach meinen Informanten zu urteilen, ist Dom Pedro trotz seines jungen Alters durchaus in der Lage, das Land zu führen. Zumal er Dona Leopoldina zur Seite hat, die, so wird mir berichtet, beim Volk in überaus großem Ansehen steht. Die Geburt des Kindes, obgleich ein Mädchen, ist bei den Brasilianern mit Vivat-Rufen begrüßt worden. Man ist geradezu vernarrt in Mutter und Tochter. Was könnte die Liebe des Volkes zu seinem Herrscher mehr festigen als der Anblick einer hübschen Frau und eines kleinen Engels?

Vielleicht sollte ich Ihrem Rat folgen und mich nach Karlsbad begeben, um meiner angeschlagenen Gesundheit beim Kuren wieder auf die Beine zu helfen. Nicht einmal der Kaffee schmeckt mir. Sie können sich also vorstellen, wie es um mich steht!

Ergebenst

Metternich

HUNDERTSIEBZEHNTER BRIEF

Kaiser Franz I. von Österreich
an Fürst von Metternich

Reisen Sie, Fürst, reisen Sie! Meine besten Wünsche zu Ihrer Genesung. Im Übrigen schließe ich mich Ihren Ausführungen an. Auch wenn mein Vaterherz sich nach der Tochter sehnt, so ist die Kronprinzessin dort doch in allerbesten Händen. Dom Pedro scheint ein guter Ehemann zu sein, und von seinen Regierungsfähigkeiten habe ich bisher vernommen, dass er es versteht, das Volk mit strenger Hand zu führen. Natürlich müssen wir alles daransetzen, die kostbare Kolonie zu einen und die glanzvollen Reichtümer, die dieses Land birgt, zu nutzen und zu schützen.

Sie werden ja gewiss im *Grandhotel Pupp* logieren, der Oberkellner Fritz versteht sich dort auf einen wunderbaren Kaffee.

F

HUNDERTACHTZEHNTER BRIEF

Marquis von Marialva an Fürst von Metternich

Lieber Fürst, ich höre, Sie kuren im schönen Karlsbad? Und dies zu solch unwirtlicher Jahreszeit! Aber die vielen schönen Kaffeehäuser werden Sie für Kälte und Dunkelheit sicher entschädigen!

Leider muss ich Ihre verdiente Kontemplation mit einer heiklen Meldung stören. Ein von uns längst ad acta gelegtes, oder zumindest vergessenes, Problem droht wieder ans Licht zu kommen. Ich erhielt einen Brief von Gräfin Lazansky, die mich um meiner Ehre willen auffordert, sie über einen misslichen Umstand in Brasilien aufzuklären: die Sklaverei.

Wir beide wissen, dass es nur eine Frage der Zeit war, bis die Damen mit diesem Makel des schönen Landes in Berührung kommen würden. Es ist wohl so, dass die Gräfin bisher nur den Verdacht hegt, Brasilien verharre noch in jenem unglücklich mittelalterlich anmutenden Zustand, in dem Sklaven gehalten werden. Es ist eher verwunderlich, dass die Damen nach über einem Jahr Aufenthalt darüber noch keine Gewissheit haben. Dabei mischt sich Dona Leopoldina oft und gerne unters Volk. Wie dem auch sei, es ist, wie es ist. Nach meiner Kenntnis hat Dom João trotz seiner jahrelangen

Residenz in Brasilien das Problem nicht angerührt. Ich habe mit dem König eine Unterredung für die nächsten Tage avisiert und werde noch einmal in aller Dringlichkeit auf einer schnellen Lösung des Problems bestehen. Dabei entzieht es sich meiner Kenntnis, inwieweit der König Einfluss auf die Entscheidungen seines Sohnes nimmt, der so gut wie allein in Rio de Janeiro regiert. Ich kenne Dom Pedro gut genug, wenn auch nur aus Berichten, um zu wissen, dass er über die Abreise seines Vaters erleichtert und erfreut ist. Jetzt endlich kann er die Regierungsgeschäfte übernehmen und nach seinem Gutdünken Entscheidungen treffen. Nur fürchte ich, wird er es nicht für dringlich erachten, sich mit der Sklaverei zu beschäftigen.

Bevor ich der Gräfin antworte, wollte ich Sie davon in Kenntnis setzen, weiß ich doch von Ihrer Zuneigung zu ihr und bin gewiss, dass Sie nach wie vor in Korrespondenz stehen. Vielleicht haben Sie ja dieses Thema bereits mit ihr besprochen?

Ich hoffe, diese Nachricht behindert nicht den Genuss Ihrer Reise!

Verehrung

Marialva
Lissabon

HUNDERTNEUNZEHNTER BRIEF

Gräfin Lazansky an
Marquis von Marialva

Marquis, was immer in Ihrem Brief, den ich mit Recht erwarte, geschrieben stehen wird, es ist zu spät! Nun sitze ich in dieser paradiesischen Hölle und frage mich, wie um aller Welt das Haus Habsburg sich mit dem Haus Bragança im Angesicht dieser barbarischen Sitte, der Sklaverei, vereinen konnte! Mir fehlen die Worte, und ich würde nur zu gerne sehen, wie Ihnen die Schamesröte ins Gesicht steigt. Ich wage es nicht auszudenken, aber wusste auch der Fürst (dies würde mich besonders treffen!), wusste Seine Majestät davon?!

Wut und Schmerz mischen sich zu einem beherrschenden Gefühl in meiner Brust. Ich kann an nichts anderes denken. Und unterstehe sich jemand, mir vorzuwerfen, ich als Frau würde mich in die politischen Geschäfte einmischen. Nein! Dies ist eine Frage der Menschlichkeit! Wir sind Christen und keine Barbaren!

Sollte die Vereinigung der beiden königlichen Häuser nicht die Erhabenheit und Überlegenheit, die Kultur und Zivilisation unserer Länder hervorheben? Und nun das! Sie wissen nicht, was diesen Menschen hier angetan wird, wie menschenverachtend dies ist. Ich habe heute nicht die Kraft, darüber zu berichten, was ich in den letzten Tagen gesehen habe.

Zu gerne würde ich Ihnen »Leben Sie wohl, Marquis« sagen, aber ich entlasse Sie nicht aus Ihrer Pflicht, uns Aufklärung zu geben.

Anna Christina Gräfin von Lazansky
Rio de Janeiro

HUNDERTZWANZIGSTER BRIEF

Fürst von Metternich an den Marquis von Marialva

Lieber Marquis, ich bin verwundert. Sie stehen noch in Kontakt zu Gräfin Lazansky? Ich wusste nicht, dass die Gräfin Ihnen nach der unseligen Entdeckung Ihrer erfundenen Berichte aus Brasilien Gnade gewährt hat. Welch großzügige Geste! Sollte ich eifersüchtig sein, dass sie außer mir auch Ihnen den Vorzug eines Briefwechsels zuteilwerden lässt? Doch ich bin gesegnet, denn mit mir verhandelt sie – Gott sei es gedankt – keine politischen Affären.

Bei aller Ehrerbietung und Bewunderung, die ich für Gräfin Lazansky habe, so gilt es für sie wie für alle anderen auch, denen das diplomatische Geschäft fremd ist, äußerste Zurückhaltung zu wahren, besser noch völlige Ignoranz dem politischen Treiben gegenüber. Nur wer wie wir in die Geheimnisse der Verhandlungen und Verträge eingeweiht ist, hat ein Recht zu urteilen!

Aber all dies, lieber, werter Freund, ist Ihnen bestens bekannt. Da Sie nun in der misslichen Lage sind, der Gräfin Rechenschaft geben zu müssen, so teilen Sie ihr doch mit, dass alle unsere gemeinsamen Anstrengungen, etwas gegen die Leibeigenschaft zu unternehmen, bisher an der Selbstverständlichkeit gescheitert sind, mit der die Portugiesen die Sklaverei betrachten. Wir aber dessen ungeachtet keinerlei Gelegenheit auslassen, sofern dies als fremder Souverän möglich ist, auf Abschaffung derselben zu bestehen.

Lieber Marquis, gleichgültig wie brillant der Geist der Gräfin ist, gleichgültig wie sehr ich mich ihr verbunden fühle, bestimmte Grenzen sind zu wahren. Dies gilt nicht nur in der Politik, sondern in gleichem Maße im Persönlichen. Nun aber genug davon.

So wunderbar erholsam Karlsbad auch ist, es ist von einer erschreckenden Provinzialität! Die Menschen sind langsam in allem, was sie tun, manchmal ist es zum Aus-der-Haut-Fahren. Ich scheine noch nicht den Aufregungen einer Stadt wie Wien entsagen zu können. Morgen reise ich ab, wenn es der Zustand der Straßen erlaubt. Die Wege sind morastig, es hat in der letzten Woche geschneit, ein schwerer, nasser Schnee, der das Vorankommen mühsam macht.

Kommen Sie vor Neujahr noch nach Wien? Die Saison verspricht glanzvoll zu werden. Die Eleven der Ballettschule werden kurz vor Weihnachten einen Auftritt im Hoftheater haben, der eine kleine Sensation werden könnte, denn ein Mädchen, ich glaube nicht mal zwölf Jahre alt, tut sich schon jetzt als außergewöhnliche Tänzerin hervor. Madame de S., deren üppige Zeit es in beneidenswerter Weise erlaubt, bei den Proben im Hoftheater zugegen zu sein, ist überzeugt, dass diese Fanny Elßler eine große Karriere vor sich hat. Begleiten Sie uns, Marquis, zur Premiere? Davor könnten wir uns zu einem dieser cremig zarten Marillentörtchen im *Milani* treffen. Wenn wir Glück haben, stellt uns Madame de S. die kleine Tänzerin vor.

Metternich

Karlsbad

HUNDERTEINUNDZWANZIGSTER BRIEF

Marquis von Marialva an
Fürst von Metternich

Zu spät, Fürst, die Gräfin ist schon im Bilde und auch Dona Leopoldina, von der ich ebenfalls einen – kurz gehaltenen – Brief erhielt. Die Damen befinden sich in einem Zustand höchster Aufregung! Wir müssen uns schon fragen, ob wir rechtens gehandelt haben. Ich zumindest ziehe unsere Entscheidung in Zweifel, dieses Wissen für uns zu behalten. Das Einzige, was ich tun kann, ist, wie angekündigt, Dom João erneut um eine Unterredung zu bitten. Nun denn.

Unterrichten Sie mich doch, falls die Gräfin auch Ihnen etwas dazu schreibt. Ich schätze Gräfin Lazansky zu sehr, als dass ich es ertragen könnte, bei ihr in Ungnade zu fallen. Besonders aber würde es mich schmerzen, die Zuneigung der von mir zutiefst bewunderten Dona Leopoldina zu verlieren.

Ich werde übrigens alles versuchen, was in meiner Macht steht, um bei dem von Ihnen in so vielversprechenden Worten angekündigten Theaterabend anwesend sein zu können.

Ihr sehr ergebener

Marquis Marialva
Lissabon

HUNDERTZWEIUNDZWANZIGSTER BRIEF

Gräfin Lazansky an Fürst von Metternich

Genau dies habe ich befürchtet, Ihnen einmal einen Brief schreiben zu müssen, in dem ich all meine sentimentalen Gefühle für Sie leugne, um an ihrer statt kalte Vernunft und Entschlossenheit walten zu lassen. Ich bin überzeugt, dass Marquis Marialva Sie bereits über alles in Kenntnis gesetzt hat. Ich habe nur eine einzige Frage an Sie: War Ihnen zum Zeitpunkt, als Sie die Vermählung der Kronprinzessin mit Dom Pedro in die Wege geleitet haben, bekannt, dass es in Brasilien immer noch Sklaven gibt? Fürst, haben Sie meinen Schützling verraten?!

Meine Christenseele empört sich, dass ein kultivierter Staat wie Österreich sich derart würdelos verhalten kann. Ihnen mag zwar der Glaube fern sein, aber Sie sind, auch wenn Sie Kirchen nur als architektonische Meisterwerke betrachten, genau wie ich Christ. Vor allem aber Mensch! Wenn Sie sehen würden, was ein Leben als Sklave bedeutet, Sie würden mich verstehen in meiner unseligen Wut. Ja, berichten Sie ruhig Ihrer Majestät von meinen Worten. Ich bin in Rage, und ich bin fern, fern von allem, es ficht mich nicht an, wenn ich für meine Worte verdammt und vom Hofe entfernt werden sollte. Ich bin es ja schon, weiter weg als hier in den Urwald wird meine Verdammung nicht möglich sein, nicht wahr? Ach, Fürst, dabei wünsche ich mir nichts sehnlicher, als dass Sie meine Bedenken zerstreuen! Lassen Sie uns schnell wieder zu unserem leichten, zärtlichen Ton zurückfinden. Sagen Sie mir, dass ich mich nicht in Ihnen getäuscht habe!

L.

Rio de Janeiro

HUNDERTDREIUNDZWANZIGSTER BRIEF

Fürst von Metternich an Gräfin Lazansky

Wie gerne würde ich Sie in meine Arme schließen, Ihre Katzenaugen mit Küssen bedecken, vor allem aber Ihren Mund mit zärtlichen Worten verschließen, damit Sie zu Ihrer inneren Ruhe finden, die ich, so werfen Sie mir vor, zerstört habe.

Ach, geliebte Eiskönigin, mein Herz sehnt sich nach Ihnen, auch wenn Sie mir gar nicht gut sind! Wenn Sie meine Zeilen erreichen, wird hier in Wien der Schnee schon wieder geschmolzen sein und Ihr Ärger hoffentlich versiegt.

Auch wenn ich die Entscheidung Dom Joãos, nach Lissabon zurückzukehren und Dom Pedro das brasilianische Feld zu überlassen, als geschickt und richtig beurteile, so bedaure ich unendlich, Sie nicht an meiner Seite zu haben, sondern Sie stattdessen in Ihrem fernen Exil zu wissen.

Sie machen es sich und mir, der Sie zärtlich liebt, schwer, denn beinahe scheint es, Sie wünschen einen Verrat herbei! Sollte dies so sein, damit Sie sich leichter von mir lösen können? Sollte ich dies nun wiederum als Beweis nehmen, dass Sie sich doch in einer *kordialen Verstrickung* befinden, die Sie auf diese Weise beenden wollen?

Verehrteste, ich appelliere an Ihren Großmut. Sie sind seit Ihrer Kindheit am Hof und wissen wohl zwischen den Notwendigkeiten der Politik und den Forderungen und Wünschen des Herzens zu unterscheiden. Ja, Marquis Marialva (an dem Sie Ihre Großherzigkeit bereits unter Beweis gestellt haben, indem Sie ihm seine Märchengeschichten über Brasilien verziehen haben) und ich wussten von der Existenz der Sklaverei, nicht jedoch Seine Majestät, Kaiser Franz. Seine Majestät hat nicht danach gefragt. Warum wir ihn nicht in Kenntnis gesetzt haben, hat mehrere Gründe. Nun werden Sie mich hassen und statt meiner den Kaiser lieben, nicht wahr? Er aber bedarf Ihrer Liebe nicht, er ist mit seiner dritten Ehefrau Carolina Augusta sehr glücklich. Ich habe Ihnen auf unseren glückseligen Spaziergängen durch die Weinberge Italiens, soweit es mir die Diplomatie gestattet, versucht zu erklären, warum Brasilien für die österreichische Monarchie so wichtig ist. Daran hat sich nichts geändert. Bisweilen müssen fremdländische Sitten in Kauf genommen werden, um größeren Schaden für das eigene Volk abzuwenden. Seien Sie versichert – bei meinem Leben –, dass es ein vorrangiges Thema war und ist, Dom João zu überzeugen, sich dieser unliebsamen Angelegenheit anzunehmen. Nun wird Dom Pedro zügig daran erinnert werden, diesen barbarischen Umständen ein Ende zu bereiten. Sie müssen auch verstehen, dass mein Einfluss auf das Vereinigte Königreich Portugals und Brasiliens nicht so stark ist, dass ich jetzt einen Wandel herbeiführen könnte. Aber der Marquis wird alles in seiner Macht Stehende tun, um Einfluss auf die Entscheidungen Dom Pedros in Rio zu nehmen.

Ich bete und hoffe, dass Ihr kluger Kopf Sie vor einer schnellen Verurteilung meiner Entscheidungen bewahrt. Bleiben Sie mir gewogen und bedenken Sie einmal mehr, den Menschen nicht mit dem Politiker gleichzusetzen. Das Leben ist anders, als wir es uns wünschen.

Fast hätte ich gesagt, ich liebe Sie, Gräfin, aber ich fürchte, Sie mögen es nicht hören, schon gar nicht jetzt. Und doch ist es so.

Zutiefst ergeben

Metternich
Wien

HUNDERTVIERUNDZWANZIGSTER BRIEF

Dona Leopoldina an Marie-Louise, Herzogin von Parma

Liebste Marie, ich habe keine Nachricht von dir! Seit über einem halben Jahr! Schreib mir, ich sorge mich! Ich brauche deinen Zuspruch wie die Luft zum Atmen. Die Heimat ist mir so fern, am meisten plagt mich, dass ich eure Gesichter kaum zu erinnern vermag.

Ich sitze unter einem schattigen Baum am Strand, der Küstenwald ist hier besonders dicht und bietet ersehnte Kühle, und versuche dir zu schreiben. Neben mir wächst ein Mimosenstrauch (blühen in Laxenburg wohl schon die Apfelbäume?) mit ganz absonderlichen Blüten, die aussehen wie ein in tiefes Rot getauchter Pinsel. Bei jedem Windhauch kitzelt mich die Blüte am Arm, als wäre sie ein kleines Tier, das um Aufmerksamkeit buhlt. Gloria schmückt sich mit allerlei Blumen, wenn sie herumkrabbelt, sie sieht aus wie eine Blumenfee! Die Hitze ist in den letzten Tagen so unerträglich geworden, dass ich fast täglich mit meiner kleinen Karawane – Gloria, dem Kindermädchen, der Gräfin und meiner Zofe – an den Strand ziehe. *Hund* ist natürlich auch dabei, er hat Gloria zu seinem Eigentum erkoren und lässt die Kleine nicht aus seinem wachsamen Blick. Nähert sich irgendjemand dem Kind, muss er erst die Gunst von *Hund* gewinnen.

Pedro ist vor zwei Monaten nach São Paulo gereist, ich habe seitdem keine Nachricht von ihm. Die dortige Regierung will sich vom Vereinten Königreich Brasilien lossagen und eine Republik gründen! Eigentlich bin ich ganz froh, dass mir mein lieber Mann durch seine Abwesenheit einen

Augenblick der Ruhe gönnt, da ich wieder guter Hoffnung bin. Außerdem, nun, haben wir eine etwas schwierige Zeit miteinander.

Vor kurzem erschien Alexander Freiberg in Boa Vista. Es war früher Morgen, ich hatte keinen Besuch erwartet. Ein Kammerdiener führte ihn zu mir ins Zimmer (ein jämmerlich kleiner Raum, der in Schönbrunn nicht einmal als Mädchenkammer dienen würde), während ich mit Gloria beim Frühstück saß. Seit unserem Treffen nach Glorias Geburt hat der Doktor deutlich an Gewicht gewonnen, was ihm sehr gut steht. Er schien in keiner Weise verlegen, mich einfach so zu überfallen. Ihm steht es nicht nach höfischen Sitten, dennoch ist er von ausgesuchten Manieren. Er blieb still lächelnd in der Tür stehen, verbeugte sich und wartete, dass ich das Wort ergriff. »Lieber Doktor, was führt Sie zu mir? Wollen Sie um diese frühe Stunde sehen, wie es Ihrer kleinen Freundin geht?« Schon lief Gloria freudestrahlend auf Freiberg zu, der sie auf seinen Arm hob. »Eigentlich wollte ich Hoheit zu unserer verabredeten Spazierfahrt einladen.« »Spazierfahrt?« »Haben Sie vergessen, dass wir einen geeigneten Ort für das Krankenhaus suchen wollten?« »Dom Pedro befindet sich noch auf Reisen.« »Und Sie fürchten sich, mit mir bis nach Rio zu fahren? Hoheit, man erzählt, dass Sie ganz andere, viel ungewöhnlichere Dinge ohne Ihren Ehemann tun«, neckte er mich, »und man sagt, Ihr Geist sei frei von Vorurteilen«, setzte er bedeutungsvoll nach. Er blieb beharrlich unter dem Türrahmen stehen. Im Gegenlicht konnte ich seine Augen nicht sehen, nur seine Stimme verriet ein breites Lächeln. »So? Was sagt man denn?« »Dass Sie in Kaffeehäuser gehen, allein durch den Dschungel reiten und wilde Tiere jagen.« Ich musste laut lachen: »Ich scheine ein gefährliches Leben zu führen!« »Was ist gefährlicher? Das Kaffeehaus oder der Dschungel?« »Lieber Doktor, natürlich das Kaffeehaus mit seinen großen Verführern! Mein Leben für einen Topfenpalatschinken!« Ich bat ihn zu warten, damit ich mich umkleiden konnte. Einen Moment lang erschien mir ein Ausflug mit dem Doktor als unpassend, dann aber sagte ich mir, dass ich nicht länger darauf warten kann, wann Pedro sich endlich Zeit für diese Unternehmung nehmen würde. Da die Gräfin mit leichtem Fieber das Bett hüten musste, entschied ich, allein mit Freiberg aufzubrechen und Gloria dem Mädchen zu überlassen. Die Sitten sind hier in vielerlei Hinsicht locker, zum einen so frei, dass Anstand und Manieren in Gefahr erscheinen, zum anderen aber gewährt dieses Laisser-faire einem Freiheiten, wie wir sie, Marie, nicht kennen. Du siehst, ich habe das Bedürfnis, mich vor deinem strengen Auge zu rechtfertigen!

Es war ein eher trüber Tag, für hiesige Verhältnisse nahezu frisch, mit einer leichten Brise vom Meer, sehr angenehm.

»Plagt Sie bisweilen auch das Heimweh?«, fragte ich plaudernd. Er dachte eine Weile nach, bevor er antwortete: »Ich versuche nicht daran zu denken. Nein, ich versuche nicht an *mich* zu denken. Ich bemühe mich, denen zu helfen, denen niemand sonst hilft. Meine Familie …«, er stockte. »Ja?« »Meine Eltern sind bei einer Choleraepidemie ums Leben gekommen. Meine beiden älteren Brüder sind im Krieg gegen Napoleon gefallen. Kurz danach ist meine kleine Schwester an den Masern gestorben. Ich wollte so weit fort von meinem Schmerz wie möglich.« Erschüttert schaute ich ihn an: »Ist Brasilien weit genug?« »Hier gibt es Menschen, die es viel schlechter haben als ich. Ihr Schmerz lässt mich den meinen als geringer achten.« Zu diesem Zeitpunkt wusste ich noch nicht, dass es noch etwas anderes gibt außer den Kranken und Bettlern, die ich auf den Straßen Rios gesehen hatte. »Das tut mir unendlich leid, Doktor. Ist dies der Grund, weshalb Sie sich der Forschungsexpedition Seiner Majestät, meines lieben Papas, angeschlossen haben?« Er nickte.

Wir bogen von dem idyllischen Strandweg auf einen schmalen Weg ab, der ins Landesinnere führt. Wir schwiegen eine Weile, ein jeder in Gedanken versunken. Als wir uns immer weiter von Rio entfernten, wunderte ich mich und fragte, weshalb wir nicht in die Stadt fuhren. »Ich habe einen Ort entdeckt, der ein bisschen außerhalb Rios liegt. Ein guter Ort, aus mehreren Gründen. Die Luft ist hier reiner und besser. Wenn Menschen ansteckende Krankheiten haben, so ist es sinnvoll, sie nicht so dicht bei der übrigen Bevölkerung unterzubringen. Und dorthin können auch diejenigen kommen, die woanders abgewiesen werden.« »Ich verstehe nicht …?« Erstaunt sah er mich an: »Waren Sie nie in dem Krankenhaus in Rio, das Dom João vor Jahren in der Mitte der Stadt hat errichten lassen?« Ich schüttelte den Kopf. »Es liegt in einem Viertel, in das sich kein einziger meiner Patienten je verirren würde. Und wenn er es täte, würde man ihn fortprügeln. Ich denke, ein Ort vor den Toren der Stadt ist der richtige Platz. Dort wird man meine Patienten nicht verjagen.« Ich war irritiert, fragte aber nicht weiter. Plötzlich verlangsamte Freiberg die Fahrt und blickte mich ernst an: »Hoheit, ich werde Ihnen etwas zeigen. Etwas, von dem ich glaube, dass Sie es nicht wissen.« Mittlerweile brach die Sonne durch die Wolken und schien heiß auf uns herab. Ich zog den Schleier meines Hutes tiefer ins Gesicht. Wir trabten einen immer breiter werdenden Feldweg entlang, der sich auf einen großen Platz öffnete. Wir hielten im Schatten der einzigen Baumgruppe. Voller Entsetzen schaute ich auf eine makabre, erschütternde Szenerie: Dicht an dicht lagen, hockten oder saßen dort Dutzende von Menschen, schwarze Menschen, Junge und Alte, Männer und Frauen, sogar Kinder. Sie waren von der unbarmherzigen Sonne teils bewusstlos geworden. Ihre Haut ausgedorrt vor Durst. Ein Händler schlug einem armen Wesen mit der Peitsche auf den Rücken. Vor meinen Augen! Vor den Augen der Kronprinzessin! Ich habe mich in meinem ganzen Leben noch nie so geschämt. Ich wollte im Boden versinken. Ich wusste nicht wohin schauen, und konnte doch meinen Blick nicht wenden. Sklaven! Marie, es ist das Erbarmungswürdigste, was ich je in meinem Leben gesehen habe! Ich merkte gar nicht, wie mir die Tränen die Wangen hinunterliefen und ich laut aufschluchzte. Freiberg nahm mich am Arm, ganz zart, und sagte: »Das wussten Sie nicht, Hoheit, nicht wahr?« »Allmächtiger im Himmel, nein!« Ich hatte das dringende Bedürfnis, in eine Kirche zu fliehen und Gottes Beistand zu erbitten.

Wir wendeten den Wagen und fuhren stumm zu dem Ort, an dem Freiberg das Krankenhaus bauen möchte. Ich sicherte ihm alle erdenkliche Hilfe zu und versprach ihm noch auf der Rückfahrt, mit Dom Pedro über die Sklaverei zu sprechen.

Marie, dieses Erlebnis lässt mich alles in einem anderen Licht sehen. Auch meinen Mann.

Leopoldina
Boa Vista

HUNDERTFÜNFUNDZWANZIGSTER BRIEF

Dona Leopoldina an Marie-Louise,
Herzogin von Parma

Das Postschiff ist verspätet, schon über drei Wochen. Der Hafenmeister sagt, es hätte einen heftigen Sturm gegeben, man hoffe auf baldige Einfahrt des Schiffes. So liegt mein letzter Brief an dich immer noch auf meinem Tisch! Auch wenn es hier keinen Sturm gab, der die Wellen hochschlagen lässt, so ist es dennoch sehr angespannt zwischen Pedro und mir. Meine Schwangerschaft macht mir zu schaffen, es ist beschwerlich, in dieser Hitze mit einem dicken Bauch gesegnet zu sein. Auch leide ich viel stärker unter Übelkeit als beim letzten Mal.

Ach, Marie, du versprachst mir ein heiteres Eheleben. Wären nur die Umstände nicht, so könnte sich der Wunsch erfüllen, aber hier ist alles anders.

Pedro kam letzte Woche aus São Paulo zurück, wo er erfolgreich die Aufständischen bekämpft hat. Wir gaben einen Empfang für ihn und seine Mitstreiter. Alles ließ sich wunderbar an, es war ein lauer Abend, wir speisten im Hof des Palastes unter freiem Himmel. Mein Koch hat sich nach langen Gesprächen mit mir und der Gräfin zu ein paar österreichischen Spezialitäten hinreißen lassen, so dass zumindest uns zwei Wienerinnen das Essen gemundet hat! Es wurde weit nach Mitternacht, also entschlossen wir uns, im Palast zu übernachten und nicht nach Boa Vista zurückzufahren. Als ich mich zur Nachtruhe zurückgezogen hatte, klopfte es an der Tür und Pedro kam herein. Er sah erschöpft aus, die Reise und die Kämpfe in São Paulo hatten ihn angestrengt. In diesem Zustand fürchte ich oft, dass ihn ein Anfall ereilen könnte. Nun, er legte sich zu mir auf das Bett, strich zärtlich über meine Wange und seufzte schwer. Sein Blick schien so voller Zärtlichkeit und Begehren, dass mir mein Herz vor Liebe zu ihm schier überfloss. Umso mehr erschrak ich, als von einer Sekunde zur nächsten sein Ausdruck hart wurde und er mit kalter Stimme sagte: »Du hast den Doktor getroffen.« »Ja, ich wollte mit jemandem reden, der meine Sprache spricht. Und wir haben, wie du weißt, nach einem Ort geschaut, der sich zum Bau eines Krankenhauses eignet.« »Wir brauchen kein Krankenhaus. Mein Vater hat eines bauen lassen. Deine Fähigkeiten liegen nicht in der Politik, Liebes.« Seine Stimme wurde wieder sanft, und ich vergaß meinen Schrecken. Ich dachte, vielleicht ist er eifersüchtig auf den Doktor und ich sollte mich, statt mich zu fürchten, geschmeichelt fühlen? Ach, Marie, manchmal weiß ich nicht, was in mich fährt, dass ich die Dinge nicht so lassen kann! Anstatt mich ihm hinzugeben, ergriff ich die Gelegenheit, ihn an meiner Erschütterung über die Sklaverei teilhaben zu lassen! Ich hatte das Thema kaum berührt, da sprang er wütend aus dem Bett und sagte mit sehr lauter Stimme, die jede Zartheit vermissen ließ: »Lass es, sag nichts! Das ist nicht dein Talent! Nicht die Politik!« »Aber steht nicht in der Bibel, dass der Mensch sich nicht einen anderen Menschen untertan machen darf? Als Christen dürfen wir die Sklaverei nicht dulden! Es kann doch nicht sein, dass diese armen Menschen Brasilien mit zu dem gemacht haben, was es heute ist, und wir so tun, als wären sie gar nicht vorhanden! Schlimmer noch, sie menschenverachtend und unwürdig behandeln!« Pedros Blick verfinsterte sich immer mehr. Mich hingegen erfüllte urplötzlich ein merkwürdiges Gefühl, das mit einer Heftigkeit über mich kam, die mich erstaunte: Ich war in diesem Augenblick nicht Frau oder Mutter, nicht Geliebte noch Tochter, sondern Fürbitterin für diese armen Menschen. Pedros Laune sank auf Eiseskälte: »Sklaven gibt es hier seit über dreihundert Jahren. Sie sind für Brasilien so selbstverständlich wie die Sonne«, sagte er gereizt. Er hat die meiste Zeit seines Lebens hier verbracht, Marie, er hat ein durchaus mitleidiges Herz, nur zweifele ich, dass er Sklaven als würdige Menschen erkennt. »Lass es mich dir erklären«, er setzte sich wieder zu mir auf das Bett und schaute mich an, wie ein Lehrer seine begriffstaube Schülerin anschaut, eine Mischung aus gezügelter Geduld und Mitleid, »die Sklaven sind ein Tribut der afrikanischen Besitzungen an Portugal. Sie gehören der portugiesischen Krone. Wenn du sie zu Freien machst, stiehlst du sie der Krone.« Er drückte mir einen Kuss auf die Stirn und streckte sich zum Schlafen aus. Ich war hin- und hergerissen zwischen meiner Liebe zu ihm und meiner elenden Verzweiflung über diese Menschen. Leise flüsterte ich ins Dunkel des Raumes: »Der Mensch gehört niemandem außer Gott und sich selbst.« Da drehte er sich zu mir, zog mich an sich und murmelte schlaftrunken: »Nein. Du gehörst mir.«

Was soll ich tun? Schreib mir, hörst du, Marie, schreib mir! Mein Herz flieht zu dir, um Ruhe zu finden.

Ich habe das kleine Medaillon mit deinem Bild verlegt, ich weiß nicht wohin, bitte schicke mir ein neues!

Tante baci la tua sorella

Leopoldina

Erinnerst du dich, wie in Schönbrunn am frühen Morgen unser Kindermädchen auf leisen Sohlen in unser Schlafgemach kam und ganz langsam die Vorhänge aufzog? Immer nur ein kleines Stückchen, so dass wir uns an die Helligkeit und an den neuen Morgen gewöhnen konnten. Wir mussten unsere Traumwelt nicht plötzlich verlassen, sondern dösten wohlig wie kleine Kätzchen in unseren Betten, verwöhnt vom Duft der heißen Schokolade, die schon auf einem Tablett auf uns wartete. Die schweren Vorhänge waren wie Theatervorhänge, dahinter eröffneten sich Möglichkeiten und freudige Überraschungen für den neuen Tag. Ich vermisse das so sehr! Hier ist alles von einer Plötzlichkeit und Heftigkeit, auf die ich nicht eingestellt bin.

HUNDERTSECHSUNDZWANZIGSTER BRIEF

Gräfin Lazansky an Fürst von Metternich

Mein Kopf, Fürst, versteht sehr wohl, was Sie schreiben, ich begreife, was Seine Majestät und Sie bewogen hat, Portugal mit Österreich zu vermählen. Ich habe alles verstanden, nur was soll ich mit meinem Herzen tun? Ich vermag es nicht, den Freund vom Politiker zu trennen! So versuche ich, unseren Zwist ruhen zu lassen, nicht daran zu denken. Über den Verrat gestatten Sie mir zu schweigen, darüber habe ich meine eigenen Ideen.

Am liebsten würde ich mich entscheiden, Sie nicht zu mögen. Aber auch dazu bin ich nicht fähig. Der Ozean, der uns trennt, fördert sentimentale Gedanken an Sie.

Hier ändern sich die Dinge in schneller Folge. Dona Leopoldina hat mit Dom Pedro das Sklavenproblem besprochen, man ist sehr unterschiedlicher Auffassung, so dass ich in naher Zukunft keine Änderung sehe. Was ich aber mit klarem Blick wahrnehme: Die Ehe der beiden, die noch verliebt scheinen, wird, so fürchte ich, unter diesen Vorzeichen ihren heiteren Glanz verlieren. Oh, was sag ich, ich bin nicht Kassandra, möchte es auch nicht sein. Aber, mein werter, lieber Fürst, während Sie in Wien die Fliederblüte bewundern, diesen Rausch in Weiß und Violett, und sich anderen Aufgaben widmen, denn die brasilianische Sache ist für Sie abgeschlossen, n'est-ce pas?, herrscht hier eine Atmosphäre großer Unruhe. Auch sonst sind die Umstände bemerkenswert, aber ich habe mir auferlegt zu schweigen.

Dona Leopoldina steht kurz vor der Niederkunft, ich bete zu Gott, dass sie es leichter hat als beim ersten Mal. Wir haben

Vorsorge getroffen, dass unser Wiener Arzt Doktor Freiberg, dem die Kronprinzessin sehr zugetan ist und vertraut, die Geburt leiten wird.

Ich selbst habe unter den Auswanderern ein paar intelligente Köpfe kennengelernt, endlich können wir wieder Soireen und Hauskonzerte veranstalten, die aber dank der ungeheuren Schwüle entschieden anders klingen als in Wien! Die Instrumente leiden fürchterlich unter der Feuchtigkeit. Sie können sich nicht vorstellen, wie eine Mozart-Sonatine auf verzogenen Geigen klingt! Es ist sehr lustig! Das hält uns aber nicht vom ernsthaften Musizieren ab. Ich wünschte, Dona Leopoldina würde sich wieder mehr ihrem geliebten Klavierspiel widmen, die Musik ist ein gutes Mittel gegen alles, was einen bedrückt!

Und wie wünschte ich, Ihren Liszt zu hören! Hier ist das Musikleben doch sehr medioker, geschweige denn, dass man auf junge Talente hoffen könnte. Es ist schon ein ungeheurer Fortschritt, dass wir jetzt auf das Betreiben der Kronprinzessin auch Schulen in Rio haben! Sie würden Dona Leopoldina nicht wiedererkennen, Fürst, sie hat sich in der Zeit hier sehr verändert. Sie hat ihre schlanke Taille nicht nur dank der Schwangerschaften, sondern leider auch aufgrund ihres Appetits auf Süßigkeiten verloren, aber das vollere Gesicht steht ihr ausgezeichnet. Der Teint etwas zu dunkel, dies jedoch kann hier niemand verhindern. Sie hatte ja schon immer Stamina, mit der sie Sie hübsch geplagt hat, nicht wahr? Vor allem aber hat sie völlig ihre zuweilen unsinnige Furcht abgelegt. Sie ist viel mutiger, ihre Stimme kräftiger und weiblicher, das Mädchenhafte hat sich vollends verloren. Und sie entwickelt eigene Ideen, ihr Kopf arbeitet ständig. Etwas, was Sie, verehrter Fürst, bei Frauen nicht unbedingt goutieren! Lassen Sie sich von mir nur recht necken, besser als dass ich mit

Ihnen zanken wollte! Nun, Seine Majestät hat nicht umsonst Dona Leopoldina für die brasilianische Mission ausgewählt. Jetzt gilt es zu hoffen, dass sich alles auch so gestaltet, wie man in Wien erhofft.

Gestern hatte ich einen sehr glücklichen Moment. Am Abend ritt ich – ja, Fürst, ich bin eine gute Reiterin geworden, wer hätte das in Italien ahnen können! – allein am Strand der untergehenden Sonne entgegen, umflattert von den schönsten Vögeln der Welt, süße Düfte übertönten sogar den strengen Pferdegeruch, die Brise weich und warm, mein Herz sprang vor Freude! Dies ist etwas, was ich in Europa nie hätte erfahren können. Mein Glück wäre vollkommen gewesen – nein, mein Freund, Ihre Anwesenheit hätte es nicht steigern können –, wenn ich eine Musik von Johann Sebastian Bach hätte hören können! In meinem Kopf klang wieder und wieder das Präludium einer Violin Partita nach, das ich vor ewigen Zeiten in Wien gehört habe. Musik in absoluter Vollkommenheit.

Draußen geht gerade ein Regenguss nieder, gleich wird wieder die Hälfte des Hofes davonschwimmen. Hier regnet es nicht vom Himmel auf die Erde hinab, nein, hier steht der Regen waagerecht. Man entgeht ihm nie, ob unter dem Schirm, auf der Veranda oder im Zimmer, immerzu wird man nass. Das wäre gar nichts für Ihre feinen Kalbslederschuhe!

Die Kronprinzessin ruft nach mir, à bientôt, Fürst!

L.

Boa Vista

HUNDERTSIEBENUNDZWANZIGSTER BRIEF

Marie-Louise, Herzogin von Parma, an Dona Leopoldina

Napoleon ist tot. Ach, ich fühle nichts. Und doch bin ich zutiefst traurig. Zu mir war dieser Mann gut, und wir haben uns besser verstanden, als man in der Öffentlichkeit gewahr war. Was für ein Leben! Und welch ein elender Tod dort draußen in der Einöde, allein auf einer Insel, umtost vom Wasser. Er konnte seinem geliebten Frankreich nicht ferner sein. Man erwartet von mir Freudentränen, »Der Tyrann ist tot«, aber ich war bis zuletzt seine Frau. Auch wenn ich ihn seit Jahren nicht mehr gesehen habe, so ist alles, was mein Leben bestimmt hat, durch meine Verbindung zu ihm bestimmt worden, auch dass ich mein Leben in Italien führe. Ich bete für seine Seele.

Verzeih, dass ich dich an meinem Kummer teilhaben lasse, ich weiß, für dich ist es eine gute Nachricht! Aber ich fühle, wenn ich deine Briefe lese, dass du anders denkst als früher, es scheint, als könntest du besser verzeihen.

Meine liebe Kleine, erwartest du dir immer noch so viel vom Leben? Sei zufrieden, du hast einen Ehemann, den du zärtlich liebst, der – wie es scheint – dir ebenfalls sehr zugetan ist. Du hast ein Kind geboren und bist wieder guter Hoffnung, das Volk ist dir wohlgesonnen, was willst du mehr?! Was kannst du mehr als Frau? Sei still, was die Politik betrifft. Du wirst nicht gegen die Männer ankommen, auch wenn dein Geist erstaunlich männlich denkt. Carissima sorella, nutze deine Klugheit, um zu schweigen. Ich kenne dein mitleidiges Herz, der Anblick der armen Sklaven rührt dich. Aber hat Pedro nicht recht, wenn er sagt, Sklaverei gibt es in Brasilien seit dreihundert Jahren, es ist natürlich? Ach, ich weiß gar nicht, was ich dir raten soll! Je weniger man sich auflehnt, desto einfacher ist das Leben.

Du musst dich nicht dafür rechtfertigen, dass du mit deinem Doktor durch die Wildnis reitest! Sei versichert, meine Ansichten waren stets freier, als sie dir erschienen. Du schreibst viel und überaus freundlich von Freiberg. Mir scheint, du magst ihn sehr. Ist er dir mehr als ein Freund? Oh, verzeih, diese Frage steht mir nicht zu! Vergiss es ganz schnell! Ich erwarte keine Antwort!

Seit zwei Wochen hat endlich der Sommer Einzug gehalten, nach einem Winter, der nie zu enden schien. Der Frühling war sehr kurz, die sommerliche Hitze kam plötzlich und heftig. Kaum trugen die Bäume ihre ersten Knospen, waren sie zum Teil schon wieder verdorrt, so brannte die Sonne vom Himmel. Einzig die Abende sind erträglich, wenn wir durch die Zypressenalleen fahren und uns den warmen Abendwind um die Nase wehen lassen.

Für nächsten Monat hat sich ein lieber Gast, Baron Gérard, angekündigt. Erinnerst du ihn, den Maler François-Pascal Gérard? Er begibt sich auf eine Reise in seine Geburtsstadt Rom und wird ein paar Tage hier in Parma mein Gast sein. Wir kennen uns aus Versailles, Napoleon war ein wahrer Verehrer seiner Kunst. Aus dieser Zeit verdanke ich diesem anbetungswürdigen Künstler sehr schmeichelhafte Porträts. Er wird sich wundern, wie ich mich in den letzten zehn Jahren verändert habe! Vielleicht kann er ein kleines Medaillon fertigen, das dir das verlorene ersetzt.

Du sagst kaum ein Wort über die Musik. Spielst du denn kein Klavier mehr? Es war dir doch so unendlich wichtig! Schreib mir, was es bei euch in der Oper gibt! Hatte ich dir schon berichtet, dass Eduard von Bankendorf geheiratet hat?

Eine Schönheit aus Triest, sie ist Koloratursopranistin am *Teatro Grande*. Eine glückliche Wahl für ihn.

Ich umarme dich, meine Kleine, auf ewig deine

Marie

Gib Gloria einen dicken Kuss von ihrer Tante!

HUNDERTACHTUNDZWANZIGSTER BRIEF

Fürst von Metternich an Dona Leopoldina

Sehr verehrte, liebe Dona Leopoldina, ich möchte Ihnen meine allerherzlichsten Glückwünsche zur Geburt Ihres Sohnes Dom João Carlos aussprechen! Wie mir Marquis Marialva schrieb, sind Sie und das Kind, das entzückend sein soll, wohlauf. Ich teile aufrichtig die Freude des portugiesischen Volkes über die Geburt des Thronfolgers. Möge Gott schützend seine Hand über ihn halten.

Ach, wie gerne denke ich an unsere gemeinsamen italienischen Monate zurück, es war mir eine Ehre, an Ihrer Seite zu reisen. Schon damals haben Sie eine großartige Contenance und Gelassenheit gegenüber all den neuen und vielfältigen Eindrücken gezeigt, und wie jetzt in diesem fremden, fernen Land! Ich möchte Ihnen meine Hochachtung, ja meine Anerkennung und Bewunderung für Ihre formidable Haltung aussprechen, die Sie dort in Brasilien in allen Belangen unter den recht unwirtlichen Bedingungen zeigen. Admirable! Selbst hier in Wien erreicht uns die Kunde über Ihre aufopfernden Unternehmungen, das Land mit Schulen und Waisenhäusern zu versorgen. Ich möchte nicht verhehlen, dass es mir eine große Erleichterung ist, zu hören, dass Sie zufrieden und glücklich sind. Seien Sie versichert, nichts hätte meinen Seelenfrieden empfindlicher stören können, als Sie unglücklich zu wissen.

Mit größter Verehrung

Metternich
Wien

HUNDERTNEUNUNDZWANZIGSTER BRIEF

Kaiser Franz I. von Österreich an Fürst von Metternich

Tja, lieber Fürst, nun ist er nicht mehr, der elende Korse! Und doch mag sich nach all den Jahren keine Erleichterung mehr einstellen, zu sehr hat mich dieser Mensch geplagt.

Ist es wahr, dass Marie-Louise trauert? Sehen Sie zu, dass sie nun schnell, sobald die Witwenzeit verblasst ist – meinetwegen auch früher –, den Vater ihrer Kinder ehelicht. Sie liebt den Grafen von Neipperg doch!

Danke für Ihre Glückwünsche zur Geburt meines Enkels Dom João Carlos. Wie ich höre, war die Geburt erträglicher als die vorherige.

Nun, da Dom João seinen Sohn zum Regenten Brasiliens bestimmt hat, werden wir die Kronprinzessin, meine geliebte Tochter, weiterhin nicht in Europa willkommen heißen können. Bedauerlich, sehr bedauerlich.

Lieber Fürst, machen Sie mir das Vergnügen und kommen

Sie morgen ins *Botanische Hof-Cabinett*. Wir erwarten die ersten Kisten mit Blumen und Pflanzenexemplaren aus Brasilien. Ich erhoffe mir viel! Sie wissen, wie sehr ich Blumen liebe, mein Herz hüpft vor Freude, wenn ich mir ausmale, welch eine erlesene Pracht an exotischen Pflanzen sich uns offenbaren wird! Ich kann es kaum erwarten!

F

HUNDERTDREISSIGSTER BRIEF

Dona Leopoldina an Gräfin Lazansky

Um Gottes willen, Gräfin, wo sind Sie?! Ich bin zu Tode erschrocken, ich kann Sie nicht finden! Bitte geben Sie mir ein Zeichen! Sind Sie bei Ihren Freunden in Rio? Ich sende dieses Billett an Ihre Freundin Wilhelmine in der Hoffnung, dass Sie bei ihr sind. Haben Sie mir vielleicht eine Nachricht hinterlassen, und ich finde sie nicht?! Ich habe überall hinschicken lassen, um Sie zu suchen. Ich bete zu Gott, dass Ihnen nichts geschehen ist. Ich sterbe vor Angst! Noch einen Tag ohne ein Lebenszeichen, noch einen Tag der Ungewissheit ertrage ich nicht!

Leopoldina

HUNDERTEINUNDDREISSIGSTER BRIEF

Dona Leopoldina an Gräfin Lazansky

Liebste Freundin, Sie machen sich kein Bild von meiner Verzweiflung! Ich habe den Doktor um Beistand gebeten, er wird sich ebenfalls auf die Suche nach Ihnen begeben und Ihnen, wenn er Sie endlich ausfindig gemacht hat, dieses Brieflein übergeben, in dem ich Ihnen meine unerschütterliche Liebe und Zuneigung ausdrücken möchte. Sollte ich Sie mit irgendeinem Wort verletzt haben? Was ist die Ursache Ihres Verschwindens?! Nicht einmal mein Mann kann mir helfen, da er schon wieder auf Reisen ist. Ich flehe zu Gott, Er möge Sie mir erhalten!

Leopoldina

VIERTER TEIL

HUNDERTZWEIUNDDREISSIGSTER BRIEF

Dona Leopoldina an Marie-Louise,
Herzogin von Parma

Marie, meine Gräfin ist fort! Zurück über die Weiten des Ozeans in die Heimat! Ich kann es nicht fassen, meine Verzweiflung ist grenzenlos! Noch ärger ist die Ursache.

Seit einer Woche nun kann ich weder schlafen noch essen, all meine Gedanken sind bei meiner Herzensfreundin, meiner Vertrauten, meiner mütterlichen Ratgeberin. Nun habe ich niemanden mehr aus der Heimat bis auf Alexander Freiberg, den ich aber, so der Wunsch meines Mannes, kaum sehe. Ach, Marie, ich fühle mich so verlassen!

Noch habe ich keine Zeile von der Gräfin, aber ich bin sicher, sie wird mir alsbald schreiben. So muss ich vorerst den Worten meines Mannes Glauben schenken.

Am Tag, als die Gräfin spurlos verschwand, hatte ich mich mit Freiberg nach Rio aufgemacht, um mit Vertretern der Regierung über das Krankenhaus zu sprechen. Pedro war mal wieder auf Reisen. Die Gräfin lag seit zwei Tagen mit einem leichten Fieber nieder. Uns alle belästigt ein, zwei Mal im Monat eine Unpässlichkeit, meist ein Fieber mit Darmmalaise, so dass ich nicht beunruhigt war und sie in der Obhut ihrer Zofe zurückließ. Brütende Hitze lag über dem Land, das Atmen fiel einem schwer, und die Kleider klebten auf der Haut. Ich trage hier jetzt wie die Bauern einen breitkrempigen Strohhut, in diesem Klima kann man sich keinen modischen Geschmack leisten. All die Bänder, Schleifen und Schals, mit denen wir Frauen uns sonst schmücken, sind hier lästiger Tand. Je weniger Stoff der Körper zu tragen hat, umso besser. Die Leute haben sich daran gewöhnt, dass ich mich nur zur Gala, wie es sich für meinen Stand geziemt, kleide. Nun, der Doktor hatte sich gerade von mir verabschiedet und auf den Heimweg gemacht, als ein heftiges Unwetter losbrach. Wir, ich war in Begleitung zweier Offiziere, suchten Unterschlupf bei einem lieben Freund, dem Baron von Stetten. Ein alter Herr, er ist gut über siebzig, herzensgut und unbeschreiblich dick. Meist sitzt er auf seiner Veranda und raucht. Im Übrigen war er einer der Ersten, der auf meine Bitten hin keine Sklaven mehr auf seinen Gütern beschäftigt hat. Allein dafür liebe ich ihn (auch wenn ich seinen Pfeifenrauch verabscheue). Das Unwetter nahm kein Ende, immer wenn wir glaubten, Regen und Donner hätten sich verzogen, begann es von neuem. Der Himmel war mitten am Tage pechschwarz, Blitze zuckten ohne Unterlass. In Minuten versank alles in tiefem Morast.

Der Baron bewirtete uns ganz formidable, er hat eine deutsche Köchin, und so wurde uns köstliches Bratenfleisch mit sahnigen Saucen und herrlichen Erdäpfeln vorgelegt. Er wollte mir partout nicht verraten, woher er diese hat! Es war gemütlich, dort auf der Veranda zu sitzen und, geschützt vor dem trommelnden Regen, dem Spektakel zuzusehen. Der Donner war so laut, dass wir uns kaum unterhalten konnten. Je mehr sich die Natur austobte, desto ausgelassener wurde Baron von Stetten: »Sie glauben gar nicht, Hoheit, wie ich all das vermissen werde!«, sagte er ganz ohne Bedauern in der Stimme. »Sie reisen ab? Haben Sie nicht vor ein paar Monaten noch erzählt, dass Sie ein neues Haus bauen wollen?« »Meine Liebe, mein Abenteuer hier ist zu Ende. Wenn man in mein Alter kommt, ist es Zeit, in die Heimat zurückzukehren. Wobei ich gar nicht mehr weiß, was mir mehr Heimat ist, Brasilien oder Deutschland. Aber ich habe Freunde in Berlin und Heidelberg, die ich seit über zehn Jahren nicht gesehen habe. Ich möchte mal wieder grauen Novemberhimmel und Schneeflocken erleben, Kaminfeuer, das einen wärmt, und ich möchte für mein Leben gern mal wieder einen Frack tragen! Ja, ich bin ein eitler alter Mann!« Ich blickte über sein weitläufiges Anwesen, über dieses grüne Paradies, das gerade im Wasser versank, und fragte: »Was wird aus alldem hier?« Er lachte laut auf, dabei tanzte sein gewaltiger Bauch auf und ab: »Das, was mit allem hier passiert, was der Mensch geschaffen hat: Die Natur wird sich diesen Platz zurückerobern. In einem Jahr werden die Spuren meiner Existenz vom Urwald überwuchert sein. Als wäre ich nie hier gewesen. Keine Sentimentalitäten! Ob Tier, ob Mensch, Gott hat uns alle zum Tode verurteilt!«, dabei schlug er sich lachend auf die Schenkel. »Wer wird sich an uns erinnern? Unsere Kinder vielleicht. Aber ich habe keine, hahaha! Was hinterlasse ich schon der Welt? Keine Musik, kein Buch, keine Eroberungen. Sie, Hoheit, Sie haben Kinder. Sie haben eine Aufgabe.« »Habe ich?«, murmelte ich müde und träge vom Wein und von der unerträglichen Schwüle. Der alte Mann war mir an Ausdauer und Kraft deutlich überlegen. »Ja, Sie haben eine Aufgabe«, rief er enthusiastisch, »Sie werden Brasilien groß machen! Die Menschen lieben Sie, und sie haben mehr verdient, als die Sklaven Portugals zu sein!« Meine beiden Offiziere, die schweigend mit am Tisch saßen, blickten neugierig auf. Nicht minder verwundert blickte ich drein. »Na, Sie glauben doch nicht, dass ein kleines Land wie Portugal sich auf Dauer diesen Riesen Brasilien untertan machen kann. Was soll dieser Unsinn, dass Brasilien gezwungen wird, von Übersee Waren zu importieren, die es selbst im Überfluss besitzt, nur damit Portugal Steuern kassieren kann? Brasilien ist das Goldeselchen für Portugal. Es wird aufgefressen werden von den gierigen Mäulern in Lissabon. Ich«, er senkte seine Stimme, »ich warne Sie, Hoheit, nicht alle lieben Dom Pedro. Nicht alle heißen dieses Stillhalten Portugal gegenüber für gut. Seien Sie wachsam, hören Sie auf die Stimmen, die es gut mit Ihnen meinen.« »Ich glaube nicht, dass es mein Schwiegervater gutheißen würde, wenn wir die Einnahmen Lissabons mindern wollten. Lissabon braucht das Geld bitter nötig.« Dann schwieg ich. Ich fand das Gespräch mit dem Baron höchst unterhaltsam und aufschlussreich, aber es schien mir unangebracht, mit ihm über die politischen Entscheidungen Dom Joãos zu diskutieren. Es war mir auch unangenehm, ihn so reden zu hören. Ich glaube nicht, dass er respektlos sein wollte, er ist von offener Art und ein intelligenter Mann. Mittlerweile war es stockdunkel. In diesen Breitengraden wird es abrupt, von einem Moment zum anderen finster, ohne Vorboten einer Dämmerung, so als ob der Vorhang auf der Bühne fällt. Ich entschied, nicht nach Boa Vista weiterzufahren, obwohl es nur eine halbe Stunde Weg ist. Aber der Weg ist gefährlich in der Dunkelheit, man sieht nicht die Hand vor Augen. Stattdessen glimmen einen Augen aus dem Dunkel an, Affen, Schlangen und anderes Ungetier lauern am Straßenrand.

Der Baron bereitete mir ein schönes Nachtzimmer, wo ich unter dem nun nur noch leise auf das Dach fallenden Regen einschlief. Am nächsten Morgen fuhren wir in aller Herrgottsfrühe nach Boa Vista zurück. Dort war es noch ganz still, alles schlief. Die Erde dampfte, wie Nebelschwaden waberte die feuchte Luft über den Hof. Ich schlich mich den Flur entlang zum Zimmer der Gräfin, um ihr einen guten Morgen zu wünschen, damit sie sich nicht weiter wunderte, wo ich sei. Ich lauschte an ihrer Tür. Kein Ton. Leise öffnete ich die Tür und –

finde das Zimmer leer! Ausgeräumt! Kein Buch, kein Bild, kein Bettzeug, nichts von ihrem Hab und Gut! Verstört lief ich durchs Haus, öffnete alle Türen, weckte alle Bediensteten, aber niemand konnte mir das Verschwinden der Gräfin erklären. Drei Tage lang ließ ich in höchster Beunruhigung nach ihr suchen. Ich schrieb verzweifelte Briefe an Pedro, bat ihn um rasche Heimkehr, damit er mir beistehe. Am vierten Tag kam er endlich von seiner Reise aus dem Norden heim. Ich stürzte mich in seine Arme und schrie mein Herzleid heraus: »Die Gräfin ist weg! Spurlos verschwunden!« Worauf mein Mann seelenruhig antwortete: »Sie ist auf dem Weg nach Wien.« Ich war fassungslos: »Nach Wien?! Aber, aber warum?« »Du bist Portugiesin. Also brauchst du portugiesisches Personal.« Zorn stieg in mir auf, mir wurde fast übel, so stark war meine Wut: »Gräfin Lazansky ist kein Personal. Sie ist meine Gefährtin, meine Begleiterin.« Ich rang nach Luft: »Du hast sie fortgeschickt, ohne mich zu fragen!« »Wieso sollte ich dich fragen?« Er sagte dies völlig arglos, so als begreife er nicht, was er getan hatte. Dass er etwas Unrechtes getan hatte. Sprechen wir eine so unterschiedliche Sprache? Dabei hatte ich in der noch kurzen Zeit unserer Ehe das Gefühl, dass wir in der Liebe einen gemeinsamen Ton gefunden hätten. »Du kannst sie nicht einfach fortschicken«, schrie ich, »sie hat mir nicht einmal adieu gesagt. Keine Zeile, kein Gruß zum Abschied!« »Ich habe es ihr verboten. Ich wollte dir den Kummer ersparen.« Ich war außer mir, nur eine gehörige Portion Contenance bewahrte mich davor, meine Hand gegen ihn zu erheben. »Wenn du mir Kummer ersparen wolltest, hättest du das nicht tun dürfen! Sie ist meine Freundin. Mit ihr ist meine Heimat fort.« Pedro nahm mich in den Arm und sagte mit plötzlicher Zärtlichkeit: »Deine Heimat ist doch hier.« Er schien wirklich nicht zu begreifen, wie ich über die Abreise der Gräfin in eine derartige

Stimmung verfallen konnte. Ich konnte meine Tränen nicht mehr zurückhalten: »Heimat kann man doch nicht befehlen!« Auch seine Küsse konnten mich nicht trösten.

Ach, Marie, es ist schrecklich! Nicht nur, dass ich von meiner Freundin getrennt wurde, es ist – ich wage es kaum zu schreiben – auch mein Gefühl für Pedro ist … ach nichts, vielleicht ist mein Herz so voll von Trauer über den Verlust meiner Gräfin, dass darin kein Platz mehr für irgendein anderes Gefühl ist. Aber kann sich Liebe durch so ein Vorkommnis ändern? Du hattest die Größe und die Kraft, Napoleon trotz all der schrecklichen Dinge, die er der Menschheit angetan hat, zu lieben. Bis zu seinem Tod. Wie hast du das fertiggebracht? Pedro ist doch mein von Gott und dem Kaiser mir angetrauter Ehemann. Ich darf nicht schlecht über ihn denken, geschweige denn reden!

Verzeih, dass ich noch gar nicht auf deine traurigen Zeilen über Napoleon eingegangen bin – ich bedauere, dass dein Mann nicht mehr ist. Bin jedoch erleichtert, dass der Imperator uns nicht mehr in Angst und Schrecken versetzen kann. Alles, was ich über ihn zu sagen vermag, wäre nicht schicklich und würde dich nur verletzen. Aber ich fühle mit dir, dass du einen Verlust zu beklagen hast.

Meine Kinder verlangen nach mir. Carlos macht sich prächtig, seine Schwester ist völlig vernarrt in ihren kleinen Bruder. Die beiden sind mein ganzes Glück.

Leopoldina
Rio de Janeiro

Ich bin wieder guter Hoffnung.

HUNDERTDREIUNDDREISSIGSTER BRIEF

Fürst von Metternich an Gräfin Lazansky

Gräfin, Sie sind zurück? Und schreiben mir keine Zeile! Liebste, was tun Sie mir an? Stellen Sie sich vor, ausgerechnet durch Madame de S. musste ich von Ihrer unerwarteten Rückkehr erfahren. Welche Demütigung! Madame scheint selbst in den entlegensten Dörfern des Landes Informanten zu haben. Meine Eiskönigin ist nach Wien zurückgekehrt und schweigt. Habe ich das verdient? Meine Freude über unser bevorstehendes Wiedersehen weicht der Verblüffung, dies nicht von Ihnen persönlich zu hören. Aber Sie werden Ihre Gründe haben. Ich habe natürlich umgehend Seine Majestät über Ihre Rückkehr in Kenntnis gesetzt, er ist gespannt auf Ihre Berichte. Wir können es kaum erwarten, Sie am Hofe willkommen zu heißen! Sind Sie wohlauf? Sind Sie gesund? Und was hat Ihre – von mir so ungeduldig ersehnte – Rückkehr beschleunigt?

Ich kann es nicht erwarten, Sie in meine Arme zu schließen. Ich eile zu Ihnen!

Metternich

Wien

HUNDERTVIERUNDDREISSIGSTER BRIEF

Gräfin Lazansky an Fürst von Metternich

Fürst, just in diesem Augenblick breche ich zu einer Reise nach Dresden auf, um meine Schwester zu besuchen, die ich seit Jahren nicht gesehen habe. Ich werde dort ein paar Monate verbringen. Sehen Sie es mir nach, aber mir steht nicht der Sinn nach Vergnügungen am Hof. Machen Sie sich keine Sorgen, ich bin gesund und wohlauf. Ich bedarf nur ein wenig der Ruhe und Kontemplation, um mich nach dem brasilianischen Abenteuer wieder auf die hiesigen Verhältnisse einzustellen. Eine solche Erfahrung ändert den Blick auf die Welt, und je eindrücklicher die Erfahrungen sind, desto radikaler ändert sich eben auch dieser Blick. Nein, besuchen Sie mich nicht! Ich habe im Moment keinerlei Bedürfnis nach Gesellschaft.

L.
Wien

HUNDERTFÜNFUNDDREISSIGSTER BRIEF

Fürst von Metternich an den Marquis von Marialva

Gräfin Lazansky ist zurück! Wussten Sie davon, mein Freund? Gab es Pläne, die mir nicht bekannt sind? Sie sehen, ich brauche Ihre Hilfe, da mich meine liebe Freundin nicht empfängt. Sie ist, kaum in Wien angekommen, weiter zu ihrer Schwester nach Dresden gereist. Ohne ein Wort über den Grund ihrer Rückkehr. Seine Majestät ist ein wenig verblüfft, hoffte er doch, wie wir alle, auf einen Bericht aus erster Hand über das Leben und die Zustände in Brasilien.

Ich bin über das Verhalten der Gräfin erstaunt, glaubte ich doch, ihr Vertrauen und ihre Zuneigung zu besitzen. Auch denke ich nicht, dass ihr Schweigen eine Caprice ist, sie neigt nicht zu derartigen Allüren, Madame de S. ja, aber die Gräfin? Sie ist ein klarer Charakter, geradeheraus, ohne Schnörkel. Nun will sie partout nicht die Katze aus dem Sack lassen!

Sie sehen mich ratlos, Marquis. Gibt es Vorkommnisse in Brasilien, die Anlass zu Befürchtungen wären?

Lieber Marquis, ich werde im August nach Paris reisen. Wenn ich es recht erinnere, haben Sie ebenfalls Pläne, in die wunderbarste aller Städte zu fahren. Ich bin auf Einladung des Fürsten Rostand dort, der seinen engsten Freunden einige Bilder unserer hochverehrten, leider verblichenen Angelika Kauffmann vorstellen möchte, die er unlängst erworben hat. Generös wie er ist, möchte er den Genuss dieser Meisterwerke mit seinen Freunden teilen. Ich bin gewiss, dass auch Sie ein willkommener Gast sind!

Ich hatte kurz überlegt, der Gräfin nachzureisen, sie besteht jedoch ausdrücklich darauf, allein zu sein (was mich beunruhigt). Stattdessen werde ich nun das Wochenende auf dem Lande verbringen. Die Luft in Wien ist unangenehm staubig und trocken, wir warten seit Wochen auf Regen. Außerdem möchte ich, unter uns gesagt, den lästigen Nachfragen Seiner Majestät entgehen, warum die Gräfin selbst auf sein Drängen nicht in der Hofburg erscheint. Soll einer die Frauen verstehen!

Metternich
Wien

HUNDERTSECHSUNDDREISSIGSTER BRIEF

Gräfin Lazansky an Dona Leopoldina

Meine liebste Freundin, liebe Dona Leopoldina, mein plötzliches Verschwinden wird Ihnen einen gehörigen Schrecken eingejagt haben! Es tut mir unendlich leid, dass es keinen Abschied voneinander gab, keine Zeile von mir. Ich kann nur hoffen, dass Dom Pedro Ihnen erklären konnte, weshalb er mich zur Abreise, wie soll ich sagen, nötigte. Nun, nicht er selbst, ein Minister des Staatsrates hat in Pedros – und Ihrer – Abwesenheit dafür Sorge getragen, dass ich, ehe ich mich's versah, auf dem Postschiff landete, das gerade auslaufen sollte. Es ging alles so schnell, ich hatte kaum Zeit, etwas zusammenzupacken. Liebe Leopoldine, ich kann Ihnen nicht das Herz leicht machen, indem ich Ihnen die Gründe meiner Abreise darlege, denn ich kenne keine Gründe. Ich bin mir keiner Schuld bewusst, was die Ursache für meine *Verbannung* sein könnte, ich kann nur mutmaßen, dass auch ich, trotz meiner leidlichen Portugiesischkenntnisse, letztlich gehen musste, weil ich Österreicherin bin. Ich bete zu Gott, dem Allmächtigen, dass Dom Pedro überzeugende Gründe hat, die auch Sie akzeptieren können. Nichts wäre in dieser Situation schmerzhafter, als wenn Ihre Gemeinschaft durch Misstrauen und Eifersucht leiden würde. Was auch immer Sie nicht verstehen können oder wollen, haben Sie ein großes Herz, verzeihen Sie, Liebe, verzeihen Sie! Denn Gott hat Sie diesem Mann an die Seite gestellt, Sie müssen ausharren. Da hilft es sehr, wenn man in Vertrauen und Liebe bleibt.

Die Heimreise war nicht minder anstrengend als die Hinfahrt. Vielleicht noch unerträglicher, da ich wusste, wie lang die Wochen auf See sein können. Glücklicherweise war uns der Wettergott wohlgesonnen, weder lang andauernde Flaute noch heftiger Sturm hat uns die Überfahrt vergällt. Auch, man sehe es mir nach, die Tatsache, mit ganz normalen Passagieren zu reisen, war angenehm, so gab es keine Intrigen und Ränke, die sonst unter den Hofdamen üblich sind.

Nun bin ich, nach einem kurzen Intermezzo in Wien und dem unbeschreiblichen Genuss eines komfortablen Aufenthaltes im eigenen Heim, auf dem Weg nach Dresden zu meiner Schwester. Die Sehnsucht nach meiner Familie war so groß, dass ich selbst der Einladung Seiner Majestät nicht nachgekommen bin, was mir bestimmt als unverzeihliche Unhöflichkeit ausgelegt werden wird. Aber ich habe Ihrem werten Vater ein kurzes Billett zukommen lassen, dass es Ihnen gutgeht und dass ich ihm nach meiner Rückkehr aus Sachsen Bericht erstatten werde.

Liebste Leopoldine, es dauert mich unendlich, nicht mehr an Ihrer Seite zu sein, Sie sind mir in all den gemeinsamen Jahren so lieb wie eine eigene Tochter! Sie jetzt dort allein zu wissen, Sie nicht mehr beschützen und Ihnen nicht raten zu können zerreißt mir schier das Herz. Und die beiden Kleinen, küssen Sie sie von mir. Gott schütze Sie und halte Seine Hand über Sie! Es quält mich, Sie nicht in den Arm nehmen zu können und Ihnen zu sagen, wie sehr ich Ihnen zugetan bin. Bleiben Sie mir immer gewogen und schreiben Sie! Wir werden uns wiedersehen, ich bin gewiss, vielleicht habe ich von hier bessere Möglichkeiten, Sie über die Entwicklungen in Lissabon auf dem Laufenden zu halten.

Ich umarme Sie, auf immer

Ihre Anna Christina

Bitte grüßen Sie Alexander Freiberg herzlich von mir. Er ist ein feiner Mann. Versichern Sie ihn meiner aufrichtigen Freundschaft und sagen Sie ihm, er möge sein Leben weiter so umsichtig und klug gestalten wie bisher. Der Dschungel ist gefährlich, er soll gut auf sich achtgeben, das erbitte ich als seine Freundin. Bitte richten Sie ihm diese Worte aus!

HUNDERTSIEBENUNDDREISSIGSTER BRIEF

Gräfin Lazansky an ihre Schwester Caroline

Meine Liebe, wenn alles gutgeht, erreiche ich morgen Prag, wo ich ein paar Tage verweilen möchte. Ich werde sicher Ende des Monats in Dresden eintreffen. Das Wetter macht dem Sommer alle Ehre, ich reise unter strahlend blauem Himmel, hier und da ein kleines Wölkchen, die Luft gut und rein, nicht zu vergleichen mit der schwülen Hitze Brasiliens. Hier kann ich endlich atmen! Die Landschaft erscheint mir, trotz der Wälder und Felder, die wir durchqueren, ein wenig karg. Die verschwenderische Fülle des Urwalds hat meinen Blick verwöhnt, alles andere mutet spärlich an. So traurig ich über die Trennung von meiner Kronprinzessin bin, so dankbar bin ich auch, wieder auf Terra firma zu stehen. Und ich freue mich unendlich, mich bald wieder mit dir vereint zu wissen! Morgen werde ich die Familie des Grafen E. wiedersehen, es scheint eine Ewigkeit seit unserem letzten Zusammensein. Er und seine Familie haben mir entzückende Briefe ins Exil geschickt, die ich nur unzureichend beantwortet habe, so sehr war ich mit mir und den ungewöhnlichen Lebensbedingungen beschäftigt. Der Gedanke, mich für ein paar Tage auch ohne die neugierigen Fragen der Wiener Gesellschaft in feiner, kultivierter Umgebung erholen zu können, ist mehr als verlockend! Mir war nicht bewusst, wie sehr ich an gutem Essen hänge, wie wir in Österreich mit raffinierter Küche verwöhnt sind und dass man sich bei vierzig Grad im Schatten nach dem Geruch heißer Schokolade mit Schlagobers verzehren kann!

Meine liebe Caroline, auch wenn wir uns bald sehen, möchte ich dir schon jetzt von Herzen danken, dass du mich mit Fragen verschont hast. Damit du dir aber ein Bild von dem Zustand deiner Schwester machen kannst, will ich dir in Kürze berichten, was mir widerfahren ist. Du bist die einzige Person, der ich mich anvertrauen kann, weder Dona Leopoldina noch M. kann ich die Wahrheit erzählen. Du wirst nach meinen Ausführungen begreifen, weshalb.

Ich hatte dir von meiner unseligen Beobachtung erzählt, als ich Pedro bei seiner Attacke auf die junge Bäuerin überraschte. Nun, ungefähr zwei Wochen später, es war an einem Nachmittag, an dem Pedro normalerweise nicht zu Hause ist, kehrte ich mit Leopoldine und den Kindern von einem kleinen Bootsausflug heim nach Boa Vista. Wir hatten eigentlich länger auf dem Wasser bleiben wollen, aber es war ein heftiger Wind aufgekommen, so dass wir schnell wieder an Land ruderten. In Boa Vista angekommen, zog sich die Kronprinzessin mit den Kindern in ihre Räume zurück, während ich mich noch einen Augenblick meiner Lektüre im Garten widmete. Der Wind verdarb mir den Aufenthalt im schattigen Grün, und ich ging zurück ins Haus. All die Insekten sind so schon Plage genug, aber wehe, wenn es stürmt! Man kann sich ihrer geradezu napoleonischen Attacken kaum erwehren. Als ich erschöpft von dem Ausflug, mit brummendem Kopf vom aufkommenden Wetter (meine Neigung, bei Sturm ein heftiges Kopfweh zu entwickeln, hat sich dort nicht gelegt, ganz im Gegenteil) und übersät von Mückenstichen, über den dunklen, langen Flur hinauf zu den Wohnräumen lief, drang, als ich die Leinenkammer passierte, ein kaum wahrnehmbares Stöhnen an mein Ohr. Schon wollte ich das Geräusch als Trug abtun, da wurde das Stöhnen lauter. Ich blieb stehen und lauschte an der Tür. Leise drückte ich die Klinke herunter, die Tür öffnete sich, und vor mir stand Pedro, eng verschlungen mit einem jungen Mädchen, das ich bisher noch nie in Boa Vista gesehen hatte. Beide halbnackt und in schamloser Haltung! Entsetzt schlug ich die Tür zu und rannte auf mein Zimmer. Mein Herz klopfte mir bis zum Hals. Nicht aus Scham, dies ist ein Gefühl, das man in diesem Land nicht sonderlich pflegt, sondern aus Angst. Dom Pedro ist ein unkontrollierter, cholerischer Mann. Wenn ich in seine schwarzen Augen blicke, erfasst mich die Ahnung, dass ich in einen Abgrund schaue. Ich verschloss mein Zimmer und wartete. Als nach einer Stunde nichts geschehen war, machte ich mich für das Abendessen zurecht, das meist im Kreise der Familie und etlicher Hofleute eingenommen wird. Pedro nahm seinen Platz an Leopoldines Seite ein. Er war bestens gelaunt, plauderte mit allen Anwesenden, besonders charmant aber mit seiner Frau. Leopoldine sah entzückend aus, sie wird von Monat zu Monat hübscher, leider aber auch dicker. Durch die Schwangerschaften hat sie ihre schmale Taille gänzlich verloren, dennoch wirkt sie anziehender als in den Wiener Tagen. Ihre kornblumenblauen Augen, das flachsblonde Haar kontrastieren delikat mit dem sonnengebräunten Teint. Hélas, zu mir war Dom Pedro besonders aufmerksam, nichts schien ihm wichtiger als meine Aufmerksamkeit und mein Beifall, wann immer er sprach. Niemand im Raum hätte erahnen können, was sich zwei Stunden zuvor vor meinen Augen abgespielt hatte. Auch in den nächsten Tagen war Pedro von ausgesuchter Höflichkeit zu mir. Fast dachte ich, ich hätte alles nur geträumt. Nein, zu Leopoldine kein Wort, wie hätte ich ihr Herz beschweren sollen? Zumal sie wieder ein Kind erwartete. Nach einem Monat, ich war geneigt, den Vorfall zu vergessen, klopfte es mitten in der Nacht an meine Tür. Erschrocken setzte ich mich auf. Das Klopfen wurde zu einem Hämmern, und ich hörte die aufgeregte Stimme von Leopoldines Kammerzofe: »Gräfin, kommen Sie schnell, Ihre Hoheit …!« Ich sprang aus dem Bett, stolperte in tiefer Dunkelheit durch mein Zimmer und folgte der Zofe über den Flur in Leopoldines Schlafgemach. Eine gespenstische Szene empfing mich (ich schwöre dir, wenn es nicht alles so erschütternd gewesen wäre, so ein Bühnenbild hätte man an der Oper nicht dramatischer entwerfen können): Von flackerndem Kerzenschein nur schwach erhellt, lag meine arme Freundin stöhnend und sich vor Schmerzen windend auf dem Bett, die Augen fiebrig, der Atem schnell. Pedro, in Reithosen und Stiefeln – zu dieser Stunde! –, saß auf dem Bett und hielt ihre Hand. Er sah mich an, als erwarte er von mir umgehende Rettung. Ich fasste mir ein Herz und schlug die Bettdecke zur Seite. Als ich das Blut sah, viel Blut, Caroline, wurde mir ganz schwindelig. ›Contenance, Contenance‹, flüsterte ich mir zu, ›nur nicht Leopoldine spüren lassen, wie groß meine Angst um sie ist.‹ Ich weiß nicht weshalb, aber plötzlich kam mir wie aus dem Nichts eine Erinnerung aus unseren Kindertagen in den Sinn: An einem klaren Frühlingstag vor vielen, vielen Jahren waren wir mit Vater im Park und fanden unter einem Strauch ein kleines Vögelchen mit arg zerzaustem und blutigem Gefieder, das herzzerreißend piepste. Wir beide waren verstört und wollten schon um das Vöglein weinen, da sagte Vater mit seiner ruhigen, weichen Stimme: »Wenn Gott möchte, dass der Vogel lebt, wird Gott den Vogel leben lassen.« Hier stand ich nun an diesem gottverlassenen Ort mitten im Urwald, hörte Vaters unerschütterliche Stimme in meinem Herzen und dachte: Gott will, dass Leopoldine lebt. »Gräfin, ich habe nach Doktor Picanco rufen lassen«, unterbrach Pedro meine Gedanken. »Oh Gott«, entfuhr es mir, »der wird uns nicht helfen können. Rasch, schickt nach Doktor Freiberg«, wies ich die Zofe an. Mir war in dem Moment völlig gleichgültig, ob ich mich über die Wünsche Pedros hinwegsetzte oder nicht. Ob Portugiesen oder Österreicher das Leben meiner Prinzessin retteten, war mir einerlei. Nur dass sie überlebt! Anstatt des erwarteten Widerspruchs nickte Pedro, drückte Leopoldine einen Kuss auf die schweißnasse Stirn und ging hinaus! Doktor Freiberg, dieser Engel, dieser wunderbare Mann, kam nach einer Stunde. Das ist für hiesige Verhältnisse bei völliger Dunkelheit so, als wäre er auf Adlers Schwingen geflogen, und dennoch kam er zu spät. Das Kind war tot, aber Leopoldine lebte. Freiberg brachte mit geschickten Händen das unselige Bluten zum Stillstand. Ich erspare dir weitere Details dieser grausamen Stunden. Erst bei Morgenanbruch, mit einem dramatisch roten Himmel – die Szenerie verlor nichts von ihrem theatralischen Anstrich –, ging es Leopoldine besser. Ich komme nicht umhin zu fühlen, dass sich Freiberg und Leopoldine sehr nah sind oder sein werden. Hélas, ich glaube, sie selbst wissen es nicht!

Nach zwei Wochen, Leopoldine war so weit wiederhergestellt, traf ich bei dem einzigen Buchhändler in Rio zufällig den Doktor. Wir plauderten über dies und das, bis mich Freiberg auf einmal ernst anschaute und geradheraus sagte: »Gräfin Lazansky, Dona Leopoldina ist krank.« Erstaunt erwiderte ich: »Nein, nein, dank Eurer vorzüglichen Hilfe geht es ihr schon wieder recht gut.« Freiberg zog mich in eine Ecke, wo niemand uns hören konnte. Es roch feucht und stickig zwischen den Bücherborden, das Klima hat die unselige Eigenschaft, Papier in kurzer Zeit zu zersetzen. »Sie hat das Baby verloren, weil sie krank ist. Durch Pedro.« Ich wollte nicht begreifen. Er schwieg einen Moment und fuhr dann fort: »Pedro geht zu Huren und hat die Kronprinzessin angesteckt.« Ich schwieg betroffen. »Ich muss es ihr sagen, sie ist meine Patientin, sie braucht Medizin. Glauben Sie, es wäre angebrachter, wenn Sie es ihr sagen? Oder soll ich, oder wir zusammen …?« »Macht es die Sache besser, wenn wir zu zweit Hiob spielen?«, fragte ich zurück. Wir mussten lachen. »Viel ärger ist, dass man es Dom Pedro sagen muss«, murmelte Freiberg. Nach langem Erwägen des Für und Wider entschlossen wir uns, dass ich diese heikle Mission übernehmen sollte. Zum einen, weil ich Dom Pedro besser kenne, zum anderen, weil ich eine Frau bin und zudem älter als Pedro. Wir hofften, dass dies von Vorteil sei und er mich mit mehr Respekt behandeln würde. Außerdem wollten wir verhindern, dass im Falle eines Zornausbruches Pedros dieser sich gegen den Doktor richtet, da Leopoldine sich auch in Zukunft auf die Hände und das Wissen eines guten Arztes verlassen können sollte.

Noch am selben Tag sprach ich bei Dom Pedro im Palast vor. Es war ein Debakel! Zunächst ließ sich alles gut an. Als ich den Raum betrat, saß Pedro, in eleganter Uniform gekleidet, an seinem Tisch und lächelte mir zu: »Welch seltener Besuch, Gräfin! Welch hübsche Überraschung!« Er kann ausgesprochen charmant sein, ein hübscher Mann, schlank mit seinem schwarzen Schnurrbart à la mode, verfehlt er selten seine Wirkung. Nur bei mir. Seine Komplimente laufen bei mir ins Nichts, zu sehr spüre ich die Absicht dahinter. Ich wollte mich selbst nicht lange quälen und habe mein Anliegen ein wenig abrupt vorgebracht. Kaum hatte ich das Thema auch nur berührt (er wusste sofort, worum es ging), bekam er einen veritablen Wutanfall, bezichtigte mich einer österreichischen Verschwörung. Ihn, den portugiesischen Thronfolger, mit einer derart infamen Behauptung der Untreue an seiner geliebten Frau zu verdächtigen! Und auch noch zu behaupten, er wäre die Ursache ihres Leidens! Ich muss gestehen, schon nach einigen Minuten war mir so mulmig zumute, dass mich aller Mut verließ und ich nur hoffte, möglichst schnell wieder vor der Tür zu sein. Ach, wie schwach wir doch in solchen Momenten sind! Mein Wunsch wurde mir umgehend erfüllt: »Verschwinden Sie, Gräfin! Verlassen Sie diesen Raum!« Mit einer verächtlichen Handbewegung wedelte er in meine Richtung, so wie man eine lästige Fliege verscheucht. Erleichtert ging ich zur Tür. Gerade als ich die Klinke anfassen wollte, hörte ich hinter mir seine schneidende Stimme: »Ich habe Sie gesehen, Gräfin. Ich warne Sie, ich schätze es gar nicht, wenn ich beobachtet werde. Dies ist mein Land, dies ist mein Volk, ich kann tun und lassen, was mir beliebt. Außerdem war es nur eine Sklavin. Sie müssen sich also nicht echauffieren«, seine Stimme wurde leiser, aber nicht minder scharf. »Seien Sie vergewissert, ich liebe meine Frau. Wenn Sie mit ihr sprechen, wenn sie durch Ihre Gegenwart beunruhigt werden sollte und wenn Sie es wagen sollten, Dona Leopoldina von diesem lächerlichen Vorfall zu berichten, dann …«, er gab der Drohung keinen Namen, was sie nicht minder heftig machte, und wandte sich wieder den Papieren auf seinem Schreibtisch zu. Ich rannte hinaus ins Freie. Draußen umfing mich schwerer Blumenduft, der Palast ist von Blumenrabatten umsäumt, die Sonne lachte vom Himmel, die Menschen sahen fröhlich und zufrieden aus. In meinem Herzen dagegen herrschte eine unheilvolle Ahnung.

Was um alles in der Welt sollte ich tun?! Ich konnte nicht zu Leopoldine gehen und sie über die Machenschaften ihres Mannes aufklären. Es würde sie nur betrüben, aber nichts ändern. Sie braucht Schonung. Außerdem ist sie Dom Pedro in Liebe verbunden. Oder das, was sie für Liebe hält. Aber wer weiß schon, was das ist, Liebe. Liebe ich den Fürsten? Liebt Pedro, auch wenn es mir nicht so scheint, auf seine Weise Leopoldine? Steht mir ein Urteil zu? Das Leben und die Charaktere sind hier so anders, dass mich oft der Eindruck beschleicht, dass wir zwar eine Sprache sprechen, aber mit den gleichen Worten verschiedene Dinge meinen.

Nach nicht einmal einer Woche, ich war allein in Boa Vista, bekam ich Besuch von zwei Offizieren, zumindest trugen sie die Uniform des Königs, die mich recht grob aufforderten, meine notwendigsten Sachen zu packen, und mich – ohne dass ich wusste, was sie mit mir vorhatten – innerhalb einer Stunde zum Hafen eskortierten. Beim Anblick des Postschiffes stieg in mir eine unvorstellbare Wut hoch. Wie vermessen, mich wieder auf ein vermaledeites Schiff zu zwingen! Kurz überlegte ich, meinen Begleitern zu entwischen, doch wohin? Weder Leopoldine noch dem Doktor konnte ich Nachricht geben. Einfach so, wie ein Delinquent, zurück aufs Meer geschickt. Nur weil ich unfreiwillig Zeugin der *Amouren* Pedros geworden war! Auf dem Schiff war ich die ersten Tage krank vor Zorn über diese Demütigung.

Das Ärgste an der Sache ist, dass ich niemandem die Wahrheit sagen kann, ohne Leopoldine in eine unangenehme und verletzende Situation zu bringen. Und wenn ich dem Kaiser oder M. davon berichte, weiß der Himmel, fällt dies alles auf mich zurück? Wie konnte ich es wagen, den portugiesischen Thronfolger darauf anzusprechen, dass er seine Frau hintergeht, dass er zu Huren geht, seine Frau mit einer Krankheit ansteckt, die sie ihr Kind verlieren lässt, und ihn dann auch noch auffordern, dies alles zu unterlassen, sich zu mäßigen! Würde mein lieber Fürst, der so sehr auf der Unterscheidung zwischen Mensch und Politiker beharrt, mich verstehen? Ich habe keine Kraft, mich gegen diese männliche Sicht der Dinge aufzulehnen, noch weniger gefalle ich mir allerdings in der Rolle der Schweigsamen. Unrecht darf nicht verschwiegen werden. Aber was, wenn solches in einem anderen Land nicht als Unrecht gilt?

Nichts fürchte und verachte ich heftiger als Verrat. Mehr noch als Hass, Neid oder Missgunst. Verrat ist eine Todsünde, und doch ist, was ich tue, nichts anderes: Ich verrate Leopoldine, indem ich schweige. Du ahnst, wie schwer diese Last auf meinem Herzen liegt. Es gibt keine Kirche zwischen Wien und Prag, in die ich nicht gestürzt wäre, um Absolution zu erbitten. Doch all meine Gebete, all mein Flehen und Fragen an den, der über uns waltet, helfen nicht. Keine Antwort. Auch alles wieder und wieder zu erwägen bringt keine Erleichterung.

Du siehst, liebste Caroline, ich bedarf der Zeit und Ruhe, um mir über alles klarzuwerden. Da ich mich nicht noch der Lüge bezichtigen möchte, ziehe ich die Flucht ins Schweigen vor. Ich freue mich unendlich auf ruhige Tage in deiner Gegenwart. Du, die mich immer verstanden hat, wirst mich auch jetzt verstehen.

Jetzt wird es schon dämmerig, die Nacht kommt hier auf weichen Pfoten. Welch Unterschied zu Brasilien, wo sie einem Fallbeil gleich den Tag zu Ende bringt. Wie habe ich es vermisst, dieses langsame Versiegen des Tageslichtes, den blauen Schimmer, der sich über das Land legt, der die Konturen der Bäume und Häuser schärfer werden lässt. Das Verstummen der Vögel, das Aufflattern der Fledermäuse, das Erglimmen der Lichter in den Fenstern. Ich bin zu Hause, und doch sind meine Gedanken bei Leopoldine.

Anna Christina

HUNDERTACHTUNDDREISSIGSTER BRIEF

Fürst von Metternich an Gräfin Lazansky

Ihr kühler Ton lässt mich an vergangene Tage in Wien denken, an die Zeit vor unserer gemeinsamen Reise. Was ist geschehen? Ich denke Tag und Nacht an Sie und wünschte fast, Sie wären nicht in meiner Nähe, nur damit ich weiter Ihre reizenden, zugewandten Briefe aus Rio erhalten würde statt dieses kurzen Epistels, das mich ratlos lässt.

Ich kann mir nur denken, dass etwas vorgefallen ist, was Sie derart erzürnt hat, dass Sie selbst einen zutiefst zugeneigten Freund nicht sehen und sprechen wollen. Verdient habe ich Ihre Zurückweisung nicht!

Oder doch? Habe ich etwas gesagt oder getan, was Ihre Missgunst geweckt hat? Haben wir nicht über alles frei gesprochen?

Gräfin, Sie merken, ganz gegen meine Gewohnheit, Dinge, die sich mir nicht erschließen wollen, auf sich beruhen zu lassen, ihnen keine unnötige Aufmerksamkeit zu schenken, sitze ich hier in meinem eleganten, im Moment leider unerträglich warmen Palais und überlege Stunde um Stunde, was die Ursache Ihrer plötzlichen Kühle sein mag. Erlösen Sie mich, Gräfin!

Metternich

HUNDERTNEUNUNDDREISSIGSTER BRIEF

Dona Leopoldina an Gräfin Lazansky

Auch wenn jetzt schon Wochen seit Ihrer unglückseligen Abreise ins Land gezogen sind, bin ich noch immer nicht über Ihren Verlust hinweggekommen. Es vergeht kein Tag, an dem ich Sie nicht schmerzlich vermisse! Nun sind sie dahin, die schönen Tage, die am frühen Morgen auf der Terrasse mit unserem gemeinsamen petit déjeuner beginnen, wenn die Sonne noch weich und freundlich ist, und Sie mit Ihrer sanften Stimme den Kindern vorlesen. Vorbei unsere Ausflüge mit dem Boot, das Flanieren über die Straßen Rios, das Durchstreifen der Buchhandlung, der ausführlich genossene Kaffee in den kleinen Kaffeehäusern, Ihre klugen Ratschläge, Ihre Freundschaft! Ach Gräfin, perduto per sempre!

Ich nehme hier in letzter Zeit in solch schneller Folge Abschied von Mensch und Tier, dass mir ganz schwindelig wird. Zu meinem tiefen Bedauern hat nun auch Baron von Stetten das Land verlassen, er hatte es mir ja angekündigt, und ich begreife wohl, dass man im Alter gerne wieder in der Heimat ist, dennoch fiel unser Adieu tränenreich aus. Ich habe es mir nicht nehmen lassen, seinem Schiff hinterherzuwinken, ach nein, hinterherzuweinen! Als sei es damit nicht genug, ist *Hund* nicht mehr! Das liebe Tier ist, so erklärt es zumindest mein wunderbarer Doktor Freiberg (den ich vielleicht ein wenig zu oft sehe …), wahrscheinlich einem Hitzschlag erlegen. Eines Abends, nachdem *Hund* nicht auf mein Rufen erschien, Sie wissen doch, wie er sonst pfeilschnell auf meinen Befehl aus den entlegensten Winkeln des Hofes hervorschoss und mich freudig begrüßte, als hätten uns Jahre getrennt, machte ich mich auf die Suche nach ihm. Nahe der Küche unter einem Jacarandabaum fand ich seinen leblosen Körper. Sein cognacfarbenes Fell war übersät vom hellen Bleu der Blüten, ein elend hübscher Anblick. Dieser kleine ungestüme Vierbeiner, ich habe ihn geliebt, er war mein Freund. Schnell schickte ich nach Freiberg, dem ich diesen Begleiter zu danken hatte. Gemeinsam haben wir um *Hund* getrauert. Mein lieber Mann, der später am Abend zu uns stieß, fand uns mit nassen Augen, eine Hand auf dem erkalteten Hundekörper ruhend, in Erinnerungen über sein Hundeleben schwelgend, auf dem schmutzigen Hof hockend vor. Denken Sie sich, was für ein Bild! Pedro schien höchst erschüttert und befremdet, nicht über das Dahinscheiden von *Hund*, sondern über das Bild, das wir boten. Wie kann man über ein *Felltier*, wie er zu sagen pflegt, Tränen vergießen! Er hat sich angewidert abgewendet und ist zu Bett gegangen.

Ich weiß, das Leben ist ein steter Wechsel von Willkommen und Adieu, doch scheint mir das Adieu im Augenblick zu überwiegen. Die Liebe zu meinem Mann kann mich nur wenig trösten, ist er doch zum Teil Verursacher meines Schmerzes. Wie Sie klug gemutmaßt haben, hat unser Verhältnis durch Ihre Abreise sehr gelitten. Auch wenn ich mir Ihre weisen Worte jede Minute zu Herzen nehme, so mag es mir dennoch nicht gelingen, ihn zu verstehen. Was stört ihn daran, dass Sie Wienerin sind? Ich bin es doch auch! Und wie kann man derart eifersüchtig reagieren?

Heute Nacht, liebe Gräfin, konnte ich, wie oft in letzter Zeit, nicht schlafen. Das Mondlicht erhellte, vielfach durch die Lamellen der Fensterläden gebrochen, gespenstisch das Zimmer. Mein Mann, der immer seltener das Bett mit mir teilt, schlief tief und fest. Ich lehnte meinen Kopf an seine Brust, fühlte seine warme, nach Zitronen duftende Haut an meiner

Wange, und tiefe Dankbarkeit durchströmte mich. Wie fühlte ich mich mit diesem Mann gesegnet! Hätte ich mir einen aufmerksameren, liebevolleren, charmanteren Mann wünschen können? Er liebt wie ich die Musik und die Natur, er ist ein liebender Vater und ein guter Mensch. »Ist er das?«, leise schlich sich diese Frage in meine Gedanken. Noch während ich mich das fragte, verebbten diese Worte schon wieder. Eine Weile lauschte ich seinem Atem, schaute auf sein im Mondlicht maskenhaft wirkendes, hübsches Gesicht. Doch dann durchflutete eine unheimliche Kälte meinen Körper, eine jähe Erkenntnis ergriff mich, und während ich seine geschlossenen Augen betrachtete, seine Lider zitterten wie Schmetterlingsflügel im Wind, dachte ich in der Stille der Nacht: »Unsere Liebe stiehlt sich davon.« Es war eine jener blitzartigen Empfindungen, die einen des Nachts überfallen, wenn man allein gelassen mit seinen Gedanken, die in alle möglichen Richtungen vorstieben, der Zeit beim Vergehen zuschaut. Merkwürdig unberührt und zugleich mit tiefer Traurigkeit betrachtete ich Pedro. Ich wollte weinen, doch hatte ich keine Tränen. Verzeihen Sie mir meine hemmungslose Offenheit, aber, liebste Freundin, wir haben so viel Nähe und Zeit miteinander verlebt, niemand kennt mich besser als Sie, ich muss mich Ihnen vorbehaltlos anvertrauen können! Ich ersticke sonst an den nicht gesprochenen Worten! Und nur deshalb traue ich mich auch, Ihnen zu gestehen, dass die Tränen nicht fließen wollten, weil ich nicht sicher bin, ob ich ihn noch … sehen Sie, die Worte wollen mir nicht über die Lippen. Ich höre Ihre mahnende Stimme, wie Sie mir zuraunen: »Contenance!« Ja, Sie haben recht: Haltung! Ich lebe in einem Land, dessen Volk mich so überreich mit Liebe beschenkt, meine Kinder lieben mich, und ich habe Ihre Liebe. Bin ich nicht wahrhaft verwöhnt?

Zwei erfreuliche Ereignisse haben sich in der vergangenen Woche zugetragen: Ich erhielt einen achtungsvollen, schmeichelhaften Brief von Fürst Metternich! Es ist sein erster Brief, den er mir nach Rio schreibt, ich war sehr erstaunt. Noch mehr verblüffte mich, dass er, der ewig Nörgelnde und Mahnende, mich nicht mit Ratschlägen, sondern mit Komplimenten überschüttete! Was ist in ihn gefahren? Aber unser Abschied in Livorno war ja herzlich, und ich gestehe, dass ich mich aufrichtig über seine Zeilen gefreut habe. Wer weiß, vielleicht werden wir noch Freunde, ha!

Seit letzter Woche habe ich eine neue Zofe. Maria, ein junges Mädchen, noch nicht sechzehn Jahre, ein entzückendes, herzliches Wesen! Ihre Haut ist kohlschwarz, ihre Augen sind riesig groß, umrahmt von den beneidenswert längsten Wimpern, die ich jemals sah. Sie ist ganz klein, zierlich, ein Mädchenkörper, obwohl sie mit einem überraschenden Appetit gesegnet ist. In einem fort nascht sie, und ich musste sie schon ermahnen, die Kinder nicht auch noch mit Naschwerk vollzustopfen.

Natürlich ist sie kein Ersatz für Sie, meine liebe Gräfin! Und doch ist sie Ihnen ähnlich. Neulich, als ich mal wieder mit diesem unseligen Darmkatarrh zu Bett lag, besonders störend auch, weil ich Dom Pedro nicht zu einer Gala begleiten konnte, pflegte sie mich mit gleichsam mütterlicher Attitüde, ließ mich keinen Augenblick aus den Augen und hielt meine Stirn ohne Unterlass mit kalten Tüchern kühl. Bei allem, was sie verrichtet, strahlt sie mich unverwandt mit ihrem hübschen Gesicht an. »Seitdem du bei mir bist, habe ich dich nie anders gesehen als lächelnd«, sagte ich, worauf sie mit noch breiterem Lächeln antwortete: »Ich freue mich jeden Tag, bei Ihnen sein zu dürfen, Hoheit. Seit ich Sie am Hafen sah, wollte ich bei Ihnen sein.« Dabei schlug sie schüchtern die Augen nieder. Sie würde sich mit ihren feinen Manieren, die bei ihr ganz natürlich sind, vorzüglich am Hof in Schönbrunn machen! »Du hast mich damals am Hafen gesehen, als ich hier in Rio ankam?« Sie nickte. »Und du wolltest bei mir sein, obwohl du mich gar nicht kanntest? Das glaube ich nicht.« Darauf sagte sie voller Ernst: »In den Augen kann man die Seele eines Menschen lesen (Ihre Worte, Gräfin!). Sie haben gute Augen!« Nun wurde ich ganz verlegen: »Hör auf, so ein Unsinn. Du solltest lieber das Alphabet lernen.« Da sehen Sie, wie wichtig es ist, dass wir mehr Schulen bauen lassen! Ich werde nicht nachlassen, bis alle Kinder lesen und schreiben können! Und wenn es mich meinen letzten Heller kostet. Maria schaute verblüfft: »Ich? Wieso soll ich lesen lernen?« Ich setzte mich im Bett auf, was zur unmittelbaren Folge hatte, dass sich das zuletzt Verzehrte auf unnatürlichem Wege wieder in die Freiheit drängte. Maria reichte mir mit stoischem Gesicht eine Schüssel und setzte sich wieder zu mir. »Wenn eine Frau nicht lesen kann, kann sie auch nicht lesen, was die Männer für einen Blödsinn schreiben. Ich werde persönlich dafür sorgen, dass du schreiben und lesen lernst«, ich lehnte mich zufrieden in meine Kissen und nahm ihre Hand. Sie ließ mich gewähren. »Lass uns Freundinnen sein, Maria!« Entsetzt zog sie ihre Hand zurück, blickte sich – obwohl wir ganz allein waren – furchtsam im Zimmer um und flüsterte, als hätte ich etwas Unanständiges gesagt, mit versiegender Stimme: »Aber Hoheit … niemand … kein Weißer hat einen Sklaven zum Freund.« »Aber du bist nicht meine Sklavin (ich habe Pedro gefragt, und er hat mir bei seinem Leben schwören müssen, dass Maria Geld für ihre Arbeit bekommt. Aber die Idee, Sklave zu sein, lässt sich nicht so schnell aus ihren Köpfen verbannen), du bist meine Zofe. Meine Zofe darf meine Freundin sein!« Ich war beglückt von meinem Einfall. Maria schien sehr zögerlich, sie wollte etwas erwidern, stattdessen lächelte sie mich zaghaft, fast bittend an. Der nächste Anfall beendete unsere kleine Konversation, und ich verfluchte das schlechte Essen. Maria lachte laut auf: »Dona Leopoldina, Sie sind schwanger!« »Unsinn, nein, nicht schon wieder!« Mit Mühe konnte ich mein schieres Entsetzen unterdrücken, allein die Vorstellung an eine weitere Schwangerschaft bereitete mir Übelkeit. Der Verlust meines Babys und mein Elend in Folge der Fehlgeburt sind doch kaum verheilt.

»Du bist zu jung, du kannst gar nicht wissen, was es bedeutet.« »Aber ich habe ein Baby! Einen Sohn. Den süßesten Jungen der Welt!« Ich war verblüfft, beim besten Willen konnte ich mir nicht vorstellen, wie dieses junge Mädel schon Mutter sein wollte. Sie musste mir versprechen, mir alsbald ihr Kind vorzustellen. Ich werde Ihnen natürlich Bericht geben.

Liebste Freundin, schreiben Sie mir, so oft Sie können, ich bitte Sie herzlichst. Und grüßen Sie Ihre liebe Schwester von mir. Und wenn Sie wieder in Wien sind, grüßen Sie den Kaiser. Wenn Sie den Fürsten sehen, und ich bin sicher, Sie werden ihn sehen, n'est-ce pas, dann auch ihn. Und grüßen Sie die Bäume in Laxenburg, die Fiaker an der Burg, die Oper, den Flieder, die Maiglöckchen, ja, auch die Marillenknödel und den Topfenpalatschinken! Sie sehen, ich werde durch Maria auch wieder albern wie ein Kind. Aber Sie kennen die Wahrheit, Sie wissen, dass ich vor Heimweh sterbe.

Leopoldina

Ich habe Doktor Alexander Ihre Grüße und Wünsche übermittelt. Er schien von Ihrer Abreise ebenfalls sehr berührt.

HUNDERTVIERZIGSTER BRIEF

Marie-Louise, Herzogin von Parma, an Dona Leopoldina

Poldl, du errätst nie, wo ich bin! Ich sitze in unserem Pavillon in unserem heißgeliebten Laxenburg! Vor mir eine Karaffe mit Minztee und ein Bogen Papier, mein Blick schweift beglückt über diesen herrlichen Park. Hörst du mein Herz, wie es wohlig zufrieden seufzt? Einzig du fehlst, um mein Glück perfekt zu machen. Ach, es ist wie in alten Zeiten, die gute Annony kümmert sich um mich, als sei ich ein kleines Mädchen, alles wird mir hinterhergetragen, die feinsten Speisen aufgetischt, am liebsten würde sie mich füttern, die gute Seele. Die Baumkronen wiegen sich im Sommerwind, die Erde ist trocken und gelb, die Rosen, die sich hinter dem Haus an die Parkmauer schmiegen, leuchten in den schönsten Farben, Karminrot, Aprikosengelb (genau wie die Farbe meiner neuen Seidenschuhe) und Cremeweiß. Ihr Duft wird durch den Wind durch den ganzen Park getragen. Morgens liegt schon ein feiner Nebel über den Feldern, die aufgehende Sonne malt rosafarbenen Glanz auf die Mauern und Statuen. Es ist, als wäre die Zeit angehalten, und doch sind Jahre vergangen, seit ich hier war.

Gestern habe ich beim Papa gesessen, der mich liebevoll empfangen hat. Wir haben den ganzen Tag gemeinsam verbracht. Er ist wohlauf, immer noch schlank und mit einem unverändert gesunden Appetit gesegnet. Wir sind am Abend in die Oper, man gab *Fidelio* mit der Milder, die just von ihrer Reise aus Schweden und Russland zurückgekehrt ist. Das Haus hat getobt, wir waren ganz enchantiert!

Die Tage zuvor habe ich in diversen Salons verbracht, mit Konversation, viel Musik und noch mehr Spielen. Ich fühle mich, als sei ich wieder sechzehn! Im Übrigen sind die Wienerinnen in den letzten Jahren sehr elegant geworden, die französische Mode hilft doch ungemein.

Letzte Woche habe ich etwas gesehen, was ich noch nie zuvor in meinem Leben gesehen habe: Ich habe einen Menschen *fliegen* sehen! Eine Sensation. Wilhelmine Reichard war in der Stadt. Der Papa hatte diese bemerkenswerte Frau eingeladen, auch hier in Wien einmal ihre Flugkünste vorzuführen. Sie stieg vor unser aller Augen mit ihrem Heißluftballon in die Lüfte! Eine riesige Menschenmenge hatte sich im Prater versammelt, um ihr zuzuschauen. Dass ein Mensch fliegen kann! Sie blieb fast eine halbe Stunde in der Luft, aber das sei gar nichts, erzählte sie, sie sei schon mehr als zwei Stunden geflogen. Incroyable! Man hängt an ihren Lippen, wenn sie von ihren Fahrten berichtet, es ist so unvorstellbar, die Welt betrachten zu können, als sei man ein Vogel. Frau Reichard sagt, man erkenne die Welt von oben nicht als die, mit der man vertraut ist. Es dauert wohl eine Weile, bis man sie als die Erde wahrnimmt, über die man à pied spaziert. Diese Frau ist völlig ohne Angst und unternimmt solche aberwitzigen Reisen mehrmals im Jahr. Dabei sieht sie völlig normal aus.

Ich verstehe deinen Kummer über die Abreise der Gräfin! Wie gut erinnere ich mich an die Zeit, als ich in Paris völlig allein auf mich gestellt war. Meine Hofdamen mussten schon an der Grenze zu Frankreich umkehren, sie durften nicht einmal französischen Boden betreten. Man gewöhnt sich mit der Zeit an die Einsamkeit, und allmählich gewinnt man neue Freunde. In Italien ist es mir leichter, dort entscheide *ich*, wer mir zu Diensten sein soll. Nur möchte ich dir dringend ans Herz legen, dich nicht gegen Pedros Entscheidungen zu wenden. Er scheint ein liebevoller Ehemann und guter Vater zu sein. Was auch immer seine Beweggründe sind, Eifersucht oder politisches Kalkül, lass es darauf beruhen, er liebt dich und wird nicht gegen dich wirken. Aber, ich mahne dich zum wiederholten Mal, mische dich nicht in die Politik ein! Ich sage es dir, weil ich in deinen Zeilen diesen unglücklichen Drang nach politischer Wirkung spüre. Lass es bei deinem Aufbau von Schulen und Krankenhäusern bewenden. Nur weil wir Frauen auch denken können, müssen wir es nicht zeigen. Die Politik hat uns Frauen noch nie Glück gebracht.

Jetzt schreibst du fast gar nichts mehr von deinem Doktor, daraus schließe ich, dass sich da eine kleine Amour anbahnt?

Das ist unser Feld, Poldl, die Liebe! Je reicher man sie verschenkt, desto üppiger wird man belohnt. Halte dein Herz weit und offen, vor allem für mich, deine Schwester, die dich zärtlich liebt.

ML

HUNDERTEINUNDVIERZIGSTER BRIEF

Gräfin Lazansky an Fürst von Metternich

Mein lieber Fürst, ich tue Ihnen Unrecht, dass ich Sie nicht empfange, und Sie tun mir Unrecht, indem Sie mich der Kühle zeihen. Es tut mir leid, aber ich brauche Zeit, um mich nach der langen Zeit im Dschungel wieder an die hiesigen Verhältnisse zu gewöhnen. Machen Sie sich keine Sorgen, ich bin nicht krank. Im Gegenteil, seit ich wieder europäischen Boden unter meinen Füßen spüre, geht es mir blendend. Der

Aufenthalt in Dresden ist geruhsam, ich bin dankbar für jeden Tag, den ich in einer zivilisierten Gesellschaft verbringen darf.

Die Erlebnisse in Brasilien waren aufregend, Sie können sich nicht vorstellen, wie anders man dort lebt. Wenn wir schon Italien als exotischen Ort erlebt haben, so ist Brasilien eine andere Welt, die nichts mit dem zu tun hat, was ich jemals zuvor kennengelernt habe. Allein der Blick auf die Sklaverei hat mein Bild vom Leben verändert. Wie Sie sich ja gut vorstellen können, insbesondere, wenn man unvorbereitet auf diese Zustände trifft …

Um es kurz zu machen, es scheint wohl, dass ich als Österreicherin Dom Pedro ein Dorn im Auge war. Er beharrte darauf, dass seine Gemahlin einzig von Landsleuten umgeben sein darf, so dass er mir nahelegte, das Land zu verlassen. Ich tat mich verständlicherweise schwer, Dona Leopoldina allein in der Fremde zu lassen, aber die Stimmung entwickelte sich gegen mich, so dass ich es für alle Beteiligten als vorteilhaft ansah, dem Wunsch des Kronprinzen Folge zu leisten. Auch wenn diese Entscheidung, ich möchte es nicht verhehlen, sowohl Leopoldine als auch mich tief traf. Nun, es ist, wie es ist. Und dies ist alles.

Dona Leopoldina ist wohlauf, wahrscheinlich ist ihr drittes Kind jetzt schon zur Welt gekommen. Sie ist von einer bewunderungswürdigen Contenance, furchtlos und mit einer rührenden Aufopferungswilligkeit gesegnet, die man kaum zu beschreiben vermag. Das Volk liebt sie – mehr als es Dom Pedro liebt. So hofft man, dass sie recht lange in Rio bleiben wird, was sich nicht mit ihren eigenen Wünschen und Sehnsüchten deckt. Gleichzeitig scheint sie das Land immer mehr in ihr Herz zu schließen, was sich auch in ihrer Hingabe zeigt, die Menschen dort glücklich machen zu wollen. Ich hoffe nur, dass auch sie glücklich werden kann, doch ihr werter

Ehemann stellt sie vor eine große Aufgabe. Unter uns, ich bin mit ihm nie auf vertrautem Fuß gestanden, seine Manieren zu ungehobelt, seine Ichsucht zu groß.

Seit König Dom João nach Lissabon zurückgekehrt ist, regiert Pedro nach eigenem Gusto. Mir scheint, nicht alles ist mit seinem Vater abgesprochen, Pedro hat eine zum Teil recht ungewöhnliche Führung, allerdings, das muss ich ihm lassen, hat er durch sein ständiges Reisen Land und Leute gut kennen- und verstehen gelernt. Auch hat er bereits unzählige Kämpfe gegen Aufständische erfolgreich zugunsten der politischen Einheit Brasiliens gefochten.

Richten Sie bitte Seiner Majestät, Kaiser Franz, meine untertänigste Verehrung und die innigsten Grüße seiner Tochter aus.

Wenn ich nach Wien zurückkehre, ich habe noch kein Datum avisiert, werde ich überlegen, ob wir uns so wiedersehen, wie wir uns getrennt haben. Seien Sie gewarnt, ich habe mich verändert und weiß noch nicht, ob wir wieder zu unserem zärtlichen Umgang zurückfinden werden. Außerdem bin ich überzeugt, dass in den drei Jahren meiner Abwesenheit Madame de S. die Ehre hatte, sich Ihrer Gunst zu erfreuen. Mir selbst genügt die Vergangenheit, ich habe alles mit Freuden gelebt, auch mit Ihnen und durch Sie, ich brauche nicht mehr, um das Menschsein zu verstehen. Hat man das erreicht, ist man ein freier Mensch.

Adieu, Fürst

L.

Dresden

HUNDERTZWEIUNDVIERZIGSTER BRIEF

Fürst von Metternich an Gräfin Lazansky

Fast wünschte ich, Sie hätten mir nicht geschrieben! Ist ein Brief, der zwar freundlich gehalten ist, aber so gänzlich alle Intimität vermissen lässt, nicht grausamer als überhaupt keine Zeile? Was erwarten Sie von mir, soll ich Ihnen förmlich danken, dass Sie mich über die politischen Geschehnisse in Brasilien informieren, aber kein zärtliches Wort erübrigen? Was steckt hinter Ihrer Schweigsamkeit? Niemals glaube ich Ihnen, dass Sie eifersüchtig auf Madame de S. sind! Eifersucht entspricht nicht Ihrer distanzierten Haltung gegenüber den Dingen des Lebens. Ihre Gesinnung ist zu edel, zu großzügig. Nein, das ist nicht der Grund. Ich komme ohne Ihre Hilfe nicht weiter, und da Sie sich entschlossen haben, mir keine Aufklärung zuteilwerden zu lassen, und Sie mich auch nicht empfangen wollen, werde ich mich schmollend auf eine Reise nach Paris begeben.

Was muss ich tun, um wieder Ihr Herz zu mir sprechen zu hören, geliebte Eiskönigin? Meine Ohren sind gespitzt, um jeden Ihrer Sätze auf eine kleine Liebenswürdigkeit zu filtern, doch stattdessen entdecke ich nur Seitenhiebe auf Taten, die doch schon durch Ihren Ablass verziehen waren! Auch haben Sie es vorzüglich verstanden, mit keiner Silbe zu erklären, was der wirkliche Grund Ihrer Rückreise ist. »Nun, es ist, wie es ist. Und dies ist alles.« Dieser Satz enthüllt meinem geübten Blick, dass dies keinesfalls alles ist! Ich höre das Gezische und Gesäusel, was »dies ist alles« enthält. Wäre es nicht eine Erleichterung, Ihrem Freund einfach die Wahrheit zu sagen? Schreit dieser Satz nicht nach einer Erklärung?

So unendlich erleichtert ich bin, Sie wieder in meiner Nähe zu wissen, so bleibt der Anlass Ihrer Rückkehr doch ein Rätsel. Es scheint kein Zerwürfnis zwischen Dona Leopoldina und Ihnen zu geben. Ist es wirklich nur, dass Dom Pedro keine Österreicherin in seiner Nähe wissen möchte? Aber warum dann erst jetzt? Weshalb haben Sie sich damals nicht den Hofdamen anschließen müssen?

Ich ergehe mich in unnützen Phantasien, es ergibt keinen Sinn, ich bin abhängig von Ihrem Wohlwollen, Ihrer Gnade.

So reise ich jetzt, liebe Gräfin. Wenn ich aus Paris zurückgekehrt bin, mag es sein, dass Wien sich bereits Ihrer Anwesenheit freuen darf. Ich vertraue auf unsere Freundschaft.

Ergebenst, auf ewig Ihr

Metternich

HUNDERTDREIUNDVIERZIGSTER BRIEF

Dona Leopoldina an Marie-Louise, Herzogin von Parma

Marie, sosehr ich immer nach deinen Briefen lechze, fast ist mir, als könne ich ohne deine Worte nicht leben, so merke ich dennoch, dass sich unser Blick auf die Welt ändert und verschieden wird. Dies schmerzt mich sehr, weil ich weiß, dass wir daran nichts werden ändern können. Wie sonst kann ich mir deine schwesterliche Mahnung erklären, mich nicht in die Politik einzumischen? Wenn du das sehen würdest, was ich jeden Tag erlebe, du hättest gewiss eine andere Meinung! Versuche zu verstehen, wie ich hier lebe. Anders als du an der

Seite Napoleons stehe ich hier bisweilen alleine an der Spitze des Landes. Mein Mann ist oft unterwegs, auch interessieren ihn die Regierungsgeschäfte nicht, wie sie es tun sollten. Ein großzügiges Laisser-faire mag Freundschaften erhalten, nicht aber Bündnisse. Du weißt, dass ich nie das Bedürfnis hatte zu herrschen, aber das Schicksal weist mir eine andere Aufgabe zu. Auch jetzt bin ich wieder allein, Pedro ist gestern ins Hochland aufgebrochen, wo Indianer in den Bergen eine Diamantmine gefunden haben, die größer ist als alle bisher entdeckten. Wie so oft konnte ich nicht umhin, Pedro zu widersprechen, als er mir mitteilte, er müsse die Indianer zur Räson bringen. Sie weigern sich nämlich, dem Staat die Mine zu überlassen. Es ist ihr Land, also gehört ihnen auch die Mine. Ich weiß schon, Marie, was du sagen willst. Wir saßen beim Abendessen draußen, zum ersten Mal seit langem allein, ohne die elende Entourage, die zu oft unseren Tisch teilt. Die Sonne war schon untergegangen, die Kerzen flackerten im Innenhof, über uns ein Sternenhimmel, dessen Schönheit und Größe schon etwas Bedrohliches hat. Die Sterne sind so nah und dicht, man glaubt wirklich, sie mit der Hand greifen zu können. Pedro, der am Morgen einen Anfall hatte und deshalb immer noch schläfrig war, wollte schnell zu Bett. Knapp teilte er mir mit, wann er morgens aufzubrechen gedachte, drückte mir einen Kuss auf die Stirn und wollte mich verlassen, als ich mich nicht zurückhalten konnte und sagte: »Es ist ihr Land. Es ist das Land der Indianer. Wie können wir ihnen dann die Mine streitig machen?« Pedro fragte scharf zurück: »Sind sie Brasilianer?« Ich nickte. »Dann gehören das Land und die Mine dem Staat.« »Du nennst nach Belieben diejenigen ›Brasilianer‹, die dir nützlich sein können. Heute sind die Eingeborenen Brasilianer, morgen schon werden sie wieder Fremde auf ihrem eigenen Territorium sein.« Er wurde unwirsch, es tut mir dann immer schrecklich leid, dass ich ihn verstimme. Viel lieber wäre mir, wenn wir einer Meinung wären. Er hingegen fände es am besten, wenn ich gar keine Meinung hätte. »Was hat das mit dem Diamantfeld zu tun?«, er stand schon in der Tür, das Dunkel des Flurs hatte ihn schon fast verschluckt. »Wenn Brasilien ein Volk, ein Land sein soll, wenn es mächtig und reich sein soll, dann müssen doch alle seine Bewohner gleichberechtigt sein«, erwiderte ich. »Gleichberechtigt? Wieso sollten Menschen gleichberechtigt sein? Wo hast du diesen Unsinn her? Von deinem Doktor? Ich sollte dir den Umgang mit ihm verbieten. Einzig weil er ein guter Arzt ist, verweise ich ihn nicht der Stadt. Aber wenn er dir solche Flausen in den Kopf setzt …« Er ist nicht eifersüchtig auf Alexander als Mann, ihn stört, dass der Doktor belesener ist als er. Ich ignorierte seinen Einwurf: »Sie müssen gleichberechtigt sein, weil sie dies in ihrer Liebe zu deinem Vater und dir einen wird.« »Du bist besorgt um ihre Liebe?« Pedro lachte auf, es amüsierte ihn köstlich: »Es ist Gottes Wille, dass wir Herrscher sind! Mach dir keine Gedanken über die Liebe des Volkes, mein Schatz, ich liebe dich, das sollte genügen, oder?« Er beugte sich über meine Hand, zog sie an seine Lippen und küsste sie gierig. Und was tat ich, Marie, deine ungeschickte, undiplomatische Schwester? Statt die Liebesbezeugung meines Mannes zu genießen, zog ich meine Hand zurück, stand auf und verharrte in einer Pose, die nicht der einer liebenden Gattin entsprach, sondern der eines Verhandlungsgegners. Aber ich konnte nicht anders, in mir herrschte ein solch wilder Aufruhr: Sklaven, Indianer, Eingeborene, Fremde aus Deutschland und Österreich, die Portugiesen, müssen sie nicht alle mit gleichem Maß gemessen werden? In diesem Augenblick stand mein Sinn nicht nach Zärtlichkeit. Meinen Mann aber schien mein Widerwort zu animieren. Er nahm mich in den Arm und zog mich in den Flur. Wie ein Kind mit den Füßen auf den Boden aufstampfend, blieb ich stehen und sagte: »Gott hat dich zum Herrscher bestimmt, aber nur die Liebe des Volkes bestimmt, ob du es wirklich bist.« Er lachte nur: »So pathetisch, mein Weib! Hast du das gelesen, oder wer hat dir diesen Floh ins Ohr gesetzt? Komm, lass uns das tun, wozu Gott dich zu mir geführt hat!« Eigentlich teilt er nicht das Bett mit mir, wenn ich in Umständen bin, doch jetzt zog er mich mit sich fort und nahm mich mit brutaler Gewalt. Ich lag immer noch mit schmerzendem Leib, als er schon auf und davon war. Unverheiratet ist man glücklicher!

Du siehst, liebste Schwester, deine Mahnungen bringen nicht die erhoffte Ernte.

Du fragst nach einer *Amour* mit dem Doktor. Ich will dir offen antworten, Marie. Neulich waren wir durch Zufall gemeinsam in Rio in einer Musikalienhandlung. Ich hatte ihn gar nicht eintreten sehen, so vertieft war ich in die Noten. Wie früher beglücken mich Noten und Bücher sehr. Wenn ich die Noten durchblättere, fühle ich mich in die Zeit zurückversetzt, in der ich mir nichts anderes vorstellen konnte, als Pianistin zu werden. Diese ungeheure Befriedigung, einen Lauf perfekt zu spielen, ein neues Stück einzustudieren. Gibt es etwas Beruhigenderes auf der Welt, als ein Arpeggio von Bach?

Da stand ich nun in diesem stickigen kleinen Geschäft, versunken in die Musik, als ich plötzlich ein Summen hinter mir hörte. Jemand intonierte einen Walzer, »hmtata, hmtata«. Ich drehte mich um und schaute in die bunten Augen des Doktors. Er grinste mich verschmitzt an, reichte mir galant den Arm und fragte: »Darf ich bitten?« Du siehst, wie hier die Sitten sind! So etwas wäre mir in Wien nie passiert! Aber ich bin fern, und so nahm ich seinen Arm und wir tanzten ein paar Walzerschritte. Niemand konnte uns sehen, die Fenster des Ladens sind zum Schutz vor der Sonne verdunkelt, der Ladenbesitzer, ein kleiner, verhutzelter, etwas grummeliger Lissaboner, hielt vor seinem Geschäft einen Schwatz. Er weiß, wenn ich in seinem Laden bin, brauche ich Zeit und Ruhe. Alexander und ich waren also allein. Ich kann nicht verhehlen, dass ich mich sehr von ihm angezogen fühle. Für einen winzigen Moment, als wir stillstanden, aber uns noch an den Armen hielten, legte ich meinen Kopf an seine Schulter. Ich fühlte, wie er für den Bruchteil einer Sekunde der Versuchung widerstand, mir einen Kuss aufs Haar zu geben. Als wir uns voneinander lösten und anschauten, hielten wir den Blick des anderen über den schicklichen Moment hinaus. Kann es sein, dass Gott mich zur Frau des einen bestimmt hat, aber mein Herz sich zu einem anderen hingezogen fühlt? Ich möchte und darf mich dieser Frage nicht stellen. Meine Aufgabe ist eine andere. Und wie kann ich es wagen, selbst in Gedanken, mich von Pedro zu entfernen, der mir in Treue verbunden ist!

Ach, Marie, wie leicht war das Leben, als wir auf dem See in Laxenburg Schlittschuh liefen! Mir liefen die Tränen über die Wangen, als ich deine Zeilen las! Wie schön, dass Annony wohlauf ist. Und der Papa. Ich sehne mich nach dieser Zeit zurück. Und doch beginne ich mich hier auf eigentümliche Art zu Hause zu fühlen. Gloria und Carlos sind schon rechte Brasilianer.

Marie, ich umarme und küsse dich.

Leopoldina
Boa Vista

HUNDERTVIERUNDVIERZIGSTER BRIEF

Dona Leopoldina an Gräfin Lazansky

Auch wenn ich seit Wochen nichts von Ihnen gehört habe, so nehme ich an, dass Sie mittlerweile von Dresden nach Wien zurückgekehrt sind. Hatten Sie eine gute Zeit mit Ihrer Schwester? Sind uns unsere Schwestern nicht ein großes Glück, Gräfin? Ich bin unendlich froh, wenn mir Marie-Louise schreibt, sie gehört doch zu meinem Leben und ich brauche ihre Briefe wie die Luft zum Atmen. Und natürlich Ihren Zuspruch, liebe Freundin!

Wir haben Zuwachs bekommen, vor einem Monat wurde unsere zweite Tochter geboren, ein sehr zartes Wesen, aber schon von einem erkennbar ausdauernden Charakter. Januária heißt der kleine Engel.

So erleichtert ich darüber bin, die Geburt überstanden zu haben, so merkwürdig sind die Begleitumstände, da ich, verzeihen Sie mir meine schonungslose Offenheit, krank war und bin. Ach, im Moment ist alles schwer und traurig, aber davon gleich mehr. Die Schwangerschaft war leichter als die vorhergehenden, aber ich hatte immer wieder einen unangenehmen Ausfluss. Maria hatte die Idee, zur Geburt eine erfahrene Hebamme aus ihrem Dorf kommen zu lassen, da Pedro einen wachsenden Widerwillen gegen Doktor Freiberg zeigt. Ich bete zu Gott, dass er nicht auch noch das Land verlassen muss! Jedenfalls kam diese Hebamme, Teresa, ein paar Tage vor der Geburt zu uns nach Boa Vista und logierte bis zum Tag der Niederkunft neben meinem Schlafzimmer. Als der Ausfluss immer stärker wurde, rief ich nach ihr, weil ich es für die Vorboten der Geburt hielt. Teresa untersuchte mich gründlich, legte ihr Ohr auf meinen Bauch und lauschte. Sie sagte nichts, ich fühlte aber ihre Besorgnis, so dass mein Herz wie wild zu klopfen anfing, ich hatte unbeschreibliche Angst, dass mein Kind … ich mag es gar nicht aussprechen! Nachdem sie mich untersucht hatte, wandte sie sich an Maria und flüsterte ihr etwas zu. Ich konnte sie nicht verstehen, sie spricht einen mir unbekannten Dialekt. Irgendwie traute sie sich nicht, mich anzusprechen. Erst als Maria ihr einen Stups gab, rückte sie mit der Sprache heraus: »Hoheit, Sie haben eine Krankheit. Von Ihrem Mann. Die Krankheit hat er sich von schlechten Frauen geholt.« Während Teresa rot vor Verlegenheit wurde, wurde Maria rot vor Wut. Mir indes blieb der Atem weg. Was sollte das bedeuten? Maria, die meine Not bemerkte, übersetzte die grausame Wahrheit in einfache Worte: »Dom Pedro geht zu Huren.« Ungläubig schaute ich von Maria zu Teresa, in der Hoffnung, dies sei ein Missverständnis. Wie konnte diese einfache Frau vom Lande sich so sicher sein, dass sie es wagte, den Thronfolger einer solchen Ungeheuerlichkeit anzuklagen? Die beiden Frauen schienen nicht sonderlich beeindruckt. Sie schwiegen, sie hatten alles gesagt, was zu sagen war. Teresa ging zu ihrem Korb und hob vorsichtig eine kleine Flasche mit einer bitter riechenden, trüben Flüssigkeit heraus: »Nehmen Sie davon jeden Tag zwei Löffel, und Sie werden wieder gesund. Dom Pedro muss dasselbe tun. Und Sie dürfen, bis Sie wieder gesund sind, das Bett nicht teilen. Auf keinen Fall«, dabei hob sie warnend den Zeigefinger und lachte ihr breites Lachen. Mir stand der Sinn nach allem, nur nicht danach, das Bett zu teilen. Bevor ich vor Zorn und Verzweiflung ohnmächtig werden konnte, überfiel mich mit großer Heftigkeit die erste Wehe.

Eine Woche nach der Geburt machte mir Doktor Freiberg seine Aufwartung. Er brachte ein wunderschönes Geschenk, ein Mobile mit kleinen Vöglein, aus bunten Federn gebastelt. Im Wind scheinen die Vögel zu fliegen, es ist zauberhaft! Wir plauderten eine Weile, er erkundigte sich nach Art und Fähigkeit meiner Hebamme, ich beschrieb ihm, wie kundig und freundlich sie mich begleitet hatte. Die ganze Zeit überlegte ich angestrengt, wie ich ihn in Gottes Namen fragen sollte, ob Teresa mit ihrer Diagnose recht hatte. Schließlich nahm ich all meinen Mut zusammen und berichtete in knappen Worten über Teresas Vermutung. Nun, liebe Gräfin, Alexander ist ein so feiner Mensch, man muss sich nicht fürchten, ihm die intimsten Dinge zu beichten, er reagiert gelassen und so, als sei dies nichts Unbekanntes für ihn. Leider bestätigte er Teresas Aussage, dass meine Erkrankung von meinem Mann kommen muss. Nur mit Mühe konnte ich meine Tränen zurückhalten, da fuhr er fort, er habe von Gerüchten gehört, dass Pedro nicht mehr zu Huren gehe, sondern … Ach, Gräfin, ich weiß nicht, was ich davon halten soll, aber Pedro sei, als er sich das letzte Mal von mir verabschiedet hat, gar nicht verreist, sondern ohne Umweg nach Rio geritten, um mit einem Weib, das er schon seit ein paar Wochen kennt, ein paar ungestörte Tage zu verbringen! Es handelt sich um die Ehefrau eines Offiziers, der während einer Audienz bei Pedro vorstellig wurde, um ihn um Schlichtung eines schon länger währenden Streites (Details sind nichtig) zu bitten. Man weiß sogar den Namen dieses Weibes! Domitilia. Gemeinsam hätte das Paar beim Kronprinzen Unterstützung und Gerechtigkeit eingefordert, dabei hätte sich die Frau Pedro geradezu angebiedert und ihn derart mit ihren üppigen weiblichen Reizen becirct, dass mein armer Ehemann gar nicht anders konnte, als seinen Blick in ihr Dekolleté zu versenken (dies sind die Worte Alexanders). Der unverschämte Gatte hat die Gunst der Stunde genutzt und – sollte der Streit zu seinen Gunsten geklärt werden – seine Ehefrau Pedro als Belohnung angeboten! Welche Schamlosigkeit! Man kann wohl kaum von einem *Gerücht* sprechen, wenn es Zeugen gibt, die Details dieser Unterredung in Rio verbreiten.

Glauben Sie mir, liebe, liebe Gräfin, auch wenn ich versuche, Ihnen die Vorkommnisse kühl zu schildern, ich leide fürchterlich! Am liebsten würde ich mich in meinem Zimmer einschließen, die Fenster fest schließen, damit nicht ein Sonnenstrahl meine verdunkelte Seele zu erhellen wagt. Sie können sich lebhaft vorstellen, wie es in meinem Herzen ausschaut, nicht wahr? Da saß ich mit meinem Neugeborenen in den Armen und starrte meinen lieben Freund Alexander an, nicht wissend, was ich denken, was ich glauben sollte. Erst überwogen Wut und Scham den Schmerz. Was ist in Pedro gefahren, warum tut er mir dies an?! Hat er mir nicht noch vor ein paar Tagen seine Liebe erklärt? Ist es, weil er während der Schwangerschaften nicht das Bett mit mir teilt? Das war seine Entscheidung! Ich habe mich nie meinen Pflichten entzogen. Soll dies Strafe sein, weil ich es immer wieder gewagt habe, meine Meinung zu äußern? Ich fühle mich derart elend, es fehlen mir die Worte, Ihnen meine Malaise zu beschreiben. Ständig habe ich das Gefühl, mich krümmen zu müssen, als wäre es nur in dieser Haltung möglich, den Schmerz zu ertragen. Das Schlimmste aber ist, Gräfin, dass Pedro, als ich mit ihm darüber sprechen wollte, mir lieblos hinwarf: »Dies sind Dinge, die dich nicht kümmern müssen. Ich bin der Regent und frei in meinen Entscheidungen.« Darauf schlug er die Tür so heftig ins Schloss, dass der ganze Raum vibrierte. Er ließ mich verzweifelt schluchzend zurück.

Seit Tagen und Nächten wälze ich nun meine Gedanken hin und her, mir ist schon ganz schwindelig vor lauter Denken. Mal denke ich, ja, es musste so kommen, wir sind so verschieden, ich habe eine andere Haltung zu den Dingen, ich sehe die Menschen und ihren Wert mit anderen Augen, ich möchte die Sklaverei abschaffen, denn ich möchte die Menschen glücklich wissen. Aber das will Pedro auch! Wir haben uns doch in den Jahren gut verstanden, wir sind Freunde, ja Liebende. Aber sind wir es noch? Wenn ich ehrlich bin mit mir und Ihnen, liebe Gräfin, so spüre ich jetzt mehr als zuvor, dass Ihre Verbannung, die Abreise meiner Hofdamen und auch die Herzlosigkeit meines Mannes zu einer gewissen Abstumpfung meiner Gefühle geführt haben. Ach, dass Sie sich mein ganzes Elend anhören müssen, aber ich sehne mich so sehr nach Ihrem Rat!

Ich muss mutig in die Zukunft schauen, mein Platz ist hier, meine Kinder, die Menschen brauchen mich. Aber egal, wie viel Mut ich mir selbst zuspreche, es will sich nicht recht einstellen.

Und nun befallen mich auch noch Zweifel an der Offenheit Alexanders! Hätte er mir dies alles auch erzählt, wenn ich ihn nicht um ärztlichen Rat gefragt hätte? Hätte er mich, seine Freundin, weiter ahnungslos an der Seite Pedros leben lassen? Wie lange wusste er schon von Pedros Untreue? Gräfin, ahnten Sie …? Oh, Grundgütiger, verzeihen Sie mir, dass ich plötzlich überall Verrat wittere! Sie, meine Vertraute, nein, Sie hätten mich beschützt! Und Alexander, ich konnte es an seiner Miene ablesen, auch er wusste erst seit kurzem von alledem. Sie hätten ihn sehen sollen, wie es ihn gequält hat, mir diese Dinge beizubringen, wie er immer wieder zärtlich meine Hand hielt, mir über die Wange strich, so als könne seine Zuneigung die Untreue meines Mannes wettmachen.

Ich habe das Klavierspiel wiederaufgenommen, ich spiele stundenlang, mein armes Herz, das sich anfühlt, als sei es von einer Fessel umklammert, fühlt sich beim Musizieren leichter an. Auch stehe ich jetzt noch früher auf und reite ganz allein am Strand oder im Urwald. Ich habe einen sehr schönen Weg gefunden, einen halben Tagesritt von hier, wo ich zunächst auf einer Anhöhe entlangreite und dabei noch das Meer sehen kann, dann kommt eine hübsche Lichtung, über die man vorzüglich galoppieren kann, die in einem Waldpfad endet. Weil ich so nachlässig gekleidet bin, erkennen mich wohl selbst die Vögel und Affen nicht! Ich bin viel allein, ich meide die Stadt, ich meide Pedro. Ich habe Angst vor ihm, sein Ton ist jetzt immer laut gegen mich. Ach, welche Dämonen brechen über mich herein! Gräfin, schreiben Sie mir! Schnell. Trösten Sie Ihre arme Freundin!

Leopoldina
Boa Vista

HUNDERTFÜNFUNDVIERZIGSTER BRIEF

Gräfin Lazansky an Dona Leopoldina

Liebe, liebe Freundin! Ach, was gäbe ich darum, Sie trösten zu können! Stattdessen halte ich nur Ihren Brief in den Händen und streiche über die Zeilen, als ob meine Finger Ihr Klagen auslöschen könnten. Ich bin erschüttert!

Es ist schon spät in der Nacht, ich bin die Einzige im Haus, die noch auf ist. Nein, ich bin noch nicht nach Wien zurückgekehrt.

Meine Schwester hat es sich zu ihrer Lebensaufgabe gemacht, mich zu verwöhnen. Ich muss bei ihr den Eindruck erweckt haben, der Hölle nur knapp entronnen zu sein. Da

Liebe, auch die schwesterliche, bekanntermaßen durch den Magen geht, muss ich der vorherrschenden Mode dankbar sein, dass sie meine wachsende Taille mit gefälligem Faltenwurf kaschiert! Meine liebe Caroline glaubt außerdem, mich mit Gesellschaften aller Art bei Laune halten zu müssen. Sie unternimmt all dies mit großem Charme und einer Energie, die mich erschöpft. Nicht weil die Dresdner Gesellschaft aufregender ist als die in Rio, mitnichten, sondern weil ich allerorten zu Brasilien befragt werde. Gleichgültig ob im Salon, bei einer Soiree oder einem der – allerdings vorzüglichen – Musikabende, man trifft, obgleich Dresden keine große Stadt ist, ständig neue Leute, aber mit den immer gleichen Fragen. Mich beschleicht der heftige Verdacht, dass die Menschen von ferne anreisen, um mich wie ein exotisches Tier zu bestaunen. Nur, keiner fragt nach den politischen Entwicklungen.

Die Fenster sind weit geöffnet, kühle, frische Abendluft strömt in den Raum, gerade schlägt die Uhr im Kaminzimmer Mitternacht. Eine höchst lästige Uhr mit einem hässlichen Klang. Fern der Pariser Uhrmacherkunst gefertigt, solide und so wahrscheinlich noch die Nachtruhe nachfolgender Generationen störend. Ein Erbstück und damit unantastbar, trotz seines geschmacklosen Gehäuses und klagenden, tiefen Tones. Ein Lüftchen lässt die Kerzen flackern und Ihre Zeilen vor meinen Augen tanzen. Aber es ist kein fröhlicher Tanz. Nichts sehne ich stärker, als Ihren Kummer zu zerstreuen! Denken Sie daran, dass sich die Dinge des Lebens genauso schnell wieder vom Tragischen zum Glücklichen wenden können – als auch leider umgekehrt. Also beten wir für eine schnelle glückliche Wendung!

Zunächst aber eilen meine Glückwünsche zu Ihrem kleinen Töchterchen, Ihrer Januária. Geben Sie ihr einen kräftigen Kuss von Ihrer Freundin! Möge Gott seine schützende Hand über das Kind halten und ihm ein gutes Leben schenken. Eine vortreffliche Mutter hat ihm das Schicksal schon mit auf den Weg gegeben! Wie froh bin ich, dass die Kleine trotz Ihrer Krankheit gesund und munter ist!

Nun sitze ich hier und überlege, wie ich Ihnen in Ihrer misslichen Lage Trost und Zuspruch geben kann. Ich möchte, nein, ich muss ehrlich mit meiner geliebten und verehrten Freundin sein, so wie sie es verdient hat. Warum nur fällt einem das Wahrhaftige und Ehrliche so viel schwerer als das nichtige Geplauder? Vielleicht, weil die Wahrheit, einmal auf das Papier gebannt, so mächtig erscheint. Merken Sie, wie ich mich winde? Ich quäle Worte auf das Papier, meine Gedanken wollen sich nicht in Worte fügen, und so vergeht Stunde um Stunde, ohne dass ich einen Brief zustande bekomme. Wenn Sie sehen könnten, wie viel Blatt zerknäulten Papiers sich neben mir auf dem Boden häufen, hélas!, es will mir nicht gelingen!

Nun, ich werde einfach so schreiben, wie es mir mein Herz, nicht aber die Sitte oder Diplomatie befiehlt: Erinnern Sie sich an die erste Begegnung mit Dom Pedro, als Sie – ganz von seinem Äußeren eingenommen – von seinen schönen Augen schwärmten? Es ist dies einer der wenigen Vorteile des Älterwerdens, dass man seine Erfahrungen und Ahnungen für Menschen und Situationen schärft. So entsetzlich es klingen mag, ich bin nicht überrascht von der Wendung, die Dom Pedro an den Tag legt. Er wechselt seine Laune, seinen Charakter wie ein Kleid, das man sich eben überstreift. Plötzlich weiß man nicht, wie einem geschieht. Ich hatte inniglich gehofft, dass ich mich täuschen würde, dass Ihre Liebe, Zuneigung und Nähe das Gute in seinem Charakter hervorkehren würden. Nun, dies hat es auch getan, aber sein Wesen scheint zu unstet, als dass das Gute sich über eine längere Zeit zu etablieren imstande ist. Dass Männer zu Huren gehen, ist seit ewigen Zeiten so. Das ist nicht neu. Dass er dies in aller Offenheit tut und sich dessen nicht schämt, ist entsetzlich. Von Ihrer Krankheit ganz zu schweigen. Doch was können Sie tun? Auch wenn es mir nicht zusteht, mich über den Thronfolger Brasiliens zu äußern, ich bin mir leider sicher, dass Pedro sich nicht ändern wird. So bleibt einzig, dass Sie sich ändern, Sie müssen Ihren Blick auf die Dinge ändern. Denn Gott hat Sie an die Seite Pedros gestellt, und Sie müssen ausharren. Je souveräner und je distanzierter Sie ihn betrachten, ohne Leidenschaft, desto leichter wird Ihnen das Leben fallen.

Seien Sie versichert, dass ich nichts von Pedros Neigung zu dieser Person wusste! Wenn sie eine so ordinäre Frau ist, wie Sie schreiben, so wird sich das Interesse Pedros schnell wieder legen. Seine Eitelkeit als Herrscher wird ihn vor einer längeren Liaison bewahren.

Bei all Ihrer Aufopferung für das brasilianische Volk, vergessen Sie nicht, gut zu sich selbst zu sein. Der Doktor ist ein feiner Mann – die Männer aus dem Volk sind oft die feineren Herren! –, vertrauen Sie auf *seine* Freundschaft. Er wird Sie nicht betrügen. Und wenn es sich ergibt, dass Sie hier die wahre Liebe finden, meine kleine Freundin, dann geben Sie sich ihr hin. Die Liebe, die wirkliche Liebe, in Anerkennung und Zärtlichkeit dem anderen gegenüber, in Respekt und tiefer Empfindung um das Wesen des anderen, ist ein seltenes Geschenk des Lebens, das man nicht ablehnen darf! Behüten Sie Ihre Kinder. Und sich.

In immerwährender Freundschaft

Ihre Anna Christina
Dresden

HUNDERTSECHSUNDVIERZIGSTER BRIEF

Marquis von Marialva an Fürst von Metternich

Willkommen in Paris, mein Freund! Wie freue ich mich, Sie endlich wiederzusehen! Ich bin sicher, Sie sind bei Fürst Rostand vorzüglich untergebracht, sollte es dennoch an irgendeiner Kleinigkeit mangeln, die Ihren Aufenthalt auch nur im Geringsten einschränkt, so lassen Sie es mich umgehend wissen. Nichts liegt mir mehr am Herzen als Ihr Wohlergehen, lieber Freund! Mein Haus in der Rue Vavin steht Ihnen jederzeit zur Verfügung, und ich würde mich sehr geehrt fühlen, wenn es Ihre Zeit und Ihre Verpflichtungen Fürst Rostand gegenüber erlauben, dass auch wir ein wenig Zeit entre nous verbringen können.

Seit Ihrem letzten Brief sind Wochen ins Land gegangen, vieles hat sich ereignet, was jedoch meine fehlende Antwort auf Ihre Nachrichten nur ungenügend entschuldigt. Deshalb möchte ich Ihnen das Wichtigste schon vor unserem heutigen gemeinsamen Abend im Hause Rostand mitteilen: Ich bin aus dem diplomatischen Dienst ausgeschieden. Ja, ich bin ein freier Mann! Ob dies ein erstrebenswerter Zustand ist, wird sich erst noch erweisen müssen. Aber mit fünfunddreißig Jahren ist es gut, sich neuen Aufgaben zu widmen.

Zwar habe ich selbst um meine Entlassung aus der Hand Dom Joãos gebeten, dennoch konnte ich mich des Gefühls nicht erwehren, dass dem König mein Entschluss überaus angenehm war. Ich habe in letzter Zeit vielleicht ein wenig zu deutlich, um nicht zu sagen mit einer gewissen Schärfe, beim König vorgesprochen und ihn gebeten, Dom Pedro in härterer Weise als bisher auf seine Pflichten als Thronfolger hinzuweisen. Meine Informanten aus Rio haben mich über verschiedene Vorkommnisse in Kenntnis gesetzt, deren Tragweite wir noch nicht absehen können und die bei genauer Betrachtung eine Gefährdung des Vereinigten Königreiches von Portugal und Brasilien nach sich ziehen könnten. Man munkelt, Dom Pedro sei nicht abgeneigt, Brasilien von Portugal zu lösen, um alleiniger Herrscher Brasiliens zu werden. Eine andere Variante besagt, dass die Bewegung der sogenannten *Patrioten* unter einem gewissen Dom Bonifácio, der im Übrigen ein vorzüglicher Mann zu sein scheint (nur steht er leider auf der falschen Seite), den Thronfolger stark bedrängt, Brasilien aus der Vorherrschaft Portugals zu befreien, und dass Dom Pedro zu schwach sei, sich diesen *Wünschen* auf Dauer zu widersetzen. Was die Lage erschwert, ist, dass sich Dom Pedro auf eine unerhörte Weise mit einer Frau aus dem niederen Volke zusammengetan hat, mit der er mehr Zeit als mit unserer so verehrten Dona Leopoldina verbringt. Eine öffentliche Mätresse! Wir sind doch nicht mehr am Hofe Louis XIV.! Welch ein Rückschritt! Und welch Affront gegen Dona Leopoldina, die, wie ich höre, unter der Situation ungeheuer leidet.

Ich glaube jedoch nicht, dass die Rückkehr der Gräfin in unmittelbarem Zusammenhang mit diesen Ereignissen steht. Ich habe keine rechte Phantasie, was dies verursacht haben könnte, möchte Ihnen aber keine der Aussagen meiner Informanten vorenthalten. Vielleicht können Sie sich aus diesem Puzzle einen Grund zusammenreimen: Man sagt, dass sich Pedro neben diesem Weib, ihr Name ist Dona Domitilia, mit vielen (!) anderen Weibern verlustiert und so für eine Erkrankung, die ich nicht beim Namen nennen möchte, seiner Frau verantwortlich ist. Ich kann mir vorstellen, dass sich Gräfin Lazansky eingemischt hat – ich halte sie für eine furchtlose, geradlinige Person –, um sich schützend vor Dona Leopoldina zu stellen. Wie wir wissen, Sie noch besser als ich, kann die Gräfin recht deutlich werden, insbesondere, wenn sie die Gerechtigkeit in Gefahr wittert. Sollte dies der Fall gewesen sein, so wäre es möglich, dass Dom Pedro sie schlicht loswerden wollte. Sie sehen, auch ich ergehe mich nur in Vermutungen. Über all dies, was mir zu Ohren gekommen ist, habe ich natürlich Dom João in Kenntnis gesetzt. Nur hatte ich den Eindruck, dass es den König überhaupt nicht interessiert. Zu sehr ist er mit den Cortes beschäftigt, eine Auseinandersetzung, die uns alle in Lissabon in Atem hält. Ich wage es kaum auszusprechen, aber à la longue scheinen wir eine Verfassung nicht verhindern zu können!

Haben mich diese Ereignisse bewogen, meinen Abschied aus der Politik zu nehmen? Nicht nur. Ich habe einfach nicht Ihre Hingabe an diese Aufgabe. Sie sind mit ganzem Herzen und ganzer Seele Diplomat und Politiker. Ihnen ist dies Berufung. Mir fehlt Ihre Leidenschaft, Ihr Durchsetzungsvermögen. Auch bin ich es müde, mich in einem Karussell verschiedenster Meinungen zu bewegen, die nicht unmittelbar meinen eigenen Überzeugungen entsprechen. Für Sie, Fürst, ist das anders, Sie *bilden* die Meinung, und die anderen richten sich nach Ihnen. Sogar der Kaiser.

Es mag für einen Mann erbärmlich klingen, wenn ich gestehe, dass ich mich im Privaten wohler fühle. Sei's drum! Ich denke sogar daran, mich zu verheiraten und eine Familie zu gründen.

Ich schweife ab, lieber Freund, und belästige Sie mit den Abgründen meines Charakters. Dabei erwarten Sie von mir eine Antwort auf Ihre Fragen! Nein, ich wusste nicht von der Rückkehr Gräfin Lazanskys, auch habe ich keine wirkliche Erklärung außer den oben ausgeführten Vermutungen. Ich bin jedoch sicher, dass sie, sobald sie wieder in Wien weilt, Ihnen und Seiner Majestät, Kaiser Franz, berichten wird. Sie hatten doch ein so vertrautes Verhältnis miteinander! Nun sind seit Ihrem Brief Wochen vergangen, ich bin gespannt, ob Sie mir heute Abend vielleicht, soweit es die Gesellschaft erlaubt, Neuigkeiten berichten können.

Morgen Abend gibt man an der Opéra-Comique im Übrigen *Le Solitaire* von Michele Carafa. Ich habe mir gestattet, uns eine Loge zu reservieren. Wir werden nicht allein sein, ich hatte die Ehre, im Hause des Grafen d'Alembert zu verkehren und dort die Bekanntschaft seiner Töchter zu machen. Die drei überaus reizenden jungen Damen werden in Begleitung ihrer Mutter meine Gäste sein. Ich bin sicher, Sie werden enchantiert sein! Zudem sollte es uns ein Vergnügen sein, den Komponisten Carafa nicht nur wegen seiner hinreißenden Musik, sondern auch wegen seiner Teilnahme an den Feldzügen gegen Napoleon zu ehren. Welch eine Laufbahn, erst Offizier und nun Musikus! Sollte er nicht Vorbild für mich sein, dass man zwei so unterschiedliche Wege kunstvoll und erfolgreich zu einem stimmigen Leben verbinden kann?

Lieber Fürst, jetzt ist mir mein Herz leicht, da ich Ihnen alles Entscheidende bereits anvertraut habe. Nun kann ich mich auf einen gelungenen Abend im Hause Ihres Freundes Rostand und den Augenschmaus, den uns die Bilder der genialen Angelika Kauffmann bescheren werden, freuen!

Sehr ergeben, Ihr

Marquis Marialva

Paris

Ich werde Ihre Wiedersehensfreude steigern, ja, ich werde mich zum Gespött der Pariser Gesellschaft machen, da mein Anblick nicht so elegant wie erhofft sein wird. Mit Verlaub, mein Gesicht ähnelt einer venezianischen Pestmaske, so groß und dick ist meine Nase! Ich bin heute Nacht das Opfer einer Armada von Mücken geworden, und gleich zwei dieser Plagegeister haben sich an meiner Nasenspitze delektiert.

HUNDERTSIEBENUNDVIERZIGSTER BRIEF

Dona Leopoldina an Marie-Louise, Herzogin von Parma

Ich weiß nicht, weshalb ich diesen Drang habe, mich vor dir zu rechtfertigen, liebe Marie, noch, warum ich hoffe, dich umstimmen zu können und mir zu glauben, dass es rechtens ist, sich auch als Frau in die Politik einzumischen! Auch würde ich es aufrichtig bedauern, wenn das Politische zu einem Thema in unserer Korrespondenz würde. Aber, und du wirst mich gleich verstehen, wenn das Politische derart mit dem Menschlichen Hand in Hand geht, dann darf man nicht schweigen!

Ich habe versäumt dir zu berichten, dass ich nach dem Fortgang meiner Gräfin eine neue Zofe bekommen habe, eine entzückende junge Frau, mit einer Haut so schwarz wie die Nacht (du würdest dich fürchten!). Sie heißt Maria und ist ein paar Jahre jünger als ich, aber schon Mutter eines Sohnes. Wir mögen uns sehr, sie ist mir in der kurzen Zeit ans Herz gewachsen.

Gestern Mittag war einer dieser unerträglich schwülen, heißen Tage, die einem schier den Atem nehmen. Die Hitze lastete schwer auf Haus und Hof, es war, als senke sich der Himmel näher zur Erde und man könne die regenschwülen

Wolken mit der Hand greifen. Die Hunde dösten im Schatten, das Stimmengewirr des Personals war verstummt, selbst die Hühner und Enten waren von der Wärme so schlaff, dass kein Geschnatter aus ihren Kehlen zu vernehmen war. Da überkam mich mit einer solchen Heftigkeit ein Heimweh, dass ich es nicht schaffte, meine Tränen zurückzuhalten. Ich bin nun oft allein, da mein Mann es vorzieht, seine Zeit und das Bett mit einer anderen Frau zu teilen. Bitte, liebste Marie, erspare mir Details, ich werde dir vielleicht beim nächsten Brief darüber berichten. Heute habe ich keine Kraft dazu.

Wie schon in meiner Kindheit bietet mir einzig die Musik Erlösung von meinem Kummer. Also zog ich mich ins Musikzimmer zurück und hämmerte mit einer solchen Vehemenz auf die Tasten ein, dass Carlos mit weit aufgerissenen Augen ins Zimmer stürmte und mich anflehte: »Mama, nicht so laut, das tut weh. Ohr tut weh.« Dabei verzog er theatralisch das kleine Gesichtchen und hielt sich die Ohren zu. In dem Augenblick trat Maria ins Zimmer und brachte uns einen Krug kalten Weins. Sie tätschelte Carlos den Kopf und mahnte mich: »Sie müssen lustige Sachen spielen. Die Kinder hören doch zu!« So stimmte ich einen Walzer an, worauf Maria Carlos an der Hand nahm und mit ihm ein paar Tanzschritte machte. Nur wurde mir von den heimatlichen Klängen noch weher ums Herz! Als ich Maria mit Carlos sah, fiel mir ein, dass sie vor geraumer Zeit versprochen hatte, mir ihr Söhnchen vorzustellen. Daher fragte ich sie: »Wann bringst du endlich einmal deinen Sohn mit, Maria?« Sie ließ sofort Carlos' Hand los, wandte ihr Gesicht von mir ab und begann einen Blumenstrauß in der Vase zu ordnen, der eine Minute zuvor bereits vom Kammermädchen arrangiert worden war. »Maria?« »Später vielleicht. Er ist krank.« »Krank? Hast du jemanden, der nach ihm schaut?« Kaum hatte ich das gesagt, fing sie herzzerreißend an zu weinen. Ich nahm sie in den Arm: »Pscht. Ich schicke einen Arzt, ich werde Doktor Freiberg zu euch schicken, er soll nach deinem Sohn schauen.« »Nein, Dona Leopoldina, nicht.« Die Tränen flossen immerzu. »Um Himmels willen, was ist denn, Maria? Sag es mir!« »Ich, ich habe kein Geld.« »Aber du musst den Doktor nicht bezahlen! Lass das meine Sorge sein«, versuchte ich zu trösten. Sie befreite sich aus meiner Umarmung, trocknete ihre Tränen und setzte sich auf einen Stuhl. Sie setzt sich nie in meiner Gegenwart! »Jaja, aber ich habe überhaupt kein Geld.« Irgendetwas stimmte nicht, mir wurde auf einmal ganz seltsam zumute, eine Ahnung stieg in mir auf: »Du bekommst ein gutes Salär! Alle meine Mädchen werden gut bezahlt.« »Ich bekomme kein Geld«, erwiderte sie leise. Ich traute meinen Ohren nicht. Hatte mir mein Mann doch auf sein Leben versprochen, dass meine Mädchen und vor allem Maria für ihre Arbeit bezahlt werden und keine Sklaven mehr sind! Du kannst dir mein Entsetzen und meine Wut nicht vorstellen. Fast hätte ich das arme Kind geschüttelt, als wäre es schuld daran! Doch es kam noch ärger. »Wir Sklaven (sic!) werden nicht bezahlt, Dona Leopoldina. Meine Familie hatte nichts zu essen. Also habe ich meinen Sohn … verkauft.« Marie, in Gottes Namen, was ist das für eine Welt! Ich schnappte nach Luft: »Verkauft?!« Maria schien sich wieder zu fangen und sagte mit tonloser Stimme: »Bitte regen Sie sich nicht auf. Das machen viele so. Es ist nichts Besonderes. Aber ich vermisse ihn so schrecklich.« Sie schluchzte bitterlich. Wir beide weinten ein Tränenmeer. Nach ein paar Minuten versuchte ich meine Gedanken in irgendeine Ordnung zu bringen: »Wer kauft die Kinder?«, meine Stimme brach, aber ich zwang mich zur Ruhe. Maria antwortete kaum hörbar: »Weiße Männer. Weiße Frauen.«

Sag, Marie, verstehst du mich jetzt? Begreifst du, weshalb ich nicht schweigen kann?!

Ich bin in Eile, mein Mann hat mir für die Zeit seiner Abwesenheit die Regierungsgeschäfte übertragen. Du weißt am besten, dass mich das Herrschen nie angezogen hat, aber nun verlockt mich die Gelegenheit zu regieren doch. Es ist viel zu tun. Und die Arbeit ist ein wunderbares Mittel, gegen den eigenen Schmerz anzukämpfen. Wie lange Pedros Abwesenheit dauert und wo er ist, ich weiß es nicht. Angeblich ist er nach São Paulo aufgebrochen, die dortige Regierung will sich von Rio lossagen und eine Republik gründen. Ja, wie in Europa verbreitet sich die Idee einer Republik auch hier wie die Pest.

Was ich zu sagen vergaß: Ich habe Pedro mit dem Verkauf der Sklavenbabys konfrontiert. Noch in derselben Stunde bin ich nach Rio geritten und ohne Anmeldung in seine Amtsräume gestürmt: »Pedro, weißt du, dass man den Sklaven ihre Kinder abkauft, um die armen kleinen Wesen von Kindesbeinen an zu Sklaven zu erziehen?!« Er schaute kaum von seinen Akten auf. Der Mann, den ich geliebt, mit dem ich das Bett geteilt habe und von dem ich bereits wieder guter Hoffnung bin (eine einsam geschenkte Nacht, bevor er zu dem Weib ging), dieser Mann hob kaum den Blick. Hat er unsere Kinder, unsere Liebe, unsere vielen gemeinsamen Stunden vergessen? Es war, als säße ein Fremder vor mir. Nur gelegentlich erahne ich sein ursprüngliches Wesen noch durch die Kälte, die er jetzt gegen mich zeigt. War er in den Jahren zuvor ein Schauspieler? Was ist sein wahrer Charakter? All diese Gedanken schossen in einer einzigen Sekunde durch meinen Kopf. Ich wollte Pedro schütteln, anflehen, damit er wieder so werde, wie er war, zärtlich, mir zugewandt. Aber er strahlte eine derartige Kühle aus, dass auch von mir plötzlich alle Liebe abzufallen schien: »Und dass man die Kinder stiehlt, wenn nicht genügend *im Angebot* sind?! Antworte mir!«, schrie ich. »Hm, kommt bestimmt vor. Nun beruhige dich, das ist hier seit jeher so Sitte.« »Damit wird es aber nicht gut! Man kann sie doch nicht wie Tiere verkaufen!« »Ob nun als Babys oder als Kinder, was soll's? Sie sind Sklaven.« Er sagte dies weder mit Häme noch mit Verachtung. Es ist für ihn ein normaler Zustand. Er verstand meine Aufregung wirklich nicht. Stattdessen stand er auf, legte seinen Arm um mich und drückte mir ein Papier in die Hand: »Lass uns jetzt nicht darüber streiten, es gibt Wichtigeres, Liebes.« Er nennt mich noch immer Liebes, obwohl es dieses Weib gibt. »Aber das ist gegen den Willen Gottes! Gott schenkt den Menschen ein freies Leben! Wie können wir das zulassen?« »Lies«, sagte er und wies auf das Papier. Seine Ruhe und Gleichgültigkeit machten mich rasend. Er ist manchmal so in sich versunken, dass ich nicht weiß, ob er mich überhaupt sieht. Ich las, was auf dem Papier geschrieben stand: »... da ich mich länger als eine Woche auf Reisen befinde, überantworte ich meiner Gemahlin zum Wohle und zur Sicherheit der Bevölkerung die Regierungsgeschäfte.« Ich war verblüfft: »Was soll das?« »Ich übertrage dir für die Zeit meiner Abwesenheit die Staatsgeschäfte.« »Das ist nicht dein Ernst.« »Wem sonst sollte ich vertrauen?« Ich konnte und kann nicht begreifen, wie er mir jetzt die Geschäfte übertragen kann. Wie absurd! Ich wurde das Gefühl nicht los, als nähme er die Situation und auch mich nicht wahr. Er saß zwar hier vor mir, aber nur sein Körper schien anwesend. Gleichzeitig vertraute er mir in einer Sache, in der ich mir selbst meiner Loyalität nicht mehr sicher war und es auch jetzt nicht bin. Ich bin dem brasilianischen Volk verpflichtet. Aber fühle ich mich noch meinem Mann verpflichtet? Ich finde keine Worte, die dir meinen Seelenzustand beschreiben könnten. Alle Gedanken flattern ungeordnet, ungebändigt und ruhelos in meinem Kopf herum. Ich muss mich sammeln. Ich muss denken.

Abbraccio mia cara sorella

Leopoldina
Rio de Janeiro

HUNDERTACHTUNDVIERZIGSTER BRIEF

Kaiser Franz I. von Österreich an
Dona Leopoldina

Meine vielgeliebte Tochter! Wenn du diese Zeilen liest, wird schon viel Zeit vergangen sein, die heutigen Ereignisse werden schon von neuen Ereignissen überholt sein, dennoch ist es meine väterliche Pflicht, dich in Kenntnis zu setzen, dass Dom João unter der Gewalt der Cortes steht und eine Verfassung ausgerufen ist. Dies ist nicht nur empörend, es ist ein Angriff auf die Monarchie! Möge Gott verhindern, dass unserem geliebten Österreich Gleiches widerfährt! Dein lieber Schwiegervater ist seiner Rechte beraubt und steht unter Hausarrest. Um die Macht des Hauses Bragança zu brechen, fordert das Parlament nun auch die Rückkehr Dom Pedros. Falls dein Mann dieser Aufforderung nicht folgt, plant man, ihn mit Waffengewalt zu zwingen. Wenn dich meine Zeilen erreichen, wird der Appell der Cortes bereits in Rio eingetroffen sein. Es ist aus dieser Entfernung unmöglich, ein Urteil über die Stimmung bei euch in Brasilien zu treffen, die Lage scheint jedoch heikel. Sollte dein Mann den Forderungen folgen und nach Portugal zurückkehren, wäre die brasilianische Kolonie alleingelassen. Nicht auszudenken, was dies für Brasilien bedeuten würde! Doch genauso ist es unmöglich, den Cortes nicht nachzugeben, denn dann wäre die portugiesische Krone in Gefahr! Es muss alles getan werden, um die Krone zu schützen. Nur was? Eine verzwickte Lage. Selbst Fürst Metternich, den ich in diese Fragen eingebunden habe, ist für seine Verhältnisse sehr zurückhaltend, so dass ich dir keinen Rat geben kann.

Dom Pedro wird mit deiner Unterstützung eine weise Entscheidung treffen, dessen bin ich gewiss.

Nun ist bei uns der Herbst eingekehrt, die Bäume zeigen sich in einer spektakulären Farbenpracht, die Erde riecht noch spätsommerlich, der Himmel ist von einem tiefen Blau, wie es nur im September möglich ist. Da erschien mir ein Ausflug so verlockend, dass ich letzte Woche eine Kutschfahrt nach Baden unternommen habe. Obwohl ich doch gerade erst von meinem Sommeraufenthalt dort zurückgekehrt bin! Aber die Quellen sind für meine Gesundheit vortrefflich, die alten Gelenke werden tüchtig aufgewärmt, und nun läuft dein alter Papa wie ein Jüngling über die Wiesen. Die kommende Ballsaison wird somit mit dem Kaiser rechnen können!

Gott schütze dich, mein Kind.

F

Wien

HUNDERTNEUNUNDVIERZIGSTER BRIEF

Fürst von Metternich an Gräfin Lazansky

Meine Eiskönigin, ich weiß weder, ob mein Brief Sie noch in Dresden antrifft, noch, ob Sie bisweilen an mich denken, einzig wichtig ist: Ich denke an Sie! Es vergeht keine Stunde, keine Minute, in der Sie nicht in meinem Herzen sind. Selbst hier in Paris, umringt von charmanten Pariserinnen, ertrinkend in einem Strudel von Unternehmungen, Gesellschaften und phantastischer Musik, vermag sich mein Geist auf nichts anderes zu konzentrieren als auf die Sehnsucht nach meiner Eiskönigin.

Ob Sie es wollen oder nicht, mein Herz hat Sie zu seinem Mittelpunkt erkoren, und es scheint ihm gleichgültig, ob Sie seine Gefühle erwidern oder nicht. Zu lieben, verschwenderisch zu lieben ist von größerer Bedeutung, als geliebt zu werden. So liebe ich Sie.

Nun sitze ich im fernen Paris und harre meiner Rückkehr nach Wien, ungeduldig, da ich annehme, dass Sie bereits dort sind.

Ich habe Marquis Marialva hier wiedergesehen, der sich ebenfalls in höchsten Tönen über Ihre Person äußert und Sie von ganzem Herzen grüßt! Natürlich habe ich ihn eifersüchtig befragt, ob er Genaueres über Ihre Rückkehr weiß, aber auch er ergeht sich nur in Vermutungen. So bleibt uns darauf zu vertrauen, dass Sie wohlauf sind, dass Sie keinen Schaden genommen haben und dass Sie mir, wann immer Ihnen der Sinn danach steht, in naher oder ferner Zukunft, berichten werden. Lassen Sie sich nicht drängen, ich werde auch Ihr Schweigen anbeten.

Denken Sie nur, der Marquis hat seine politische Karriere aufgegeben und will sich jetzt dem Privaten widmen! Sogar heiraten möchte er, ich hatte bereits das Vergnügen, seine Auserwählte kennenzulernen. Es ist eine der drei Töchter des Grafen d'Alembert, eine zierliche, puppenhaft blonde Erscheinung, ein hübscher Kontrast zum Marquis. Sie ist intelligent, nicht zu viel, als dass es lästig würde, und nicht zu wenig, als dass man sich langweilt. Auf den ersten Blick wirkt sie schüchtern, sie spricht nur leise, aber wenn der Bann gebrochen ist, quellen aus dem Rosenmund doch recht gelungene Aperçus. Eine kluge Wahl. Ich wünsche meinem Freund eine glückliche Zukunft. Sein Rückzug aus der Diplomatie wird bestimmt Ihre Zustimmung finden, erscheinen Ihnen Männer wie der Marquis doch angenehmer und ehrenwerter als Politiker, nicht wahr? Alles Weitere schon bald in Wien. So hoffe ich.

Ich küsse Ihren Eismund, schöne Gräfin. Bleiben Sie mir gewogen.

Metternich
Paris

HUNDERTFÜNFZIGSTER BRIEF

Gräfin Lazansky an ihre Schwester Caroline

Schon wieder eine überstürzte Abreise, diesmal aus freien Stücken. Verzeih mir, liebste Schwester, dass ich so schnell und ohne viel Vorbereitung dein überaus gastliches Haus verlassen habe! Du hast mich wunderbar umsorgt, und ich bin dir ewig dankbar für diese Zeit.

Aber eine merkwürdige Ruhelosigkeit scheint sich meiner bemächtigt zu haben, ich hatte das Gefühl, nicht einen Tag länger im heimeligen Dresden bleiben zu können. Obwohl dort doch alles nach meinem Sinn war, die Menschen heiter und zivilisiert, die Landschaft adorable – die Elbauen sind eine Schönheit –, das Wetter so leicht für Körper und Geist erträglich, und doch hält es mich nicht. Ich werde, wie ich dir heute früh sagte, zunächst nach Karlsbad reisen, in der Hoffnung, dass das Quellwasser, dem man ja wahre Wunderwirkung nachsagt, meine Nervosität ein wenig zu lindern vermag.

Was ich dir verschwiegen habe, ist, dass ich auf den erschütternden Brief Leopoldines, den ich dir vorgelesen habe, eine sehr halbherzige Antwort geschrieben habe. Du kannst dir nicht vorstellen, wie ich mich darüber gräme. Bis zu meinem Lebensende werde ich mich dafür schämen, Ihrer Hoheit nicht die Wahrheit geschrieben zu haben. Es war der erbärmlichste Brief, der je aus meiner Feder floss.

Ich habe Dona Leopoldina nicht gewarnt, sondern geschwiegen, geschwiegen über die Ursache ihrer Krankheit, die Huren, die Vergewaltigung und … ach, wie schrecklich! Ein Teil des Elends hat sie selbst entdecken müssen, anderes (noch) nicht. Nicht nur dass wir, der Doktor und ich, *vor* ihr von der Krankheit wussten! Niemand sagt ihr, dass es etliche Kinder ihres Mannes gibt, verstreut in und um Rio. Nichts habe ich ihr gestanden, nur dass sie weiter mit ihm leben muss. Ich zwinge sie noch in dieses Gefängnis! Zu meiner Ehrenrettung kann ich einzig anführen, dass ich zu Pedro gegangen bin und ihn mit seinen Verfehlungen konfrontiert habe. Das Ergebnis? Ich bin des Landes verwiesen worden. Auch hierüber, über die wahre Ursache meiner Abreise, habe ich sie getrogen. Ich bin schlimmer als jeder Politiker, der sein Fähnchen nach dem Wind richtet. Aber was hätte ich anderes tun können?

Schonungslose Offenheit? Sie muss doch in diesem Dschungel leben! Es hätte nichts geändert. Oh, wie elend fühle ich mich! Ich bin genauso schwach wie all die, auf die ich immer mit Verachtung geschaut habe. Mir ist jede Hybris vergangen. Mein Urteil über andere kann, darf nur noch gnädig sein! Und so wandern meine Gedanken auch zum Fürsten, dem ich unter die Augen treten werde, ohne ihm je von diesen Vorfällen zu berichten – Gott allein weiß, ob unsere Freundschaft dieses Schweigen aushält. Aber ich darf mich nicht erheben und ihm Schuld zuweisen, dass er meine arme Leopoldine nach Rio verkauft hat. Ja, verkauft! Und schau, schon entschlüpft mir erneut ein Verdikt! Wenn ich sanft und verzeihend sein will, so muss ich es auch ihm gegenüber sein. Weiß ich denn um all die Zwänge, die zu einer solchen Entscheidung führen? Glaube ich denn, sie sei nur der Machtgier geschuldet? War es nicht viel eher eine weise Entscheidung, die anderes verhindert hat? Weitere Kriege in Europa? Den Übergriff des Zaren oder der Engländer auf den Westen? Was hätte die Zukunft ohne diese österreichisch-portugiesische Ehe gebracht?

Ich muss still sein, mein Kopf arbeitet, dass es mich schmerzt. Ich habe mich schuldig gemacht, ich darf nicht über die Welt urteilen. Und doch …

Liebste Caroline, sei bedankt, dass du mir dein Ohr, dein Herz schenkst für all das, was sich von innen nach außen drängt, es hilft, dir offen schreiben zu können. Besuch mich bald in Wien, hörst du! Ich werde nicht lange in Karlsbad bleiben.

Ich umarme dich.

Anna Christina

Nachschrift: Bin seit gestern Abend in Karlsbad. Kaum im Hotel angekommen, ereilen mich schon die ersten Geschichten über – errätst du es? –, natürlich über den Fürsten. Er hat vor etlichen Monaten hier logiert und ist noch heute *das* Gesprächsthema. Er hat mich schon immer verfolgt.

HUNDERTEINUNDFÜNFZIGSTER BRIEF

Dona Leopoldina an Gräfin Lazansky

Liebste Gräfin, wie dankbar bin ich Ihnen für Ihre tröstenden und weisen Worte! Ja, ich werde ausharren, mehr noch, ich werde meine Aufgaben erfüllen. Ich bemühe mich nach Kräften, nicht über den Verrat meines Mannes an mir und unserer Liebe nachzudenken. Es fällt mir, wie Sie sich lebhaft vorstellen können, unendlich schwer. Ist es nicht bemerkenswert, dass ich in Alexander und Maria Unterstützung und Geborgenheit finde? Nicht der Stand, sondern die Liebenswürdigkeit eines Menschen sollte über Freundschaft entscheiden. Maria ist eine so herzliche und einfühlsame junge Frau. Sie würden sie mögen! Denken Sie sich, sie lernt jetzt schreiben und lesen und platzt beinahe vor Stolz, wenn sie mir ihre Hefte zeigt! Sowohl Alexander als auch Maria sind frei von Vorurteilen und mit großer Liebe zu den Menschen gesegnet. Den Doktor sehe ich öfter, als es sich schickt, aber was bedeuten Sitte und Anstand in diesem Land, nicht wahr, Gräfin? Dabei höre ich auf Ihren Rat und folge meinen Empfindungen für diesen wunderbaren Mann.

Sie sind eine kluge Frau, nur haben Sie sich leider in Pedros Eitelkeiten getäuscht. Er lässt nicht ab von dieser Person. Ganz im Gegenteil, nicht nur, dass er D. weiter trifft, nein, er scheint geradezu besessen von ihr. Ihm ist die Wirkung seines schamlosen Treibens völlig gleichgültig. Als ich neulich mit Gloria und Carlos in die Stadt fuhr, sah ich böse Pamphlete gegen meinen Mann an den Hauswänden! Die Menschen hier haben ein feines Gespür dafür, ob sich jemand wirklich für ihre Nöte einsetzt oder nur den Herrscher spielt. Ich bin vor Scham fast im Erdboden versunken. Vor lauter Schreck habe ich vergessen, den Kindern die Augen zuzuhalten, damit sie die Schande ihres Vaters nicht sehen müssen. Gott sei Dank sind sie noch zu klein, als dass sie sie hätten lesen können.

Ach, wenn Sie die drei Kleinen sehen könnten! Sie sind zum Verlieben! Carlos, mein Herzensbub, wird immer blonder, Januária bekommt ihre ersten Zähnchen, und Gloria plappert ohne Unterlass den lieben langen Tag. Sie vergöttert ihre kleinen Geschwister und umsorgt sie mit so viel Küssen und Umarmungen, dass die beiden schreiend davonlaufen, wenn Gloria nur in der Tür erscheint! Trotzdem wollen sie alle ständig zusammenglucken. Selbst wenn Januária zur Mittagsruhe gebettet wird, setzen sich die zwei neben ihre Wiege und lassen sie nicht aus den Augen. So passt immer jemand auf, wenn irgendwelche Insektenmonster meine Kleine belästigen. Wir haben im Moment eine wahre Plage von widerlichen Kakerlaken, selbst der Haushofmeister weiß keinen Rat mehr. Es ist fast so schlimm wie vor zwei Sommern, erinnern Sie sich, als wir nur nach gründlicher Inspektion der Betten wagten, uns niederzulegen, und selbst dann nicht gefeit waren, in der Nacht böse überrascht zu werden? Nun, diese hässlichen Viecher sind das kleinste Übel, das es im Augenblick zu bekämpfen gilt.

Man erwartet viel von mir, ich werde von so vielen Forderungen und Bitten überrannt, dass ich nicht mehr weiß, wo mir der Kopf steht. Alle zerren und zurren an mir. Einerseits Warnungen vom Papa, dass die Krone in Gefahr ist, dass die Portugiesen uns mit Waffengewalt nach Lissabon bringen wollen – wie können sie es wagen, der Krone zu drohen? Was kommt da auf uns zu? Eine zweite Französische Revolution?! Andererseits erwartet die hiesige Patriotische Bewegung von uns, dass wir Brasilien mit seinen vielen unterschiedlichen Kapitanien zu einem Staat zusammenfügen und dass wir uns nicht weiter von Portugal unterjochen lassen. Mein lieber Baron von Stetten hat in allem, was er voraussagte, recht behalten. Brasilien darf nicht weiter das Goldeselchen Portugals sein! Wie merkwürdig, noch gerade eben habe ich in seinem Haus auf der Veranda gesessen und ihm ungläubig zugehört, so vermessen und vorlaut fand ich seine Bemerkungen, und nun – während er hoffentlich wieder seinen Frack spazieren tragen kann – spreche ich mit meinem Mann über eine mögliche Gleichstellung Brasiliens gegenüber Portugal. So unterschiedlich wir in vielen Dingen denken und fühlen, hier haben wir auf wundersame Weise eine Übereinstimmung gefunden. Nur fürchte ich, dass sich diese aus sehr unterschiedlicher Quelle speist. Für ihn ist es wichtig, sich von niemandem hereinreden zu lassen, vor allem nicht von seinem Vater. Ich hingegen erkenne mehr und mehr das Recht der Brasilianer auf Freiheit an. Portugal darf die Kolonie nicht länger auspressen! Doch wie das bewerkstelligen? Gräfin, verzeihen Sie mir, dass dies ein Brief so voller politischer Gedanken ist, aber mit wem sonst, wenn nicht mit Ihnen, die Sie mir loyal und treu mit gutem Rat zur Seite stehen, sollte ich sprechen? In meiner Verzweiflung habe ich sogar schon erwogen, ob ich nicht Fürst Metternich um seine Meinung fragen sollte! Aber wie könnte er mir raten? Er ist mit den hiesigen Umständen in keiner Weise vertraut, noch weiß er, wie die Brasilianer denken und fühlen. Wien ist so unendlich fern! Es ist, als hätte ich dort nie gelebt, meine Kindheit dort erscheint mir wie ein Traum.

Mein Mann hat mir, während er auf Reisen ist, die Regierungsgewalt überlassen, so dass ich die Zeit genutzt habe, mich mit dem Staatsrat über die Sklaverei auseinanderzusetzen. Man möchte mich nicht recht hören, man hat Angst, ich würde in Pedros Abwesenheit weitreichende Entscheidungen treffen. Man will lieber warten, bis er zurückkehrt. Wie für Pedro scheint auch für die Ratsmitglieder die Sklaverei kein dringliches Problem zu sein. Ich habe mir den Hinweis erlaubt, dass es bereits ein Gesetz gegen den Kinderhandel gibt, dass man nur dessen Einhaltung kontrollieren müsste, worauf Minister de Andrada – ein gelackter Mensch, dem sein Äußeres so wichtig ist, dass er vergisst, seinen Geist zu pflegen – meinte: »Dona Leopoldina, es gibt keinen Handel mit Babys. Ich lasse in regelmäßigen Abständen den Markt kontrollieren.« Ich wies ihn zurecht: »Senhor de Andrada, sollten Sie der Einzige in diesem Land sein, der nicht weiß, dass dieser Handel nicht in der Öffentlichkeit stattfindet?!« »Die Sklaven verkaufen ihre Kinder selbst.« »Also wissen Sie doch davon! Für die Kinder ist es einerlei, ob sie geraubt oder verkauft werden. Wir müssen ihnen helfen. Wir müssen den Eltern Geld geben, sie für ihre Arbeit bezahlen. Und die Händler müssen zur Rechenschaft gezogen werden.« Ein Wort gab das andere, aber ich hatte keinen Erfolg. Ohne Dom Pedro und ohne Lissabon sind Entscheidungen nicht möglich. Hélas, um mit Ihren Worten zu sprechen. Wobei ich den Verdacht habe, dass de Andrada selbst, und nicht nur er, sich durch den Sklavenhandel ein zusätzliches Salär in die Tasche wirtschaftet. Sie werden es nicht glauben, liebe Gräfin, aber Ihre kleine Poldl hat mittlerweile auch ein Netz von Personen, das sie mit Informationen füttert!

Liebe Freundin, ich muss eilen, man erwartet mich in Rio, wo ich in letzter Zeit häufiger anzutreffen bin als in Boa Vista. Am Himmel verfinstern schwarz-violette Wolken die Sonne, ich fürchte, nicht lange und die Wege werden zu schlammigen Flüssen. Ach, wie beneide ich Sie! Sie werden im bunten Wiener Wald spazieren gehen, in eine Gastwirtschaft einkehren und bei einem Glaserl Wein die Gäste beobachten.

Leopoldina
Boa Vista

Sehen Sie bisweilen noch den Fürsten?

HUNDERTZWEIUNDFÜNFZIGSTER BRIEF

Marie-Louise, Herzogin von Parma,
an Dona Leopoldina

Liebste Poldl, der Herbst hat Einzug gehalten, wir sind dabei, unser Landhaus zu verlassen und für die kälteren Tage eine Zeitlang nach Rom zu gehen. Hier ist es im Winter recht einsam, das Vorankommen ist erschwert, die Wege sind teils unbefahrbar oder so marode, dass man lieber zu Fuß gehen möchte.

Heute ist der erste Tag, wo wir den Kamin heizen müssen, die Abende sind bereits empfindlich kalt. Tagsüber aber haben wir den reinsten und sonnigsten Himmel, den man sich denken kann! Die Öfen in den Zimmern müssen erst gereinigt werden, ich weiß nicht, weshalb dies entgegen meiner

Anordnung immer erst in allerletzter Sekunde gemacht wird. Jedes Jahr aufs Neue scheint es eine große Überraschung zu sein, dass der Winter vor der Tür steht!

Nun sitze ich im Kaminzimmer und lese wieder und wieder deine letzten beiden Briefe. Sie wiegen schwer mit all den schlechten Nachrichten, und so erscheint es mir gar nicht passend, dir mit einer heiteren, guten Nachricht zu antworten. Aber ich muss es dir einfach sagen: Ich habe geheiratet! Graf von Neipperg und ich haben uns letzte Woche trauen lassen. Ich bin sehr glücklich! Wir kennen uns schon seit so vielen Jahren, er ist mir ein wahrer Freund und Gefährte geworden. Nun also, nachdem ich den Witwenstand für Napoleon lang genug bewahrt habe, war es an der Zeit, dass wir unsere Verbindung auch vor Gott bezeugen. Mein Brautkleid, ich habe es in Venedig fertigen lassen, war ein wahres Meisterwerk, über und über mit cremefarbener Spitze besetzt, durchwirkt mit feinsten Silberfäden. Du hättest es geliebt! Die Locken trug ich nur leicht in die Stirn gekämmt, ein Diadem hielt mein Haar an seinem Platz. Ich habe viele Komplimente bekommen, nicht nur von meinem Ehemann. Man sagte, ich hätte sehr jung ausgeschaut! Du siehst, ich bin unverändert sehr empfänglich für Schmeicheleien.

Wie gerne würde ich dich an meinem Glück teilhaben lassen, mehr noch wünsche ich nichts sehnlicher, als dass auch du Frieden in der Liebe findest. Nichts ist doch wichtiger, als durch einen gesunden Gleichlauf der Dinge Seelenfrieden zu erreichen.

Danke, dass du mir so ausführlich berichtest, so begreife ich mehr und mehr, was du zu bewirken erhoffst! Auch wenn ich nicht alles verstehe, so fühle ich doch dein Entsetzen über die Zustände nach. Gräme dich nicht, du brauchst meinen Segen für das, was du tust, nicht. Und doch hast du ihn! All dies, was du über die Sklaverei schreibst, erscheint mir fremd und fern, aber das ist es ja auch. Selbst dein Leben ist jetzt fern von mir, es macht mich sehr traurig, denn ich vermisse dich und weiß doch, dass wir uns für lange Zeit nicht wiedersehen werden. Und, so scheint es mir, du wirst immer mehr Brasilianerin, in deinen Gedanken und in deiner Zuneigung zu deinem Volk.

Hatte ich dir berichtet, dass, wie ich vorausgesagt habe, mein lieber Comte natürlich wieder aus Paris zurückgekehrt ist! Seine kleine Tänzerin hat ihn verlassen, oder er sie, ich werde nicht schlau daraus, auf jeden Fall hat er sich jetzt mit einer dicken, aber sehr hübschen Veroneserin verlobt. Seitdem darf ich in ihrer Gegenwart nicht mehr über Paris sprechen, sie ist wohl eine eifersüchtige, temperamentvolle Person. Wahrscheinlich die einzige Frau, die dem feurigen Charakter des Comtes standhalten kann.

Meine liebe kleine Schwester, ich umarme dich und wünsche dir von Herzen Glück und eine geschickte Hand, all das auf einen rechten Weg zu bringen, was jetzt auf dich einstürmt.

Mille baci mia carissima sorella

ML
Parma

HUNDERTDREIUNDFÜNFZIGSTER BRIEF

Dona Leopoldina an Marie-Louise, Herzogin von Parma

Marie, welch schöne Nachricht! Alle meine Segenswünsche für deine Ehe, und grüße mir deinen Grafen recht herzlich! Ich bin so glücklich für euch! Die Liebe ist das Einzige, was uns durch das Leben trägt, nicht wahr? Ach, meine Seelenschwester! Das bist du noch, oder? Trotz der Jahre und des unendlichen Meeres, das zwischen uns liegt. Auch ich möchte dir so gerne etwas anvertrauen und weiß nicht, ob und wie ich es dir sagen soll. Nun sitze ich seit Stunden in dieser glutwarmen Nacht über einem weißen Blatt gebeugt und sinne über die rechten Worte nach. Ich bin allein in meiner Schlafkammer, die Kinder schlafen nebenan, mein Mann ist irgendwo in Rio, ich weiß nicht wo, es rührt mich auch nicht. Die Hunde schlafen, selbst die Affen schweigen, nur ab und zu krächzt ein Vogel hoch in den Bäumen. Der Blütenduft in diesen feuchtwarmen Nächten ist noch schwerer als am Tag, mein Kopf ist ganz benebelt. Die Kerze ist nahezu erloschen, das Zimmer ist in ein unwirklich fahles Licht getaucht. Fast scheint es mir, als wolle sich der Bogen Papier durch die Feuchtigkeit und Wärme wie ein Wesen krümmen, immer wieder streiche ich mit meiner Hand darüber, um ihn zu glätten, damit genug Platz bleibt, um mein übervolles Herz darauf auszuschütten. Doch je länger ich darüber nachdenke, wie ich dir schreiben soll, umso müder werde ich, bald wird schon wieder ein Morgen anbrechen.

Wie anders, wie unbeschreiblich anders als in Wien ist hier das Leben. Dinge, die dort undenkbar sind, sind hier alltäglich. Marie, die Müdigkeit versetzt mich in einen Zustand, der mir keine feinen Umschreibungen, keine Ausflüchte lässt, darum werde ich dir nun in aller Freiheit, so wie das Herz es in die Feder fließen lässt, berichten, was mir in der Seele brennt.

Ich bin glücklich, glücklich wie nie zuvor in meinem Leben. Und ich fürchte mich. Ich möchte singen und doch schweigen, aus Angst vor der Verdammnis, die dem Übermut so leicht folgen kann. Marie, ich habe mich verliebt! Bin kaum mehr Herr meiner Sinne, derart verwirrt mich das Geschehene. Nur große Disziplin trägt mich durch die Tage. Meine Gedanken sind völlig besetzt von ihm, von seinen Augen, seinem Mund, seiner Haut, seinem Schoß. Ich versinke in seiner Seele, in seinem Herzen. Ich begehre nichts anderes mehr im Leben als seinen Kuss. Ich brauche keine Luft zum Atmen mehr, kein Wasser kann meinen Durst stillen, alle meine Gedanken, all mein Sehnen gelten nur ihm. Ich liebe Alexander! Und fühle mich nicht schuldig! Weder Pedro gegenüber noch vor Gott. Ich habe die Ehe nicht gebrochen, denn sie besteht nicht mehr. Längst hat sich Pedro von mir abgewandt. Um meine Demütigung zu vollenden, hat er seiner Hure einen Palast, nein, einen Tempel gebaut! Prachtvoller als Boa Vista. Doch dazu gehört, gelinde gesagt, nicht viel. Wir leben getrennt, und ich rette mich in die Liebe zu Alexander. Vielleicht ist diese Liebe nur entstanden, weil uns das Gefühl der Heimatlosigkeit verbindet oder weil wir die gleichen Erinnerungen an die Heimat teilen? Ja, ich höre dein entsetztes Seufzen! Wie kann ich es wagen, mein Herz an einen armen Doktor zu verlieren! Weil ich den Menschen, den Mann sehe, nicht aber den Stand, der uns trennt.

Ich fühle mich frei. Trotz meiner Furcht vor dem Kommenden. Frei. Was für ein seltsames Wort.

Das Geäst der Bäume wirft bizarre Schatten an die Wand, zitternde Gebilde, die in jedem Lufthauch tanzen. Früher, in all den schlaflosen Nächten, die ich hier schon verbracht habe, habe ich mich geängstigt, doch heute habe ich keinen anderen Gedanken als den, wann ich Alexander wieder treffen kann. Es ist nicht nur Liebe, die ich für ihn empfinde, sondern auch großen Respekt vor seiner Denkungsart. Etwas, was ich für Pedro nie empfunden habe.

Alles geschah gestern zu früher Morgenstunde. Der Doktor holte mich in Boa Vista ab, um mit mir das Krankenhaus vor den Toren Rios zu besuchen. Wir ritten gemeinsam im Morgendämmer, die Luft schon süß und schwer, am Wasser entlang, kreuzten den Uferweg und galoppierten in die Berge, um eine Abkürzung zu nehmen. Auf einer Lichtung hielten wir, ließen die Pferde ausruhen und setzten uns auf einen Baumstumpf. Alexander reichte mir einen Schluck Wein (ja, wir trinken schon am Morgen, in Ermangelung eines guten Kaffees, Wein. Das Wasser ist ungenießbar, insbesondere wenn es lange gestanden hat, bekommt man unweigerlich heftigstes Bauchweh) und schaute mich den Bruchteil einer Sekunde zu lange an. Mein Herz begann zu flattern, ich versuchte ein Thema zu finden, eines mit sicherem Boden. Doch mir fiel nichts Besseres ein, als über meinen Mann zu sprechen! Und die Gerüchte, die über ihn kursieren. Wie wenig kenne ich Pedro! Jedenfalls sagte Alexander, dass Pedros ungezügeltes, hemmungsloses Verlangen kein Geheimnis sei: »Wird ein junges Mädchen zur Frau, versucht seine Mutter es so schnell wie möglich aus der Stadt zu schaffen. Bevor Dom Pedro es sieht. Alle haben gehofft, dass Sie, dass Ihr Einfluss …« »Warum hat mir das niemand gesagt?« »Wer würde es wagen?« Lautes Vogelgezwitscher erhob sich mit der aufsteigenden Sonne. Wir schwiegen eine Weile und lauschten dem herrlichen Urwaldkonzert. »Sie müssen sehr glücklich sein, so leben zu können, Alexander. Sie sind ein freier Mann.« Er lachte mich an: »Es gibt Dinge, die mir wichtiger sind als meine Freiheit.« »Oh, ja?« »Sie, Dona Leopoldina«, er sagte dies ganz weich, voller Zärtlichkeit. Ich fühlte mich ihm immer zugeneigt, auch damals schon in Italien. Aber jetzt wurde ich mitgerissen von einer Welle tiefster Empfindungen. Erspare mir die delikaten Einzelheiten dessen, was dann folgte. Ich bin kein Dichter, und selbst wenn ich es wäre, wie könnten einfache Worte beschreiben, was ich erlebt habe. Diese Sekunden, diese Minuten, diese kurze Ewigkeit.

Ich hatte in Romanen gelesen (jene, die Mama vor uns immer sorgfältig versteckt hielt), dass in einem solchen Augenblick die Welt um einen versinkt. Das mag für manche zutreffen, ich aber wurde eins mit der Welt. Mit dem Leben! Wenn es nur diesen einen Augenblick des Glücks in meinem Leben geben sollte, wenn es das war, dann war es alle Qual, alles Warten wert! Ich will dich nicht mit Details belästigen, nur so viel, wir kamen erst wieder zu uns, als die Sonne bereits hoch am Himmel stand.

Ich muss dir noch etwas beichten, etwas Verwerflicheres als Ehebruch: Alexander ist Republikaner!

Oh, Marie, du musst diesen Brief, sowie du ihn gelesen hast, verbrennen. Schwöre!

Nachdem wir das Krankenhaus besichtigt hatten – was sehr zweckmäßig und reinlich ausschaut –, kehrten wir gemeinsam nach Boa Vista zurück. Auf der Veranda saßen wir noch eine Weile zusammen, ich musste mich ungeheuer zusammenreißen, um mir vor dem Personal und den Kindern nichts anmerken zu lassen und so mit Alexander umzugehen wie zuvor. Aber ich fürchte, meine Augen haben mich verraten!

Zunächst plauderten wir heiter über dies und das, doch dann entschloss ich mich, Alexander von Vaters Brief zu erzählen: »Mein Vater warnt mich vor einer Loslösung Brasiliens von Portugal. Man fürchtet den Verlust der Kolonie sehr.« Als ich dies ausgesprochen hatte, stieg trotz des bisher von Glanz durchwirkten Tages eine leichte Bitterkeit in mir auf: »Erst zwingt man mich hierher, und nun? Jetzt hat man Angst, dass das Vögelchen auf und davon fliegt!« »Sie bleiben doch, Dona Leopoldina, auf mein Leben, oder?« Er war entsetzt, er wusste natürlich nichts von diesen neuen Entwicklungen. »Sie könnten mir doch überallhin folgen, Sie sind ein freier Mann, Alexander.« »Ein freier Mann? Hier bin ich frei. Und hier sind Menschen, die mich brauchen.« »Auch in Österreich und Portugal braucht man gute Ärzte.« Sein Gesicht verfinsterte sich, seine Augen wurden schmal und dunkel. Nein, nur sein grünes Auge wurde noch grüner, sein bernsteinfarbenes Auge verdunkelt sich nie, es bleibt immer sternhell: »In Österreich wartet das Gefängnis auf mich«, flüsterte er in einem verschwörerischen Ton. Ich lachte laut auf, da ich es für einen feinen Witz hielt. »Doch, doch! Ich habe Flugblätter gedruckt. Gegen die unsäglichen Wohnverhältnisse der Armen. Und für eine bessere Fürsorge. Die Spitzel Metternichs waren mir dicht auf den Fersen. Und da ich nichts mehr zu verlieren hatte, keine Familie mich hielt, habe ich mich der südamerikanischen Expedition Seiner Majestät angeschlossen. Ich war mir sehr sicher, dass sich keiner der armseligen Spitzel nur einen Fußbreit auf eines der Schiffe gewagt hätte.« Ich musste lachen: »Du bist Republikaner!« »So viel wie du.« Ich würde alles geben, hätte der Seccatore, mein lieber Monsieur M., uns sehen können! Da sitze ich, die brasilianische Kronprinzessin, und beginne eine leidenschaftliche Liaison mit einem Republikaner!

Sieh es mir nach, Marie, ich komme um vor Müdigkeit, meine Tage sind lang, die Nächte auch. Aber die Nächte gefallen mir besser.

Leopoldina

Marie-Louise, ich habe mich entschlossen, dir diesen Brief nicht zu schicken. Fast war er schon auf dem Weg zum Postschiff, doch dann bin ich dem Kurier nachgerannt. Ein feines Bild, das ich da abgegeben habe, die Kronprinzessin läuft schwer atmend dem Boten hinterher, hinunter bis an den Kai, hält den guten Mann am Ärmel fest und reißt ihm einen Brief aus den Händen! Aber ich kann, nein, ich darf dir diesen Brief nicht schicken. Ich weiß nicht, was das Leben, das Schicksal mit mir vorhat, und es ist besser, wenn niemand, selbst du nicht, von diesen Dingen weiß. Das Schreiben hat mein Herz erleichtert, dabei soll es bleiben. Ich möchte aber, dass irgendwann, wenn ich nicht mehr bin, dir diese Zeilen Trost sind, weil du dann weißt, dass ich glücklich war. Eine kleine Ewigkeit lang. Das bedeutet auch, liebe Marie, dass, wenn du diesen Brief je in deinen Händen halten wirst, ich nicht mehr lebe. Sollte der Allmächtige mich vor meiner Zeit abberufen, so soll dieser Brief zu deinen treuen lieben Händen geschickt werden. Damit du weißt, dass deine Schwester Liebe erfahren hat. Sobald du die letzten Zeilen gelesen hast, vernichte diesen Brief.

HUNDERTVIERUNDFÜNFZIGSTER BRIEF

Fürst von Metternich an
Kaiser Franz I. von Österreich

Ihre Majestät, ich muss Ihnen mitteilen, dass sich meine Rückkehr nach Wien um einige Tage verzögern wird. Die Situation in Lissabon und Rio scheint immer unübersichtlicher und verstrickter, es besteht wirklich die Gefahr, dass sich Brasilien vom Mutterland löst, nicht minder bedrohlich erscheint mir allerdings die sich immer weiter manifestierende Idee der Cortes, Dom Pedro und Dona Leopoldina mit Waffengewalt zurück nach Portugal bringen zu wollen. Bisher glaubte ich an ein Hirngespinst einiger Ratsmitglieder, aber nun sind die ersten Kriegsschiffe von Lissabon gen Süden in See gestochen. Man meint es also ernst. Ich stehe in engem Kontakt mit Marquis Marialva, der sich übrigens aus dem diplomatischen Dienst zurückgezogen hat und sich nun sein Leben in Paris einrichtet. Er wird noch in diesem Jahr eine reizende Pariserin heiraten. Sie ist gerade so schön, dass man enchantiert ist, ihn aber nicht beneidet. Da er mit den politischen Verhältnissen Portugals und Brasiliens exzellent vertraut ist, kann ich nicht umhin, mit ihm die Situation zu erörtern. So hoffe ich in Kürze einen Brief mit guten und für die Monarchie sinnvollen Ratschlägen an unsere hochverehrte Dona Leopoldina auf den Weg zu bringen.

Im Übrigen habe ich bei einem Kunsthändler in der Rue St. Martin ein hinreißendes Porträt Ihrer verehrten Tochter, der Herzogin Marie-Louise von Parma, entdeckt, von einem völlig unbekannten Künstler. Zu Unrecht, da dieser Mann mit großer Begabung den Charakter und die Schönheit der

Herzogin auf die Leinwand gebannt hat. Das Bildnis muss kurz vor der Eheschließung mit Napoleon entstanden sein. Monsieur Vincent, der Kunsthändler, vermutet, dass der Maler wahrscheinlich bei dem Einzug der Braut vor Notre-Dame in der Menge gewartet und eine erste Skizze erstellt hat. Auf jeden Fall hat er die erwartungsvolle, stille und sehr junge Marie-Louise auf das Subtilste eingefangen, so dass ich nicht umhinkonnte, dieses Bild für Ihre Majestät zu erstehen.

Sie sehen, selbst wenn ich vielleicht nicht mit weisen Lösungen für die diffizile Lage Brasiliens nach Hause reisen werde, ich komme nicht mit leeren Händen!

Ergebenst

Metternich
Paris

HUNDERTFÜNFUNDFÜNFZIGSTER BRIEF

Dona Leopoldina an Gräfin Lazansky

Gräfin, nur schnell ein paar Zeilen, ich bin in einer äußerst prekären Situation – wir sind auf der Flucht –, und es ist in Gottes Hand, ob wir diese überleben! Portugiesische Soldaten haben die Impertinenz besessen, an der brasilianischen Küste anzulanden, trotz des ausdrücklichen, mehrfachen Verbotes, brasilianischen Boden zu betreten. Sie versuchen Dom Pedro und mich nach Lissabon zu zwingen. So flieht man vor den eigenen Landsleuten! Ach, es ist unendlich viel geschehen, seit ich Ihnen zuletzt schrieb, ich weiß gar nicht, wie ich Ihnen alles in Kürze erzählen soll. Zumal meine jetzige Lage keinen klaren Gedanken zulässt. Seit über zwölf Stunden befinde ich mich mit den Kindern und Maria in einer engen, unerträglich heißen Kutsche. Zuerst am Wasser entlang, wo es noch erträglich kühl war, allerdings musste man jede Minute einen Überfall fürchten. Keinen Blick für die bezaubernden Buchten, für die Sanddünen, für die Zuckerplantagen, nur in rasender Fahrt über Sand und Stein. Mir tut jeder Knochen im Körper weh von dieser Tortur. Ach, säßen wir doch in einer der weichen, gefederten Wiener Kutschen! Jetzt, ohne einen Moment des Atemholens, geht es hinauf in die Berge. Sie wissen, dass um diese Jahreszeit auch die Berge keine Linderung bringen, es ist zum Vergehen heiß, wir dringen immer tiefer in den Urwald ein, ich frage mich, ob unsere Begleiter noch wissen, wo wir sind. Santa Cruz scheint mir eine Ewigkeit weit weg zu sein. Eigentlich müsste es an jeder Wegbiegung zu sehen sein, stattdessen haben wir seit Stunden kein Dorf, keine Menschenseele mehr gesehen. Die Hitze ist mörderisch, uns klebt die Zunge am Gaumen fest, und ich habe Angst um meine Kinder! Merkwürdigerweise sind die Mädchen noch ganz guter Dinge, Januária schläft tief. Da der letzte Tropfen Wasser ausgetrunken ist, habe ich ihr in meiner Not Wein eingeflößt. Gloria weint ein wenig, ist aber sonst sehr tapfer. Wir alle sind übersät von Mückenstichen, man weiß nicht, was man sich zuerst wünschen soll, Wasser oder ein Ende dieser apokalyptisch anmutenden Mückenüberfälle. Mein kleiner Schatz, mein Carlos, macht mir große Sorgen, er sitzt mir gegenüber und schaut aus trüben Augen apathisch in das alles verschlingende Grün, er hat aufgehört zu klagen, kann sich kaum mehr gerade halten. Seine Stirn ist glühend heiß, und jetzt habe ich nicht einmal mehr einen Schluck Wein für ihn! Ach Gräfin, wären Sie doch an meiner Seite! So muss mich allein der Gedanke an Sie trösten. Maria ist ein Schatz, sie gäbe ihr letztes Hemd für uns, wenn sie eines hätte! Sie sehen, ich rette mich in Galgenhumor. Nur ihr ist es zu verdanken, dass wir es bis hierher geschafft haben, sie weiß, an welchen Pflanzen man saugen darf, um noch ein wenig Flüssigkeit aufzunehmen. Jetzt lächelt sie mir zu, die Gute, mit ihren großen nachtschwarzen Augen, und nickt, als wollte sie sagen, wir schaffen es! Zum Sprechen sind wir alle zu erschöpft, der Mund zu trocken.

Und mitten in dieser mörderischen Ödnis, in dieser Qual steigt in mir – als wäre da noch Raum für Sehnsucht – ein ungeheures Verlangen nach Musik auf. Als könnte die Ekstase der Musik meine Todesfurcht bezwingen. Meine Hände auf den kühlen Tasten ruhen zu lassen und dann die beruhigenden, immerwährenden Läufe einer Partita zu exerzieren – Wasser für meine Seele! Gott hat uns zu merkwürdigen Kreaturen gestaltet, finden Sie nicht, Gräfin?

Seit meinem letzten Brief haben sich die Ereignisse überschlagen, und ich will erst gar nicht versuchen, die letzten Tage in eine Ordnung zu bringen, nur dies in aller Kürze – können Sie überhaupt meine Schrift entziffern? Dieses Rumpeln bringt uns noch alle um! –, Pedro hat sich zwar nicht von seiner Hure getrennt, es aber immerhin geschafft, ein paar Gedanken zur politischen Zukunft Brasiliens klar zu fassen, und so haben wir gemeinsam entschieden, dass wir hierbleiben. Sie erahnen, welch Überwindung mich diese Entscheidung gekostet hat! Es bedeutet auch, dass wir uns in naher Zukunft nicht wiedersehen, liebste Freundin! Ich darf gar nicht daran denken! Einzig der Doktor gibt mir Kraft, er ist ein wunderbarer Mann. Sie wissen auch ohne eine Erklärung, wie es um mich und Alexander steht, nicht wahr? Alles, was Sie für mich erhofften, ist eingetreten, und ich würde dieses Martyrium, das mir Gott als Prüfung auferlegt, nicht durchstehen, wenn ich nicht wüsste, dass Alexander mich liebt.

Er ist in Rio geblieben, es hat viele Verletzte gegeben, und er sieht es als seine Aufgabe an, nein, nicht als seine patriotische, sondern als seine ärztliche Pflicht, zu helfen. Selbst den verwundeten Portugiesen!

Gräfin, ich kann nicht weiterschreiben, bei diesem Wanken wird mir noch ganz schlecht. Ich hoffe, dass wir diesen Höllenritt überleben. Ich werde diesen Brief an Sie an der nächsten Poststation – falls wir jemals in die zivilisierte Welt zurückkehren – aufgeben. Liebste Freundin, ich schließe einen Brief an Seine Majestät mit in diesen Brief ein, einen unvollendeten Brief, ich hatte ihn kurz vor unserer Flucht begonnen. Dennoch ist es mir von großer Wichtigkeit, dass mein verehrter Herr Papa diese Zeilen erhält. Bitte übergeben Sie ihm den Brief und erklären Sie, unter welchen Umständen er geschrieben und weshalb er nicht zu Ende geführt wurde. Es steht Ihnen frei, ihn zu lesen, ich vertraue Ihnen mehr als jedem anderen Menschen auf der Welt. Außerdem entbindet es mich der Mühe, Ihnen in einem weiteren Brief den Gang der Ereignisse darzulegen. Ich weiß, wenn Seine Majestät Fragen zu meinen Zeilen hat, Sie werden in der Lage sein, sie zu beantworten. Und Sie sind mit ausreichender Phantasie gesegnet, eventuelle Lücken zu ergänzen.

Beten Sie für mich, Gräfin, schreiben Sie mir!

Immer Ihre

Leopoldina

HUNDERTSECHSUNDFÜNFZIGSTER BRIEF

Dona Leopoldina an Kaiser Franz I. von Österreich

Ihre Majestät, lieber Papa, täglich hatte ich mir einen Brief aus der Heimat erhofft, zugleich aber auch Ihren Rat, den ich doch so sehnlichst gewünscht habe, gefürchtet. Sie können nicht ermessen, durch welche Qual ich in den letzten Monaten gegangen bin! Zerrissen von eigenen Sehnsüchten und Wünschen und denen meines Volkes. Dabei in steter Sorgfalt auch die Wünsche Österreichs erwägend und dennoch, ich bin nun ganz und gar Brasilianerin.

Sollen wir uns nach Lissabon einschiffen und Brasilien allein ohne Führung zurücklassen, in einem Moment, in dem es einer ordnenden Hand so dringend bedarf? Kann, darf mein Heimweh die Richtschnur unserer Entscheidungen sein? Wären wir eine Hilfe für die portugiesische Krone, für Dom João, jetzt, nachdem die Cortes in Lissabon alle Gewalt an sich gerissen haben? Darf ich mich nach all den Jahren hier in Brasilien in einem Moment auf und davon machen, in dem das brasilianische Volk es geschafft hat, sich zu einem großen, ja vielleicht zukünftig mächtigen Land zu einen? Welchem Willen hat meine Entscheidung zu unterliegen? Ihr habt mich bestimmt, um Brasilien mächtig werden zu lassen, aber ist dies in der Ahnung, dass dieses Land sich einmal von Portugal, von Europa lösen könnte, geschehen? Noch hat hier niemand die Unabhängigkeit Brasiliens von Portugal gefordert, und doch scheint es mir, nachdem die Portugiesen ihr Machtstreben und ihre Vorherrschaft mit Gewalt durchsetzen wollen, keine andere Möglichkeit zu geben.

Man muss die Bedürfnisse des Volkes respektieren und sich

auf diese Art der Liebe seiner Untertanen vergewissern. Das, lieber Papa, sind Ihre Worte. Ich weiß, dass diese Entwicklung nicht Ihrer Idee der österreichisch-portugiesischen Allianz entspricht, dennoch bitte ich Sie von Herzen, lieber Papa, seien Sie unser Freund und Alliierter!

Ach, es wäre mein größter Wunsch, wenn Sie meine wunderbaren Kinder einmal sehen könnten, sie sind wirklich kleine Engel. Und ich wäre zu gerne einmal wieder mit Ihnen durch den Park von Laxenburg spaziert, der mir aus der Ferne mehr denn je als Paradies erscheint. Verbringen Sie immer noch den Sommer dort?

Lieber Vater, ich möchte Ihnen versichern, dass, auch wenn mir mit meiner Ehe zu Pedro eine schwierige Mission auferlegt worden ist … verzeihen Sie …

FÜNFTER TEIL

HUNDERTSIEBENUNDFÜNFZIGSTER BRIEF

Fürst von Metternich an Gräfin Lazansky

Endlich! Wie habe ich diesen Tag herbeigesehnt! Sie sind nach Wien zurückgekehrt! Ich hätte nicht erwartet, dass mich unser Wiedersehen derart aufwühlt. Ich hätte von mir mehr Gelassenheit erwartet.

Jetzt laufe ich mit schnellen Schritten zwischen den schwelgerisch duftenden Rosenstöcken und blassblauen Schwertlilien meines Gartens hin und her und versuche, meinen Geist zu beruhigen, den Sie, geliebte Gräfin, verwirrt haben. Wie viel Zeit ist vergangen! Und nun, endlich, sehe ich Sie wieder! Sie sind einzig unter den Frauen, keine Minute gealtert, das harte Klima hat Ihrer Schönheit nichts anhaben können, ganz im Gegenteil, ein innerer Glanz geht von Ihnen aus, die Haut leicht gebräunt, ein Affront gegen die Sitte, aber ein Geschenk an die Sinnlichkeit! Es schmückt Sie ganz ungemein, gibt es Ihnen doch einen Hauch von Exotik, von Wildnis. Und dann Ihre Garderobe, wie zufällig gewählt, ein völliges Untertreiben, die Farben so blass, dass jede andere Frau darin verschwinden würde, Sie aber strahlen darin umso mehr. Alles wirkt beiläufig, als wäre es für Sie nicht von Interesse, und zugleich hebt gerade diese Nachlässigkeit Ihre Schönheit zur Vollkommenheit. Auch wenn Sie in Venedig – erinnern Sie diese leichten, längst vergangenen Tage? – über meine fehlende Gottesgläubigkeit gelästert haben, Ihr Anblick, meine Eiskönigin, lässt mich an eine göttliche Macht glauben, eine mit viel Sinn für

Schönheit. Sie waren, ob Sie wollen oder nicht, der Mittelpunkt des gestrigen Abends. Nicht das stimmgewaltige junge Wesen, diese Henriette Sontag, obwohl, auch ein solches Talent lässt mich an eine erhabene Macht glauben. Welch ein Timbre, welch eine Leichtigkeit! Und dennoch, jeder der anwesenden Gäste auf der Soiree von Herzogin E. stand nur in Ihrem Bann. Man tuschelte, dass Ihr sonst so spöttischer Blick plötzlich sanft und verständnisvoll auf Ihrer Umgebung ruhe. Ach, die Menschen sind leicht in die Irre zu führen. Ich behaupte, Ihr Blick ist nicht sanft, sondern Sie schauen durch die Anwesenden hindurch, ja, sie interessieren Sie gar nicht! Ist es nicht so?

Gräfin, Sie ahnen nicht, welch ungeheure Freude, welch Erleichterung meine Seele gepackt hat, wieder mit Ihnen sprechen zu dürfen. Ja, Sie reden mit mir! Ihre Hand in der meinen, Ihre Lippen auf den meinen … und doch, Sie sind nicht anwesend. Ihre Worte sind wohlgewählt, Sie sind freundlich, aber es fehlt die Offenheit und Herzlichkeit, die Sie mir zuletzt zum Geschenk gemacht hatten. Ist es nur die lange Zeit, in der wir uns nicht sahen? Wie sagten Sie so treffend, »es ist nicht leicht, den Ton vergangener Zeiten wieder aufzunehmen«.

Ich habe mir geschworen, Sie nicht zu drängen, nicht zu fordern, mir über etwas Auskunft zu geben, was vielleicht gar nicht wert ist, benannt zu werden, solange unsere Freundschaft darunter nicht leidet. Und doch wünsche ich mir, dass Sie mir zu gegebener Zeit erklären, was Sie zurückhaltend macht, mir gegenüber, den Menschen gegenüber. So wie mich die Jahre bestimmt gewandelt haben, so steht natürlich auch Ihnen ohne jeden Zweifel eine Wandlung zu, aber ich denke, dies ist es nicht allein. Es muss etwas in Rio de Janeiro vorgefallen sein. Zu auffällig, ja geradezu absurd ist Ihre Weigerung, dem allgemeinen Gesprächstenor über die spektakuläre Entwicklung Brasiliens in die Unabhängigkeit zu folgen. Gerade Sie, die uns Auskunft über die Ereignisse geben könnten! Ist Ihr Hass auf die Politik denn noch gewachsen? Sie sind eine aufgeklärte, intelligente Frau, die einzige Frau überhaupt, der ich diese Attribute mit Freude verleihe, wie können Sie bei all der Aufregung schweigen! Ich habe sie gesehen, Ihre Befriedigung, dass die Opernfreunde sich nur kurz bei der Krönung Dona Leopoldinas zur Kaiserin von Brasilien aufhielten, um dann sogleich in Begeisterung über den federleichten, mühelosen Sopran der Sontag auszubrechen. Wenn der Kaiser und die österreichische Nation diesen Schritt auch mit Beklommenheit sehen und ich mich in meiner Idee, das portugiesisch-österreichische Bündnis gesichert zu haben, konterkariert fühle, so kann, so muss man doch darüber sprechen! Ich wusste, dass Dona Leopoldina ein kluger Kopf ist, aber wendet sich das Blatt nun gegen uns, gegen Europa? Sind Sie stolz auf Ihren Zögling, Gräfin? Eher schien es mir, soweit in Ihren Augen eine Regung zu lesen war, dass Sie beunruhigt sind. Oder ist es das bange Wissen, dass durch dieses fait accompli ein Wiedersehen in weiter Ferne steht? Was, Gräfin, schwebt in Ihren schönen Augen? Angst? Sorge? Ein Wissen, das nur Ihnen zur Verfügung steht?

Wie auch immer, allein Ihre Anwesenheit macht mich zu einem glücklichen Mann. Darf ich Sie heute Abend im Palais Esterházy erwarten? Fürst Esterházy war so großzügig, mir seinen chinesischen Salon zur Verfügung zu stellen. Mir ist sehr daran gelegen, Sie, als Weitgereiste, mit Exotik zu beeindrucken! Das chinesische Zimmer ist hinreißend und sehr intim. Ich habe meinen Koch beauftragt, Sie mit einem besonders feinen Souper zu verwöhnen. Er wird gebratenen Kapaun servieren. Ich habe nicht vergessen, dass dies eine Ihrer Leibspeisen ist! (Es war mir gestern eine Freude zu sehen, dass

Ihre Leidenschaft für gutes Essen ungebrochen ist.) Kommen Sie, Gräfin? Kommen Sie!

Ergebenst immer Ihr

Metternich

HUNDERTACHTUNDFÜNFZIGSTER BRIEF

Gräfin Lazansky an Fürst von Metternich

Da möchten Sie mich nicht mit Fragen behelligen, und dann besteht Ihr Brief fast nur aus Fragezeichen! Lieber Fürst, Sie lesen so viel in meinen Augen und in meiner Art, wie ich meinen Kopf und meine Kleider durch die Welt trage, dass mir ganz schwindelig wird. Machen Sie es mir und sich nicht schwer. Ich habe Ihnen in unserer Korrespondenz zwischen Rio und Wien alles gesagt, mehr gibt es nicht zu sagen. Ich bin Ihnen unverändert zugetan, eigentlich hat sich nichts geändert seit unserer Zeit in Italien, nur die Zeit an sich. Und natürlich lässt einen ein Land wie Brasilien nicht in die Heimat zurückkehren ohne Spuren des Erlebten auf Haut und Gemüt. Wer nicht dort war, in dieser völlig fremden Welt mit andern Sitten und Gebräuchen, mit einer vollkommen anderen Idee über das Leben, der kann nichts nachempfinden, weil selbst die ausschweifendsten Beschreibungen der Menschen, der Landschaften, der Gerüche, der Natur nicht das Erlebte wiedergeben können. Das Land, die Zeit dort haben mich in meinem Wissen über die Menschen bereichert, aber mich auch meiner Gutgläubigkeit, meines Vertrauens ihnen gegenüber bestohlen. Dies in allen Einzelheiten auszubreiten, auch vor Ihnen, dafür fehlt mir der Wille. Und die Schamlosigkeit. Sie wissen, dass ich nie schwatzhaft war, heute liegt mir noch weniger daran als je zuvor.

Wollen wir beide nicht einfach die Gegenwart genießen und versuchen, miteinander in Freundschaft und Zuneigung umzugehen, so wie wir jetzt sind? Nein, darin habe ich mich nicht geändert, mir ist die Gegenwart das Wertvollste, das Vergangene ist unabänderlich, die Zukunft letztendlich auch, also lassen Sie uns das Heute genießen! Sollte uns das gelingen, so wäre ich glücklich!

Sie brauchen sich keine Umstände zu machen und exotische Plätze für mich auszusuchen. Seien Sie versichert, nach einer Abstinenz von mehreren Jahren erscheinen mir Wien und seine Bewohner mehr als exotisch! Allerdings finde ich die Stadt auch allerliebst, alles wirkt so beschaulich und beruhigend, die schmalen Gassen, das Geordnete, das Gesittete. Können Sie sich vorstellen, dass mir nach meinen Erfahrungen mit den Kutschern in Rio die Wiener Kutscher als die feinsten und manierlichsten, ja vorsichtigsten Fahrer der Welt erscheinen? Schimpfen wir sie nicht sonst mit den bösesten Flüchen ob ihrer Rücksichtslosigkeit? Sie sehen, wie sich selbst in kleinen Dingen mein Blick auf die Welt verändert hat.

À bientôt, bis heute Abend, Fürst. Wie könnte ich einem Mann wie Ihnen und einem Kapaun widerstehen?!

L.

HUNDERTNEUNUNDFÜNFZIGSTER BRIEF

Gräfin Lazansky an Fürst von Metternich

Wie Sie sehen, kann man sich ganz wunderbare Stunden bereiten, ohne auch nur eine Silbe an die Politik zu verschwenden! Was für ein göttliches Souper, welch heiteres Zusammenfinden, welch köstliche Würze für die einsamen Stunden des Alters …

L.

HUNDERTSECHZIGSTER BRIEF

Fürst von Metternich an Gräfin Lazansky

Ich verehre Sie, Gräfin, mehr als je zuvor.

Ergebenst

Metternich

HUNDERTEINUNDSECHZIGSTER BRIEF

Marie-Louise, Herzogin von Parma,
an Fürst von Metternich

Fürst, mir ist die Aufgabe übertragen worden, Sie auf diesem Wege von einem traurigen Ereignis in Kenntnis zu setzen.

Soeben erhielt ich einen Brief von meiner geliebten Schwester Leopoldine, der schon vor Monaten hier für mich abgegeben wurde. Da ich aber auf Reisen war – ich hatte das große Vergnügen einer Reise nach Sizilien, eine prachtvolle Insel, die aus nichts anderem als aus Zitronenbäumen zu bestehen scheint –, habe ich ihn erst heute lesen können. Somit sind die in dem Brief geschilderten Ereignisse schon Vergangenheit, dies lindert allerdings nicht den schmerzlichen Inhalt.

Ich erlaube mir kurz zu zitieren: »Marie, du ahnst nicht, was wir hier durchmachen mussten. Pedro ist in Rio geblieben und hat die portugiesischen Truppen erfolgreich zurückgeschlagen. Ich bin mit den Kindern und meinem kleinen Hofstaat in einer endlosen Fahrt ins Gebirge geflohen. Es waren furchtbare Tage, die in einer Tragödie geendet sind. Mein Herz ist so schwer, meine Hände wollen die Worte nicht schreiben, mir verschwimmt vor Tränen der Blick, mein geliebter Sohn, mein Herzenskind, mein Ein und Alles, mein kleiner Carlos hat diese Flucht nicht überlebt. Es war unerträglich heiß, unsere Vorräte an Wasser und Wein waren schnell erschöpft, und so ist Carlos in meinen Armen an einem Hitzschlag gestorben. Ich habe zu Gott gefleht, mich ebenfalls zu sich zu nehmen, aber meine Bitte wurde nicht erhört …«

Es folgen einige Zeilen, die so voller Gram sind, dass ich sie nicht notieren möchte, wohl aber bin ich von meiner Schwester angehalten, den entsetzten Ausruf Dom Pedros wiederzugeben, als er vom Tod seines Sohnes erfuhr: »… als mein Mann nach bangen Tagen endlich in Santa Cruz zu uns stieß, entfuhr Pedro in seinem Schmerz voller Hass: ›Sie haben ihn umgebracht. Mein Sohn, der portugiesische Thronfolger, von portugiesischen Soldaten ermordet! Ja, man hat mein Kind umgebracht!‹ Darauf brach er in einem Anfall zusammen. Wofür straft uns Gott, Marie?«

Lieber Fürst, bitte überbringen Sie Seiner Majestät Kaiser Franz, meinem lieben Vater, diese Nachricht.

Marie-Louise, Herzogin von Parma
Parma

Wenn es auch nicht opportun erscheint, diesen unendlich traurigen Zeilen etwas anzufügen, dennoch: Lieber Fürst, seien Sie bedankt für Ihre herzlichen Wünsche zu meiner Eheschließung und für die wunderbaren Silberteller!

HUNDERTZWEIUNDSECHZIGSTER BRIEF

Fürst von Metternich an den Marquis von Marialva

Mein lieber, verehrter Marquis, ich schwelge noch immer in Erinnerung an unsere herrlichen, gemeinsamen Tage in Paris! Welch ein Genuss in jeglicher Hinsicht! Auch wenn – unter uns – Carafas *Le Solitaire* nicht von musikalischem Genie zeugt, hübsch und unterhaltsam war es allemal, und die Ballettdamen waren ganz entzückend. Die Beine unserer Wiener Tänzerinnen, die mir bisweilen etwas, nun, ländlich erscheinen, können mit den schlanken Waden der Pariserinnen nicht mithalten. Leider. Epochal natürlich die Bilder der Kauffmann! Welcher Ausdruck, welche Kraft! Die Krönung meiner Pariser Tage jedoch war unzweifelhaft das große Vergnügen und die Ehre, die Bekanntschaft Ihrer Zukünftigen machen zu dürfen. Wahrhaftig, Marquis, eine gute Wahl! Sie sind ein glücklicher, ein beneidenswerter Mann! Möge die Ehe Sie in einen ebenso komfortablen Stand versetzen, wie ich ihn seit Jahren genieße.

Kaum hatte ich meinen Fuß wieder auf die staubigen Straßen Wiens gesetzt – wir haben einen unnatürlich heißen Sommer, seit Wochen kein Regen, die Bäume vor ihrer Zeit schon gelbblätterig –, ereilte mich der Befehl Seiner Majestät, ihn umgehend aufzusuchen. Nun also trotz unserer gemeinsam unternommenen Anstrengungen diese Nachricht: Dom Pedro bleibt in Brasilien! Ja mehr noch, Brasilien will eigenständig werden! Man verlangt von uns, es als unabhängiges Land anzuerkennen. Was sagen Sie dazu, Marquis? Unter uns, so hatte ich mir das Ganze nicht vorgestellt. Verzeihen Sie diese offenen Worte, aber wem, außer Ihnen, kann ich mit der ganzen Ehrlichkeit meines Herzens sagen, wie ich wirklich darüber denke? Dona Leopoldina hat sich zu einer bemerkenswerten Person entwickelt, mit einem ebenso bemerkenswerten politischen Verstand. Wenn ich mir die widersprüchlichen Nachrichten aus Rio zusammenreime, so ist dies alles wohl letztendlich ihr zu danken. Ich bin zutiefst entsetzt über diese Entwicklung, nur mag mich niemand hören. Seine Majestät scheint sich im Augenblick mehr für seine Karlsbader Kuren zu interessieren (ich wünschte, ich hätte mich nicht so schwärmerisch über die Bäder als Jungbrunnen geäußert) als für Brasilien. Manchmal komme ich nicht umhin, mich nach Napoleon zu sehnen. Ja, so weit ist es gekommen! Immerhin war Napoleon Katalysator und Sprengstoff. Die Verbündeten haben während seiner Zeit zumindest miteinander gesprochen, gemeinsame Taktiken gegen ihn gefunden. Doch nun? Mir bangt sehr, dass schon bald auch in anderen Ländern – nach dem zweifelhaften Vorbild Frankreichs und Portugals – Verfassungen ausgerufen werden. Natürlich muss Brasilien in Abhängigkeit Europas bleiben, sonst drohen verheerende Auswirkungen auf die wirtschaftlichen und politischen Verhältnisse Europas. Das Gleichgewicht der Mächte zwischen West und Ost ist in Gefahr, mehr aber noch die Krone!

Andererseits: Wer von uns kann schon über Brasilien, über Dona Leopoldina und Dom Pedro urteilen? Wir sitzen hier Tausende von Seemeilen entfernt und haben nicht die geringste Vorstellung, was sich in diesem fernen Land abspielt.

Sie ahnen richtig, mein kühler Politikerkopf ist mir von Gräfin Lazansky recht unsanft zurechtgerückt worden. Ohne Unterlass weist sie auf die unvorstellbaren Zustände in Brasilien hin, auf die Unterschiede in Denkungsart und Sitte, so dass ich gar nicht anders kann, als ihr recht zu geben. Interessanterweise versteht sie es dabei mit großer Finesse, sich im Allgemeinen zu bewegen und nicht ein Mal, nicht ein einziges Mal die Katze aus dem Sack zu lassen und die wirklichen Gründe ihrer Heimkehr zu benennen. Ja, ich bin nicht davon abzubringen, es war nicht nur Dom Pedros Widerwillen gegen österreichische Hofdamen, der unsere schöne Gräfin zurück in die Heimat gespült hat!

Nun ist sie wieder in Wien, hat beim Kaiser vorgesprochen und auch ihm den Aufenthalt in Brasilien in schillernden, aufregenden Farben ausgemalt und – ich bewundere ihren kühlen Mut – Seine Majestät frank und frei darüber in Kenntnis gesetzt, dass sowohl Dona Leopoldina als auch sie selbst zutiefst verstört, ja empört darüber sind, dass niemand sich bemüßigt hat, sie über die Sklaverei in Brasilien zu unterrichten. Sie hat sich derart über das Thema echauffiert, dass der Kaiser sich gezwungen sah, sie nach einer guten Stunde hinauszukomplimentieren!

Wenn Sie mich fragen sollten, Marquis, wie ich Gräfin Lazansky angetroffen habe, beim besten Willen, ich kann es nicht sagen. Nach dem Eklat dieser Audienz ist einzig sicher, dass sie uns unser Schweigen über die Sklaverei immer noch nachträgt. Wahrscheinlich bis an unser Lebensende.

Der Dschungel hat ihrem feinen Liebreiz nichts anhaben können. Ganz im Gegenteil, sie ist noch freier in ihren Gedanken, in ihrem Urteil. Bisweilen verstimmt mich dies. Und dennoch, diese Frau übt unverändert einen Zauber auf mich aus, dem ich nicht widerstehen kann.

Nun, Sie werden sich Ihr eigenes Urteil bilden, wenn wir uns alle im Dezember zu Ihrer Hochzeit wiedersehen! Ihre Einladung nehme ich mit größter Freude an. Verehrung an Ihre entzückende Braut, Mademoiselle d'Alembert, Marquis!

Stets Ihr

Metternich
Wien

Heute Abend gibt noch einmal dieser sagenhafte Franz Liszt ein Konzert. Ganz Wien liegt ihm zu Füßen.

HUNDERTDREIUNDSECHZIGSTER BRIEF

Gräfin Lazansky an
den Marquis von Marialva

Wie freundlich, lieber Marquis, dass Sie nach all den Jahren meiner immer noch gedenken! Und mich sogar zu Ihrer Hochzeit einladen! Sie zeigen wahrhaft Größe, dass Sie mir meinen letzten Brief, der gar nicht freundlich endete, verziehen haben. So ist es jetzt an mir, Größe zu zeigen und Ihnen ebenfalls zu verzeihen. Da Sie den ehrenwerten Entschluss getroffen haben, der Politik den Rücken zu kehren (Fürst Metternich hat mich über Ihren Werdegang sorgfältig unterrichtet), fällt es mir umso leichter, über die Vergangenheit zu schweigen (nein, vergessen kann ich nicht, aber braucht es *Vergessen,* um *verzeihen* zu können? Nein!). Ich habe mich also nicht in Ihnen getäuscht, Sie sind ein feiner Mann, und ich wünsche Ihnen und Ihrer Braut von Herzen Glück! Wenn ich es recht verstanden habe, lassen Sie sich in Paris nieder? Oder planen Sie eine Rückkehr nach Lissabon? Da Portugal einer unsicheren Zukunft entgegenblickt, scheint Paris die bessere Wahl. Paris ist immer die bessere Wahl, n'est-ce pas? Ich gestehe, dass ich seit geraumer Zeit ebenfalls mit dem Gedanken spiele, nach Paris zu ziehen. Falls Sie von einem passenden Domizil hören, lassen Sie es mich wissen, aber verraten Sie niemandem meine Pläne. Niemandem, hören Sie! Wien und das Leben bei Hof beengt mich täglich mehr. Außerdem bin ich beim Kaiser in Ungnade gefallen, nun, er wird es so nicht sagen, dafür ist er zu charmant, aber ich habe ein paar Äußerungen getan in einer vielleicht etwas erregten Art, so dass er mich – welch peinliche Situation – hinausgebeten hat! Nein, ich werde Ihnen nicht erzählen, was mich in Rage gebracht hat, sonst glauben Sie mir nicht, dass ich Ihnen verziehen habe! Hélas!

So sehen wir uns im Dezember in Paris. Vielleicht komme ich schon Ende Oktober und schaue mich selbst nach einem Palais um. Wichtig ist mir ein großer Garten, wichtiger als ein großer Salon! So anstrengend die Natur Brasiliens war, so schön war sie auch, und ich kann mich nicht recht daran gewöhnen, nun so viele Stunden im Haus zu verbringen. Lieber sitze ich unter rauschenden Bäumen.

Adieu

L.

Wien

HUNDERTVIERUNDSECHZIGSTER BRIEF

Gräfin Lazansky an ihre Schwester Caroline

Mir scheint es Ewigkeiten her, dass ich bei dir in Dresden war, dabei sind es nur wenige Wochen. Wie wunderbar ruhig war es dort!

Nun bin ich mehr oder weniger wieder in der Wiener Gesellschaft angekommen, ich fürchte, ich bin nun zuweilen das, was man *scandaleuse* nennt. Ich bin sicher, dass mein Auftritt beim Kaiser schon bis nach Sachsen kolportiert worden ist. Gott sei Dank brauche ich mich dir gegenüber nicht zu rechtfertigen, du weißt, dass ich nicht anders handeln konnte. Vielleicht habe ich mich in den Augen des Hofes auch lächerlich gemacht, dies touchiert mich heute noch weniger als in früheren Tagen. Mir ist dieses Leben am Hofe reichlich zuwider, und ich trage mich mit dem Gedanken, den Kaiser um meine Demission zu ersuchen. Ach, Caroline, ich sehe dich vor mir, wie du mit deinem hübschen Kopf Beifall und Bestätigung nickst. Dafür liebe ich dich, meine wunderbare Schwester!

Der Kaiser sieht für sein Alter noch recht passabel aus, er ist in den letzten Jahren kaum gealtert. Ihm scheinen die Unmengen Kaffee, die er am Morgen hinunterstürzt, nicht zu schaden. Das ist aber auch das Einzige, was er in Unmaßen betreibt, in allen anderen Dingen des Lebens wird er immer mehr zum Asket. Leider schlägt sich das auch in einer gewissen Nachlässigkeit für die schönen und bequemen Aspekte des Lebens nieder, so müsste sich dringend ein Polsterer um die Sessel und Sofas kümmern! Nach meiner letzten Audienz bei Seiner Majestät, bei der ich die Gnade hatte, auf einem brettharten Sessel zu sitzen, hatte ich für den Rest des Tages jegliche Grazie meiner Bewegungen eingebüßt. Natürlich ist das Dekor und das Interieur der Hofburg unserem armseligen kleinen Boa Vista weit überlegen! Mich plagt keine Sehnsucht nach dem Land, wohl aber sind meine Gedanken ständig bei meiner Leopoldine. Wie es ihr wohl geht? Hat sie den schrecklichen Tod des Kindes überwunden? Hat sich Pedro auf seine Pflichten als Ehemann und Vater besonnen, oder stellt er immer noch diesem Weib nach? Hier so fern von allen Nachrichten zu sein erfordert eine Disziplin über meine Phantasie, die ich nicht immer aufrechterhalten kann.

Seit Tagen regnet es, ein feiner Nieselregen, ein Sprengsel im Vergleich zu den Tropengewittern, bei denen einem der Regen waagerecht ins Gesicht peitscht. Aber dennoch genug Feuchtigkeit, um durch die Kleider auf die Haut zu kriechen. Dabei ist es nicht kalt, nur dass dieses Wetter einen zu gar nichts einlädt. Ich begebe mich – in Ermangelung anderer Aufgaben – schon früh am Morgen zu Monsieur R., dessen wunderbarer Laden noch größer und üppiger geworden ist. Sein neuester Trend ist, neben französischen Stoffen jetzt auch feine Ware aus dem Orient anzubieten. Welch ein Augenschmaus! Nein, keine Bange, ich werde nicht in die Fußstapfen von Marie-Louise treten und nichts anderes als Seide und Damast in meinem Kopf bewegen.

Übrigens, sie hat endlich ihren langjährigen Liebhaber geheiratet. Man tut so, als seien sich die beiden erst vor kurzem begegnet, dabei haben sie Kinder miteinander. Und all das, nur um das Märchen aufrechtzuerhalten, Marie-Louise sei Napoleon bis zu seinem Tode treu geblieben. Lächerlich! Welch verschrobene Moral. Ich freue mich für sie, denn sie scheint mit ihrem Leben vollkommen glücklich zu sein. Was zugleich bedeutet, dass sie sich ganz ihrem Phlegma hingibt und sich kaum zu einer Zeile überwinden kann. Mich stört dies wenig, aber wenn ich an Leopoldine denke, wie enttäuscht sie immer war, wenn das Postschiff keine Briefe ihrer geliebten Marie brachte!

Das Rencontre mit M. war, wie soll ich es sagen, ambivalent, er ist nach wie vor ein Mann von Grandezza und großem Charme, und sein Veilchenduft verfolgt mich bis in meine Träume. Er liegt mir zu Füßen, wir teilen unsere Leidenschaft für die Oper und Dichtkunst, aber ich spreche mit ihm kein Sterbenswort über Politik. Und natürlich nicht über Brasilien. Ich möchte mich nicht der Gefahr aussetzen, ein falsches oder in diesem Falle richtiges Wort über Pedro zu verlieren. Er spürt meine Vorbehalte, versucht nicht neugierig zu sein und fragt doch ohne Unterlass. Am liebsten würde er mich wahrscheinlich schütteln in der Hoffnung, dass sogleich alle Informationen aus mir herauspurzeln. Nein, ich liebe ihn nicht mehr. Habe ich es je getan? Ich schaue ihn gern an, seine schlanke Gestalt, das feingeschnittene Gesicht mit der hohen Stirn, die Locken, die immer grauer werden. Er kleidet sich nach wie vor mit einer ausgesuchten Eleganz, ohne geckenhaft zu sein. Aber wie kann ich jemanden zu meinem Vertrauten wählen, wenn ich ihm nicht vertrauen kann? Und ist er nicht selbst schuld daran?

Er möchte mich sehen, doch mich verlangt es mehr als je zuvor nach Ruhe und Kontemplation. Er wird meinen Rückzug sicher verschmerzen, ist mir doch zu Ohren gekommen, dass er immer noch in enger Bindung zu Madame de S. steht. Wie schön, dass er uns alternden Frauen die Treue hält.

Anna Christina
Wien

Und wieder vergesse ich, dir endlich auf deine Frage zu antworten, wie die Reaktion Seiner Majestät auf Leopoldines Brief ausfiel! Nun, Seine Majestät ging, kaum hatte ich ihm denselben übergeben, zu seinem Schreibtisch, öffnete den Brief mit einem beeindruckend großen Briefmesser – hätte ich in Rio bei meinem unseligen Besuch bei Dom Pedro ein solches Messer auf dem Tisch liegen gesehen, ich wäre vor Angst auf dem Fuße hinausgestürmt! Dann säße ich heute noch auf der Veranda von Boa Vista. Ich habe versucht, in seinem Gesicht zu lesen, als er den Brief überflog, aber ich konnte keine wirkliche Reaktion erkennen. Just an der Stelle, wo sie über die schwierige Aufgabe ihrer Ehe spricht und dann abrupt den Brief enden lässt, an einer Stelle also, bei der jeder mitfühlende Mensch wach geworden wäre und mich um Auskunft, um Komplettierung des Satzes gebeten hätte, schaute mich Seine Majestät an und näselte: »Gräfin, wie freundlich von Ihnen, mir persönlich diesen Brief zu überbringen! Mir scheint, meine Tochter versucht das Unmögliche miteinander zu verbinden: Gewissen und Politik. Wollen wir hoffen, dass sie schon bald wieder die Finger von der Politik lässt und sich mehr der Familie widmet. Noch Kaffee, Gräfin?« Ach, Caroline! Viel hätte ich dazu zu sagen, doch ich werde mein Gemüt schützen und stattdessen zu einer Anprobe bei Monsieur R. eilen. Er fertigt mir ein hinreißendes Kleid für die Hochzeit des Marquis. Ein lindgrüner Traum aus Seide, übergossen von einer zartsilbernen Spitze, in die winzige Diamantsplitter eingenäht sind. Ein Sternenhimmel! Ich muss darauf achten, dass dieses Gewand nicht das Brautkleid auf den zweiten Rang verweist. Aber in Paris muss man glänzen!

Ich freue mich über die Einladung Marialvas mehr, als es in Anbetracht meines immer noch schlummernden Grolls zu erwarten wäre. Er ist ein feiner Mann.

HUNDERTFÜNFUNDSECHZIGSTER BRIEF

Dona Leopoldina an Marie-Louise,
Herzogin von Parma

Meine liebe Marie! Ich muss gestehen, dass ich dir vor einiger Zeit einen Brief mit Glückwünschen zu deiner Hochzeit geschrieben habe, dieser aber einem fürchterlichen Regenguss zum Opfer fiel. Die Tinte zerfloss über dem Papier, und meine Wünsche waren bis zur Unkenntlichkeit verwässert. Deshalb sei noch einmal geherzt und geküsst mit den besten Grüßen an meinen neuen Schwager!

Wie du gewiss über den Vater erfahren hast, haben sich die Dinge hier sehr gewandelt, deine kleine Schwester nennt sich jetzt *Kaiserin von Brasilien*, ein Titel, um den ich nicht gebuhlt habe, aber ich habe mich damit dem dringenden Wunsch des brasilianischen Volkes gebeugt.

So gehen die Tage jetzt in einem neuen Rhythmus dahin, ich bin eifrig mit Sitzungen des Staatsrats beschäftigt und hoffe vor allem meinen Einfluss gegen die Sklaverei durchsetzen zu können.

Die Kinder sind wohlauf, aber wir alle leiden immer noch unendlich, wenn wir an Carlos denken.

Wann immer es meine Zeit zulässt, reite ich. Ich reite am frühen Morgen vor Sonnenaufgang, ich reite am Abend. Immer allein, selbst auf eine kleine Eskorte verzichte ich, die Anwesenheit anderer lenkt mich von meinen Gedanken ab. Bisweilen setze ich mich, wenn die Dämmerung angebrochen ist, am Strand nieder und gedenke meines Sohnes. In diesen kostbaren Minuten, zwischen Tag und Nacht, zwischen Traum und Wirklichkeit, zwischen Leben und Tod, finde ich Ruhe.

Maria, die gute Seele, hat ihren Sohn wieder. Gott gibt, Gott nimmt.

Schreib mir, deine Briefe erhalten mich am Leben.

Leopoldina

HUNDERTSECHSUNDSECHZIGSTER BRIEF

Marie-Louise, Herzogin von Parma,
an Gräfin Lazansky

Gräfin, soeben habe ich einen Brief von meiner Schwester erhalten, der mich ratlos lässt! Nie hat sie mir einen so fahlen Brief geschrieben. Er ist ganz knapp gehalten und schildert in blassen Worten ihren Zustand, der nicht minder blass zu sein scheint. Nur aus den letzten Worten spricht eine alarmierende Gemütsverfassung: »… deine Briefe erhalten mich am Leben.« Ich bin im höchsten Maße beunruhigt! Wissen Sie, wie es ihr wirklich geht? Haben Sie mehr Nachricht? Sie erwähnt mit keinem Wort Dom Pedro, hat das etwas zu bedeuten? Ich habe so lange nichts von ihr gehört, und nun dies.

Bitte, falls es Ihre kostbare Zeit erlaubt, antworten Sie mir schnell!

Marie-Louise
Parma

HUNDERTSIEBENUNDSECHZIGSTER BRIEF

Dona Leopoldina an Gräfin Lazansky

Ich sitze auf der großen Lichtung, auf der wir bei unseren Ausflügen ans Wasser so oft Rast gemacht haben, erinnern Sie sich, Gräfin? Die Bäume sind seit Ihrer Abreise noch gewachsen, vor allem in die Breite, und nun säumen sie die Lichtung wie ein von Menschenhand geschaffenes Rondell. Alexander hat mir ein Zelt gebaut, es ist recht lauschig, wir haben es hübsch eingerichtet mit bequemen Hockern und einem kleinen Tisch, vor allem aber schützt es vor der Sonne. Wobei es mir mittlerweile gleichgültig ist, ob meine Haut rot glänzt, ach, wenn Sie mich sehen könnten! Ihre einst in neuester Mode gekleidete Freundin läuft wie eine dicke, behäbige Bauersfrau herum! Maria lacht mich schon aus und sagt: »Hoheit, geben Sie acht, bald bin ich besser gekleidet als Sie!« Dabei tänzelt sie in ihrem bunten Rock vor mir her und krümmt sich vor Lachen! Sie hat ihren Sohn wiedergefunden – ich habe dafür ordentlich Geld zahlen müssen – und damit auch ihr Lachen. Stellen Sie sich vor, Maria kann jetzt flüssig lesen und schreiben und ist davon so begeistert, dass sie die Frauen in ihrem Dorf zwingt, es ihr gleichzutun. »Dass diese merkwürdigen Zeichen, wenn man sie versteht, einem so viel Spaß machen, Dona Leopoldina!« Dabei liebkost sie jeden einzelnen Buchstaben, als sei er ein kostbarer Diamant.

Heute ist ein strahlender Tag, die Luft angenehm kühl, gerade recht, um hier draußen zu sein und an Sie zu denken. Sie ahnen nicht, wie sehr ich Sie vermisse! Und es gibt so viel zu berichten, Gutes und Schlechtes. Das Schlechte überwiegt, darf ich es dennoch erzählen? Auch wenn es nicht von feiner Gesinnung spricht, seine Freunde mit den unschönen Dingen des Lebens zu behelligen. Das Einzige, was mich unverändert beglückt, ist meine Freundschaft, meine Zuneigung zu Alexander.

Eigentlich dachte ich, dass es nach dem Tod meines kleinen Engels nichts mehr geben kann, was mich in gleicher Art erschüttert. Bis gestern Nacht. Ich war, wie seit Monaten, allein. Pedro teilt mit mir schon lange nicht mehr Tisch und Bett. Mich quälen Alpträume, ich träume immer und immer wieder den gleichen Traum: Eine weiße Frau – wie jene, die damals den Tod meiner geliebten Mutter ankündigte – erscheint und greift mit knochigen Händen nach Januária und Gloria. Ich versuche die Kinder mit aller Macht zu halten, doch die weiße Frau ist stärker als ich. Gestern also, kurz nach Mitternacht, erwachte ich von einem Lufthauch, der über mein Bett streifte. Um nicht vom tosenden Lärm der nächtlichen Gewitter geweckt zu werden, hatte ich zuvor die Fenster geschlossen. Angst erfasste mich, und da, da spüre ich, wie sich plötzlich etwas auf mich zubewegt! Ein heller Schatten, der langsam auf mein Bett zukommt. Ich blinzele, ein Blitz erhellt das Zimmer, und ich sehe Dona Domitilia, die Elende, vor mir! Ihr Erscheinen war mir so unerklärlich, dass ich zu träumen glaubte. Doch dann hörte ich sie lachen, kurz darauf auch Pedros Stimme. Ich sprang auf, mein Herz schlug mir bis zum Hals, und stürmte auf die Hexe zu: »Hinaus! Wie können Sie es wagen! Hinaus!« Pedro trat näher und sagte in einem ironischen Ton: »Ich möchte dir deine neue Hofdame vorstellen.« »Du bist verrückt«, schrie ich. Ich suchte nach einem Gegenstand, den ich als Waffe verwenden konnte, nichts anderes als die kleine Marmorstatue meines Vaters kam mir in den Sinn, also griff ich danach und hielt sie vor meine Brust, als könnte sie die Schläge, die auf meine Seele niederprasselten, abwehren. Das Weib wagte doch tatsächlich, sich mir weiter zu nähern, und sagte grinsend: »Der Kaiser war so liebenswürdig, mir meinen innigsten Wunsch zu erfüllen: Ihnen treu zu dienen.« Darauf lachte die Elende höhnisch und sah sich beifallheischend nach Pedro um. »Fassen Sie mich nicht an! Verschwinden Sie! Raus! Sofort! Verlassen Sie mein Haus!« ›Titilia‹, ja, er nennt sie bei einem Kosenamen, ging erst, nachdem ihr Pedro zuvorkommend die Tür geöffnet hatte. »Du wagst, diese Hure hierherzubringen?!« »Ich befehle dir, Dona Domitilia als deine Hofdame zu respektieren.« Gräfin, in diesem Augenblick habe ich all meine guten Sitten vergessen. Die Unverschämtheiten, die Demütigungen nahmen mir den Atem, mit letzter Kraft habe ich auf seine Brust eingehämmert, ihn angeschrien: »Du befiehlst *mir*?! Genug! Ich habe genug von dir, deinen Eitelkeiten, deiner Ichsucht! Du wolltest größer sein als dein Vater? Du bist es nicht! Du raubst Sklavenkinder, du vergewaltigst ihre Mütter. An den Pranger gehörst du, nicht auf den Thron. Deine Pflicht ist es, deinem Volk zu dienen! Nicht es zu vergewaltigen!« Wie ein Marktweib habe ich diese Anschuldigungen hinausgespien. Sie mussten heraus, sonst wäre ich daran erstickt.

Seitdem habe ich Pedro nicht mehr gesehen. Nachdem ich derart alle Sitten verletzt hatte, habe ich mich zu einem weiteren Schritt entschlossen – ja, Gräfin, mir sind Anstand und Benehmen abhandengekommen – und habe Pedro ein Billett zukommen lassen, in dem ich ihn auffordere, sich zwischen mir und seiner Hure zu entscheiden, und wenn er dies nicht tue, solle er mir wenigstens gestatten, nach Wien zurückzukehren. Er hat mir nicht geantwortet. Also habe ich die Wäsche meines Mannes vor das Haus seiner Konkubine fahren und vor den Augen der Menge in den Rinnstein werfen lassen. Ich habe einen Skandal provoziert, und es ist mir gleichgültig. Seither lebe ich in ständiger Angst vor seiner Rache, aber er straft mich mit völliger Ignoranz. Das brasilianische Volk indes hat begonnen, Partei zu ergreifen, die Pamphlete gegen Pedro werden täglich mehr, man klebt sie an Häuserwände, an die Türen des Theaters, letztlich sogar an die Pforte des Palastes. Ich dagegen werde, sobald ich auf den Straßen Rios erscheine, mit Jubel begrüßt. Wildfremde Menschen küssen mir die Hand, wollen mich berühren, streichen zaghaft über Glorias Haar, als sei sie eine kleine Göttin, die Segen verspricht. Man liebt mich, ich spüre es, und dennoch lässt mich dies alles in einem Schauder aus Furcht und Bangigkeit frieren. Wie wird es weitergehen? Wie soll es enden? Ich sehne mich nach Liebe und werde Hass ernten. Manchmal glaube ich, dies alles nicht ertragen zu können.

Mein Leben ist so anders geworden, die Einzige, die noch fühlen kann, wie es um mich bestellt ist, sind Sie. So fällt es mir schwer, Marie-Louise mit all der Offenheit und Zuneigung zu schreiben, die sie verdient. Ich habe ihr einen Brief geschickt, einen sehr knappen Brief, über den ich selbst ganz unglücklich bin. Aber ich wusste nicht, wie ich ihr von all der Last, die mich bedrückt, berichten sollte. Sie kann sich nicht mit dem Gedanken anfreunden, dass ihre Schwester sich in die Politik einmischt, noch kann ich mich in Gänze verstellen. Man muss sich doch treu bleiben, nicht wahr? Aber nicht immer kann man dabei zugleich den anderen gegenüber treu bleiben. Lassen Sie Marie-Louise bitte wissen, dass ich sie unverändert liebe und dass ich ihr, sowie es mir bessergeht, schreiben werde. Nur fehlt mir jetzt die Kraft für Erklärungen und Rechtfertigungen. In jeder Hinsicht.

Liebste Gräfin, verzeihen Sie mir meine Schonungslosigkeit, meine offenen Worte, aber mein Herz fühlt sich nun leichter an. Ich hoffe, ich habe das Ihre nicht zu sehr beschwert.

Auf immer Ihre

Leopoldina

Boa Vista

HUNDERTACHTUNDSECHZIGSTER BRIEF

Gräfin Lazansky an Fürst von Metternich

Fürst, unvorhergesehene Verpflichtungen verhindern, dass ich Ihre verlockende Einladung zu einem Spaziergang durch den Prater annehmen kann.

L.

HUNDERTNEUNUNDSECHZIGSTER BRIEF

Fürst von Metternich an Gräfin Lazansky

Ich spüre die Ausrede in Ihren Zeilen, Sie haben – nun endlich einmal, aber dafür in einem völlig unpassenden Moment – vergessen, dass ich Diplomat bin und auf feine Nuancen geradezu dressiert! Welch wichtige Verpflichtungen können Sie von einer Fahrt auf einem Karussell im Prater ablenken?! Und danach, meine liebe Eiskönigin, entführe ich Sie zu einem Ausflug in den Wiener Wald, in ein kleines Gasthaus, in dem man köstlichen Apfelstrudel serviert. Es wird ein Tag ganz nach Ihrem Gusto! Der Herbst zeigt sich in den allerschönsten Farben, die Luft ist so rein wie lange nicht, alles schimmert golden und glänzt, alles ist für Sie bereitet. Ich werde am frühen Morgen im *Milani* meinen Kaffee nehmen und danach sogleich zu Ihnen eilen!

Metternich

HUNDERTSIEBZIGSTER BRIEF

Kaiser Franz I. von Österreich an Fürst von Metternich

Lieber Fürst, ich möchte Sie kurz unterrichten, dass ich heute in der Früh Gräfin Lazansky eine Audienz gewährt habe, in der sie mich um ihre Demission gebeten hat. Ich habe keine Schritte unternommen, um sie von ihrem Wunsch, den Hof zu verlassen, abzubringen, da sie mit großer Festigkeit und Überzeugung vorbringen konnte, dass ihre Dienste nicht mehr vonnöten seien. Es war eine sehr knappe Unterredung, ich konnte sie nicht einmal überreden, sich hinzusetzen. Also fand das Gespräch im Stehen statt.

Die Verdienste der Gräfin sind unzweifelhaft groß, habe ich ihr doch die Erziehung meiner Kinder, insbesondere Leopoldines, zu verdanken. Sie war eine stets loyale Begleiterin, zuletzt jedoch mehr für Dona Leopoldina als für die österreichische Nation. Sorgen Sie dafür, Fürst, dass die Apanage der Gräfin nach ihrem Ausscheiden in gleicher Höhe wie bisher bis an ihr Lebensende, möge es noch in weiter Ferne sein, ausgezahlt wird. Auch wenn ich aus dem Frauenzimmer nicht klug werde und ich ihr übelnehme, uns so wenig mit Reiseberichten aus Brasilien unterhalten zu haben, so ist sie doch eine bemerkenswerte, höchst charmante Frau. Und von einer immer noch atemberaubenden Schönheit. Merkwürdig, dass sie nach dem Tod ihres Mannes, der ja nun schon vor über einem Jahrzehnt verblichen ist, nie wieder geheiratet hat. Mir ist nicht einmal eine Liebschaft bekannt, aber mich interessieren derartige Privatheiten nicht. Oder ist Ihnen etwas bekannt? Sie wissen doch immer alles!

Eben erhalte ich Nachricht, dass uns nächste Woche unser

Freund Talleyrand mit einem Besuch beehren wird. Kommen Sie heute Mittag zu mir, damit wir alles Weitere besprechen. Und sorgen Sie dafür, dass Maître Jahn über die Leibspeisen unseres Freundes die notwendigen Details einholt. Niemand außer Talleyrand bringt es fertig, am Morgen zu schwören, dass er sich ausschließlich von Fisch und Kaviar ernährt, um am Abend desselben Tages den gleichen Eid auf Süßspeisen abzulegen. Soweit ich erinnere, bleibt er einzig dem Käse treu. Jahn soll sich mit dem Maître fromager affineur absprechen, nur die feinsten Käse!

F

HUNDERTEINUNDSIEBZIGSTER BRIEF

Fürst von Metternich an Gräfin Lazansky

Das also war Ihre Verpflichtung! Habe ich es verdient, dass ich durch Seine Majestät von Ihrer Demission erfahren muss? Kein Wort zu mir, Ihrem Freund! Ist dies das Ende unserer Freundschaft? Würden Sie mir die Güte erweisen und sich erklären? Dies ist ein Affront, den ich nicht ohne weitere Ausführungen dulden kann. Ich halte an meiner Einladung fest, auch wenn ich Sie jetzt mit ganz anderen Gefühlen erwarte.

Diese Demütigung wurde noch von der Aufforderung Seiner Majestät gekrönt, dass ich mich nun auch um den Käse für die Staatsgäste zu kümmern habe! Ach, Gräfin, lassen Sie uns gemeinsam über so viel Ungemach lachen!

Metternich

HUNDERTZWEIUNDSIEBZIGSTER BRIEF

Dona Leopoldina an Gräfin Lazansky

Alexander war gerade hier. Er kehrt nach Europa zurück. Ich liebe ihn und werde ihn deshalb nicht in dieser Hölle zurückhalten.

Erinnern Sie sich, wie wir Kinder an einem wunderbaren Sommertag in Laxenburg – eine Ewigkeit scheint dies her – diesen kleinen Hügel neben dem Pavillon bestiegen haben und ich hinunterrollte, rollte und rollte, und nichts konnte meine Fahrt bremsen? Ich tat mir fürchterlich weh, weil auf dem Weg hinunter große Wurzeln lagen. So fühle ich mich, ich rolle unaufhaltsam einen steinigen, schmerzhaften Weg hinunter. Nur, dass am Ende nicht meine Gräfin stehen wird, um mir den Staub aus den Kleidern zu klopfen und einen Kuss auf die Stirn zu geben.

Leopoldina

HUNDERTDREIUNDSIEBZIGSTER BRIEF

Gräfin Lazansky an Fürst von Metternich

Mein lieber Fürst, grämen Sie sich nicht, dies ist kein Affront gegen Sie, schon gar nicht gegen Ihre Majestät, den Kaiser. Oft genug habe ich Ihnen zu erklären versucht, dass ich mein Glück nicht mit dem Schicksal anderer Menschen zu verbinden suche, schon gar nicht mit dem eines Mannes. All meine

Entscheidungen versuche ich frei zu treffen, soweit mir dies als Frau und meinem Stand nach möglich ist. Meine brasilianischen Erfahrungen lassen mich noch mehr als zuvor für wichtig erachten, so frei als eben möglich zu agieren, also ist meine Demission nur ein logischer Schritt. Dies mindert in keinem Moment meine Zuneigung, meine freundschaftlichen Gefühle noch meinen Respekt für Sie. Selbst wenn ich Sie nie wiedersehen würde, Sie sind in meinem Herzen und in meiner Erinnerung eingeschlossen mit einem tiefen Gefühl von Dankbarkeit und Liebe.

Ich habe traurige Nachrichten aus Rio erhalten, meiner lieben Freundin geht es nicht gut, sie hat den Tod ihres Sohnes nicht verwunden, ihr Ehemann, dies eine Mal muss ich es Ihnen gegenüber aussprechen, benimmt sich rücksichtslos und brutal gegen sie. Ich sage dies ohne Schuldzuweisung an irgendjemand, es sei denn, Ihnen lagen vor der Eheschließung Berichte über den Charakter Dom Pedros vor, die eine Heirat von vornherein ausgeschlossen hätten. Aber ich will und kann mir nicht denken, dass Sie diesbezüglich mehr wussten als alle anderen! Nun ist auch noch der einzige Vertraute Dona Leopoldinas, der liebenswerte Doktor Freiberg, wieder auf dem Weg nach Europa. Sie ist allein und dauert mich unendlich. Sehen Sie, Fürst, wie wenig die Politik eine Frau glücklich machen kann? Das Volk liegt ihr zu Füßen, aber wenn die Liebe einen verlässt …

Meine Stimmung ist nicht nach Wiener Wald oder Prater. Ich danke Ihnen, dass Sie, obgleich Sie sich beleidigt fühlen, an Ihrer Einladung festhalten. Auch das hat mit Ihrem bewunderungswürdigen Charakter zu tun. Für heute adieu, mein Freund.

L.

HUNDERTVIERUNDSIEBZIGSTER BRIEF

Gräfin Lazansky an ihre Schwester Caroline

Ich bin auf dem Weg nach Paris, morgen hoffe ich Straßburg zu erreichen. Seit meiner Rückkehr aus Rio scheine ich nur noch auf der Flucht zu sein! In Wien hält mich nichts mehr. Ich bin aus dem Dienst des Kaisers ausgeschieden, von M. habe ich mich, nachdem ich ihn zuerst gar nicht mehr sehen wollte, doch noch verabschiedet. Wir haben einen melancholischen Abend miteinander verbracht, an dem wir uns ganz der Betrachtung des Sternenhimmels und einem sehr formidablen Essen gewidmet haben. Wenn ich in den nächsten Tagen noch einen Kapaun verspeisen muss, fange ich selbst an zu gackern.

Ich habe M. mit einigen Brotkrumen gefüttert, damit er nicht in elender Unwissenheit grübelt, was seine Eiskönigin zu dem Entschluss geführt hat, Österreich vorerst den Rücken zu kehren. Er scheint über meine, vielleicht endgültige, Abreise nach Paris aufrichtig erschüttert. Aber ich fühle, dass er nicht alles verstanden hat, schon gar nicht, was Leopoldines Leben für mein eigenes weiteres Leben bedeutet. Vielleicht wäre es besser gewesen, ohne Abschied zu reisen. Andererseits weiß ich nun auch, dass es gut ist zu gehen. Wenn ich ihn sehe, schieben sich unweigerlich Bilder aus Brasilien vor mein inneres Auge: die Bucht von Guanabara, das tiefdunkle Grün des Dschungels, der erschütternde Augenblick, als ich Zeugin des Babyhandels wurde, ganz zu schweigen von der Szene auf dem Feld. Nein, ich möchte nicht mehr daran denken müssen! Und nicht in Versuchung geraten, ungerecht zu urteilen. Dennoch fühle ich mich in seiner Gegenwart immer noch wohl, fühle mich gewärmt. Mehr nicht. Mein Herz ist mir geblieben.

Auf nach Paris!

Anna Christina

HUNDERTFÜNFUNDSIEBZIGSTER BRIEF

Gräfin Lazansky an Dona Leopoldina

Ach, meine liebe, liebe Freundin! Ich gäbe alles auf der Welt dafür, am Ende des Hügels zu stehen und Ihnen aufzuhelfen! Lassen Sie den Kopf nicht hängen, Sie sind eine starke Frau. Die Brasilianer lieben Sie, Sie haben ihnen die Freiheit geschenkt. Sie sind eine wunderbare Mutter, nicht nur für Ihre lieben Kleinen, sondern für das ganze brasilianische Volk. Gott wird Sie nicht fallen lassen. Haben Sie Geduld, Pedro wird sich gewiss eines Besseren besinnen und zu Ihnen zurückkehren. Sie sind noch so jung, das Leben liegt vor Ihnen und wird Ihnen, ich bin sicher, wieder gute Zeiten bereiten.

Wie traurig allerdings, dass Alexander Sie verlassen hat. Was soll ich dazu sagen? Eine Freundschaft ist zwischen Ihnen möglich, auch eine Liebschaft, aber Sie sind eine verheiratete Frau, trotz allem, und die Kaiserin von Brasilien. Die Freiheiten, die sich Dom Pedro herausnimmt, kann sich nur ein Mann leisten. Aber selbst ihm, so schreiben Sie, nimmt das Volk sein Verhalten übel. Der Herrscher muss Vorbild sein, ist er es nicht, verliert er nicht nur die Liebe des Volkes, sondern auch die Gefolgschaft. Ein gefährliches Spiel.

Ich kann und will Ihnen hier aus der Ferne keine Ratschläge

erteilen, Sie wissen besser als jeder andere, wie zu handeln ist. Seien Sie nur versichert, dass kein Tag, keine Stunde vergeht, in der ich nicht an Sie denke, Sie mit meinen guten Wünschen überschütte und Sie an mein Herz drücke.

Ich habe mich entschlossen, Wien zu verlassen und nach Paris zu reisen. Gerade sitze ich in einem sehr gemütlichen Gasthaus in Straßburg, vor mir ein Teller dampfender Suppe. Die Oktoberabende sind schon sehr kühl, aber am Tage fahren wir bei herrlichstem Sonnenschein durch bunte, strahlende Laubwälder! Dieser Wechsel der Jahreszeiten erscheint mir nach dem ewig gleichen Blau und Grün in Brasilien sehr wohltuend. Hier singen immer noch die Vögel, als hätten sie vergessen, dass der Winter vor der Tür steht.

Wie lange ich in Paris bleibe, weiß ich jetzt noch nicht zu sagen. Vielleicht für immer. Wien ist mir nach meiner langen Abwesenheit fremd geworden. Vor allem ist es mir unerträglich, der Zeit beim Vergehen zuzusehen. Dann das geistlose, sich stets wiederholende Gehabe und Geplaudere bei Hof! Tag für Tag das gleiche fade Ritual, die gleichen Gesichter. Die Hofdamen und Herren sind mir mit ihrem Geschwätz auf das Gemüt geschlagen, nirgends jemand, der sich wirklich für Literatur oder Musik erwärmt. Nichts als geheucheltes Interesse. Ich kann doch nicht am Ende meiner Tage, wenn ich dem Allmächtigen Rechenschaft über mein Leben geben muss, sagen, dass ich mein Leben mit Scharaden und Blinde-Kuh-Spielen verbracht habe! Nein, auch tausend Partien Schach werden mich vor dem Schöpfer der Welt nicht rechtfertigen. Sie, meine zutiefst verehrte Leopoldine, Sie sind schon jetzt vor den Augen Gottes und der Welt ausgezeichnet!

Ich möchte reisen! Nach Rom, Palermo und London, irgendwann auch einmal nach Lissabon. Am liebsten würde ich mit einem Heißluftballon fliegen wie Wilhelmine Reichard!

Ich hatte Ihnen gar nicht berichtet, dass unser verehrter Marquis Marialva heiratet! Dies ist doch der vornehmliche Grund meiner Reise. Ich freue mich sehr auf ihn und seine Braut. Sie sehen, ich werde in Paris schon von Freunden erwartet. Natürlich werde ich Ihnen en détail von der Hochzeit berichten.

Unser Seccatore, der Fürst, ist tiefunglücklich, dass er mich nun aus dem Reigen seiner Angebeteten verliert, aber er hat noch Madame de S. – die genauso stupide und klatschsüchtig ist wie vor Jahren, nur dass sie jetzt mehr Schleier trägt, da sie nicht bereit ist, das Altern mit Grandezza zu tragen – und seine treue Ehefrau. Er wird sich ohne mich nicht langweilen. Er lässt Sie herzlich grüßen und gratuliert Ihnen von Herzen zur Unabhängigkeit Brasiliens. Fast hatte ich den Eindruck, dass er es ernst damit meint!

Meine liebe Freundin, ich umarme Sie von Herzen, Gott schütze Sie!

Auf ewig Ihre

L.
Straßburg

HUNDERTSECHSUNDSIEBZIGSTER BRIEF

Maria an Gräfin Lazansky

Gnädige Frau, meine Herrin, nein, ich soll »Freundin« sagen, meine Freundin hat mir befohlen, Ihnen diesen Brief zu schicken. Sie kann nicht schreiben. Also schreibe ich. Sie spricht und ich schreibe auf. Ich hoffe, Sie können meine Schrift lesen. Dies ist der erste Brief, den ich schreibe. Meine Hand malt noch nicht alle Zeichen so, wie es Vorschrift ist. Maria.

Liebe Gräfin, ich bin in einem desolaten Zustand, ich weiß nicht, wie ich alles in kurzen Worten zusammenfassen soll, aber meine Kraft reicht nicht mehr für lange Ausführungen. Außerdem möchte ich Maria nicht strapazieren, die ganz aufgeregt ist, meinen Sekretär spielen zu müssen. Gräfin, was immer auch mit mir geschehen wird, sorgen Sie dafür, dass es meinen Kindern gutgeht und dass Maria und ihre Familie geschützt sind.

Letzte Woche – es war schon spät am Tag – wurde mir von meinem Diener eine Karte überreicht:

»Es ist mir eine große Freude, die Ernennung Dona Domitilia de Castro Cantos zur Marquise von Santos bekanntzugeben. Ihr zu Ehren geben wir ein Fest und erwarten Sie als unseren Gast. Dom Pedro, Kaiser von Brasilien.« Mir wurde schwarz vor Augen. Ich kam erst wieder zu mir, als Gloria neben mir hockte und mich ängstlich schüttelte: »Mama, Mama!« Mein Diener wartete immer noch auf eine Antwort, ich drückte ihm angewidert die Karte in die Hand: »Bring das zurück, gib das persönlich im Palast ab, hörst du!«

In der Nacht, ich küsste gerade die Mädchen zur Nacht, hörte ich Hufgetrappel auf dem Hof. Gloria und Januária hingen an meinem Rockzipfel und verlangten mehr Küsse, mich aber erfasste eine plötzliche Ahnung. Schnell übergab ich die Kinder an Maria und lief zum Fenster. Wetterleuchten kündigte ein heftiges Gewitter an. Wolken zogen vom Wind getrieben schnell vorbei, die Luft war feucht und schwer. Vom Blitz erleuchtet, sah ich Pedro vom Pferd springen. Er kam allein. An seinem Gang konnte ich seine Wut erkennen. Ehe ich mich's versah, stand er schon in meinem Zimmer. Der Mann, den ich einmal zu lieben glaubte, sah mich voller Hass an, in der Hand schwenkte er drohend die retournierte Karte: »Ist es nicht das, was du wolltest? Die öffentliche Anerkennung einer von euch beiden?« Ich zitterte vor Angst. Vor meinem eigenen Mann! Sollte ich zärtlich sein, um ihn zu beruhigen? Ihn an unsere Liebe erinnern? Alle Kraft, alle Zuversicht verließen mich, ich brachte nur ein »Geh, ich bin müde« hervor. »Wenn ich schon deinem Wunsch Folge leiste, dann erwarte ich auch, dass du bei der Feier anwesend bist. Die Marquise wünscht die Anwesenheit der Kaiserin.« Er ist verrückt geworden, Gräfin! Dämonen haben von seiner Seele Besitz genommen! Es wäre besser gewesen zu schweigen, aber trotz meiner Angst, meiner Todesfurcht brach es aus mir heraus: »Eine Hure befiehlt der Kaiserin von Brasilien, was sie zu tun hat?! Du bist wahnsinnig. Ja, du bist wahnsinnig! Hinaus! Hinaus!« Dass man so erniedrigt wird, dass man zu schreien beginnt. Fast wünschte ich mir, dass er – wie so oft zuvor – einen Anfall bekommen hätte. Dann wäre er still gewesen und hätte Stunden geschlafen, ich hätte Zeit gehabt, die Kinder und mich in Sicherheit zu bringen. Er bekam keinen epileptischen Anfall, sondern holte urplötzlich zu einem gewaltigen Schlag aus, der mich mitten ins Gesicht traf. Ich stürzte zu Boden, er zog mich hoch und schlug wie von Sinnen immer und immer wieder auf mich ein. Meine Schreie riefen Maria zurück, sie hatte mittlerweile die Dienerschaft geweckt und zu Hilfe geholt. Gemeinsam haben sie Pedro auf den Hof gezerrt.

So erzählte man mir. Ich selbst war für Stunden ohne Bewusstsein. Als ich aufwachte, saß ein alter, schwarzer Mann an meinem Bett, hielt meine Hand und summte eine Melodie. Da ich außer Alexander keinen Arzt mehr sehen mochte, hatte Maria aus ihrem Dorf Hilfe geholt. Dieser Medizinmann, ein wunderbarer Mensch mit einem empfindsamen Gesicht und zarten, fast zärtlichen Händen, verband meine Wunden im Gesicht und am Körper, gab mir einen dicken Sud zu trinken und blieb bei mir, bis ich wieder erwachte. Doch trotz seiner Hilfe habe ich starke Schmerzen im Bauch. Es gibt kurze Augenblicke, in denen es mir bessergeht, dann aber überkommen mich starke Krämpfe, fast wie Wehen. Gestern Abend habe ich geblutet.

Ich fühle mich müde und leer.

Leopoldine
Boa Vista

HUNDERTSIEBENUNDSIEBZIGSTER BRIEF

Fürst von Metternich an Gräfin Lazansky

Meine Eiskönigin, Sie sind so fern, es zerreißt mir das Herz!

Metternich

HUNDERTACHTUNDSIEBZIGSTER BRIEF

Gräfin Lazansky an Fürst von Metternich

Nein, mein Freund, Sie selbst haben schon vor langer Zeit Ihr Herz in feine Tranchen geteilt und an Personen, vornehmlich weiblichen Geschlechts, verschenkt, so dass, selbst wenn

Ihnen ein Teil abhandenkommen würde, Ihnen immer noch genug zum Leben bliebe.

Paris hat mich mit offenen Armen empfangen, ich liebe diese Stadt und ihre Großzügigkeit, besonders aber gefällt mir, dass man mich hier kaum kennt.

Ich habe ein entzückendes Palais mit einem riesigen Garten, jedoch erstaunlich kleinen Salons gefunden. Ganz nach meinem Wunsch, so kann ich keine große Gesellschaft empfangen. Sie erraten nie, wer mein Nachbar ist! Unser Freund, der Marquis! Ich hatte ihn gebeten, nach einem Heim für mich Ausschau zu halten, und der Zufall will es, dass wir nun Seite an Seite wohnen.

Gestern habe ich seine Braut kennengelernt. Fürst, Sie waren so charmant, von ihr zu schwärmen, ich für meinen Teil kann jedoch nicht das Fünkchen an Charakter erkennen, das aus einem hübschen Frätzchen eine gewinnende Person entstehen lässt. Aber er ist angetan von ihr, vernarrt wäre übertrieben. Sie ist sehr jung, vielleicht gehört sie zu den Frauen, die erst die dreißig überschreiten müssen, um an Reiz zu gewinnen. Möge er so lange durchhalten.

Denken Sie, heute früh hat es angefangen zu schneien, der erste Schnee des Jahres! Dächer und Wege sind mit Puderzucker bestäubt, alles ist von einem feinen, glitzernden Weiß überzogen. Überall sieht man fröhliche Gesichter mit roten Nasen. Schon liegt der einladende Duft gebrannter Mandeln über der Stadt. Seit Jahren habe ich keinen Schnee gesehen, und ich freue mich darüber wie ein Kind. Wären Sie hier, ich würde mit Ihnen in meinem Garten einen Schneemann bauen.

L.

Paris

Nachschrift: Ich bin ganz außer Atem, es ist schon weit nach Mitternacht, aber ich bin überhaupt nicht müde, also schenke ich meinem fernen Freund noch ein paar Zeilen. Was für ein schöner Tag! Nachdem es bis zum Nachmittag dicke Flocken geschneit hatte, kam eine Einladung des Grafen d'Alembert zu einem Ausflug in die Tuilerien. Wir waren eine bunt zusammengewürfelte, übermütige Gesellschaft, die mit von Fackeln erleuchteten Pferdeschlitten in schneller Fahrt durch Paris jagte, vorbei am Cours la Reine, immer an der Seine entlang, bis zum Jardin. Paris in seiner ganzen Pracht! Die Grands Boulevards sind doch etwas ganz anderes als die engen Gassen Wiens! Ich erinnere mich nicht, je eine Schlittenfahrt so genossen zu haben. Wir waren ja in Laxenburg des Öfteren gezwungen, an stundenlangen eiseskalten Ausflügen teilzunehmen. Ohne rechtes Ziel, außer den Kaiser zu begleiten oder den Kindern im Winter etwas frische Luft zu verschaffen. Aber wie behäbig und einfach waren diese Fahrten!

Toute la famille d'Alembert war mit von der Partie, natürlich der Marquis sowie zwei seiner Freunde, beide auch Portugiesen, die in der Kälte entsetzlich froren und sich völlig in ihren Pelzen verkrochen, so dass ich sie kaum zu Gesicht bekam! Der Brautvater Graf d'Alembert ist ein reizender Herr, gerade mal fünfzig Jahre, aber schon sehr altväterlich. Vielleicht ist dies nur Allüre, dennoch nicht uncharmant. Er hat die schönsten Haare, die ich je an einem Mann gesehen habe, ein dunkles Tizianrot, von goldenen Strähnen durchwoben. Wäre er eine Frau, die Pariser Malerwelt läge ihm zu Füßen! Die ganze Gesellschaft war aimable! Der Marquis sehr aufmerksam, sowohl seiner Braut als auch mir gegenüber.

Ich trinke gerade ein Glas Champagner – ja, ganz allein – in der Hoffnung, bald schlafen zu können. Um mein Glück vollkommen zu machen, fand ich vorhin bei meiner Rückkehr eine Nachricht meiner Schwester Caroline, dass sie mich noch diesen Monat besuchen wird. So werde ich das Weihnachtsfest mit meiner Familie begehen können. Ist der Christkindlmarkt an der Burg schon aufgebaut? Ach, Sie interessieren sich ja nicht für Naschwerk und Spielzeug! Ich erlöse Sie jetzt von meinem ausgelassenen Geplapper, gerade finde ich noch einen Brief von Dona Leopoldina, ich will schnell lesen, was mir meine Freundin schreibt. Ich hoffe auf gute Nachrichten!

Bonne nuit, mon ami

L.

SECHSTER TEIL

HUNDERTNEUNUNDSIEBZIGSTER BRIEF

Fürst von Metternich an
Kaiser Franz I. von Österreich

Majestät, ich muss Sie um eine dringende Audienz ersuchen. Ich erlaube mir, Sie, sobald Sie aus der Oper zurückgekehrt sind, aufzusuchen, gleichgültig wie spät die Stunde ist.

Metternich

HUNDERTACHTZIGSTER BRIEF

Fürst von Metternich an Gräfin Lazansky

Liebe Freundin, seit dem Morgengrauen sitze ich an meinem Schreibtisch und versuche mich an einem Schreiben an Sie, das mir einfach nicht aus der Feder fließen will. Sei's drum, es muss heraus, auch wenn ich zutiefst bedauere, ausgerechnet jetzt, wo Ihre Briefe von Heiterkeit und Leichtigkeit zeugen, der Überbringer einer so traurigen Nachricht sein zu müssen. Seine Majestät, Kaiser Franz, erhielt gestern Abend eine bittere Nachricht aus Rio de Janeiro: Seine geliebte Tochter, unsere hochverehrte Dona Leopoldina, ist tot.

José Bonifácio, der Staatsminister Dom Pedros, hat an Seine

Majestät geschrieben, und ich habe die Erlaubnis, Ihnen diese Zeilen wiederzugeben:

An Seine Majestät, Kaiser Franz den Ersten von Österreich.

Mit tiefbewegtem Herzen muss ich Sie davon in Kenntnis setzen, dass Ihre Tochter, Kaiserin Leopoldina von Brasilien, am 11. Dezember 1826 von Gott zu sich gerufen worden ist. Wir alle sind zutiefst bestürzt. Nach dem Läuten der Totenglocken, die ihr Dahinscheiden verkündeten, weinten die Menschen auf den Straßen, Trauer senkte sich über das ganze Land. Mit Schrecken sehen wir nun unserer Zukunft entgegen, haben wir doch unsere Beschützerin und Wohltäterin verloren. Ich habe eine Freundin verloren, Brasilien aber seine Mutter. José Bonifácio.

Auch Sie, meine liebe, liebe Gräfin, haben eine Freundin verloren, ich trauere mit Ihnen.

Metternich

Dass Dom Pedro in seiner Trauer nicht in der Lage war, selbst den Kaiser zu unterrichten, begreife ich. Aber was mich verwundert, ist, dass keine Angaben zur Todesursache zu finden sind, das arme Kind war ja nicht mal dreißig Jahr! Ich erinnere mich beim besten Willen nicht, Sie jemals über irgendein Leiden der Kaiserin sprechen gehört zu haben.

HUNDERTEINUNDACHTZIGSTER BRIEF

Gräfin Lazansky an ihre Schwester Caroline

Leopoldine ist tot! Ach, Caroline, welch grauenhafte Nachricht. Welch schreckliches Ende! Mein Kind, getötet vom eigenen Ehemann! Ich kann mich gar nicht fassen!

Weder der Kaiser noch M. wussten zunächst, wie es zu dem plötzlichen Dahinscheiden kam. Als man dem Kaiser gegenüber Andeutungen machte, dass sein Schwiegersohn die Hand gegen seine eigene Frau erhoben hat und sie an seinen grausamen Misshandlungen gestorben ist, wurde er ganz blass und murmelte: »Das kann nicht sein, wie kann ein Mensch Derartiges tun. Welch ungeheures, unverzeihliches Vergehen!«

Was *ich* nicht verzeihen kann, ist, dass man sie nach einem Monat der Trauer schon fast vergessen hat. Wie man mir berichtet hat, wurde der Kaiser schon wieder in der Oper gesehen! Auch unser werter Fürst Metternich scheint wenig berührt zu sein. Ich verübele ihm dies sehr! Wie eine Furie möchte ich mich auf die Welt stürzen und für Dona Leopoldina die Beachtung einfordern, von der ich glaube, dass die Welt sie ihr schuldet! Einzig der Marquis zeigt großen Anstand.

Niemand im beschaulichen Wien scheint gewillt, all das Große, was sie für Brasilien erreicht hat, zur Kenntnis zu nehmen. Ist dies nicht zutiefst bedauerlich? Es gäbe so viel zu sagen, aber es kommt mir nichts über die Lippen.

Caroline, sieh es mir nach, ich kann heute nicht mehr schreiben.

Anna Christina

Paris

HUNDERTZWEIUNDACHTZIGSTER BRIEF

Marquis von Marialva an Fürst von Metternich

Mein lieber Fürst, die Nachricht vom Tode der Kaiserin hat mich derart erschüttert, dass ich mich nicht imstande sehe, am 27. Dezember vor den Traualtar zu treten. Deshalb habe ich mich entschieden, erst nach einer angemessenen Frist von einem halben Jahr den Bund der Ehe zu schließen.

Es steht Ihnen natürlich unverändert frei, trotzdem nach Paris zu kommen und mein Gast zu sein, nur fürchte ich, Sie werden in mir keinen unterhaltsamen Gastgeber finden. Zu sehr schmerzt mich der Verlust. Meine Gedanken kreisen unerbittlich um das Schicksal Dona Leopoldinas, und ich kann mich eines unbestimmten Gefühls der Schuld nicht erwehren. Vielleicht sind dies nur finstere Gedanken, die uns alle im Angesicht der Endlichkeit unseres kleinen Lebens heimsuchen.

Ich werde das Weihnachtsfest im Familienkreis begehen, danach plane ich, mich für einige Zeit auf mein gerade erworbenes Landgut in der Nähe von Versailles zurückzuziehen. Dort gibt es viel Arbeit zu beaufsichtigen, dies wird mich ein wenig ablenken.

Ich hoffe, meine Zeilen treffen Sie in guter Gesundheit, Fürst. Lassen Sie mich wissen, ob Sie dennoch eine Reise nach Paris avisieren. Mein Haus steht Ihnen immer offen, natürlich auch während meiner Abwesenheit.

Ergebenst

Marquis Marialva

Paris

HUNDERTDREIUNDACHTZIGSTER BRIEF

Fürst von Metternich an Gräfin Lazansky

Sie schreiben nicht, Gräfin. Jetzt, nachdem der Marquis seine Hochzeit verschoben hat und unser Wiedersehen in die Ferne gerückt ist, brauche ich Ihre Briefe mehr als zuvor. Niemand hier bietet eine derartig geistreiche Unterhaltung wie Sie, liebe Freundin, und ich kann den Parisern nicht verdenken, dass sie ganz verrückt nach Ihnen sind. Mir wurde zugetragen, dass Sie Furore machen! Endlich bietet sich Ihrem Esprit und Ihrer Schönheit das Publikum, das sie verdienen. Wir Wiener waren Ihnen nicht gewachsen.

Wie mir ebenfalls zu Ohren gekommen ist, scheinen die schmerzvollen Monate der Trauer um Ihre, unsere, bewunderungswürdige Dona Leopoldina nun mit dem nahenden Frühling allmählich besseren Zeiten zu weichen. Sie sind wieder in Gesellschaft anzutreffen und widmen sich Ihrer Leidenschaft, der Oper!

Was weiß denn Ihr Nachbar von seinen neuen Plänen für seine Eheschließung zu berichten? Er ließ mich im Dezember wissen, dass der Festakt auf den Frühsommer verschoben ist. Ich bin sicher, Sie sehen sich oft und er wird nicht umhinkönnen, Ihnen von seinen neuesten Herzensplänen zu berichten.

Da mich die Sehnsucht nach meiner schönen Eiskönigin plagt, bin ich entschlossen, gleichgültig wann man den Bund der Ehe eingeht, nach Paris zu reisen und ihr meine Aufwartung zu machen.

Im Augenblick ist allerdings an keine Reise zu denken, wir sind schon dankbar, wenn wir unsere kleinen Gänge in der Stadt erledigen können. Nachdem sich letzte Woche eine matte Frühlingssonne blicken ließ, kam es am Wochenende zu einem Kälteeinbruch in der unglückseligen Melange mit einem heftigen Regen. Die Folge ist, dass Wien von einer dicken Eisdecke überzogen ist, man könnte auf dem Stephansplatz Schlittschuh laufen, müsste man nicht fürchten, sich sämtliche Knochen zu brechen! Wir durchleiden den kältesten März seit Jahrzehnten, man kommt mit dem Heizen nicht nach, die Räume in der Hofburg sind eisig! Auch während der Sitzungen legen wir unsere Mäntel nicht ab und versuchen uns durch ständiges Umhergehen warm zu halten. Eigentlich ist ein derartiges Auf-und-ab-Gehen für meinen Gedankenfluss sehr förderlich, aber wenn man dies zu mehreren praktiziert, breitet sich in mir eine Nervosität aus, die mich von jeglichem vernünftigen Denken abhält. Mag sein, dass auch der Kaffee, den Seine Majestät uns zur inneren Erwärmung ohne Unterlass einflößen lässt, seinen Teil zu meiner Unruhe beiträgt. Vielleicht ist es aber auch die Ungeduld, mit der ich auf ein Zeichen von Ihnen warte!

Metternich
Wien

HUNDERTVIERUNDACHTZIGSTER BRIEF

Marquis von Marialva an Fürst von Metternich

Verzeihen Sie, lieber Freund, dass ich so lange nichts von mir habe hören lassen. Meine Tage waren angefüllt und doch angenehm leer. Ich war viel für mich, habe mich ganz meinen Gedanken hingeben können, habe jede Gesellschaft gemieden und muss sagen, dass mir diese Zeit außerordentlich wohlgetan hat. Zu viele Vergnügungen lassen einen die wahren Dinge des Lebens vernachlässigen, die Studien, die Geisteserziehung, das Lesen, die Kontemplation. Und die Natur! Nun bin ich seit kurzem wieder in der Stadt und werde durch Gräfin Lazansky erinnert, dass Sie noch gar nicht wissen, dass … nun, lieber Fürst, ich bedauere, Ihnen mitteilen zu müssen, dass es keine Hochzeit mit Mademoiselle d'Alembert geben wird. Meine einsam verbrachten Tage zeigten, dass ich Mademoiselle zwar in einer Art flüchtiger Liebe zugetan war, diese aber bei genauerer Betrachtung nicht dem standhielt, was ich mir für mein weiteres Leben wünsche. Um es offen zu sagen, ich habe Mademoiselle nicht vermisst. Ihre Briefe, die sie täglich an mich schrieb, konnten keine Seelenregungen in mir entfachen, sie berührten mich nicht. Sie ist nicht in der Lage, vielleicht aufgrund ihrer Jugend, eher aber wohl aufgrund ihrer Anlagen, meinen Gedanken zu folgen. So habe ich mich entschieden, bevor wir uns in einer faden oder gar quälenden Ehe gegenseitig zugrunde richten, die Verlobung zu lösen. Bisweilen überrascht man sich selbst, nicht wahr, Fürst? Da glaubt man jemand zu sein und muss entdecken, dass man jemand ganz anderes ist!

In größter Hochachtung

Marquis Marialva

Paris

HUNDERTFÜNFUNDACHTZIGSTER BRIEF

Gräfin Lazansky an Fürst von Metternich

Mein Schweigen, Fürst, hat Gründe. Und ich habe lange mit mir gerungen, ob ich Ihnen diese Gründe mitteile. Glauben Sie mir, dieser Brief fällt mir nicht leicht, aber in Erinnerung an unsere Freundschaft und an die guten Tage, die wir miteinander verbracht haben, werde ich mich Ihnen erklären. Sie haben zwar kein Recht auf Erläuterung, aber mir wird mein Herz leichter sein, wenn ich Sie nicht im Dunkeln lasse und Ihnen die Seelennot erspare, nach Antworten zu suchen, die Sie allein nicht finden können.

Ich werde mich kurzfassen: Der Tod meiner verehrten und so sehr geliebten Dona Leopoldina hat viel Elend in mir ausgelöst. Abgesehen von dem unersetzlichen Verlust einer großartigen Freundin – allein dies genügt schon, um einem das Leben zu vergällen –, habe ich mich gefragt, was zu diesem grausamen Ende geführt hat. Da ich mich in vielen einsamen Stunden ohne schlüssige Antwort fand, habe ich mich an den Marquis gewandt und ihn mit all den Fragen bestürmt, die mir seit Beginn dieser unseligen brasilianischen Mission auf dem Herzen brannten. Ich kann es ihm nicht genug danken, dass er mir frei und ohne Einschränkung, ohne Rücksicht auf seine diplomatische Diskretion, vor allem aber ohne Rücksicht darauf, dass seine Bekenntnisse mein Bild von ihm und meine Freundschaft zu ihm durch seine Ehrlichkeit erheblichen Schaden leiden könnten, Auskunft gegeben hat. Nun, er hat mir gestanden, dass er Ihnen beizeiten von Dom Pedros jähzornigem und egoistischem Charakter und auch über seine Neigung zu cholerischen Anfällen berichtet hat. Sie wussten also über die Abgründe Pedros Bescheid, Sie wussten, in welch unglückselige Welt Sie die Erzherzogin schicken! *Das Kind*, wie Sie sie immer noch nennen!

»Wir hatten gehofft, dass der Einfluss der Erzherzogin den Charakter des Prinzen zum Besseren wendet«, so erklärte mir der Marquis seine, Ihre Entscheidung. Sie kannten die Dämonen und ließen Leopoldine dennoch nach Rio reisen …

Wie bin ich der Politik, der Machtspiele müde! Mehr noch erfüllt mich tiefe Scham, da auch ich gegen meinen Willen (gegen mein Wissen?) eine Rolle darin gespielt habe. Ach, Fürst, wer frei von jeder Schuld ist, der werfe den ersten Stein. Ich bin es nicht!

Ich hätte alles auf sich beruhen lassen können, aber ich brauchte Klarheit, um mit mir wieder im Reinen sein zu können. Ich kann weder Ihnen noch mir verzeihen, dies kann nur Gott allein. Hélas!

Unsere Wege trennen sich hier, mein lieber Fürst. Ich werde Sie nicht vergessen und werde versuchen, Ihnen, uns gut zu sein. Aber wir werden uns nicht wiedersehen.

Ich gehe auf Reisen. Zuerst nach Florenz und Rom, dann nach Sizilien. Eine kleine italienische Reise! Sobald der erste Frühlingshauch durchs Land zieht, werde ich fahren. Ich reise nicht allein. Marquis Marialva wird mich begleiten. Wir haben gestern geheiratet.

L.

Paris, 1827

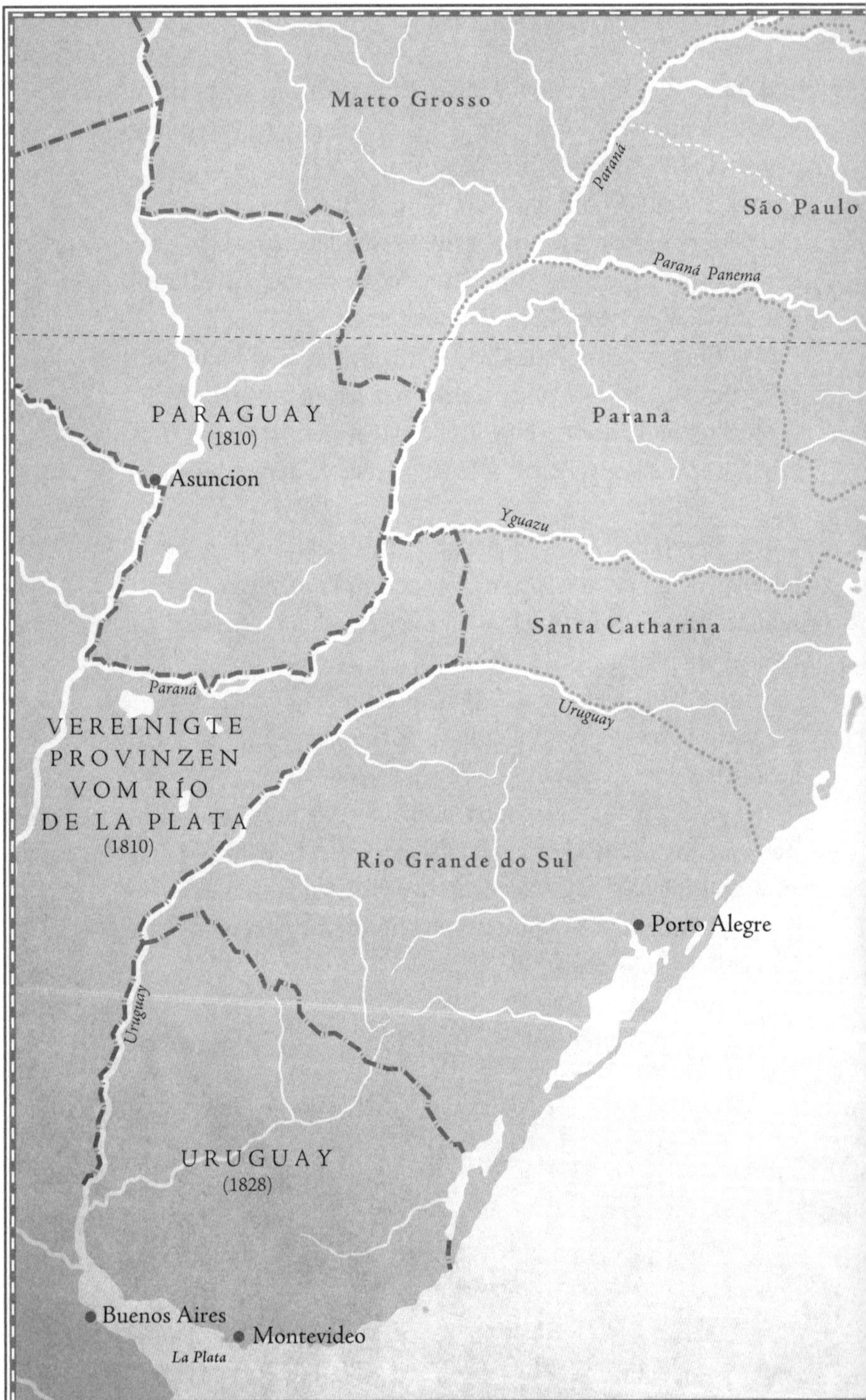

Matto Grosso
Paraná
São Paulo
Paraná Panema
PARAGUAY
(1810)
Parana
Asuncion
Yguazu
Santa Catharina
Paraná
Uruguay
VEREINIGTE
PROVINZEN
VOM RÍO
DE LA PLATA
(1810)
Rio Grande do Sul
Porto Alegre
Uruguay
URUGUAY
(1828)
Buenos Aires
Montevideo
La Plata

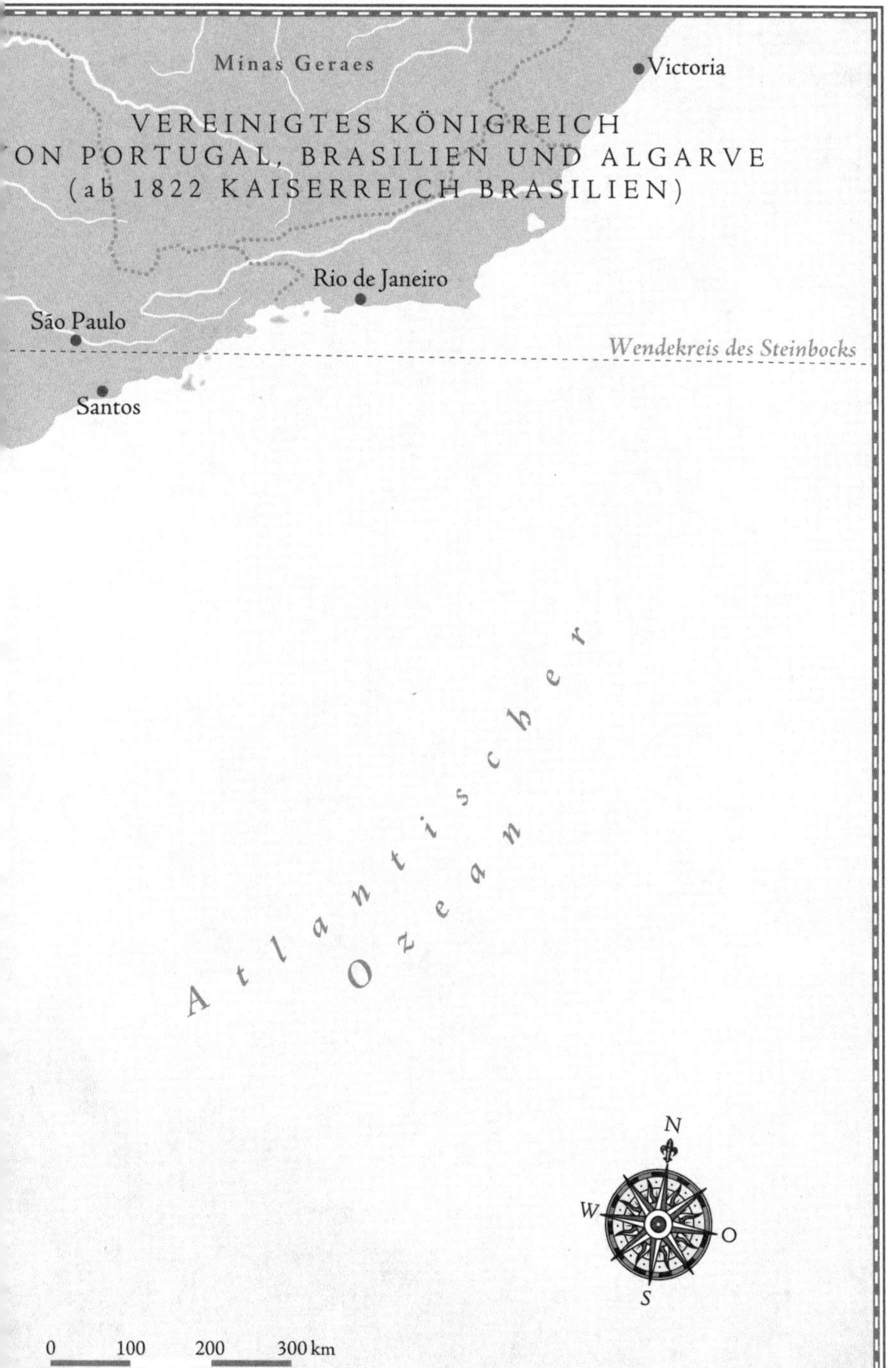

Minas Geraes
Victoria
VEREINIGTES KÖNIGREICH
ON PORTUGAL, BRASILIEN UND ALGARVE
(ab 1822 KAISERREICH BRASILIEN)
Rio de Janeiro
São Paulo
Wendekreis des Steinbocks
Santos
Atlantischer
Ozean
N
W
O
S
0 100 200 300 km

ANHANG

NACHWORT

Einige der Romanfiguren haben wirklich gelebt: Kaiser Franz I. (II.) und seine Töchter Leopoldine und Marie-Louise, der österreichische Staatskanzler Fürst Metternich sowie Dom João – König von Portugal – und sein Sohn Dom Pedro.

Aus dramaturgischen Gründen wurden in diesem Roman diverse historische Fakten verändert. So war beispielsweise Dona Leopoldina in Wirklichkeit neunmal schwanger, jedoch haben nur sechs Kinder das Licht der Welt erblickt, drei starben infolge von Fehlgeburten.

Namentlich gab es eine Gräfin Lazansky in der Entourage Leopoldines, jedoch ist das Leben der Romanfigur Lazansky frei erfunden.

Der historische Marquis Marialva war ein portugiesischer Diplomat, in der Romanfigur spiegelt sich sein politisches Wirken annähernd, alle anderen Lebensumstände der Figur sind frei erfunden.

Zwei Figuren sind rein fiktiv: Doktor Alexander Freiberg und Caroline.

DIE FIGUREN DER ROMANHANDLUNG

Die Gräfin

Anna Christina Gräfin Lazansky wurde in jungen Jahren von ihrem Vater an einen langweiligen und gefühllosen Grafen verheiratet. Die Ehe brachte sie zwar an den kaiserlichen Hof nach Wien, stillte aber nicht ihre Sehnsucht nach einer leidenschaftlichen Liebe. Kaiser Franz, entzückt von ihrem intelligenten, charmanten Wesen – und ihrer Schönheit erlegen –, bestimmt sie zur Erzieherin und Begleiterin seiner Tochter Leopoldine.

Die Erzherzogin

Die Habsburger Erzherzogin Leopoldine von Österreich, Tochter von Kaiser Franz I. (II.) und Marie Therese von Sizilien, geboren 1797, ist eine Urenkelin Maria Theresias und eine Großnichte Marie Antoinettes. Leopoldines Kindheit ist glücklich, sie sitzt auf dem Schoß der Mutter, während diese gemeinsam mit Goethe aus seinen Werken liest, spielt mit ihrem Vater, dem Kaiser, Federball. Schon früh lernt sie, dass der Herrscher dem Volke dienen muss. Unter ihren Geschwistern ist ihr Marie-Louise am nächsten. Umso größer ihr Entsetzen, als Marie-Louise mit Napoleon I. verheiratet wird, mit dem Mann, der so viel Unglück über Österreich und Europa gebracht hat.

Die Herzogin
Marie-Louise, geboren 1791, teilt die glückliche Kindheit ihrer Schwester bis zu dem Zeitpunkt, an dem sie auf Betreiben von Fürst Metternich mit Napoleon I. verheiratet wird. Man erhofft sich von dieser Ehe eine politische Stabilisierung, nachdem das einst so mächtige Österreich in den napoleonischen Kriegen viel Land an Frankreich verloren hat. Nach Napoleons Abdankung wird ihr auf dem Wiener Kongress das Herzogtum Parma zugesprochen.

Der Fürst
Clemens Lothar Wenzel Fürst von Metternich-Winneburg, geboren 1773, österreichischer Staatskanzler. Eine schillernde Persönlichkeit und einer der mächtigsten Politiker Europas seiner Zeit. Unter seiner Ägide wird das von den napoleonischen Kriegen erschütterte Europa neu geordnet und gefestigt. Er ist ein Verfechter des monarchischen Prinzips und strikter Gegner der republikanischen Idee. Metternich, attraktiv und sinnlich, liebt die Frauen, und sie lieben ihn.

Der Doktor
Doktor Alexander Freiberg, geboren in Wien, wächst behütet in einer liberalen Familie auf. Sowohl den Naturwissenschaften als auch den Menschen zugeneigt, entschließt er sich zum Studium der Medizin und folgt dem großen Arzt Hufeland nach Berlin, der dort – neben seiner Tätigkeit als königlicher Leibarzt – an der Charité lehrt. Von Hufeland geprägt, sieht sich auch Alexander der Fürsorge für die Armen und Unterdrückten verpflichtet. Zurück in Wien, kämpft er für eine bessere Versorgung der Kranken und Armen.

Der Marquis
In eine alte, wohlhabende Adelsfamilie hineingeboren, wächst Jaime Luís Miguel Marquis de Marialva in der Nähe von Sintra auf. Schon früh fällt er durch seine Intelligenz, sein einfühlsames und verbindliches Wesen auf. Nach einem Studium der Rechtswissenschaften und der Geschichte an der Universität von Coimbra folgt schon bald ein Ruf an den königlichen Hof von Lissabon, wo seine Dienste als Diplomat gefragt sind.

Der Kaiser
Franz, 1768 in Florenz geboren, entstammt dem mächtigen Adelsgeschlecht der Habsburger. Von 1792 bis 1806 ist er Kaiser Franz II. des Heiligen Römischen Deutschen Reiches, von 1804 bis 1835 Kaiser Franz I. von Österreich. Er gibt sich bürgernah und familiär, ist aber zugleich ein strenger Patriarch. Die Monarchie hält er für gottgegeben. Franz heiratet viermal und hat dreizehn Kinder. Zartgefühl wird ihm nicht nachgesagt – beim ersten Treffen mit seiner letzten Frau soll er ausgerufen haben: »Gott sei Dank, die sieht aus, als ob sie einen Puff vertrüge, sonst hab' ich in vierzehn Tagen wieder eine Leich'.«

Der König
Der 1767 in Lissabon geborene Dom João VI. stammt aus dem Fürstengeschlecht der Bragança. Seit 1816 ist er König von Portugal und Brasilien. Während sich die großen Monarchien Spanien, Preußen und Österreich von Napoleon erniedrigen und erobern lassen, reist der König des kleinen und armen Portugals im November 1807 mit der königlichen Familie und seinem gesamten Hofstaat – fast 16 000 Personen – in die portugiesische Kolonie Brasilien und entzieht sich und die Krone so dem Zugriff des französischen Imperators.

Der Thronfolger

Pedro erblickt 1798 in Queluz, dem Sommersitz des Hauses Bragança, als zweiter Sohn von Dom João VI. und seiner Frau Carlotta Joaquina von Bourbon-Spanien das Licht der Welt. Als er knapp zehn Jahre alt ist, flieht er mit seiner Familie ins brasilianische Exil. Seine Eltern kümmern sich wenig um die Erziehung ihres leicht aufbrausenden Sohnes, was Pedros Neigungen sehr entgegenkommt, da er, statt zu lesen, lieber auf die Jagd geht. Er ist attraktiv, hat tiefdunkle Augen und einen feschen Schnurrbart. Diese Attribute sind ihm wichtiger als Kultur und Bildung, denn die Macht des Herrschers kommt von Gott. Wozu sich also mühen.

Die Schwester

Caroline Friederike Sophie, zehn Jahre älter als ihre Schwester Gräfin Lazansky, hat vor vielen Jahren ihre Heimatstadt Wien verlassen, um ihrem Mann, dem Bankier und Tuchhändler Ferdinand Raimund Morgenstern, nach Dresden zu folgen. Sie führt eine glückliche, mit vielen Kindern gesegnete Ehe. Caroline, liebenswürdig und wissensdurstig, sorgt auch im gemütlichen, biedermeierlichen Dresden für kulturelle Abwechslung und Bildung: Ihr Salon, in dem sich Adel, Künstler und Bürger treffen, ist über die Grenzen Dresdens hinaus bekannt. Man musiziert, diskutiert und genießt dabei feinste Biscuits und Pasteten.

HISTORISCHER HINTERGRUND

Das durch die napoleonischen Kriege erschütterte Europa wird auf dem Wiener Kongress 1814/15 neu geordnet. Österreich, verlustreich im Krieg gegen Napoleon, bleibt dennoch eine führende Großmacht Europas.

Anders ergeht es Portugal. Das kleine Land erhofft sich zunächst Hilfe von den Briten im Kampf gegen Napoleon, droht dann aber von den britischen Beschützern selbst besetzt zu werden. Kurzentschlossen flieht König Dom João von Portugal mit seiner Familie in die portugiesische Kolonie Brasilien.

Just in dieser Zeit werden in Brasilien unermessliche Bodenschätze entdeckt. Brasilien (und damit Portugal) wird interessant, nicht nur für den »Beschützer« Großbritannien, sondern auch für Österreich, das nach den von Napoleon zugefügten Verlusten neue Ressourcen braucht.

So wird der portugiesische Thronfolger Dom Pedro plötzlich zu einem begehrten Heiratskandidaten. Während Lissabon in einer Allianz mit Österreich eine willkommene Möglichkeit zur Eindämmung der britischen Einmischung sieht, erhofft sich Wien durch ein Bündnis mit Portugal eine lukrative Expansionsmöglichkeit Richtung Westen.

Ein weiterer Grund für Kaiser Franz I. von Österreich und seinen Kanzler Fürst von Metternich, sich nach einer Allianz mit dem portugiesischen Königshaus umzusehen, sind die zunehmend lauter werdenden republikanischen Ideen. Ein

Bündnis mit dem Königreich Portugal verspricht eine Stärkung der Monarchie gegen diese aufkeimenden, antimonarchistischen Tendenzen.

Metternich und der portugiesische Botschafter Marialva werden handelseinig: Die Verbindung des Hauses Habsburg mit dem Hause Bragança soll durch die Heirat Dom Pedros mit einer der Töchter des Kaisers vollzogen werden. Die Wahl fällt auf die Erzherzogin Leopoldine.

Nach einer dreimonatigen, lebensgefährlichen Überfahrt erreicht Leopoldine im November 1817 Rio de Janeiro. Getrennt von ihrer geliebten Familie, ehelicht sie einen ihr unbekannten Mann. Eine von unzähligen Zwangsehen, denen in den vergangenen Jahrhunderten aus politischem Kalkül das Glück – und nicht selten auch das Leben – junger Frauen geopfert wurde.

Noch heute wird Leopoldine in Brasilien verehrt.

BIBLIOGRAPHIE

Die Recherche zu diesem Roman umfasste unter anderem die Lektüre der nachfolgend aufgeführten Werke.

Darunter ist vor allem die umfassende Biographie über Leopoldine von Carlos H. Oberacker hervorzuheben.

Carlos H. Oberacker: Leopoldine, Habsburgs Kaiserin von Brasilien, Amalthea Verlag, Wien – München, überarbeit. Neuauflage 1988

Thea Leitner: Sturz in die Hölle, Leopoldine 1797–1826 in: Habsburgs verkaufte Töchter, S. 229–269, Ueberreuter, Wien, 1987

Friedrich Hartau: Metternich, rororo bildmonographien, Rowohlt Taschenbuch Verlag, Hamburg, 1977, 17.–19. Tausend Oktober 1991

Marianne Bernhard: Das Biedermeier, Hermes Handlexikon, Econ Taschenbuchverlag, Düsseldorf, 1983

Marina Moritz, Hsg.: Feine Leute, Mode und Luxus zur Zeit des Empire, Publikation anlässlich der gleichnamigen Ausstellung 14. Sept. 2008 bis 11. Januar 2009, Museum für Thüringer Volkskunde, Erfurt

Josef Cachée: Die Hofküche des Kaisers, Die k. u. k. Hofküche, die Hofzuckerbäckerei und der Hofkeller in der Wiener Hofburg, Amalthea, Wien–München, 1985